다문화 시대의 한국소설 읽기

저자

이경재(李京在, Lee Kyung Jae)

서울대학교 국어국문학과를 졸업하고 같은 대학 대학원에서 석・박사학위를 받았다. 현재 숭실대학교 국어국문학과 교수로 재직 중이며, 2006년『문화일보』신춘문예로 등단한 이후 문학평론가로도 활동 중이다. 그동안 지은 책으로『단독성의 박물관』(2009),『한설야와 이데올로기의 서사학』(2010),『한국 현대소설의 환상과 욕망』(2010),『끝에서 바라본 문학의 미래』(2012),『한국 프로문학 연구』(2012),『현장에서 바라본 문학의 의미』(2013),『여시아독』(2014) 등이 있다. 한국 현대문학사의 다양한 주제들을 찾아내어, 그것들을 둘러싼 경계들을 넘나들며 자신만의 시각으로 한국 현대문학사의 보편성과 특수성을 해명하는데 많은 관심을 가지고 있다.

다문화 시대의 한국소설 읽기

초판인쇄 2015년 9월 8일 **초판발행** 2015년 9월 18일
지은이 이경재 **펴낸이** 박성모 **펴낸곳** 소명출판 **출판등록** 제13-522호
주소 서울시 서초구 서초중앙로6길 15, 1층
전화 02-585-7840 **팩스** 02-585-7848
전자우편 somyong@korea.com **홈페이지** www.somyong.co.kr

값 24,000원
ISBN 979-11-86356-37-1 93810

잘못된 책은 바꾸어드립니다.

(재)한국연구원은 학술지원사업의 일환으로 연구비를 지급, 그 성과를 한국연구총서로 출간하고 있음.

한국연구총서 88

다문화 시대의
한국소설 읽기

이경재 지음

Reading Korean Novels in the Age of Multiculture

소명출판

책머리에

원고 뭉치를 책으로 엮어나가는 과정에서 계속 어머니가 떠올랐습니다. 어머니는 중일전쟁이 발발한 다음해에 일본에서 태어났습니다. 돈을 벌기 위해 일본에 간 의령 출신의 청년(나의 외할아버지)과 숙부의 가족을 따라 일본에 간 상주 출신의 여인(나의 외할머니)이 가정을 꾸려 처음으로 낳은 딸이 바로 저의 어머니입니다. 해방이 되던 해에 한국으로 돌아오신 어머니는 아주 가끔씩 자신이 살았던 일본 이야기를 해주시고는 했습니다. 저에게 그 이야기들은 혹부리 영감 이야기만큼이나 멀고도 멀게 느껴지고는 했습니다. 그 거리감은 제가 성장한 1970~80년대가 그 어떤 시대와도 비교할 수 없이 국민국가의 경계가 강고했던 시절이라는 것과 무관하지 않을 것입니다. 한국인이 해외로 나가는 것도, 외국인이 한국에서 사는 것도 무척이나 드물던 시절이었습니다.

물론 어머니가 여덟 살까지밖에 일본에서 살지 않았고, 이후에도 일본에 다녀온 바도 없어서 어머니의 일본 이야기는 그렇게 풍부하지 못했습니다. 그럼에도 어머니가 들려주신 이야기 중에서 잊혀지지 않는 몇 가지는 수십 년이 지난 지금까지도 제 가슴속에 생생하게 남아 있습니다. 그 이야기 속에는 해방 이후 일본 학생들의 폭력이 두려워 화장실에 숨어 있는 가녀린 소녀의 모습도 보이고, 저녁 무렵에 일본인들과 다정하게 인사를 주고받던 자전거 위의 젊은 아빠와 어린 딸의 모습도 보입니다. 지금 돌이켜 보면 어머니의 일본 체험담은 참으로 생생했던 것 같습니다. 그것은 어머니의 말재주가 뛰어났다거나 일본에서의 삶이 특별했다는 의미가 아니라, 어머니의 이야기들이 하나의 이념이나 색깔로 규정되지 않은 것이었다는 의미에 가깝습니다. 어머니에게 일본 생활은 무엇과도 비교할 수 없는 공포이기도 했지만, 모든 인간이 가질 수밖에 없는 유년의 추억이기도 했습니다.

그럼에도 만 8년이 되지 않는 그 기간은 어머니에게 아무래도 밝은 빛보다는 어두운 그늘을 많이 남겨 놓았던 것 같습니다. 어머니는 돌아가실 때까지 당신의 한국어 발음이 그리 좋지 않다는 콤플렉스에 시달리셨습니다. 그리고 거의 본능적으로 당신은 물론이고 자식들도 외국에 나가는 것을 극히 꺼려하셨습니다. 어머니에게 외국 생활은 가능하면 피하고 싶은 의식 깊은 곳의 공포가 아니었나 추측해 볼 따름입니다. 나의 일부를 어머니의 일본 이야기로 채우며 성장한 저는 어쩌면 본격적인 문학 연구 이전부터 이주민들에 대한 공부를 해왔던 것인지도 모르겠다는 생각이 듭니다. 이주민들에 대한 서사에 별다른 이유도 없이 그토록 끌렸던 것을 보면, 어머니가 겪은 일본에서의 삶은 이 책을 만들어낸 씨앗이었음에 분명합니다.

그러고 보면, 어머니가 돌아가신 후부터 본격적으로 쓰여진 이 책은 어머니에 대한 일종의 애도 행위였는지도 모르겠습니다. 그러나 지금 이 순간 애도는커녕 어머니는 오히려 제 안에 더 깊이 들어오셔서 저와 하나가 되었다는 생각이 듭니다. 삶의 마지막 순간까지 뭐라 표현할 수도 없는 사랑을 베풀어주신 어머니께는 차마 울 수도 없는 마음을 조금 보여드리는 것 외에는 아무것도 해드릴 것이 없습니다.

온전한 연구서라고 하기에는 조금 뜨거운 책이 되어버리고 말았습니다. 작품이나 작가의 예술적 문학사적 가치를 냉정하게 바라보는 것으로만 일관했다고 말하기에는 자신 없는 부분이 한두 군데가 아닙니다. 그 뜨거움은 두 가지 이유에서 발생한 것으로 보입니다. 첫 번째는 이 책에서 다루는 대부분의 작품들이 2000년대 이후 창작된 것들이라는 사실과 관련됩니다. 아무래도 일정한 학문적 거리를 형성한 채, 객관적인 연구자의 메스를 휘두르기에 이 작품들과 제가 공유하는 시대의 면적은 너무나 컸던 것 같습니다. 두 번째는 제가 다룬 소설들의 객관적 의미만 차근차근 탐색하기에, 소설 속의 인물들이 겪는 문제들이 제게는 절박한 현실적 문제로 다가왔습니다. 소박하고 부끄러운 것일지라도 어떻게든 작품이나 작가로부터 이주민들의 고통에 응답할 수 있는 하나의 답을 찾고 싶은 마음이 글 쓰는 내내 늘 함께 했습니다. 그렇기에 제 글들은 문학연구의 범주를 수시로 벗어날 수밖에 없었는지도 모르겠습니다. 이 책의 뜨거움은 하나의 부끄러움인 동시에 오랫동안 잃어버리고 싶지 않은 제 학문적 순심이기도 합니다.

모두 9장으로 이루어진 이 책은 크게 세 부분으로 나누어 볼 수 있습니다. 2000년대 이후 우리 사회에 본격적으로 유입된 이주민(결혼이주여성, 이주노동자, 탈북자 등)을 형상화한 소설들에 대한 연구인 2장·3장·4장, 다문화 시대가 만들어 낸 다양한 상상력과 사유의 모습들을 살펴본 5장·6장·7장, 마지막으로 1940년대에 만주를 중심으로 펼쳐진 다문화적 현상과 이에 대한 응전으로서의 작품들을 고찰한 8장과 9장이 그것입니다. 애써 각 장들을 각각의 부로 분류하지 않은 것은 이 모든 글들이 결국에는 다문화 시대가 가져온 근본적인 인식상의 변화로 인해 가능했다고 판단하기 때문입니다. 특히 2000년대 이후의 글들을 다룬 7장까지의 글들에서는 개별 작품이나 작가의 특징을 조명하기보다는, 조금은 거시적인 시각에서 다문화 소설에 관한 조그마한 지도라도 그려보고자 노력했습니다. 그러한 시도가 많은 글들에서 유형화의 방법으로 나타났음을 확인하게 됩니다. 유형화의 그물이 엉성하기도 하고, 유형화 자체가 작품의 가치 평가와 연결되는 성급한 모습도 보입니다. 이 모든 것이 지나침과 모자람의 소산임을 고백합니다.

마지막으로 이 책의 표제로 사용된 '다문화'라는 말에 대한 약간의 설명이 필요하다는 생각이 듭니다. '다문화'라는 용어는 인종적 · 민족적 · 문화적 다양성이 급격하게 증대하고 있는 2000년대 이후 한국 사회의 핵심적인 특징을 기술하기 위한 가치중립적 용어로 사용하였습니다. 표제의 '다문화'를 곧바로 '다문화주의'로 연결시키는 성마른 독자가 혹시나 계실까 염려가 됩니다. 삼척동자도 알다시피 오늘날 다문화주의는 본래의 긍정적 기능을 상당 부분 상실하였으며, 본래의 의도와는 다르게 한 사회 속에 존재하는 다양한 문화집단들을 분리시키는 결과를 가져오고 있습니다. 본문에서도 이러한 문제점에 대해 지속적인 관심을 기울이고자 노력하였습니다. 진정 우리가 지향해야 할 것은 인종 · 민족 · 문화 간의 대화와 상호작용을 통해 고유성과 보편성이 공존하는 사회를 만들어나가는 일일 것입니다. 그러나 한편으로는 다문화주의의 한계를 말하는 것이 지적 유희로 느껴질 만큼 한국 사회의 현실은 너무도 척박하다는 생각이 들기도 합니다.

이 책을 완성하는 과정에는 연구지원이 확정된 이후 여러 학술지를 통해 발표한 논문들이 적극적으로 활용되었습니다. 본 연구를 진행하는 과정에서 근간이 된 논문들을 각 장별로 정리해 보면 다음과 같습니다.

2장 「결혼이주여성 제재 소설의 문화변용 양상에 따른 유형 분류」(『한국현대문학연구』 46집)

3장 「2000년대 다문화소설 연구」(『한국현대문학연구』 40집)

8장 「이효석의 『벽공무한』에 나타난 하얼빈」(『현대소설연구』 58집)

9장 「만주국 붕괴 이후의 귀환서사 연구」(『만주연구』 19집)

이 논문들을 책으로 만들어나가는 과정에서 대폭적인 보완과 수정이 이루어졌습니다. 특히 2장과 3장은 본래 발표된 논문의 두 배가 넘는 분량이 될 정도로 많은 내용들을 보충하였습니다. 이것은 논문을 쓸 당시에 미처 발견하지 못했던 작품들이나, 논문 발표 이후 새롭게 창작된 작품들을 대폭적으로 보강했기 때문입니다. 때로는 작품에 대한 독해나 분류를 발표 당시와는 완전히 새롭게 한 경우도 있습니다. 8장과 9장의 경우에도 책 전체의 유기성을 위하여 부분적인 수정을 가하였습니다. 7장은 저자의 첫 번째 저서에 수록된 「바다를 건너는 두 가지 방식」과 「넘어선 것과 넘어서지 못한 것」을 종합 정리한 것입니다. 다문화 시대의 중요한 문학적 상상력을 보여준다는 관점에서 중복의 위험을 무릅쓰고라도 수록하지 않을 수 없었습니다.

이런 정리 과정을 거치면서 이 연구가 자각적이지는 않지만 상당히 오랜 기간 이루어진 고민의 결과물임을 확인할 수 있었습니다. 또한 이 책을 만들어나가는 과정은 문학작품에 대한 해석이 시대나 맥락에 따라 변화될 수밖에 없다는 비평원론을 실감할 수 있는 계기가 되었다는 점에서도, 저에게 유익한 시간이었습니다. 마지막으로 저의 연구계획을 북돋아 주신 한국연구원의 따뜻한 지원에 진심으로 감사드립니다. 부디 이 책이 100권에 가까워오는 한국연구원의 한국연구총서 목록에 누가 되지 않기를 바랄 뿐입니다.

동호(東湖)를 바라보며

2015년 9월 이경재

목차

1장

다문화 시대의 한국문학

소설은 네이션과 근본적인 차원에서 깊이 결부되어 있는 문학 장르이다. 주지하다시피 소설은 신문과 더불어 민족이라는 상상의 공동체를 재현하는 기술적 수단을 제공했다.[1] 나아가 소설의 언어가 학교교육을 통해 습득된 문어라는 점에서, 소설이라는 문학 형식이 근대의 국민화,

1 소설에 등장하는 수많은 인생들은 동일한 시기에 동일한 사회에 살고 있다는 사실에 의해서 동시에 등장한다. 소설을 읽는 독자들은 실생활에서의 접촉 여부와는 무관하게 자신들과 같은 시간대에 존재하는 사람들이 있으며 자신과 이들이 동시대인으로서 동일한 사회적 실재 안에 있다는 상상을 하게 되는 것이다. 이처럼 소설은 민족과 그 근원에서부터 깊이 결부되어 있는 문학장르이다(베네딕트 앤더슨, 윤형숙 역, 『상상의 공동체』, 나남출판사, 2002, 46~58면).

국민국가화와 밀접하게 관련되어 있다는 주장도 있다.[2] 가라타니 고진 역시 소설과 네이션의 강력한 연관성을 이야기하였다. 그는 소설이 본래 두 가지 기능을 수행함으로써 근대의 시대정신으로서의 권위를 지닐 수 있었는데, 그 하나는 근대소설이 지적 능력과 감성적 능력을 매개하는 상상력의 힘을 적극적으로 활용하여 타자들과의 공감 능력을 훈련시킴으로써 "'공감'의 공동체, 즉 상상의 공동체인 네이션의 기반"[3]이 되었다는 것이다. 최근에는 한국문학이 세계문학사에서도 문학의 정치화 또는 국민화(nationalization)를 대표하는 사례라는 견해도 주목받고 있다.[4] 20세기 한국소설이 정치적 이데올로기의 큰 영향권 내에서 창작되었으며, 그 다양한 이념 중에서도 민족주의가 주도적인 담론으로 기능했음은 재론할 필요가 없는 사실이다. 이광수는 「문학이란 何오」(『매일신보』, 1916.11.10~23)에서 문학은 "조선인의 사상 감정을"[5] 담은 문학이라고 주장하였다. 이것은 '문학=민족(조선인)'이라는 강력한 민족주의 문학론이라고 말할 수 있다.

그러나 한국문학은 더 이상 네이션이라는 범주로만 포괄할 수 없는 새로운 단계로 접어들고 있다. 이것은 네이션 스테이트의 한계를 벗어나려는 사회적 현상에서 비롯되는 것이다. 20세기가 국민국가를 실험한 시대였다면 21세기에는 국민국가를 '넘어서려는' 실험이 시작되고 있는 것이다.[6] 2000년대 이후 한국문학은 민족이라는 경계 안에서 작

2 오카 마리, 김병구 역, 『기억 서사』, 소명출판, 2004, 59~60면.

3 다른 하나는 객관적 재현 장치인 언문일치, 묵독 등을 발전시킴으로써 외적 세계와 내면 공간을 성찰적으로 재구성할 수 있는 내면적 주체를 형성시키는 역할을 수행한 것이다(가라타니 고진, 조영일 역, 『근대문학의 종언』, b, 2006, 51면).

4 Casanova, Pascale, *The World Republic of Letters*, MA : Harvard UP, 2007.

5 이광수, 『이광수전집』 1, 삼중당, 1971, 551면.

동하던 이전의 상상력과 감수성을 초월하기 시작하였다.[7] 이것은 세계 시장 안에서 자본과 노동력의 탈국경적인 움직임이 매우 활발해진 것과 관련된다. 단일한 민족국가 체제에 균열을 일으키는 탈국경적인 현상은 전 지구적으로 자본주의화한 최첨단 기술에 힘입어 우리의 일상에 깊숙이 침투한 것이다.[8]

탈민족주의적 현상을 가장 선명하게 보여주는 존재는 한국 사회에 무시할 수 없는 속도로 증가하고 있는 이주민들이다. 그동안 우리는 순혈주의적 민족 관념에 바탕해 단일민족신화를 끊임없이 재생산해왔다. 그러나 현재 한국에는 유학생과 이주노동자, 국내거주 재외동포, 결혼이주자를 포함한 체류 외국인이 2014년 기준으로 약 178만 명이 존재한다. 이 숫자는 2013년 대비 12.9% 증가한 것이다. 2000년 이후 이주노동자와 결혼이주여성 등의 외국인 체류자는 국내 인구증가율에 비해 훨씬 큰 폭의 증가추세를 보이고 있다. 정부 수립 후 체류 외국인이 1백만 명으로 증가하는데 약 60년이 걸린 것과 달리 이후 178만 명이 될 때까지는 불과 수년이 필요했다.[9] 이처럼 이주민이 급속하게 증가한 것은 한국 사회가 다른 선진국처럼 '사회적 재생산의 위기'를 경험하고 있기 때문에 벌어진 현상이다.[10]

---

6 나병철, 『근대서사와 탈식민주의』, 문예출판사, 2001, 174면.

7 김예림, 「'경계'를 넘는 문학적 시선들」, 『문학 풍경, 문화 환경』, 문학과지성사, 2007, 93~95면.

8 정은경, 『디아스포라 문학』, 이룸, 2007, 12면.

9 김태환, 『다문화사회와 한국 이민정책의 이해』, 집사재, 2015, 92면.

10 김현미, 『우리는 모두 집을 떠난다』, 돌베개, 2015, 20면. 한국 사회는 지금 저출산·고령화 사회로 이행하며 성장이 둔화되기 시작했다. 생산가능 인구는 2016년 3천 7백만 명을 정점으로 감소하고, 2017년에는 65세 이상의 고령 인구가 유소년 인구를 초과하는 등 한국의 인구구조가 고령화될 것으로 예측되고 있다(김태환, 앞의 책, 92면). 이로 인해

이주노동자나 결혼이주여성 이외에도 3만여 명에 이르는 탈북자들이 한국에 살고 있으며, 20만여 명에 이르는 결혼이주여성들의 자녀가 한국인으로 성장하고 있는 상황이다. 또한 수많은 한국인들이 다양한 이유로 해외에 나가 생활하고 있다.

이러한 상황은 순혈주의적 단일민족신화에 사로잡힌 한국인들에게 민족적 정체성을 재고하도록 요구한다.[11] 따라서 근대의 강고화 된 민족 범주를 벗어나 우리 안에 나타난 타자들과의 관계 속에서 새로운 공동체를 구성하는 문제는 시급한 관제가 아닐 수 없다. 이주민들의 존재는 더 이상 혈통이나 영토에 의해 규정되는 민족의 개념을 넘어선 새로운 차원의 윤리와 정치를 우리에게 요구하고 있는 것이다.[12]

해방 이후 다문화 현상은 주로 미국과 관련해서 나타났다. 한국전쟁은 수십 개국이 참여한 국제전의 성격을 지니고 있으며, 이후 수만 명의 미군이 상시적으로 대한민국에 존재하고 있다. 이러한 상황에서 한국은

이민을 더욱 적극적으로 받아들여야 한다는 주장이 강력하게 제기되고 있다. "이미 노동력 부족에 직면한 유럽의 국가들은 이민 확대로 난관을 극복하고 있다. 호주와 캐나다는 각각 28%와 21%에 달한다. 이보다 더 적극적인 싱가포르와 스위스는 이민자 비중이 43%, 29%인 반면 한국은 2.5%에 불과하다. 한국의 출생아 수는 1971년 102만 명이었으나 2014년 44만 명으로 급감했다. 이제 자연 증가로만 인구절벽을 극복하기 어렵다. 이민을 대폭 확대하지 않으면 마이너스 성장이 불가피해질 것이다. 따라서 한국은 연간 인구의 0.5%(25만 명) 정도를 과감하게 이민으로 받아들일 필요가 있다"(주명건, 「인구절벽 맞는 한국의 생존 전략은?」, 『중앙일보』, 2015.6.29).

11 민족은 객관적 요소들인 언어, 지역, 혈연, 문화, 정치, 경제, 역사와 주관적 요소인 민족의식을 공통으로 갖는 집단이라 설명할 수 있다(신용하, 「민족 형성의 이론」, 신용하 편, 『민족이론』, 문학과지성사, 1985, 13~39면). 이 중에서도 민족을 구성하는 핵심요소는 언어와 혈연이다.

12 국민국가의 경계를 넘어선 이동이 보편화 된 시기에 이러한 이주민의 모습은 과거와 미래의 우리 자신이기도 하다. 츠베탕 토도로프는 현대 사회의 "우리 모두는 잠재적인 외국인이나 다름없다"(츠베탕 토도로프, 김지현 역, 『민주주의 내부의 적』, 반비, 2012, 184면)고 주장한다.

혼혈아로 대표되는 다문화적 현상을 오랫동안 겪어 왔던 것이다. 한편으로는 단일민족신화를 강요하면서 다른 한편으로는 세계 초강대국의 절대적인 영향력 아래에서 살아야 했던 상황은 우리에게 굴절된 의식을 심어 주었다. 그것은 혼혈아에 대한 멸시와 미국(백인)에 대한 숭배로 나타났다.

이러한 굴절된 의식은 전성태의 「이미테이션」(『문학과사회』, 2008 겨울)에 잘 나타난다. 이 작품에서 대한민국의 학교는 단일민족신화를 강박적으로 교육한다. 고등학교 국사선생님이 읽으라고 강요하는 교과서에는 "우리 민족은 세계사에서 보기 드문 단일민족국가로서의 전통을 이어가고 있다"(117)[13]는 문장이 적혀 있으며, 초등학교 선생님은 "우리는 생김새가 서로 같고 같은 말과 글을 사용하는 단일민족"(117)이라고 설명한다. 이러한 상황에서 날 때부터 유난히 흰 피부와 누르스름한 곱슬머리를 타고난 주인공은, 어디를 가든 "양키 아니면 튀기"(116) 혹은 "아이노코"(118)라는 말을 듣는다. 고통스런 현실에서 벗어나기 위해 주인공은 "미국계 혼혈"(118)이 되기로 결심한다. 그는 한국 사회에서 온갖 고통을 겪던 혼혈아가 어느 날부터인가 완전히 미국인 행세를 하여 인생반전을 이룬 기사를 읽은 후에 혼혈아가 되기로 결심한 것이다. 그는 자신의 이름을 기사 속 혼혈아의 이름인 게리 워커 존슨으로 바꾼다. 그리고서는 "미국 로컬 스쿨을 그대로 옮겨놓"(106)았다고 선전하는 영어 학원에서 원어민 강사 노릇을 하며 지낸다. 이러한 굴절된 의식은 백인에게 비참하게 차이고도 미국이나 호주로 유학가는 게 꿈인

13 앞으로 괄호 안 숫자는 인용된 작품의 면수를 의미한다.

미예에게서도 나타난다. 김재영의 「코끼리」(『창작과비평』, 2004 가을)에는 네팔에서 온 쿤이 "한국 사람들은 단일민족이라 외국인한테 거부감을 갖는다고?"(197)라며 질문하면서, 곧 "웃기는 소리 마. 미국 사람 앞에서는 안 그래. 친절하다 못해 비굴할 정도지"(197)라고 말하는 대목이 등장한다.

그러나 2000년대 이후 한국의 다문화 상황은 그 이전과는 비교도 할 수 없이 보다 전면적인 단계에 접어들었다. 이제 기존의 민족주의적 문학관을 넘어서는 문학 자장의 변동과 더불어 다문화 현실을 다룬 소설에 주목할 필요가 있다. 실제로도 2000년대 문학은 다문화 다인종 다언어 상황에 대하여 창작과 비평 양방면에서 활발한 논의를 보여주었다.[14] 2000년대 후반에 이르러서는 비평적 담론의 차원을 넘어 학문연구의 차원으로 그 수준이 한 단계 진전되고 있는 것이다.

지금까지 다문화 소설에 대한 연구는 크게 네 가지 측면에서 이루어졌다. 첫 번째로는 대표작들을 꼼꼼하게 살펴본 작품론들이 있다. 송현호는 「코끼리」, 「이무기 사냥꾼」, 『잘 가라, 서커스』, 「조동옥 파비안느」, 「가리봉 양꼬치」 등을 반영론적인 입장에서 살펴보고 있다.[15] 장미

14 2000년대 주요 문예지들은 다문화 상황에 대한 특집을 경쟁적으로 선보였다. 대표적인 것을 정리하면 다음과 같다. 「길 위의 인생-이동, 탈출, 유목」, 『문학동네』, 2006 겨울; 「이주노동자와 한국문학」, 『내일을 여는 작가』, 2006 겨울; 「아시아 문학-한국문학 안으로 들어온 아시아」, 『문학들』, 2007 봄; 「한국 속의 외국 / 외국인」, 『너머』, 2007 겨울; 「외국인이란 무엇인가」, 『세계의 문학』, 2008 겨울; 「혼종공간」, 『작가세계』, 2010 봄.

15 송현호, 「「코끼리」에 나타난 이주 담론의 인문학적 연구」, 『현대소설연구』 42집, 한국현대소설학회, 2009.12, 229~252면; 송현호, 「「이무기 사냥꾼」에 나타난 이주 담론의 인문학적 연구」, 『한중인문학연구』 29집, 한중인문학회, 2010.4, 21~42면; 송현호, 「『잘 가라, 서커스』에 나타난 이주 담론의 인문학적 연구」, 『현대소설연구』 45호, 한국현대소설학회, 2010.12, 239~262면; 송현호, 「「조동옥, 파비안느」에 나타난 이주 담론의 인문학적 연구」, 『현대소설연구』 50집, 한국현대소설학회, 2012.8, 209~236면; 송현

영은 천운영의 『잘 가라, 서커스』에서 국경을 넘나드는 경계적 존재들은 "국가, 민족이 규율하는 국민국가적 틀 대신 가변적 윤리 감각과 상상의 연대 감각을 통해 나름의 정체성을 구축하면서 새로운 삶의 전략을 모색"[16]한다고 주장한다. 송명희는 공선옥의 「가리봉 연가」에 재현된 결혼이주여성을 살펴본 후, 공선옥은 "작중의 결혼이주여성이 겪는 문제를 개별 남성의 지배가 아니라 글로벌 자본주의 구조에서 발생하는 구조적 문제라는 인식을 갖고 작품을 썼다는 점에서 사회주의적 페미니즘 의식을 지닌 작가"[17]라고 결론 내린다. 송명희는 서성란의 「파프리카」를 분석하며 우리 사회에서 소외된 타자로 살아가는 베트남 여성들이 직면한 문제들을 날카롭게 드러냈다고 고평하고 있다.[18]

두 번째는 다양한 시각에서 다문화 소설을 탐구한 주제론적 시각의 논문들이 있다. 박정애는 젠더적 관점을 도입하여 박범신의 『나마스테』와 천운영의 『잘 가라, 서커스』에 나타난 다문화가족의 성별적 재현 양상을 연구한 글에서, "외국 여성과 결혼한 한국 남성이 법적, 사회적으로 연민 / 지원의 대상이 될 때 외국 남성과 결혼한 한국 여성은 쉽사리 경멸과 증오의 대상으로 전락하고, 한국 남성과 결혼한 외국 여성이 민자가 동화 / 포섭의 대상이 될 때 한국 여성의 배우자가 된 외국 남성

호, 「「가리봉 양꼬치」에 나타난 이주 담론 연구」, 『현대소설연구』 51집, 한국현대소설학회, 2012.12, 349~372면.

16 장미영, 「디아스포라문학과 트랜스내셔널리즘(1)」, 『비평문학』 38집, 한국비평문학회, 2010.12, 455면.

17 송명희, 「다문화 소설 속에 재현된 결혼이주여성」, 『한어문교육』 25집, 한국언어문학교육학회, 2011.11, 149면.

18 송명희, 「다문화소설에 재현된 베트남 여성－서성란의 「파프리카」를 중심으로」, 『현대소설연구』 51집, 한국현대소설학회, 2012.12, 41~70면.

노동자는 차별 / 배제의 대상이 된다는 사실"[19]을 밝혀내고 있다. 강진구는 결혼이주여성의 삶이 파국으로 끝나는 것, 결혼이주여성을 불평등한 국제노동분업의 이름 없는 부속품으로 여기거나 그 범죄의 희생양으로 이미지화하는 것, 이주여성들을 불임 또는 유산하는 여성으로 재현함으로써 정주의 가능성을 차단해 버리는 것 등의 근거를 들어, 다문화소설에서 결혼이주여성이 "타자로 분류 관리"[20]된다고 지적한다. 연남경은 『나마스테』, 『잘 가라, 서커스』, 『나의 이복형제들』에 나타난 다문화 주체들이 이방인이라는 자리에서 벗어나 "선언, 탈주, 전복을 꾀하는 정치적 주체"[21]로 변모하는 양상을 추적하고 있다. 이미림은 「코끼리」, 『완득이』, 『이슬람 정육점』 등의 작품을 다문화 성장소설이라는 관점에서 고찰하였다.[22]

세 번째는 다문화 소설을 유형화하고 앞으로의 전망을 제시하는 논의들이 있다. 우한용은 21세기 한국 사회의 중요한 특징으로 단일문화주의가 다문화주의로 옮겨가는 것을 들고 있으며, 다문화 현상은 소설의 공간(영토) 확장, 새로운 문제적 인물들의 형상화, 다른 이념의 모색과 창출, 새로운 양식의 소설언어(문체) 형성, 새로운 비평방법의 정립 등을 가능케 할 것으로 전망한다.[23] 송현호는 다문화 현상을 다룬 소설의 유

---

19 박정애, 「2000년대 한국소설에서 '다문화가족'의 성별적 재현 양상 연구」, 『여성문학연구』 22권, 한국여성문학학회, 2009, 93면.

20 강진구, 「한국소설에 나타난 결혼이주여성의 재현 양상」, 『다문화콘텐츠연구』 11집, 중앙대 문화콘텐츠기술연구원, 2011.10, 171면.

21 연남경, 「다문화 소설의 탈경계적 주체 연구」, 『현대문학이론연구』 49권, 현대문학이론학회, 2012, 222면.

22 이미림, 「다문화성장소설연구」, 『현대소설연구』 51집, 한국현대소설학회, 2012.12, 373~401면.

23 우한용, 「21세기 한국 사회의 다양성과 소설적 전망」, 『현대소설연구』 40집, 한국현대

형을 주변인과 타자의 서사, 이주노동자의 서사, 외국인 이주민 2세의 정체성, 다문화 가정의 출현, 외국인 이주민 2세 교육의 서사로 나누어 살펴보고 있다.[24] 이정숙은 다문화 사회에서 지향해야 할 가치로 "자생력, 접목, 조화"[25] 등을 강조한다. 송희복은 한국 다문화 소설의 인물 유형을 심리적 내면 상황 속의 인간상, 사회적 의미로 확장된 인간상, 텍스트적 기능으로서의 인간상으로 나누어 살피고 있다.[26] 최병우는 이주민을 다룬 한국 현대소설을 이주민의 성격에 따라 이주노동자를 다룬 소설, 조선족을 다룬 소설, 결혼이주여성들을 다룬 소설, 탈북자를 다룬 소설로 나눈다. 이러한 이주민 소설의 문제점과 의의로는 "첫째, 이주민과 관련한 보다 다양한 문제들에 관심을 가지고 인간학적인 관점에서 그것이 갖는 의미를 해명하는데 노력을 기울일 필요가 있다. 둘째, 그간의 이주민을 제재로 한 소설이 갖는 이분법적 대립과 같은 편향성에 대해 일정한 반성이 필요하다. 셋째 이주민들의 삶과 내면에 대한 인간학적인 이해를 통해 그들의 내밀한 세계를 바라볼 수 있는 노력이 필요하다"[27]고 정리한다.

마지막으로는 한국인이 이주민을 대하는 윤리적 태도에 대하여 살펴본 논의들이 있다. 이호규는 이응준의 「아마 늦은 여름이었을 거야」, 김

소설학회, 2009.4, 7~35면.

24 송현호, 「다문화 사회의 서사 유형과 서사 전략에 관한 연구」, 『현대소설연구』 44집, 한국현대소설학회, 2010.8, 171~198면.

25 이정숙, 「다문화 사회와 한국 현대소설」, 『한성어문학』 30권, 한성어문학회, 2011, 22면.

26 송희복, 「한국 다문화 소설의 세 가지 인물 유형 연구」, 『배달말』 47집, 배달말학회, 2010.12, 309~334면.

27 최병우, 「한국 현대소설에 나타난 이주의 인간학」, 『현대소설연구』 51집, 한국현대소설학회, 2012.12, 9면.

연수의 「이등박문을, 쏘지 못하다」, 김인숙의 「바다와 나비」 등을 검토한 후에, "한국 현대문학에 있어서 조선족은 주체적 면에서나 그와 결부되는 현실적 문제인식에 있어서 아직 본격적으로 소설적 대상이나 주제로 다루어지지 못하고 있음을 알 수 있다"[28]고 결론 내린다.[29] 오윤호는 2000년대 소설이 외국인 이주자의 삶을 사실주의적으로 그렸다는 점은 인정할만하지만, "외국인 노동자의 삶을 '가난'과 결부시킴으로써 그들의 소외되고 왜곡된 삶이 비판적 문제의식보다는 연민과 동정을 불러일으킨다"[30]고 지적한다. 임경순은 "다문화 소설들이 보여주고 있는 타자들의 실상은 대개 주류로서의 한국인 대 비주류로서의 외국인이라는 도식적인 틀 속에서 이루어진 동화와 배제의 관계에서 크게 벗어나지 못하고 있다"[31]고 주장한다. 허병식 역시 "타자에 대한 서사가 그들의 권리에 대한 주장을 대신 들려주는 것을 넘어서 타자에 대한 직접적 열림

---

28 이호규, 「'타자'로서의 발견, '우리'로서의 자각과 확인—2000년대 이후 한국소설에 나타난 조선족의 양상 연구」, 『현대문학의 연구』 36집, 한국문학연구학회, 2008.10, 173면.

29 다문화 소설 중에서도 조선족이 등장하는 소설에 대한 연구가 가장 활발하게 이루어졌다. 이것은 실제의 사회적, 문학적 현실을 반영한 결과이다. 2011년 말 체류외국인 중 한국계 중국인은 33.7%(470,570명)에 이르고, 결혼 이민자 중 20.1%(29,184명), 2012년 2/4분기 서울거주 외국인 중 61.8%(164,560명) 등 높은 비중을 차지한다(김세령, 「2000년대 이후 한국소설에 재현된 조선족 이주민」, 『우리문학연구』 37집, 우리문학회, 2012.10, 431면에서 재인용). 또한 창작된 작품의 양에 있어서도 조선족 이주민들을 다룬 소설이 가장 많이 창작되었다. 조선족과 고려인 등 해외동포의 귀환 이주는 2007년 방문취업제를 통해 합법화되었다(김현미, 앞의 책, 21~24면).

30 오윤호, 「디아스포라의 플롯—2000년대 소설에 형상화된 다문화 사회의 외국인 이주자」, 『시학과 언어학』 17호, 시학과 언어학회, 2009.8, 247면. 오윤호는 다른 글에서도 위와 같은 입장을 드러내고 있다. "한국인의 입장에서 외국인 이주자를 바라본다는 점에서 정치적, 경제적으로 '우월한 시선'이 서술과정에 내재하면서 인종적 편파성이나 왜곡된 동정주의가 나타나기도 한다"(「외국인 이주자의 형상화와 우리 안의 타자 담론」, 『현대문학이론연구』 40집, 현대문학이론학회, 2010, 244면)는 것이다.

31 임경순, 「다문화시대 소설(문학)교육의 한 방향」, 『문학교육학』 36호, 한국문학교육학회, 2011, 405면.

속에 뿌리를 내릴 때, 타자의 윤리는 '관용'을 넘어 나아갈 수 있을 것이다"[32]라고 말한다. 김세령은 2000년대 이후 한국소설에 재현된 조선족 이주민의 정형화 양상과 소수자 간의 소통 가능성과 불통의 현실이 갖는 의의와 한계를 검토하고 있다. 이 논의를 통해 지금까지 창작된 다문화소설들은 "새로운 '다문화' 주체로서 '조선족 이주민'을 다루기보다는 타자화된 주변인으로서 형상화하고 있으며, 탈주와 균열의 조짐을 보이고 있기는 하지만 대부분 무기력한 현실 순응이나 소수자들 간의 공감이나 연민에 머물고 있다는 한계를 갖는다"고 결론 내린다.[33]

그러나 2000년대에 창작된 다문화 소설에서 한국인이 이주민을 대하는 태도는 단순하게 타자화만으로 설명할 수는 없다. 타자화 이외에도 그와는 다른 관계 맺기의 태도도 빈번하게 나타나기 때문이다.[34] 이 책의 2장과 3장에서는 한국인과 이주민의 관계 맺기를 중심으로 다양하게 나타나고 있는 소설들의 양상을 구체적으로 살펴보고자 한다.

이 책은 일반적으로 다문화 소설이라 일컬어지는 작품들은 물론이고, 전지구적인 차원에서 벌어지고 있는 다문화적 상황을 반영한 작품들도 적극적으로 살펴보고자 하였다. 나아가 한국의 다문화적 상황이 작가의

---

32 허병식, 「2000년대 한국소설에 나타난 다문화주의와 정체성 정치 비판」, 『다문화와 평화』 6집 1호, 성결대 다문화평화연구소, 2012, 81면.

33 김세령, 앞의 글, 461면.

34 이 글에서 타자(other)는 서양철학과 문화담론에서 일반적으로 사용되듯이, '본질적인 것에 대립하는 비본질적인 것'이라는 의미로 사용하였다. 남성을 주체로 상정했을 때 성립하는 여성이라는 범주가 타자의 대표적인 예라고 할 수 있다. 시몬느 드 보부아르는 "그녀는(여성은) 남성과의 관계에서 정의되고 차이화되지만, 남성이 여성과의 관계에서 정의되고 차이화되지는 않는다. 그녀는 우발적인 것, 본질적인 것에 대립되는 비본질적인 것이다. 그는 주체이고 절대이다. 그녀는 타자다. 타자라는 범주는 의식 자체만큼이나 원초적인 것이다"(시몬느 드 보부아르, 이용호 역, 『제2의 성』, 을유문화사, 1978)라고 주장하였다.

상상력이나 사유에 가져다 준 변화를 반영한 소설들까지 연구의 대상에 포함시켰다. 이를 통해 다문화 시대는 소설의 공간, 인물, 주제, 사건, 문체 등의 다방면에 걸쳐 심대한 변화를 가져오고 있다는 사실을 확인할 수 있었다. 이를 통해 볼 때, 다문화적 상황은 앞으로의 소설을 규정짓는 핵심적인 심급으로 작용할 가능성이 매우 크다.

한국에서 다문화 시대는 2000년대 이후 본격화되었고, 그것을 반영한 소설들도 대부분 2000년대 이후에 창작된 것들이다. 이러한 기준에 비추어볼 때, 8장 「이효석의 소설에 나타난 다문화적 상상력」과 9장 「채만식의 「소년은 자란다」에 나타난 민족 공존의 가능성」은 조금 이질적인 글들이라고 생각할 수도 있다. 저자 역시 8장과 9장을 별도로 독립시킬 것인지 고민하기도 하였다. 그러나 다문화 상황은 21세기에만 나타난 것은 아니며, 불행한 과거이기는 하지만 1940년대에 만주를 중심으로 이미 펼쳐진 바 있다. 8장과 9장에서 다루는 작품들은 이에 대한 문학적 응전을 보여주는 한국문학사의 대표적인 사례들이다. 이러한 작품들의 연구를 통해 21세기 다문화 시대에 창작되고 있는 소설들을 이해하는 보다 거시적이고 입체적인 시각을 확보할 수 있게 되리라는 희망을 가져본다.

2장

결혼이주여성 제재 소설의 유형 분류

1. 서론

한국 사회는 오랫동안 순혈주의와 단일언어주의에 바탕한 단일문화주의를 신봉한 사회였다. 21세기에 들어 한국은 저출산에 따른 인구의 감소와 이전보다 개선된 생활수준으로 인한 저임금의 육체노동을 기피하는 경향이 널리 퍼지고 있다. 이것은 한국 사회가 다른 선진국과 유사하게 '사회적 재생산의 위기'를 경험하고 있음을 보여준다.[1] 이러한 사

1 김현미, 『우리는 모두 집을 떠난다—한국에서 이주자로 살아가기』, 돌베개, 2014, 19~20면. 사회적 재생산은 사람을 출산하고 생존하게 하는 전 과정을 의미한다. 특히 미래의 노동인구를 생산하고 이들에게 의식주, 안전, 건강, 돌봄을 제공함으로써 노동력을 재생산하고 세대를 연속시키는 것을 의미한다. 또한 그 사회가 유지되는데 필요한 지적·사회적 가치와 문화적 관습을 전수하고 집합적 정체성을 만들어내는 모든 사회적

회적 위기를 타개하는 방법으로 최근 20년간 이주자가 급격하게 한국 사회로 유입되었다. 이 중에서 결혼이주여성은 저출산과 고령화, 그리고 가족 해체에서 비롯된 '인구 재생산의 위기'를 해결해 줄 수 있는 존재로 부각되었다.[2] 특히 결혼이주여성[3]은 잠시 체류하다가 본국으로 돌아갈 이주노동자와 달리 한국에서 영구적으로 거주하려는 계획을 가졌으며, 자녀까지 출산한다는 점에서 다문화 사회의 가장 핵심적인 사람들로 받아들여졌다.[4]

2014년 기준 결혼이민자는 151,737명이고, 이중 여성은 129,054명으로 전체의 85%를 차지한다.[5] 한국정부도 이주노동자와 달리 결혼이

과정을 포함한다(Elson, Diane, "The Economic, the Political and the Domestic : Business, States and Households in the Organization of Production", *New Political Economy* 3(2), 1998, p.191).

2 남아선호가 사라지지 않은 채 행해진 가족계획 정책은 심각한 성비 불균형을 낳았고, 결혼을 선택으로 여기는 여성 인구층이 늘면서 결혼을 하지 못하는 저소득층 남성이 급증한 것이다(김현미, 앞의 책, 25~27면). 더불어 개별국가들의 여성이 열악한 경제적 여건에서 벗어나려는 의도도 결혼이주여성의 증가에 기여한 직접적 원인이다. 국제결혼은 여성이 이주 비용을 들이지 않고 자본주의 경제부국의 아시아 남성을 만날 수 있는 유일한 길이다. 실제로 결혼 그 자체가 목적이 아닌 경우도 존재한다. "이주노동자의 신분으로 한국에 들어오는 것보다는 결혼이라는 제도를 통해서 한국에 들어와 일을 하는 것이 더 쉽고 빠르며, 사회적 보장도 더 많이 받을 수 있다는 생각으로 이주해오는 여성들"(같은 책, 234면)도 존재하는 것이다.

3 결혼이주여성은 대한민국 국민과 혼인한 적이 있거나 혼인관계에 있는 재한외국인을 의미한다. 이에 해당하는 사람을 가리키는 용어로 결혼이민자, 결혼이민여성, 결혼이주여성 등의 호칭이 사용된다. 이 글에서는 가장 널리 사용되고 있으며, 여성가족부에서 공식용어로 사용하는 '결혼이주여성'이라는 표현을 사용하기로 한다. 결혼이주여성이라 불리는 국제결혼 가정의 외국인 배우자는 한국 아이의 어머니가 된다는 전제하여 한국 국적의 배우자로 '이민'이 허용된 한국 사회 최초의 정착형 이주자다.

4 실제로 한국의 다문화정책의 대상자들은 국제결혼이주여성과 다문화 가정 자녀들이라고 한다(최종렬, 「비교관점에서 본 한국의 다문화주의 정책」, 『사회이론』 37호, 한국사회이론학회, 2010 봄, 258면).

5 법무부(2014) 출입국 · 외국인 정책본부. 한국에 거주하고 있는 중 · 장기체류 외국인거주자는 2014년 기준 약 70만 명을 넘어서고 있다. 이주노동자가 약 61만 명, 여성결혼이

주여성은 장차 한국에 귀화하여 영주할 사람들이라는 생각에 바탕해 정책을 펼치고 있다. 한국정부가 결혼이주여성을 대하는 정책의 기본적인 프레임은 이들을 한국 사회의 가족으로 인정하고, 여성결혼이민자가 한국 사회에 어려움 없이 적응할 수 있도록 사회복지혜택 등을 부여하는 것으로 볼 수 있다.[6] 한국에서 다문화 논의가 활성화된 계기 역시 결혼이주여성의 증가 때문이며, 이로 인해 한국의 다문화 담론은 다문화 가정을 지원하는 정책과 구별되지 않은 채 혼용되어 사용될 정도이다.[7]

2000년대 이후 결혼이주여성을 형상화한 소설에 대한 논의도 적지 않게 이루어졌다. 1장에서 살펴본 강진구[8]와 송명희[9]의 논의를 대표적으로 들 수 있다. 이외에도 연남경은 「파프리카」를 분석하여 베트남 이주여성이 한국 남성주체의 욕망에 의해 온전한 인간이 아닌 하나의 육체로만 존재하는 문제점을 지적하였다.[10] 이미림은 결혼이주여성이 거주하는 다문화 공간은 이들이 공간적 계급적 문화적으로 타자임을 알려주며, 이들은 불법 체류의 위험에 노출되어 질병을 얻거나 비극적인 삶을 살게 된다고 설명한다.[11]

민자가 약 13만 명, 주로 중국국적의 한국인동포 약 30만 명, 외국인 유학생 약 8만 명, 기타 미등록외국인 등이다. 국제결혼도 나날이 증가하여 2007년에 이미 34만 3천여 건을 기록하였고, 2014년에는 국제결혼을 통한 만 18세 이하의 자녀만 204,204명에 이른다.

6 김태환, 『다문화사회와 한국 이민정책의 이해』, 집사재, 2015, 177면.

7 김현미, 앞의 책, 198면.

8 강진구, 「한국소설에 나타난 결혼이주여성의 재현 양상」, 『다문화콘텐츠연구』 11집, 중앙대 문화콘텐츠기술연구원, 2011.10, 171면.

9 송명희, 「다문화소설에 재현된 베트남 여성－서성란의 「파프리카」를 중심으로」, 『현대소설연구』 51집, 한국현대소설학회, 2012.12, 41～70면.

10 연남경, 「다문화소설과 몸 구현 양상」, 『한국문학이론과 비평』 48집, 한국문학이론과 비평학회, 2010, 155～173면.

11 이미림, 「조선족 이주여성의 타자적 정체성」, 『현대소설연구』 48집, 한국현대소설학회, 2011.12, 645～672면.

거의 모든 연구가 결혼 과정에 존재하는 비인간적 현상에 집중하고 있다. 이들의 결혼이 인신매매적 성격을 지니고 있으며, 돈을 매개로 하여 이루어지는 결혼의 비인간적 측면이 여러 차례 지적되었던 것이다.[12] 결혼이주여성 문제를 다룬 소설들에서 이들의 결혼은 "돈을 매개로 여성의 몸을 사는 범죄행위 정도로 취급"[13]된다. 지금까지 이주결혼에 대한 논의들은 대체로 국제결혼시장의 비인간적 성격이나 단지 돈과 이주만을 목적으로 한 이주여성들의 사기결혼 또는 결혼이주여성에게 가해지는 주변의 폭력 등에 많은 관심을 두어왔던 것이다.

이에 대한 반성으로 그들의 고유한 욕망과 정체성을 형성해가는 적극적인 모습에 주목하는 연구들이 나타나고 있다. "작품 속에서 이주여성의 젠더와 정체성이 형성되는 측면은 물론 그들이 자율적으로 자신의 욕망을 실현해가는 측면"[14]을 고찰하는 연구들도 등장하고 있는 것이다. 장미영은 천운영의 『잘 가라, 서커스』에서 국경을 넘나드는 경계적 존재들은 "국가, 민족이 규율하는 국민국가적 틀 대신 가변적 윤리 감각과 상상의 연대 감각을 통해 나름의 정체성을 구축하면서 새로운 삶의 전략을 모색"[15]한다고 주장한다. 심영의는 천운영의 『잘 가라, 서커스』와 송은일의 『사랑을 묻다』에 나타난 감정자본주의의 문제와 결혼이주여성들이 유목적 주체로서 변화하는 과정을 고찰하고 있다.[16] 서성란은

12 송명희, 앞의 글, 47면.
13 강진구, 앞의 글, 181면.
14 엄미옥, 「현대소설에 나타난 이주여성의 재현 양상」, 『여성문학연구』 29호, 한국여성문학학회, 2013.6, 357면.
15 장미영, 「디아스포라문학과 트랜스내셔널리즘(1)」, 『비평문학』 38집, 한국비평문학회, 2010.12, 455면.
16 심영의, 「다문화소설의 유목적 주체성 연구」, 『아시아여성연구』 52권 2호, 숙명여대 아

결혼이주여성을 불쌍하고 안타까운 존재로 바라보는 태도와 시선은 결혼이주여성을 "우리 사회의 배제된 타자로 만든다는 위험을 노정"[17]한다고 비판하며, 대신 "적극적이고 능동적으로 스스로 삶을 선택한 주체로 바라보는 폭넓은 관점과 접근"[18]이 필요하다고 주장한다.

이외에도 결혼이주여성의 자기표현에 대한 연구들이 이루어지고 있다. 강진구는 결혼이주여성이 쓴 '공모형 수기'와 '집단심층인터뷰 형식의 수기'를 대상으로 한 연구를 진행하였다.[19] 연남경은 최근 한국소설에서 결혼이민 현상을 다룬 작품의 결말이 일관적으로 비극적이며, 이주 여성이 철저한 희생자로서 재현되는 이유를 서사기호학과 공간기호학의 방법론을 통해 분석하고 있다.[20] 배옥주는 공선옥의 「가리봉 연가」를 통하여 결혼이주여성이 한국인들의 배타성으로 인해 장소 정체성을 잃어버리는 모습에 대해 고찰하고 있다.[21]

시아여성연구소, 2013.11, 147~174면.

17 서성란, 「한국 현대소설에 형상화된 결혼이주여성」, 『한국문예창작』 29호, 한국문예창작학회, 2013.12, 264면.

18 위의 글, 265면.

19 전자가 자신의 삶을 인정받고 싶어 하는 결혼이주여성들의 인정욕망과 다문화 정책의 가시적 성과를 내고자 하는 정책 당국의 이해관계가 결합된 것이어서 표현의 제약을 드러내는데 반해, 후자는 한글로 작성된 전자와 달리 이주 여성들의 모국어로 쓰여져 있어 보다 솔직하고 신랄하다는 분석을 하고 있다. 전자의 수기는 "결혼과정과 한국 입국－한국생활의 어려움－문화적 갈등 해소를 위한 노력(임신 및 출산)－완전한 한국인(행복한 가정)의 서사구조"를 보여주지만, 후자의 수기에는 전자에서 고통이 주어진 현실을 어떻게든 극복하고 '완전한 한국인'이 되기 위해 노력하는 과정이라고 할 수 있는 '그럼에도 불구하고'라는 장치가 제거되어 있다는 것이다(강진구, 「결혼이주여성의 '자기서사' 연구」, 『어문론집』 54집, 중앙어문학회, 2013.6, 105~135면).

20 연남경, 「여성 이주 소설의 기호학적 분석」, 『기호학 연구』 40집, 한국기호학회, 2014, 165~188면.

21 배옥주, 「국제결혼 이주여성의 장소 정체성 상실－공선옥의 「가리봉 연가」를 중심으로」, 『젠더와문화』 제6권 2호, 계명대 여성학연구소, 2013, 149~175면.

지금까지 소설속의 결혼이주여성에 대한 연구는 주로 그들이 타자화되는 방식이나 반대로 고유한 정체성을 찾아나가는 방식에 초점이 맞추어졌다고 해도 과언이 아니다. 이제는 보다 객관적인 시각에서 결혼이주여성이 한국 사회와 관계 맺는 양식을 종합적으로 살펴볼 필요가 있다. 본고에서는 베리(Berry)의 문화변용(acculturation)[22] 모델을 바탕으로 분류작업을 시도하고자 한다. 한국 사회는 여러 인종과 민족으로 구성된 다문화사회로 향해 가고 있다. 베리(Berry)는 이민자가 주류사회와 관계 맺는 방식을 네 가지 유형으로 나눈다. 모국의 문화는 유지하지 않고 새로운 사회의 문화만을 받아들이는 동화(Assimilation), 모국의 문화를 유지하면서 새로운 사회의 문화를 동시에 받아들이는 통합(Integration), 모국의 문화를 유지하면서 새로운 사회의 문화를 받아들이지 못하는 분리(Segregation), 모국의 문화도 유지하지 못하면서 새로운 문화를 받아들이지 못하는 주변화(Marginalization)로 구분하는 것이다.[23] 이 글은 이러한 문제의식으로 2절에서는 결혼이주여성이 동화의 담론이나 정책에도 포섭되지 못하고 한국 사회로부터 배제되는 소설들을, 3

22 문화변용이란 문화적 근원이 다른 사람들 간의 지속적이고 직접적인 접촉의 결과로 일어나는 변화를 의미한다(임선일, 『한국 사회 이주노동자의 문화변용』, 이담, 2011, 68면).

23 Berry, J.W., "Immigration, acculturation and adaptation", *Applied Psychology* vol.46, 1997, pp.5~34. 임선일, 앞의 책, 73~74면에서 재인용. 이에 대응하여 주류사회가 이민자를 대하는 전략유형도 주류사회가 이민자의 문화적 인종적 종교적 정체성을 인정하고 유지시키는데 적극적이기보다는 주류사회의 문화적 사회적 정체성을 더 많이 받아들이도록 유도하는 용광로(Melting Pot) 모형, 주류사회가 이민자 모국의 문화적 인종적 종교적 정체성을 인정하고 존중하며 동시에 주류사회의 문화도 순차적으로 적응하고 수용할 수 있도록 배려하는 다문화주의(Multiculturalism) 모형, 주류 사회가 이주민의 정체성을 인정하거나 존중하지 않고 또 이민자가 쉽게 적응하지 못하는 사회적 시스템과 구조 하에 있는 분리(Separation) 모형, 주변화의 의미와 맥을 같이하는 배제(Exclusio) 모형이 있다(같은 책, 70면).

절에서는 동화의 담론 속에 놓여 있는 소설들을, 4절에서는 동화와 더불어 자신의 고유성도 인정받는 소설들을 살펴보고자 한다.

2. 결혼이주여성의 등장 배경

이순원의 「미안해요, 호 아저씨」(『문학수첩』, 2003 가을)는 결혼이주여성을 소재로 한 소설 중에 비교적 초기에 쓰여진 작품이다. 이 작품에는 결혼이주여성이 한국 사회에 등장하게 된 사회적 상황 등이 잘 나타나 있다.

이 작품은 조선족 여성으로부터 시작되어 동남아 여성으로 확대된 결혼이주의 역사를 잘 보여준다. 결혼이주여성의 유입은 1990년대부터 한중수교와 농촌 총각 장가보내기 운동으로 본격화되기 시작하였고, 이때 처음 주요한 대상이 된 것은 중국의 조선족 여성들이었다. 그리고 시간이 지날수록 결혼이주여성은 베트남이나 태국, 필리핀 등으로 확대되었다.[24] 「미안해요, 호 아저씨」에는 이러한 상황이 잘 나타나 있다. 베트남 여자와의 국제결혼이라는 본격적인 이야기 이전에, 이 작품은 2년 전 연변 처녀와 결혼하라는 제안을 받고 고민했던 후배 작가의 "가슴 쓸쓸한 이야기"(199)로부터 시작된다. 서른여덟 살이 된 후배 작가의 고모

24 김태환, 앞의 책, 104면.

는 후배 작가에게 돈 500만 원을 마련하여 연변에 갈 것을 제안하는 것이다. 그때 그 작가는 "이름도 얼굴도 나이도 모르는 연변 처녀한테 미안"(202)함을 느끼며, "이러다 연변뿐 아니라 저 아래 태국이며 월남 필리핀까지 내려가는 사태가 벌어지는 것은 아닐까"(202)하는 예상을 하고, 그 예상은 불과 2년 만에 현실이 된다.

실제로 2년 만에 한국에는 "베트남 처녀 현수막"(202)이 등장하게 된 것이다. 대부분의 서사는 '내'가 초등학교 동문회 겸 체육대회에 참가하기 위해 고향에 내려가 결혼이주여성을 둘러싼 여러 가지 이야기를 듣는 것으로 되어 있다. 결혼이주여성을 맞이할 수밖에 없는 고향의 상황이 여러 가지 사례를 통해 제시된다. 학생 수가 모자라 '내'가 나온 초등학교는 폐교 될 위기이며, 동창인 영욱이는 마흔이 넘은 나이에도 혼자 산다. "여기 그런 사람 많다"(209)는 고향친구의 얘기처럼, 영욱이처럼 가정을 이루지 못한 경우는 일반적인 사례로 설명된다. "여자들은 점점 촌에 들어오지 않으려고 하고, 나이는 더 먹어 버리"는 상황에서 "촌에서 어물어물하다 서른 넘기고 서른다섯 넘기면 그 다음엔 저절로 홀아비로 늙어가기 마련"(210)인 것이다. 이것은 한 개인의 문제라기보다는 농촌 사회 전반의 구조적인 붕괴와 맞닿아 있는 것으로 이야기된다. 이런 상황에서 연변의 여성을 시작으로 하여 이주여성은 농촌 사회의 재생산을 위해 한국 사회에 급격하게 유입된다.

마흔다섯 살의 오익이는 베트남 여성과 세 번째로 결혼을 하게 되는데, 그 과정은 한국의 농촌남성들이 베트남 여성을 구할 수밖에 없는 이유를 보여주는 것이기도 하다. 처음에는 시골로 시집오는 것을 싫어하는 한국여성과 결혼하지만, 그 결혼은 4개월 만에 이혼으로 끝난다. 두 번째는 연변에서 온 여자와 결혼하지만 그녀는 결국 패물만 몽땅 걷어서 도망간다. 이런 과정을 거친 후에 오익이는 세 번째로 스물 한 살의 베트남 여자와 결혼을 하게 된 것이다.[25] 오익이의 얘기는 "영욱이의 얘기가 될 수도 있고, 이 운동장에 왔거나 오지 않은 비슷한 처지의 또 다른 누군가의 얘기가 될 수도 있"(212)다.

이 작품에서는 "그냥 돈 주고 남의 나라 처녀 하나 사오는"(218) 거라고 해도 과언이 아닌 베트남 여성과 한국 남성의 결혼과정이 자세하게 드러나 있다. 그 과정은 고향 마을에 붙어 있는 "초혼 재혼 월남처녀와 결혼하세요. 장애자, 연세 많으신 분 절대 도망가지 않습니다!!"(222)라는 현수막의 "집단적인 비열함"(213)이 실현되는 과정이기도 하다. 소아마비 남동생을 둔 성희는 오익이의 결혼 이야기에 큰 관심을 기울인다.

「미안해요, 호 아저씨」에서 가장 주목할 점은, 결혼의 한 당사자인 '베트남 처녀'가 직접적으로 등장하지 않는다는 점이다. '베트남 처녀'는 여러 사람의 말을 거치거나 '나'의 상상을 통해서만 그 모습을 흐릿하게 드러낼 뿐이다. 베트남 여인의 목소리가 단 한번 들리는데, 거기에는 다음의 인용문에 드러난 것처럼 부모, 동생, 당신 등을 염려하는 마음만이 가득 담겨져 있다.

> 밤에 여자가 그러더래. 가족 때문에 결혼하는 거라고. 동생이 둘 있는데, 둘 다 공부를 잘한다고. 그렇지만 집이 가난해 둘 다 공부를 할 수 없어 부모가 자기에게 한국 사람하고 결혼하라고 한다고. 가족 때문에 결혼하지만,

---

25 베트남 여성과 결혼하는 오익이를 사람들은 "파월 용사"(210)로 부르는데, 이 말 속에는 한국 사회의 폭력적 남성중심주의가 드러나 있다.

한국에 가서 '빨리' 잘할 거라고 하더래. 한국말로 '당신 사랑', '당신 행복', '나는 희생', 하면서.(218)

결혼이라는 중요한 인생의 선택에 있어서 베트남 여인 자신의 욕망이나 의지는 전혀 드러나 있지 않은 것이다. 자신의 고유성을 인정받지 못하는 베트남 여인의 처지는 그녀가 '무명(無名)의 존재'라는 사실을 통해 더욱 강조된다.

'나'는 현수막 아래에 "베트남 여자아이가 작은 보퉁이를 안고 서 있는 듯한 느낌"(223)을 받는다. 그리고 그 여자아이는 '나'의 잠자리까지 쫓아오지만, '나'는 "그 여자이의 이름을 알 수 없다"(224)며 안타까워한다. "빅뚜이, 바오닌, 호치민"(224)을 떠올리고, "사이공 정부의 몇몇 부패했던 지도자들의 이름"(225)까지 억지로 떠올릴 수 있는 '나'이지만, "그 여자아이에게 붙여 줄 이름은 떠오르지 않"(225)는 것이다. 작품은 다시 한 번 그 여자아이가 이름이 없다는 사실을 강조하며 다음과 같이 끝난다.

이제 옆으로 조금씩 야위어가기 시작하는 열이레 달 아래에 이름도 없이 울고 서 있다.

이태 전 연변 처녀에 대한 후배의 마음이 이랬을까.

미안하다, 베트남 처녀여.

정말 미안하고 미안합니다, 바레.

그리고 미안해요, 호 아저씨 …… (225)

흥미로운 것은 베트남의 지도자인 호 아저씨(호치민)는 물론이고, '베트남 처녀'의 남자친구마저 바레라는 이름을 가진 상황에서, 정작 당사자인 '베트남 처녀'만은 이름이 없다는 사실이다. 이름조차 없는 이 베트남 여성의 존재조건에는, 앞으로 그녀가 헤쳐 나가야 할 고단한 한국 생활의 모습이 압축되어 있다.[26]

3. 한국 사회로부터 주변화되는 결혼이주여성

1) 극단적 주변화의 방식－살인, 자살, 출국

한수영의 「그녀의 나무 핑궈리」(민음사, 2006)는 주인에게 버림받은 개가 조선족 출신의 결혼이주여성 만자를 관찰하고 이야기하는 방식으로 되어 있다. 만자는 동배 어머니가 연변에서 병든 친정아버지의 치료비를 대는 조건으로 한국에 데려온 결혼이주여성이다. 만자는 "동배의 샌드백"(68)이라고 할만큼, 무위도식으로 세월을 보내는 동배의 폭력에

26 이순원의 「미안해요, 호 아저씨」에는 베트남에 대한 이해를 보여주려는 노력이 곳곳에 나타난다. 젊은 시절에 베트남에 가서 돈을 벌어와 성공한 길우 선배 이야기도 등장하고, 월남에 다녀와 알콜 중독에 시달리다 객사한 영욱이 형과 고엽제로 평생 고생한 경석이 아저씨의 이야기도 소개된다. 또한 경석이 아저씨를 통해 베트남에서 벌어졌던 무시무시한 "무용담"(208)도 등장한다. 베트남 전쟁 당시 커피, 트랜지스터 라디오 등이 모두 월남을 통해 들어온 사실을 통하여, 베트남 전쟁이 한국의 경제발전에 기여한 측면도 어느 정도 설명된다.

시달린다. 이 작품에서는 개와 만자가 동일한 층위에 놓여 있다. 개 역시 아무 이유 없이 동배에게 걷어차이듯이, 만자 역시도 특별한 이유 없이 폭력의 대상이 되는 것이다. 같은 처지의 개와 만자는 진한 교감을 나눈다.[27]

---

27 「그녀의 나무 핑궈리」에서 만자가 유일하게 교감을 나누는 대상은 버려진 개뿐이다. 개를 처음 발견했을 때, 동배는 당장 개장수를 부르려고 하지만 만자는 개의 눈물을 닦아주면서 "가슴에 꼭 안은 채 내주지를 않"(72)는다. 개는 그 순간 "난생 처음 제 눈물을 닦아주는 여자"(72)를 만나게 된 것이다. 개 역시 쩍쩍 갈라진 만자의 발뒤꿈치를 보며 "아릿아릿한"(75) 감정을 느끼기도 한다. 만자와 개는 동배가 외간여자와 관계를 맺고 있는 방문 앞에서 함께 쭈그려 앉아서 "괜시리 눈자위가 뜨거워지더니 가슴이 먹먹해지더라고요. 물에 빠진 거처럼 점점 숨이 차오르면서요. 만자 씨의 슬픔이 제게로 흘러오고 있는 거였지요. 순간 그녀에게 입을 맞추고 싶다는 생각이 들었어요. 연인들의 혀가 서로를 쓰다듬고 위무하는 것처럼 제 혀가 닳을 때까지 그녀를 핥아주고 싶었지요. 그때부터였던 것 같아요. 제가 만자 씨를 사랑하게 된 게"(88)와 같이 진한 교감을 나눈다.

결혼이주여성이 동물이나 식물과 동일시되는 상상력은 결혼이주여성 제재 소설에서 자주 발견된다. 이것은 이들이 한국 사회에서 온전한 인간으로 대우받지 못하는 현실의 직접적인 반영이라고 할 수 있다. 정인의 「그 여자가 사는 곳」에서도 리엔과 눈을 마주친 한 중년 여인의 눈길은 "길 잃은 고양이를 보는 것 같다"(28)고 이야기된다. 서성란의 「파프리카」에서도 이국식물 파프리카와 외국여성 츄엔은 동일시된다. 정인의 「타인과의 시간」에서도 쑤안은 개 수안에게서 큰 위안을 받고, 나아가 동일시되기도 한다. 송은일의 『사랑을 묻다』에서 최부용의 동서가 최부용을 보고 처음으로 하는 말은 "부용 씨, 아니 형님! 그림처럼 예쁘고 고요하게 살아주세요. 그러면 만사형통이에요"(23)라는 것이다. 남겸도 부용이를 가리켜 "우렁이 각시"(30)라고 일관되게 생각한다. 김훈의 『공무도하』(문학동네, 2009)에서는 베트남에서 시집 온 후에가 "엎드린 후에의 몸이 물고기와 같다고 느꼈다. 물고기 같기도 했고 새 같기도 했다. 포유류와 조류와 어류를 합쳐놓은, 혹은 종족이 분화되기 이전 지층시대의 생명체처럼 느껴졌다"(284)고 묘사된다. 후에는 잠수일을 마치고 물 위로 올라오면 가랑이 사이로 오줌을 지리고, 때로 "반도의 서쪽 연안에 중간기착한 새처럼 보"(290)이기도 한다. 천운영의 『잘 가라, 서커스』에서도 조선족 림해화는 자신의 시어머니에게 "제가 살던 용정에는 사과배라는 게 있습다. 그 사과배라는 게 저희 중국의 조선족들과 똑같단 말입다. 왜서 같은가 하면 조선에서 이주해오면서 사과 묘목을 갖고 온 사람이 그걸 연변 참배나무에 접목시키지 않았겠습까"(58)라고 이야기한다. 가장 끔찍한 것은 이명랑의 『나의 이복형제들』(실천문학사, 2004)에서 남편으로부터 무지막지한 폭력을 당하는 결혼이주여성이 "끈에 묶인 인형"(158)에 비유되는 장면이다.

『잘 가라, 서커스』에서는 특이하게도 외국 여성과 국제결혼을 시도하며, 외국 여성을 성

만자의 고통은 동배에게만 한정된 것은 아니어서, 그녀는 숙녀복 공장에서도 제대로 된 대접을 받지 못한다. 만자는 남보다 많은 미싱일을 하지만 다른 미싱사보다 월급은 늘 적다. 동배가 가출하면 만자는 미싱을 타지 않거나 공장에 나가도 제대로 일을 하지 못한다. 따라서 작업반장은 동배가 공장 일이 바쁠 때는 가출을 삼갈 것과 여자와 재미를 봤으면 얼른 집으로 돌아오기를 바란다. 이것 역시 자신들의 이익을 위해서일 뿐, 만자를 걱정해서 이루어지는 일은 아니다. 그것은 공장 사람들이 만자를 "둘치"(84)라고 부르는 것에서도 잘 나타난다.

동배가 연변에 보내주기로 약속한 초청장은 아무런 소식도 없고, 동배는 만자를 폭행하여 친정아버지 약값으로 보내려고 몰래 모아둔 돈까지 빼앗아 가출한다. 동배의 가출 때마다 반복하듯이, 만자는 동배를 찾아 나서고 여관에서 장마담과 얼크러져 있는 모습을 발견한다. 결국 동배와 여관 종업원에게 맨발로 쫓겨난 만자는, 그 다음날 아침 집으로 돌아온 동배를 가위로 살해한다. "고향 떠나올 때 강가에 피어 있던 달개비꽃처럼 푸른 멍 자국을 늘 얼굴에 달고 다니는 여자"(88), "뱃속에 들어선 아이마다 오뉴월 비에 풋감 떨어지듯 해 둘치라고 불리는 여자"(89)는 그렇게 살인자가 되고, 결국 이 사회로부터 배제되어 버린 것이다. 만자의 비극적 인생 행로에 결정적인 역할을 한 것은 남편 동배이지만, 숙녀복 공장으로 대표되는 한국 사회의 문제도 적지 않다.

정인의 「그 여자가 사는 곳」(『그 여자가 사는 곳』, 문학수첩, 2009)도 결혼

적인 물건으로만 취급하는 한국인 남성들이 초점화자 윤호에 의해 짐승으로 비유된다. 윤호는 그 남성들을 보며 "눈앞에는 벌거벗은 여자 위에 올라탄 난쟁이와 홀레붙은 돼지들과 거대한 문어떼가 어룽거렸다"(12)라거나, 그들의 목소리가 "발정난 돼지들의 신음소리"(12)라고 표현하는 것이다.

이주여성인 리엔이 쌀국수집 사장을 살해하는 것으로 끝난다. 이 작품은 '외국인을 위한 한글교실'에서 리엔에게 한글을 가르쳐 주던 민혜경 선생의 이야기가 외화로, 리엔이 민혜경에게 보내는 수첩 속의 이야기가 내화로 되어 있는 액자소설이다. 이러한 방식을 통해 결혼이주여성과 한국인의 심리가 동시에 조망되는 효과를 얻고 있다.

리엔은 한국에 온 후 1년 동안 "한글교실, 그의 친구 집, 슈퍼마켓"(15)만을 다니는 폐쇄된 삶을 산다. 리엔의 남편은 리엔을 자기 친구들과의 변태적 성관계에까지 적극적으로 끌어들인다. "너, 잘살아 보겠다고 여기까지 온 거 아냐? 그럼, 내가 시키는대로 할 일이지"(16)라는 말에서 드러나듯이, 리엔의 남편에게 리엔은 정당한 대가를 지불했기에 마음대로 할 수 있는 물건에 불과하다. 리엔은 가출하여 베트남 쌀국수집 씨클로에 종업원으로 취직한다. 그러나 씨클로의 사장은 "자고 먹을 데만 있으면 …… 하루 종일 일할 수 있"(17)는 상태인 리엔을 성폭행하고 여권마저 빼앗는다. "태어나서 살아온 21년의 생애보다 이곳에서 지낸 1년여의 시간이 더 길다"(40)고 느껴질 만큼 고통스런 삶을 살던 리엔은 사장의 아이까지 임신하고, 마지막에는 사장을 살해하고 만다.[28]

리엔은 한국 사회에 전혀 적응하지 못한 채 지옥같은 삶을 살다가 결국에는 한국 사회로부터 배제되어 버린다. 리엔은 "국수 한 그릇을 먹는 곳에서라도 정중하게 대우받"(21)는 것을 꿈꾸지만, 그 꿈은 현실과는 너무나 거리가 멀었던 것이다. 한국 사람 누구도 그녀를 동등한 인간으로 받아들이지 않는다. 민혜경이 리엔의 남편에게 리엔의 안타까운 소

28 민혜경은 리엔의 수첩을 읽으며, 파월 장변인 아버지의 회고담에서 듣던 야만 행위가 이 땅에서 다시 일어나고 있다는 생각에 "연민에 찬 분노와 수치심"(32)을 느낀다.

식을 전하지만, 그는 아무런 관심도 갖지 않는다. 민혜경 자신도 리엔의 수첩을 통해 자신이 "어려운 처지의 이주 외국인들을 돕는다면서도 마음 깊은 곳에 닿을 마음은 애초에 없이 않았"(13)다는 것을 깨닫는다. 민혜경은 "수첩을 받자마자 만사를 제쳐 놓고 달려왔더라면 리엔을 구할 수 있었을까? 전화라도 해 봤더라면……. 끝끝내 나는 그녀를 위해 아무것도 한 것이 없었다"(43)라고 고백하는 것처럼, 마지막까지 방관자의 수준에 머문 것이라고 할 수 있다.

그렇다고 리엔이 자신의 고유한 문화로부터 정서적 지원을 받는 것도 아니다. 리엔은 "고향에 관한 것이라면 무엇이든 그 이름만으로도 나는 행복해지는 것이다"(17)라고 생각하는 것에서 드러나듯이 고향을 무척이나 그리워하지만, 그러한 그리움이 베트남 문화나 공동체에 대한 재구성으로는 연결되지는 않는다. 단적으로 씨클로에 찾아온 베트남이주여성을 발견하지만, 애끓는 그리움과는 달리 리엔은 그 여인의 손조차 잡지 못한다. 이러한 상황에서 리엔은 한국 사회로부터 영원히 배제되어 버린 것이라고 할 수 있다.

정인의 「타인과의 시간」(『그 여자가 사는 곳』, 문학수첩, 2009)에서 베트남 신부 쑤안을 가장 힘들게 하는 존재는 '나'의 어머니이다. 결혼 이야기가 나왔을 때부터 어머니는 "타민족, 특히 피부가 가무잡잡한 동남아인의 피가 섞이는 것은 있을 수 없는 일"(83)이라며 반대한다. 결혼 이후에도 어머니는 아내의 모든 것을 못마땅해 하며, 외국인 며느리들이 "모두 빈한한 집안에서 태어나 팔려 오는 거라는 터무니없는 말"(84)을 아내에게 한다. 이러한 차별적 시선은 비단 가정 내의 문제만은 아니다. "베트남 여자는 도망가지 않습니다"(90)라는 결혼문구가 선명하게 보여주듯이, 집에서나 밖에서나 아내의 "자존감을 훼손하는 일"(90)은 한국 사회의 도처에 널려 있었던 것이다. 이러한 상황에서 아내는 애견 가게에서 한 마리 개를 발견하고, 그 개에게서 자신을 발견한다.[29]

그녀는 한국에서 한 마리 상처받은 개로 살아가고 있었던 것이다. 아내는 개에게 자신의 고향 지명이 하노이에서 따온 '하노'라는 이름을 지어준다. 이후 하노는 아내의 유일한 벗이 되고,[30] 하노를 향해 "온갖 얘기를 다 모국어로 쏟아 놓"(92)는다. "소통의 문제로 내내 어려움을 겪었"(84)던 아내의 유일한 소통 상대는 개가 된 것이다. 한국어만이 강제되는 상황에서 유일하게 베트남어가 상상적인 방식에서나마 발화될 수 있는 대상이 바로 개이다. '개=쑤안'인 상황에서 쑤안이 아끼던 개의 죽음과 그에 따른 장례의 과정이, '내'가 쑤안이 베트남으로 돌아간 이유를 돌아보는 과정과 서로 맞물려 있는 것은 자연스러워 보인다.

하노와의 대화(독백)는 아기를 낳은 이후 줄어든다. 하노에게 하던 그 많은 이야기를 아이에게 하기 시작한 것이다. 처음 '나'는 이러한 아내의 모습을 사랑스럽게 여기지만, 어머니의 "애들은 에미 말을 배우는 법인데 미리 조심시켜라. 저러다 정윤이가 우리말도 제대로 못 배우고 저 시답잖은 말부터 배울라. 영어라면 모를까"(95)라는 말을 들은 후부터 조금씩 변하기 시작한다. 그리해서 아내가 아이를 돌볼 때 두 가지 말을 쓰는 것에 신경을 곤두세우다가, 아이가 "짜(아빠)"(95)라며 매달리자 아이를 밀치는 지경에까지 이른다. '나' 역시 진심으로 아내의 베트남적

29 그 부분을 인용하면 다음과 같다. "개의 눈빛이 어째 저럴까? 너무 불쌍해 보인다 ……. 당신, 알아? 나도 저렇게 보일까봐 늘 신경 쓰는 거. 그러면, 한국 사람들은 무시하니까 ……. 당신은 모르지? 한국 사람들이 얼마나 무례한지."(91)

30 아내는 "하노는 내게 아주아주 소중한 존재"(88)라며 아픈 개를 밤새워 간호하기도 한다.

인 정체성과 문화를 인정하는 것은 아니었던 것이다. 처음 '나'는 베트남의 대학 교정에서 "망고스틴의 속살"(89)같은 아내를 보고, 첫눈에 반해 "세상을 사도 될 만한"(89) 노력을 기울여 결혼까지 하였지만, 그러한 이국적 외양에 대한 매혹 속에는 아내에 대한 진정한 이해와 교감 대신 "우월감"과 "이기심"(97)이 도사리고 있었던 것이다. 아내와 나누는 다음의 대화 속에서 한국어가 아닌 베트남어, 다시 말해 아내의 베트남적인 정체성이 위치할 자리는 없다.

> "당신은, 내가 이 집에서 뭘 하고 있기를 바라는 거예요? 잘 되지도 않는 당신네 나라 말을 떠듬거리면서, 아이에게 바보 같은 엄마 노릇을 해야 하나요? 난, 아이 엄만데, 우선 아이하고 말이 통해야 할 거 아네요!"
>
> "당신은, 당신만 중요해? 나도 있고, 우리 가족도 있어. 이 땅에 왔으면 우리말부터 먼저 해야지, 한창 말을 배우는 아이를 데리고 앉아서 당신네 말만 가르치고 있음 어떡하냐 말이야."
>
> "난 그렇게 복잡한 거 몰라요. 내 아들과 얘기를 하고 싶을 뿐이에요."(97)

'나'는 결국 자신이 그녀가 "이 땅에 튼튼하게 뿌리를 내릴 때까지 기다릴 만큼 너그럽지 못했"(101)음을 깨닫게 된다. 그리고 이러한 상황에서 아내는 "자신의 모국어"(101)를 선택하여, '나'와 결별한 채 출국한다.[31] 이러한 출국은 결혼이주여성을 그린 소설 중에서 거의 유일하게

31 윤대석은 '내'가 쑤안에게 이국적 매력을 느껴 결혼까지 했다가 결별하게 되는 과정의 심리적 변화를 "이질성이 동일자가 제어하는 범위 내에 있을 때 매력이 되고, 그것이 제어 환원할 수 없는 것이 될 때 차이(벽・분리)가 되며, 그러한 차이가 미래에 투사되어 나의 정체성을 위협(분리)할 때 불안이 된다"(윤대석, 「결혼 이주자를 위한 한국어 문학

나타나는 모습이라고 할 수 있는데, 이것은 그녀가 베트남에서도 "교양을 갖춘 중산층 집안의 딸"(84)이라는 것과 무관하지 않다.[32] 그러나 출국 역시 한국 사회에서 배제된다는 점에서는 자살이나 살인과 동일한 차원에 놓인다고 볼 수 있다. 이 작품에서는 고유한 민족적 인종적 정체성의 핵심에 언어가 놓여 있으며, 한국 사회에서 결혼이주여성의 언어는 싸늘한 배제의 대상이라고 할 수 있다. 정인의 소설에는 그러한 타자화에 대한 반성적 시선이 늘 존재한다.

백가흠의 「쁘이거나 쯔이거나」(『현대문학』, 2010.8)는 결혼이주여성에 대한 폭력의 극한을 보여주는 작품이다. 베트남에서 태어난 즈이는 국제결혼을 통해 덕유산 자락에 위치한 시종의 집으로 이주한다. 즈이는 시종의 가족들(시종, 기종, 노모)로부터 한 번도 즈이로 불리지 못하고, '쁘이' 혹은 '뿌이' 등으로만 불린다. 이것은 그녀가 자신의 고유성에 대하여 어떠한 인정도 받지 못하고 있음을 보여주는 것이다.[33] 즈이를 처음 보았을 때 시어머니는 "아를 나면 튀기 표가 팍 나겄시. …… 이렇게 쪼맨헌 야가 밭일이라도 할 수 있겄냐?"(92)라고 물어보는데, 시어머니에게 즈이는 오직 '생산'의 도구일 뿐이다.

즈이는 "가요와 드라마"(93)에서 시작된 코리안 드림을 가지고 한국에 왔다.[34] 그러나 즈이가 동경하는 동방신기는 말할 것도 없고 그 흔한

교육」, 『국어교육연구』 34권, 서울대 국어교육연구소, 2014, 210~211면)고 명쾌하게 정리한 바 있다.

32 쑤안은 "한국인의 의식 속에 '못사는 나라에서 온 외국인'이라는 단일한 범주로 상상되는 사람"인 "평균적 이주자"(7)와 가장 거리가 먼 결혼이주여성이라고 할 수 있다.

33 본래의 이름을 잃어버린다는 설정은 결혼이주여성을 형상화한 소설의 문법적 장치라고 부를 수 있을 정도로 자주 등장한다.

34 한국을 오게 만드는 중요한 동력으로 '한류'는 빈번하게 등장한다. 송은일의 『사랑을 묻

서울 구경 한번 하지 못한다. 시종에게 즈이는 오직 성적 착취의 대상으로만 존재할 뿐이다. 시종은 즈이를 얻기 위해 지불한 2,500만 원의 돈에 대한 대가를 얻는다는 생각으로 즈이와의 성관계에 집착한다. 성관계를 맺지 않을 때면, 시종은 언제나 노모의 방에서 잠을 잔다. 즈이는 완벽한 타자로서 감금된 형상이라고 할 수 있는데, 즈이는 돈도 전혀 받지 못하고 다문화 가정 모임에도 나가지 못한다. 심지어 그녀는 노동을 하는 낮 시간을 제외하고는 시어머니가 원치 않기 때문에 TV를 보거나 거실로 나올 수도 없다. 오직 자기 방에서 시종의 육체를 감당하는 것만이 그녀에게 주어진 삶의 전부이다.

시어머니와 시종의 사이는 거의 오이디푸스기 이전 모아(母兒)간의 일체화된 관계를 방불케 하고, 시종과 기종의 우애 역시도 너무나 끈끈하다. 시종이 느끼는 책임감과 죄책감이 있다면, 그것은 즈이가 아닌 오직 동생인 기종을 향할 뿐이다. 시종은 자신이 비싼 돈을 들여 결혼하는 바람에 기종의 결혼이 해를 넘기게 됐다고 미안해하는 것이다. 결국 이러한 상황은 즈이를 시종과 기종이 공유하는 상태로까지 연결된다. 이 와중에 즈이는 시종과 기종의 아이를 차례로 낙태한다. 즈이는 탈출을 시도하지만, 여권도 빼앗기고 아무런 정보도 없는 즈이가 탈출한다는 것은 애당초 불가능한 일이다. 다시 잡혀온 즈이는 "며느리도, 부인도, 형수도, 아무것도 아"닌 존재가 되어, "축사에서 키우는 젖소만큼의 사랑과 배려"(112)도 받지 못한 채, 한국으로 시집온 지 반년 만에 목을 매 자살한다. 문제는 즈이의 죽음에 관한 토막 기사에마저 즈이는 "쁘

다』의 최부용도 "비라거나 레인으로도 불리는 별 같은 사람"(22)에 대한 동경을 지니고 있으며, 이러한 동경은 정지아의 「핏줄」에 등장하는 결혼이주여성에게도 나타난다.

이"(113)라는 이름으로 잘못 표기된다는 것이다. 한국 사회 역시도 즈이를 타자화하여 죽음으로 내모는 데 일조했음을 상징적으로 보여주는 것이라고 할 수 있다. 그리고 즈이의 고통이 계속될 것이라는 사실은, 즈이의 유골을 산에 뿌리고 내려오는 길에 시종이 기종에게 우즈베키스탄 애들이 "늘씬하"(113)다는 이유로 장가갈 것을 추천하는 것에서 암시되고 있다. 이 세 명의 가족(어머니, 시종, 기종)이 나누는 우의와 정은 가히 완벽하고도 뜨거운 것이다. 그 정념의 강도만큼이나 즈이가 겪는 차별과 배제의 고통은 너무나도 가혹하다.

결혼이주여성에 대한 차별과 폭력으로는 문화적 편견, 불안정한 아내 위치, 경제적 불안정 및 재산권 불인정, 공권력 / 제도적 차별 등이 이야기된다.[35] 위에서 살펴본 작품들에는 그러한 차별과 폭력의 요소들이 모두 나타나고 있다. 이러한 소설들은 고통받는 결혼이주여성들의 삶을 다룬다는 점에서 그 의의가 매우 크다. 그러나 이러한 고발에만 치중할 경우 작가의 의도와는 무관하게 타자를 연민과 동정의 대상으로만 보게 되는 단점이 있다. 이때 '우리'와 '결혼이주여성들' 사이에 작동하는 공감의 폭은 작아지며, 양자는 서로 다른 대상으로 분리되는 위험이 발생할 수도 있다.

이러한 문제점을 가장 잘 보여주는 것이 이명랑의 『나의 이복형제들』(실천문학사, 2004)이다. 『나의 이복형제들』에서 조선족 결혼이주여성은 계속해서 "머저리"(131)로 불려진다. 이 국제적인 머저리는 "나타날 때마다 한결같이 재수 없었고, 재수 없는 사건의 원인제공자까지 되

35 황정미, 「결혼이주여성의 가정폭력 경험－성별 위계와 문화적 편견」, 『국경을 넘는 아시아 여성들』, 이화여대 출판부, 2009, 65～72면.

었다"(122)고 설명된다. 그녀는 다른 여자가 있는 한국 남자와 결혼해서 한국에 왔고, 이후에는 다방 레지로 일한다. 그녀는 남편에게 "죽지 않을 만큼"(141)의 폭력에 시달리면서도 그것을 묵묵히 감내한다.

> 머저리는 남편의 주먹질에 익숙해 있었다. 남편의 주먹에 힘이 들어갈 때마다, 남편의 발이 배를 걷어찰 때마다 적절하게 몸을 웅크렸다. 머저리는 어떻게 맞아야 덜 아픈지를 알고 있는 사람이었다. 남편의 주먹다짐이 시작된 바로 그 순간, 머저리는 양팔을 두 귀에 바짝 가져다 붙였는데 고막이 터지거나 머리가 깨져보지 않은 사람이라면 미처 흉내낼 수도 없을 만큼 재빠른 동작이었다.(157)

극단의 폭력을 감내하는 결혼이주여성의 모습은 이미 정상성의 범위를 넘어선 것이라고 할 수 있다. 이를 통해 그녀는 우리와는 너무도 이질적인 존재로 우리의 감성에 깊이 각인된다.

「그녀의 나무 핑궈리」에서 만자는 정상인과는 다른 특이한 모습으로 형상화된다. 만자는 동배의 무지막지한 폭력에 시달리면서도 꼭 동배 곁에 붙어서 잠을 잔다. 이러한 모습은 동배의 어머니를 통해서도 "너그 내외 사는 속은 귀신도 모른다"(68)라고 이야기되며, 초점화자인 개조차도 "정말 이해할 수 없는"(68) 일이라고 여긴다. 또한 만자는 "을지문덕 장수가 환생"(73)한 것으로 여겨질 만큼 큰 몸집을 가지고 있다. 동배는 키도 몸피도 만자 씨의 반밖에 되지 않는다. 그럼에도 일방적인 폭력에 시달리는 만자의 모습은, 그녀가 가진 초라한 사회적 힘을 떠올리게 만든다. 만자는 개의 눈에 "초원 위를 걸어가는 공룡"(74)처럼 보이기도 한다.

무조건적인 동정과 시혜 역시 상대방을 온전한 인격체로 대하지 않는다는 점에서는, 무시와 차별만큼이나 타인을 배제하는 일이 될 수 있다.

2) 주변화에 맞서는 작은 탈주선들

서성란의 「파프리카」(『한국문학』, 2007 겨울)와 이시백의 「개값」(『누가 말을 죽였을까』, 삶이보이는창, 2008)에는 결혼이주여성이 한국 사회로부터 배제되는 양상이 드러나지만, 비극적인 결말로 끝나는 대부분의 작품들과는 달리 새로운 가능성을 암시한다는 점이 이채롭다.

베트남에서 온 결혼이주여성 츄옌은 발음하기 어렵다는 이유로 한국 이름 수연으로 불린다. 중일에게 츄옌은 오직 성적인 대상으로만 가치 있는 존재이다. 중일은 "틈만 나면 수연의 몸속으로 파고들어갔"(45)던 것이다. 중일이 아쉬워하는 것은 츄옌이 "추위와 노동과 고향을 향한 그리움으로 단맛과 향기를 잃"(46)는 일이다. 처음 중일은 츄옌을 한글 강좌에 데리고 가지만, 그녀가 한글강좌를 충실히 들을 수 있었던 것은 짧은 봄 한철뿐이었다. 중일은 "그녀에게 글자 하나를 가르쳐주는 것보다 고단한 몸을 그녀 안에 부려놓고 싶은 마음이 더 큰 탓"(48)이다. 중일의 가장 큰 목적은 성적인 만족이기에, "그녀가 영원히 한글을 깨치지 못한다고 해도 괜찮다고 생각"(48)한다. 결혼이주여성에게 한글이 갖는 의미를 생각할 때,[36] 츄옌을 둘러싼 환경은 그녀를 한국 사회에 적응시키

36 결혼이주여성들은 수기에서 자신들의 행복한 삶을 위해 필요한 사회적 배려로, '한국어 공부', '임신을 통한 가족 만들기', '가족들의 배려'를 꼽는다고 한다. '한국어 공부'를 첫

려는 것과도 무관한 것이라고 볼 수 있다. 중일은 자신의 필요에 따라 "당분간 그녀의 외출을 금해야겠다고 마음먹"(48)기도 하며, 다리를 다친 츄옌에게 모진 소리를 내뱉기도 한다.

시어머니는 중일보다 심각하게 츄옌을 타자화하고 학대한다. 시어머니가 츄옌에게 하는 말들은 주로 "여시같은 년, 요살을 떤다, 밥값도 못하는 년, 육시럴 따위의 욕설뿐"(50)이다. 그런 시어머니가 가장 원하는 것은 츄옌이 "아이를 낳"(50)는 일이다. 아이를 낳으라는 요구는 마을노인과 아낙들, 심지어는 츄옌을 친절하게 대하는 선미엄마도 한다.

이런 고단한 상황에서 츄옌은 시내의 군인 목욕탕에서 일하는 나상일 일병에게 매력을 느낀다. 나 일병은 "어느 나라에서 왔는지 호기심과 비웃음을 띤 얼굴로 묻지 않았"(8)고, "다른 손님들에게 하듯 깍듯이 인사를 했"(58)던 것이다. 츄옌은 마지막에 자신의 손에 들어온 초록색 파프리카 한 개를 씨앗조차 남기지 않고 전부 씹어 삼킨다. 이 작품에서 다양한 색깔로 빛나는 파프리카는 남편이 탐하는 츄옌, 정확히 표현하자면 츄옌의 육체를 의미한다. 동시에 파프리카는 츄옌의 착취당하는 노동과 삶의 직접적인 결과물이기도 하다. 츄옌은 파프리카를 생산하기 위해, 남편 중일과 함께 "새벽부터 한밤중까지 작업"(46)을 하고는 했던 것이다. 군복을 입은 나상일 일병을 연상시키는 초록색 파프리카를 모조리 씹어 삼키는 츄옌의 모습 속에서는, 더 이상 소외된 삶을 살지 않으며 스스로의 욕망에도 충실하겠다는 그녀의 다짐을 읽을 수 있다.

번째 요구 사항으로 꼽은 이유는, 의사소통이 되지 않으면 남편 또는 가족이란 울타리 속에 자신을 가둔 채 사회로부터 고립되고, 이러한 고립은 심각한 불안과 무력감으로 연결되기 때문이다(강진구, 「결혼이주여성의 '자기서사' 연구」, 『어문론집』 54집, 중앙어문학회, 2013.6, 125～131면).

초록색 파프리카를 모조리 먹어 치우기 전에 츄옌이 꾸는 꿈도 의미심장하다. 그 꿈속에서 츄옌은 동생 윙과 베트남 전통음식을 함께 먹지만, 동생 윙이 하는 말을 알아듣지 못한다. 츄옌 스스로도 자신이 윙의 말을 알아들을 수 없는 이유가 무엇인지 의아해한다. 츄옌은 베트남에서 중일과 결혼식을 올린 첫날밤에 무슨 선물을 받고 싶냐는 중일의 물음에 "동생에게 오토바이를 선물해주었으면 좋겠다"(52)고 말한바 있다. 동생이라는 존재는 베트남에 대하여 느끼는 츄옌의 의무감과 연결되어 있었던 것이다. 그런 동생 윙과 이제 더 이상 소통이 이루어지지 않는 장면은, 남편과 시어머니로 대표되는 한국 사회는 물론이고 베트남의 친정 식구들에게도 얽매이지 않고 자신의 삶을 챙기기 시작한 수안의 삶을 의미하는 것으로 볼 수도 있을 것이다.

이시백의 「개값」 역시 서성란의 「파프리카」와 비슷한 서사전개양상을 보여준다. 서사의 대부분은 한국인 충국이 베트남 출신의 결혼이주여성 수안을 무시하고 구박하는 내용으로 이루어져 있다. 전충국은 일찌감치 상처를 하여 마누라 잔정도 모른 채 반백이 되었다. 하나뿐인 딸까지 출가시킨 후에 허전함을 이기지 못하여 돈 오백만 원에 베트남 여자 수안을 아내로 맞이한다. "조선족은 발랑 까져서 안 되고, 필리핀 여자는 게으르고 둔해서 안 되고, 베트남 여자들이 눈치도 빠르고 순진해서 좋다는 말에 찬밥 더운밥 가릴 형편이 아닌 충국은 장 속에 꿍쳐 두었던 오백만 원을 서둘러 꺼내 놓았던 것"(82)이다. 베트남 여자 수안을 아내로 맞이한 이유에서부터 잘 드러나듯이, 충국은 수안을 대등한 인간으로 여길 아무런 준비도 되어 있지 않다. 충국은 수안의 엉덩이를 파리채로 때리기도 하고, "드럽게 쫑알거리기는"이라거나 "멍충한 놈" 등의 말을 하기도 한다. 충국은 수안에게 울화가 치밀다가도 "유난히 육덕이 좋은 수안을 바라보고 있자면"(82) 슬며시 화가 가라앉는 것에서도 알 수 있듯이, 오직 그녀의 육체만을 탐할 뿐이다. 수안은 이처럼 철저히 대상화되고 타자화 된 존재인 것이다.

그러나 수안은 결코 일방적으로 학대당하는 수동적인 존재만은 아니었음이 마지막에 드러난다. 수안이 베트남에서 함께 데려온 오빠가 사실은 수안의 베트남 남편이었음이 밝혀지는 것이다. 이 놀라운 사실 앞에서 충국은 자신이 베트남전에 참전했던 것을 떠올리며 "이제 와 생각하니 그저 못 사는 나라 것이라고 함부로 깔본 제 불찰이니 누구를 원망하랴 싶어 애꿎은 담배만 빽빽 빨아"(96) 댄다. 이러한 수안과 충국의 모습은 일방적인 가해와 피해 혹은 시혜와 수혜의 관계에서 벗어난 것이라고 할 수 있다.

4. 한국 사회로 동화되기의 (불)가능성

3절에서 살펴본 한수영의 「그녀의 나무 핑궈리」, 백가흠의 「쁘이거나 쯔이거나」, 정인의 「그 여자가 사는 곳」과 「타인과의 시간」에서 결혼이주여성은 한국 사회로부터 엄청난 폭력에 시달린 결과, 결국 자살 혹은 살인이라는 방식으로 한국 사회로부터 주변화되어 간다. 4절에서 살펴볼 작품들은 베리의 모형 중에서 동화에 해당하는 작품들이다. 한국의 다문화 가정 정책의 핵심은 빠른 시간 내에 결혼이주여성을 한국 문화에 '동화'시키는 것이다. 한국 다문화 담론의 동화 이데올로기는 이주자의 본래적 문화 정체성은 '없어져야 할 것' 혹은 한국에 적응하기 위해 '포기해야 할 것'으로 간주한다.[37] 따라서 동화와 관련한 이주 여성의 모습을 살펴보는 것은 한국 사회의 전체적인 맥락에서 매우 중요한 일이다. 이들 작품에는 한국인들이 결혼이주여성을 동화시키려는 욕망도, 결혼이주여성이 동화되려는 욕망도 뜨겁지만 결국에는 실패하고 만다. 이러한 실패는 기본적으로 한국인들이 결혼이주여성에게 내민 손길 속에 한계가 내재되어 있기 때문에 발생한 것이다.

송은일의 『사랑을 묻다』(대교북스캔, 2008)에서 스물한 살의 조선족 최부용은 3,000만 원을 받고 중등도 정신지체자인 남겸에게 시집을 온다. 최부용은 "아흔 살이 머지않은 시할머니와 거동이 불가한 시어머니와 바보 남편 시중을 들면서 종택을 돌"(11)봐야 한다. 이 작품의 특이점은 결혼이주여성이 살고 있는 시집이 3백 년이 훨씬 넘은 문화재급 고택인 하백당이라는 점이다. 삼백년 전 우의정을 지냈던 불천위 상암공이 지은 하백당은 한국의 가부장적 혈통주의를 상징하는 거대한 성채라고 할 수 있다. 현재 그 성채의 중심에는 하백당을 지키기 위해 자신의 인생을 걸고 있는 야심가 남면이 있다.

『사랑을 묻다』에는 남편이나 시댁 식구들의 학대, 경제적 어려움, 혹

37 한국의 정책은 이주노동자에게는 일관되게 통제와 관리 중심의 배제정책이 작동하고 있는 반면에 여성결혼이민자에게는 무조건적 사회의 수용과 동화 중심의 정책이 작동하고 있다(김태환, 앞의 책, 211면). 이주노동자는 경제적 필요에 의한 통제와 감독의 대상으로, 여성결혼이민자는 가족구성원이기 때문에 반드시 동화되어야 하는 대상으로 여기는 것이다.

은 주위의 차별적 시선은 거의 등장하지 않는다. 최부용은 남겸을 뜨겁게 사랑하지도 않지만, 남겸에게 별다른 불만을 느끼지도 않으며 하백당에서의 생활에 차츰 적응해간다. 부용은 박물관에서 개설한 문화강좌나 대학 어학원을 다니며 꿈을 키워가기도 한다. 부용은 신문에서 결혼이주여성에 대한 기사를 보면서도, 다음과 같이 반응을 보일 정도로 한국 사회에 적응(동화)하겠다는 의지가 강하다.

> 부용은 그런 종류의 이질감을 느끼지 못하는 편이었다. 고집할 스스로의 문화나 습속이 따로 있지 않았으므로 강제를 느끼지도 못했다. 무엇보다 문화 차이를 운운할 입장도 아니라고 여겼다. 분명히 거래에 의해 그만한 일을 감당하기로 하고 왔지 않는가. 운 좋게도 이 집 사람들은 그 거래 내용을 상기시키는 일도 없었다.(69)

실제로 부용은 가사도우미와 간병인을 쓸 때보다도 집을 단정하게 가꿔 나간다. 남겸의 어머니도 "부디 이 집에 네 뿌리를 깊이 묻으려무나"(70)라고 이야기하고, 부용 역시도 이에 동의한다. 동시에 이주민지원센터인 텃새둥지 회원으로도 적극적인 활동을 해나가고, 여수 외국인보호소에 불이 나자 화재 피해자의 중국어 통역을 하여 지역일간지에 기사로 소개되기도 한다. 이러한 활동은 한국인과는 다른 자신의 고유성을 지켜 나가는 모습에 해당한다고도 볼 수 있다.

그러나 남겸의 어머니가 "어디서 어떻게 굴러먹었는지 알 수 없는 계집이 찾아와 겸의 자식이라고 배 들이미는 사태는 막아야겠다"(118)며, 남겸의 불임수술을 시켰다는 사실을 알게 된 후, 부용은 큰 충격을 받는다. 최부용은 하백당 사람들이 남겸을 불임으로 만들어놓고 자신을 불러들인 후 "하인인 듯, 인형인 듯 찍소리 없이 살"(215)게 했다는 사실을 알게 된 것이다. 그러고 보면 하백당 사람들의 너그러움과 포용에는 최부용이 결코 아이를 낳지 않는다는 전제가 깔려 있었던 것이다.

최부용은 바로 자신이 영원히 아이를 가질 수 없다는 사실에 무엇과도 비교할 수 없는 큰 충격과 아픔을 느낀다. 이것은 최부용이 영원히 하백당 사람의 일원이 될 수 없다는 것을 의미하기 때문이다.[38] 부용은 정신이 모자란 남편과 중풍에 걸린 시어머니를 수발하는 삶은 받아들이지만, 남겸이 이미 정관절제수술을 하여 자신과의 사이에서 아이를 낳을 수 없다는 것과 하백당 사람들이 그 사실을 자신에게 숨겼다는 것은 절대 용납하지 못한다.

부용은 여러 가지 이유로 다른 결혼이주여성보다는 우월한 위치에 놓여 있다며 만족해했다.[39] 그러나 그녀는 텃새둥지에서 만나는 다른 이주여성들은 임신을 할 수 있고 자신은 할 수 없다는 사실 때문에 자신이 불행하며 열등하다고 인식한다. 아이를 낳을 수 없다는 사실을 알고 난 후 부용은 15대를 거쳐온 종부들의 패물을 자신에게 물려주겠다는 할

---

38 심영의는 "가부장적 유교가치가 여전히 온존하고 있는 상황에서 대를 이을 수 없다는 것은 치명적인 결함이요, 아무짝에도 쓸모없는 물건 취급을 받는 존재로 전락한다는 것을 의미"(앞의 글, 159)한다고 지적한다.

39 베트남, 필리핀, 이란, 몽골, 중국, 일본 출신의 텃새둥지 회원들을 보며 부용은 자신이 "그들 중 누구와도 비슷하지 않았다"(95)고 느낀다. "가난하지도 한국말이 어렵지도 않았"으며, "폭력 남편도 없었고 한국 습속에도 쉽게 적응했"(96)던 것이다. 그 이주여성들 틈에 끼었을 때 부용은 "편했다"(96)고 이야기된다. 이러한 편안함은 분명 위에서 말한 조건들에서 비롯된 것이라고 할 수 있다. 그러나 텃새둥지 회원중에 자신과 함께 유일하게 아이가 없던 난위안마저 임신했다는 사실을 알게 된 후에 모든 것이 역전된다. 부용은 "울음이 솟구쳐 이불을 뒤집어쓰며 잠옷 자락을 문 채"(107) 울 정도로 크게 낙담한다.

머니의 말에, "어차피 내 것이 될 수 없을 것들"(220)이라 여기며, "처음부터 부정당한 존재"(220)이며, "하백당의 모든 것이 허위처럼 느껴"(220)진다고 고백하기에 이른다.[40]

『사랑을 묻다』의 핵심적인 갈등은, 부용과 그녀의 남편으로 중등도 정신지체자인 남겸, 그리고 남겸의 소꿉동무였던 고영라 사이에서 발생한다. 고영라는 "어떤 남자도 맘먹으면 유혹할 수 있"(44)는 여인이며, 세 번의 결혼과 이혼을 통해 상당한 재산도 축적한 상태이다. 고영라의 남겸을 향한 욕망의 핵심도 하백당의 일원이 되고 싶다는 것이다.[41] 이 욕망을 채우는 가장 유력한 고영라의 무기는 다름 아닌 '남겸의 아이를 가졌다'는 거짓말이다. 그렇기에 고영라와 최부용은 전도된 거울상이

---

40 이러한 부용의 태도는 결혼이주여성에게 출산이 가지는 의미를 생각하면 어느 정도 이해될 수도 있다. 결혼이주여성에게 한국에서 안정적으로 정착해간다는 것을 증명하는 중요한 재생산활동은 출산이다. 한국인 남편이 아내를 신뢰하기 시작하는 것은 주로 자녀를 출산한 이후부터이고, 이후 남편은 아내에게 경제권을 넘기기도 한다. 마찬가지로 한국에 와서 가장 행복한 순간을 '첫아이를 낳았을 때'라고 말하는 여성이 많다. 아이에 대한 본원적 사랑 때문이기도 하지만, 이들은 아이의 출생이 한국에서 처음으로 '내 가족'을 구성한 '사건'이라는 점을 강조한다. 어려움에 처했을 때 도움을 받을 수 있는 친족 등 사회적 연결망이 없고 '외국인'으로 한국인과 늘 분류되는 자신의 사회적 지위를 고려할 때, 아이의 탄생은 자신과 연결된 유일한 가족이 생기는 일이다. 남편과의 친밀성을 경험하기 어려운 상황에서 많은 이주 여성은 외롭고 불안한 생활을 상쇄해줄 유일한 대안을 '아이'로 여기게 된다(김현미, 앞의 책, 53~54면). 가부장적 혈통주의가 작동할 때, 한국에서 이주여성이 국민 성원이 될 수 있는 것은 '아이'의 어머니일 때이다. "임신과 출산은 결혼이주여성들이 온전하게 한국인 가족의 일원이 되는 "통과제의"와 같은 역할을 하는 것이다. 동시에 "양육은 노동이기도 하지만 타인에 대한 영향력을 행사할 수 있는 근거가 되기도 한다. 자녀에 대한 통제력은 남편 쪽의 가족관계에 편입하는 여성들에게 주어지는 거의 유일한 권력의 영역"(김민정, 「국제결혼과 한국 가족의 부계적 성격」, 허라금 편, 『글로벌 아시아의 이주와 젠더』, 한울아카데미, 2011, 276면)이기도 하다.

41 최부용은 "고영라는 하백당을 깨놓고 싶은 듯 몸부림쳤지만 사실은 이 집에 동호되고 싶었던 것이다"(243)라고 정확하게 진단한다. 이것은 최부용 역시 동화되기를 갈망한 사람이었기에 가능했던 일이다.

라고 할 수 있다. 그들은 꼭 자식을 낳음으로써만 부와 명예로 빛나는 하백당의 일원이 될 수 있다고 생각하는 것이다. 단지 그 방법에 있어서 고영라가 위악에 가까울 정도로 악한 모습을 보인다면,[42] 최부용은 위선에 가까울 정도로 선량한 모습을 보이는 차이가 있다고 할 수 있다. 결국 고영라는 하백당의 간접적인 방조하에 죽음을 맞이한다.[43] 최부용 역시 생물학적 죽음은 아니지만, 사회적 처지에서는 죽음과 마찬가지 상황에 놓인다. 이미 그가 남겸의 아이를 낳을 수 없는 위치인 이상 진정으로 하백당의 일원이 되는 것은 애당초 불가능한 일이기 때문이다.

이것은 가부장적 혈통주의가 최부용에게 내면화된 상태임을 보여준다. 최부용은 자신이 진정으로 하백당의 일원이 되는 것은 남겸의 아이를 낳음으로써만 가능하다고 생각하는 것이다. 이와 관련해 최부용은 인종적 우월의식을 내보이기도 한다. 텃새둥지에 다니면서 최부용은 "대번에 결혼 이주민인 게 드러나는 여자들이 몰려다니는 게 남루"(241)하다고 여기며, 나아가 "그들과 함께 걷노라면 부끄러움에 진저리가 났다. 그들과 섞여 있는 한 부용은 영원히 그들의 비천함에서 벗어나지 못할 듯했다. 그렇게 느끼는 자신을 부끄러워하면서도 그들과 한사코 분리되고 싶었다"(242)라고 생각하는 것이다. 또한 여수 외국인 보호소에 불이 나서 화재 피해자의 중국어 통역을 하면서, "그들 편이고 싶지 않은 마음과 그들 편일 수밖에 없는 몸"(145)을 느끼기도 한다. 이러한 우

---

42 고영라는 최부용을 만나 하얼빈으로 돌아가는 조건으로 5천만 원을 주겠다는 제안을 하기도 한다.

43 고영라는 열일곱 살이 된 남겸에게 성폭행에 가까운 일을 당했을 때에도, 겸의 어머니로부터 "넌 네 동무를, 내 자식을 개만도 못한 놈으로 만들었구나. (…중략…) 절대, 다시는, 우리 겸이 앞에 알짱거리지 마라"(39)라는 말을 듣는다.

월의식과 내면화 된 가부장적 혈통주의는 결코 무관한 것일 수 없다.

그러나 그토록 교양 있고, 친절하고, 자상한 하백당 사람들은 조선족 출신 최부용이 자기들의 일원이 되는 것을 허락하지 않았던 것이다.[44] 『사랑을 묻다』에서 그들의 관용은 남겸이 불임을 확인한 전제에서 작동하는 것이라고 할 수 있다.[45] 최부용은 자신처럼 선불리 하백당을 넘본 고영라의 죽음을 보며, 자신에게 주어진 주변부의 자리를 받아들인다. 부용은 고영라가 "하백당에, 하백당 같은 어떤 대상에 맞섰기 때문에 눈더미 속에 파묻"(323)힌 것이며 자신도 언제든지 그렇게 될 수 있기에 "현재 자리에서 죽은 듯이 살아야 한다"(324)고 다짐하는 것이다. 나아가 그녀는 남겸을 비롯한 하백당 사람들 모두를 "괴물들"(322)로 받아들이며, 한국 국적을 취득할 때까지 "겸의 괴물스러움에 대해서도 잊을 수 있을"(323) 것이라고 자조한다. 최부용은 대학에 진학하여 한국어로 글을 쓰는 작가 되고 싶은 자신의 꿈을 완전히 잊어버린다.[46]

---

44 혈통을 중시하는 마찬가지 논리로, 남면은 남씨 상암공파 종가의 큰며느리 자리는 "필리핀이나 베트남 같은 외국 출신의 여자"(11)가 맡을 수 없다는 생각에 최부용이 남겸의 결혼상대자로 결정된 것이다.

45 입시학원까지 다닐 것을 권유하며 가장 적극적으로 최부용을 돕던 시누이 남실마저도 부용이 남겸의 몸과 관련해 검진을 받았다는 사실을 알게 되자, 최부용의 신용카드를 폐쇄하고 더 이상 학원을 권유하지도 않는다. 최부용은 시누이의 행동을 자신에 대한 "징벌"(245)로 받아들인다.

46 지금까지의 분석을 통해 볼 때, 『사랑을 묻다』에 대해 "최부용은 사회활동을 통해 세계를 확장시킴으로써 현실을 극복하고자 하는 의지"(서성란, 262)를 드러내며, 결말에서 최부용이 "독립적이고 능동적이며 강인한 인물로 형상화"(262) 되었다는 평가는 재고될 필요가 있다. 최부용이 지닌 "알려는 의지, 말하려는 욕망, 말하고 생각하고 재현하려는 욕망"(심영의, 170)으로 인해, 지금 여기 현실의 부정함을 극복할 수 있는 "횡단하는 유목적 주체의 변모"(170)를 보여준다는 평가 역시 문제가 있다.

한때는 별처럼 어여뻤던 남겸이었다. 하지만 그가 최부용의 별이기도 하다는 말이 지금은 빈말로라도 나오지 않는다. 지후니가 자신의 별이 아니게 된 지도 여러 달 되었다는 말도 못 했다. 아름다운 것이 강하고, 강한 것이 아름답다! 그 문구에 생기는 날카로운 반발심까지 덩달아 쏟아질 것 같지 않은가. 조선족 계집애 최부용에게 보였던 한국이 강하고 아름다웠다고, 지후니가 그랬다고. 그래서 강하지도 아름답지도 못한 것들은 어쩌라는 것이냐고 바락 바락 소리치고 싶은 것이다.(328~329)

최부용은 본래 "비라거나 레인으로도 불리는 별 같은 사람"(22)에 대한 동경을 지니고 있었다. 그 마음은 조금씩 마모되어가다가 마지막에 이르러서는 사라지게 된다. 지후니가 등장하는 광고에서 보았던 '아름다운 것이 강하고, 강한 것이 아름답다!'는 문구에 대하여 오히려 반발하는 모습까지 보여준다. 최부용은 '아름답고 강하다'고 일컬어지는 하백당, 그것으로 상징되는 가부장적 혈통주의에 대한 실망과 상처를 적극적으로 토로하게 된 것이다.

『사랑을 묻다』에서 고영라와 최부용이 하백당을 열망하는 양상을 살펴보았다. 이 작품에서 거의 모든 사람들은 하백당을 진심으로 열망한다. 남편은 하백당을 지키는데 자신의 인생을 걸고 있는 야심가이다. 사법고시를 통과한 그는 집안을 일으켜 세우기 위해 재력가의 딸인 누나 친구 조희수와 결혼한다. 조희수의 집안은 누대에 걸쳐 하백당살이를 했지만, 조수평 대에 이르러 하백당의 땅을 모두 차지하게 되었다. 그 집안의 무남독녀인 조희수와 결혼하면서 남편은 자연스럽게 하백당의 재산을 다시 차지하게 된 것이다. 남편의 장인인 조수평은 "하백당 행랑에서 태어나 일생을 거쳐 하백당을 자신의 것으로 삼아버린"(270) 사람으로 소개된다. 하백당을 향한 욕망은 남겸의 할머니인 홍인덕을 향한 욕망과 병치되어 있다. 그 욕망은 "칠십여 년"(271) 동안 이어져 온 것이며, 그 고집에 비하자면 "영라가 부리 억지는 차라리 가소로웠다"(271)고 할 만큼 하백당에 대한 집착은 강렬하다. 이러한 방식으로 가부장적 혈통주의의 성채라고 할 수 있는 하백당은 이 작품을 통해 신성화되고 있다.

정지아의 「핏줄」(『통일문학』, 2008 하반기)은 어떤 작품보다 동화시키려는 한국인의 욕망과 동화되려는 결혼이주여성의 욕망이 선명한 작품이다. 이 작품의 초점화자는 평생 농사만 지은 노년의 남성이다. 그는 베트남 며느리를 보았는데, 며느리는 남산만 한 배를 하고서도 "모자와 토시를 제 몸의 일부인 양 절대로 떼지 않"(153)을 정도로 성실하다. 그가 쑤언을 며느리로 고른 이유 역시 "죽어라고 일을 해도 여기서는 배가 고파요"(157)라고 말하며 내민 "두툼하고 거칠"(157)은 쑤언의 농사꾼 손이 마음에 들었기 때문이다.

그가 며느리를 얻으려는 가장 중요한 이유는 노동력보다도 "대"(157)를 이어야 하기 때문이다. 그러나 농촌으로 시집오려는 처녀가 아무도 없자, 결국 대를 잇기 위해 할 수 없이 외국에서 여자를 구하게 된 것이다. 그는 조선족 며느리, 태국 출신 며느리, 필리핀 출신 며느리를 차례로 얻었다가 잃어버린다. 처음 얻은 조선족 며느리에게는 돈만 사기당하고, 두 번째 얻은 태국 출신의 예쁜 며느리는 전통적인 부덕과는 거리가 멀다. 결국에는 10개월을 살다가 아들이 집을 비운 틈에 비행기표와 1,000만 원의 위자료를 손에 쥐어서 태국 출신의 며느리를 고향으로 돌려보낸다. 세 번째로 얻은 필리핀 며느리는 아들을 구워삶아 서울에 가장사할 계획만 세우다가 결국에는 돈 2,000만 원을 받아 고향으로 돌아간다. 이 과정을 통해, 한국의 농촌 가정에서 받아들일 수 있는 며느리는 일을 잘하고, 한국말과 한국음식을 잘하며, 고향의 음식 따위는 그리워하지 않는, 즉 완전히 한국에 동화된 인물이어야 한다는 점이 드러나고 있다. 쑤언은 이러한 조건을 완벽하게 갖춘 인물이다. 쑤언은 시집온 다음날부터 시부모의 입맛에 맞는 된장국을 끓여 내고, 한국말도 훌륭하게 구사한다. 무엇보다 분만의 순간까지도 농사일을 걱정할 정도로 그야말로 뼈속까지 농사꾼이다. 그도 한국 며느리들보다 쑤언이 낫다고 생각하지만, "새까만 며느리의 얼굴"(153)과 관련하여 며느리에게 불만을 늘 가지고 있다.[47] 이러한 불만은 단일한 문화 안에서 자신의 정체성을 형성해 온 사람이, 선주민과 이주민이 함께 살아가는 문화 접경지대(borderlands)를 경험할 때 보이는 '접경지대 히스테리'와 관련된 것이라고 할 수 있다. 그는 한산 이씨 27대 종부가 가진 인종적 차이를 용납하지 못하는 것이다. 대를 잇기 위해 그토록 며느리를 원한 것이지만, 막상 쑤언이 임신을 하자 그의 억울함과 분통은 더욱 심해진다.

> 까맣고 오종종한 쑤언을 꼭 빼닮은 아이가 세상에 나올 생각을 하면 자다가도 벌떡 일어나지 않고는 배길 수 없이 염불이 치솟았다. 그것이 어디 쑤언

---

47 레나토 로살도, 권숙인 역, 『문화와 진리』, 아카넷, 2000, 68면. 인종, 젠더, 나이, 국적, 생활양식, 지위 등이 다른 사람들 간의 문화적 교류와 교환이 일어나는 장소인 접경지대는 자신의 문화 정체성을 본질적이고 본원적인 것으로 간주해온 사람들에게는 신경증적인 감정을 일으키는 공간이다. 즉 의심, 공포, 두려움, 불편함의 감정으로 타자의 문화에 접촉한다. 이런 감정은 때로는 무시, 인종 차별적 언어 또는 육체적 폭력으로 나타난다(33~34).

의 죄이겠는가. 알면서도 그 화풀이는 고스란히 쑤언에게로 향했다.(169)

그는 아내와 아들이 베트남 요리를 곧잘 먹는 것과 달리, 쑤언이 주는 베트남 음식을 부인한다. 그는 다른 집의 혼혈 아이들을 볼 때마다, 자기 집에도 생겨날 아이를 생각하며 심란한 마음을 갖는다. 작품의 마지막에 그는 쑤언이 낳은 "어미를 쏙 빼닮아 새까맣고 오종종한"(176) 한산 이씨 28대손을 본 순간 "눈앞이 캄캄"(176)해짐을 느낀다. 그 순간 "울어야 할지 웃어야 할지 그는 엉거주춤 아이를 안은 채 화석처럼 굳"(176)는 것으로 작품은 끝난다. 결혼이주여성들의 수기에는 "임신과 출산 과정에서 겪은 서러움과 분노, 그리고 이로 인한 갈등 양상이 임신과 출산을 계기로 갈등을 극복한 이야기만큼이나 자주 등장"[48]한다. 이러한 결혼이주여성들의 고백을 참고할 때, 동화에 성공한 것처럼 보이는 이 집안의 행복도 안전하다고만은 이야기할 수 없을 것이다.

그토록 원하던 손주를 본 순간, '화석처럼 굳어버리는 시아버지'를 둔 쑤언의 삶을 희망적으로만 생각하는 것은 결코 쉽지 않다. 그럼에도 「핏줄」이 앞의 소설들과는 달리 해학적이며 밝게 느껴지는 것은 무엇보다도 며느리를 적극적으로 포옹하는 시어머니 때문이다. 시어머니는 며느리에게 심술을 부리는 남편을 향해 눈을 부라리지만, 며느리를 향해서는 봄바람처럼 부드럽다. 베트남에 있는 가족들에게 전화를 하도록 배려하고, 딸들이 자신에게 주는 용돈을 쑤언에게 주기도 한다. 한마디로 시어머니는 "쑤언을 친딸보다 끔찍이 여겼"(169)던 것이다. 그러나 시

48 강진구, 「결혼이주여성의 '자기서사' 연구」, 『어문론집』 54집, 중앙어문학회, 2013.6, 130면.

어머니가 처음부터 그랬던 것은 아니다. 시어머니도 처음에는 쑤언의 외모를 문제삼으며 "물립시다"(167)라고 말하기도 했던 것이다. 그러나 한국어 솜씨와 한국 음식 솜씨를 보고서는 완전히 생각이 달라진다. 따라서 시어머니의 사랑도 며느리의 완전한 한국인화를 조건으로 한 배려라고 보아야 할 것이다. 그럼에도 생일을 맞은 베트남 며느리를 위해 베트남 요리를 배우기까지 하는 시어머니의 모습에서는 그 출발점에 석인티를 고려하더라도 충분히 진정성을 인정할 수 있다.

「핏줄」에서 문제적인 것은 쑤엉의 내면이 한 번도 등장하지 않는다는 것이다. 심지어는 그가 "쑤언은 베트남 얘기를 단 한 번도 입에 올린 적이 없었다"(171)고 이야기 할만큼, 쑤언은 완벽한 한국인이 된 존재라고 할 수 있다. 쑤언에게 베트남인의 정체성이나 고유성은 존재하지 않는다. 쑤언은 상호 인정과 협상과는 무관하게 선주민의 언어와 관습들에 일방적으로 익숙해진 것이다.

『사랑을 묻다』와 「핏줄」은 동화의 욕망과 의지로 넘쳐나는 작품이다. 그러나 『사랑을 묻다』에서는 가부장적 혈통주의로 인해 동화의 시도가 실패로 귀결되고,[49] 「핏줄」에서는 인종의 벽으로 인해 펼쳐질 험난한 동화의 길이 그려지고 있다.

49 결혼이주여성에 대한 가장 끔찍한 폭력이 재현되었던 백가흠의 「쁘이거나 쯔이거나」가 가장 끈끈한 혈육애를 보여주었다는 것도 혈연 중심의 가족주의가 가진 배타성을 잘 보여주는 사례라고 할 수 있다.

5. 분리의 시도와 실패

천운영의 『잘 가라, 서커스』(문학동네, 2005)에서 조선족 림해화의 한국행은 사랑 때문도 아니고 돈 때문도 아니다. 림해화는 '그'를 찾아서 온 것이다. 그는 발해공주 무덤의 발굴단이었던 사람으로, 그 무덤에서 해화와 처음 만나게 된다. 그는 동북 지역에 남겨진 발해의 무덤과 성터를 전전하다가 돌연 한국으로 떠난다. 그는 발해를 상징하는 존재라고 할 수 있으며, 그를 동경하는 림해화 역시 발해를 동경한다고 말할 수 있다. 림해화가 그와 만난 장소도 발해의 정효공주와 그 남편의 무덤이다. 그 무덤은 그와 림해화를 이어주는 "송신탑"(31)으로 작용하며, 그 무덤은 이후에도 둘을 견디게 해주는 힘이 된다. 이 작품에서 발해의 기호는 압도적이라고 할 수 있다. 그가 림해화에게 "봐, 발해 공주 무덤이야. 발해가 망하지 않았다면 우리가 이렇게 소수민족으로 살고 있지는 않았을 거야"(32)라고 말하는 것에서 알 수 있듯이, 발해는 림해화와 같은 조선족에게는 현실의 비루함과 대비되는 하나의 영광이자 정체성 구성의 핵심이라고 할 수 있다.

조선족인 림해화는 중국에서도 소외에 시달리는데, 그것은 발해공주의 무덤이 폐쇄되어 접근조차 안 되는 것에서도 상징적으로 드러난다. "철문으로도 모자라 철문 앞에 쇠창살문까지 덧달린 것이 꼭 감옥"(35) 같은 그 곳에서는, 관리인이 조선족은 물론이고 "한국 사람들은 근처에도 못 오게"(36) 감시를 하고 있다. 림해화는 이러한 상황 앞에서 자신의 심장이 "강탈당한 기분"(37)을 느낄 정도로 절망한다. 이러한 상황은 그나 림해화가 중국을 떠나 한국으로 건너가는 이유를 설명해준다.

처음 얼마동안 림해화는 한국인 남편과 그의 동생 윤호, 그리고 시어머니와 행복하게 지낸다. 그때 림해화는 남편과 함께 경복궁 옆의 민속박물관에 가고, 그 곳에서 발해공주의 무덤을 발견한다. 그곳은 "그와 함께 내려갔던 무덤"(67) 그대로의 모습이다. 림해화는 그곳에서 해동성국 발해라는 영상물을 보고 정신을 잃는다. 그리고 꿈속에서 그토록 기다리던 그를 만나기까지 한다. 그러나 그 발해공주의 무덤과 영상이 어디까지나 하나의 가상일 수밖에 없었던 것처럼, 한국에서 림해화의 행복한 삶은 그리 오랫동안 지속되지 못한다.[50]

시동생인 윤호가 속초와 훈춘을 오가는 소무역상이 되어 떠나가고 시어머니가 죽자 본래부터 장애가 있던 림해화의 남편은 "면역력이 없는 갓난애"(99)처럼 나약해져서, 림해화에게 더욱 의존적으로 변모한다. 남편은 림해화가 자신을 버리고 떠날까봐 중국에 전화하는 것도 꺼릴 정도이다. 나중에는 림해화가 떠날지도 모른다는 공포로 인하여 지극히 폭력적인 모습으로 변모해간다. 그것은 "자신의 눈에 내 전부를 가두고 싶어했다"(117)는 림해화의 말처럼, 림해화를 완전히 자기 소유로 만들고자 하는 욕망의 결과라고 할 수 있다. 결국 한국에서 잠시 발견했던 발해는 사라져버리고, 림해화는 남편의 폭력을 견디지 못하여 가출하기에 이른다. 여기까지의 서사는 결혼이주여성을 다룬 소설에서 흔히 나타나는 주변화의 서사에 해당한다고 할 수 있다. 그러나 『잘 가라, 서커스』는

50 나중 형과 윤호가 중국에 있는 림해화의 집을 찾아가는 동안, "형과 나는 여자에 대해 아는 것이 별로 없다는 사실을 실감"(210)하고, 여자와 잠시 만나는 동안에도 "여자가 무슨 생각을 하고 있었는지 전혀 몰랐"(210)음을 깨닫는다.

림해화가 한국 사회로부터 배제되어 버리는 것으로 이야기가 끝나지 않는다.

림해화는 한국에서 잠시 맛보았던 사이비 발해를 떠나 조선족 여인들로 이루어진 공동체를 새롭게 찾아낸다. 림해화는 다른 결혼이주여성들과는 너무다도 다르게 가출한 이후 조선족 여인들과 함께 지내는 모습을 보여주는 것이다. 남편과 함께 살 때, 시장에서 만났던 창춘 출신의 횟집 아짐은 림해화에게 큰 힘이 된다. 처음 아짐을 만났을 때부터 림해화는 "든든한 친구를 얻은 기분"(108)을 느꼈던 것이다. 아짐은 흔쾌히 림해화를 받아들이며, "동포끼리 도우는 게 옳지 않니, 안나? 여기 사람들이나 조선족 알기를 쌀의 뉘처럼 대하지"(173)라고 말한다. 아짐 역시도 한국에서 식당 주인 남자의 성추행을 당하고, 도둑년으로 취급당하는 수난을 겪은바 있다. 이후 아짐은 림해화에게 지하보도에서 중국산 알약과 약재, 담배 등을 파는 조선족 여자 서옥분을 소개시켜 주기도 한다.

『잘 가라, 서커스』에는 조선족 여인들의 네트워크가 그 모습을 선명하게 드러내는 장면이 있다. 아짐과 서옥분, 그리고 림해화 등이 참석한 훠궈집 만찬이 그것이다. 그곳은 냄새뿐만 아니라 "양고기 꿴집, 중국식료품 재료상, 한자로 적힌 노래방 간판"(179) 등이 "옌지에 돌아온 듯한 느낌"(179)을 들게 하는 곳이다. 아짐과 같은 고향에서 온 여자들로 가득한 이곳은, 조선족 여성 공동체라고 해도 과언이 아닐 것이다. 그들은 "신고가 들어와 월급도 못 받고 짐 싸들고 도망쳤는데, 후에 알고 보니 신고자가 식당 주인"(180)이었다는 종류의 이야기, 즉 조선족이기에 겪은 고생담을 털어 놓는다.[51] 독립투사의 딸이라는 여자는 한국 정부가 "가난밖에 더 줬냐? 쥐꼬리만한 연금에, 약 좀 판다고 옥살이나 시키고, 옥살이를 하려면 무단강 액하감옥이 낫지"(181)라고 말하는 이방인다운 면모를 보여준다.

림해화는 한동안 서옥분과 함께 지내는데, 서옥분은 림해화가 "전기장판 밖으로 밀려나지 않도록 벽에 바싹 붙어 잠이"(183) 들 정도로 림해화를 배려해 준다. 림해화 역시 그런 서옥분을 그림자처럼 따라다닌다. 림해화는 서옥분과 서로의 몸을 기댄 채 단잠을 자며, 그것은 "따뜻하고 보드랍고 포근한"(185) 잠으로 표현될 정도로 달콤하다. 림해화는 서옥분과 지내며 심신을 회복한 후, 아짐이 소개시켜 준 여관 청소일을 시작한다.

그러나 림해화는 윤호 형제와의 결혼생활에서 그러했듯이, 여관 청소일에도 적응하지 못한다. 모텔에서 열심히 일하지만, 모텔 사장은 애인을 소개시켜주겠다는 은밀한 제안을 한다. 이를 거절한 림해화는 결국 모텔에서도 쫓겨난다. 이것은 한국 사회로부터 완전히 배제되는 것을 의미하고, 그것은 결혼이주여성을 제재로 한 소설에서 흔히 그러하듯이 뱃속의 아이를 유산하는 것으로 상징화된다. 변기에 쏟아낸 피를 흘려보내는 일은 "지워버리고 싶은 것과 함께 붙들고 싶었던 아름다운 기억마저도 함께"(195) 사라지는 과정인 것이다.

한국 사회로부터 다시 한 번 배제된 림해화는 다시 지하보도의 서옥분을 찾아간다. 서옥분은 한국에 거주하는 조선족들의 중심에 있는 인

---

51 다음의 이야기들도 한국에서 살아가는 조선족들이 공감할 수 있는 것들이다. "사람들은 서로 눈을 피한 채 끓고 있는 육수만 바라보았다. 그러다가 누군가 얼마 전 강제출국 당한 동무들 얘기를 했고, 누군가는 불심검문에 걸렸다가 착한 공안 덕분에 풀려난 일을 말했다. 누군가는 나더러 말투 먼저 고쳐야 살아남는다고 충고했고, 누군가는 조선족들은 낯빛만 봐도 안다고, 그래봐야 소용없는 일이라고 한숨 섞인 말을 했다."(182)

물이라고 할 수 있다. 그녀는 지하보도에서 "약을 팔기 위해서가 아니라 누군가를 기다리기 위해"(231) 있는 사람이며, "팔기 위해서가 아니라 사기 위해 거기 앉아 있는"(231) 사람이다. 특히 조선족들이 가져오는 물건을 그녀는 후한 값으로 사준다. 서옥분의 옆에 앉았을 때, 림해화는 "꼭 엄마 옆에 앉은 기분"(228)을 느낀다. 그리고 서옥분의 반지하방에서 잠을 잘 때는, 서옥분을 "엄마"(229)로 반지하방은 "고향집"(229)으로 생각한다. 그러나 그 행복도 오래 지속되지는 못한다. 형사가 찾아와 누군가가 중국산 다이어트 약을 먹고 죽었다며 서옥분을 연행해 가기 때문이다. 결국 혼자 남겨진 림해화는 약에 중독된 상태로, 아주 길고 단 잠에 빠진다.[52] 림해화의 마지막 모습은 그녀가 결국 한국 사회로부터의 분리에도 실패하고 만 것을 보여주는 것이다. 조선족 림해화는 한국 사회에 통합되고자 두 번(결혼과 취업)이나 시도를 하지만 모두 실패한다. 실패한 이후에는 조선족만의 공동체로 돌아와 한국 사회로부터 스스로를 분리시킨다. 그러나 결국에는 그러한 분리의 시도마저도 실패한 것이라고 할 수 있다.

림해화를 통해 드러난 '분리의 시도와 실패의 서사'는 림해화의 정인 '그'에게도 비슷하게 나타난다. 림해화가 그토록 그리워하는 그도 처음에는 "발해가 정말 누구의 역사인지"와 "내가 누구인지"(220) 알기 위해

---

52 그러나 이러한 림해화의 실질적인 죽음 이전에도, 윤호는 "여자는 죽어주는 편이 나았다. 배롱나무 아래 묻힌 엄마처럼 기억 속에 사는 것이 나았다. 나는 죽은 여자를 바닷물에 묻었다. (…중략…) 문득, 형도 여자를 버렸다는 사실을 깨달았다. 여자를 버려야만 살아진다는 것을 형은 벌써 알았을 것이었다. 나는 어금니를 악물고 어둠 속을 노려보았다. 여자는 죽었다. 죽지 않았어도 죽을 것이다"(222)에서 분명하게 드러나듯이 이미 상징적인 차원에서 림해화를 살해한 바 있다.

한국에 온다. 그에게 한국행은 "고향을 찾는다는 기분"(220)에 이어진 것이기도 하다. 그러나 그는 결국 이곳에서 자신의 참된 존재의 근원과 만나는 대신 "이방인"이자 "저렴한 노동력"(221)에 불과하다는 것을 깨닫는다. 그리하여 "중국에서 소수민족으로 사는 것도, 여기서 외국인으로 사는 것도 싫습니다"(221)라며 일본행을 결정한다. 결국 림해화와 그 모두 한국 사회에서 진정한 발해는 찾아내지 못한 채, 한 명은 죽음을 통해 한 명은 출국을 통해 한국 사회를 완전히 떠나 버린 것이라고 정리해 볼 수 있다.

6. 통합의 가능성

김재영의 「꽃가마배」(『작가세계』, 2007 여름)에는 두 개의 시간층이 존재한다. 하나는 태국에서 온 이주여성을 타자화하던 과거의 시간층이고, 다른 하나는 그러한 과거를 반성적으로 성찰하며 새로운 공존의 몸짓을 실천하는 현재의 시간층이다.

'나'는 새어머니 능 르타이의 고향인 태국의 아유타야로 가는 길이다. '내'가 중학생이었을 때 아버지는 교통사고를 당해 어머니와 사별하고, 하반신이 마비된다. 고모는 "파출부 부르는 거보다 색시 들이는 게 훨씬 싸다"(177)며 아버지에게 외국 여성과의 결혼을 권한다. 이때 아버지가 태국까지 가서 고른 여성이 바로 태국의 능 르타이이다. 이 작품에서 시어머니의 역할을 하는 사람은 고모이다.[53] 고모는 태국에서 온 엽서를 보며 “이게 글자야 벌레야”(180)라며 무시를 하고, “자네, 우리 모르게 수작 부리다간 큰코다쳐”(180)라며 협박을 한다. 고모에게 능 르타이는 관리하고 통제해야 할 값싼 가정부에 불과하다. 고모는 “여자가 돈을 벌기 위해 아버지한테 시집온”(182) 것이라며 여자를 믿지 못하고, 여자가 집 밖으로 나가는 것도 막으려고 한다. ‘나’ 역시 고모와 별반 다르지 않다. 아버지의 재혼에 대한 의견을 묻는 고모에게, ‘나’는 “어차피 일하는 여자 들이는 거라고 했잖아”(179)라고 차갑게 말한다. 이후에도 ‘나’는 능 르타이의 와의(태국식 인사)에 “처음엔 낯설어서, 나중엔 여자를 무시하려고”(180) 제대로 답해준 적이 없다. ‘나’는 능 르타이를 ‘여자’라고 부르고, 친구들에게는 “식모”(185)로 소개한다. ‘나’의 이러한 무시에는 “아버지가 어머니에 대한 그리움에서 벗어나 다른 여자에게 마음을 주는 걸 받아들이지 못”(181)하는 어린 마음과 더불어 “정상이란 틀에서 조금 엇나가는 순간 차별의 굴레를 쓰고 평생 살아가야”(186) 하는 한국 사회의 어둠이 공존한다.

능 르타이에 대한 고모의 의심과 학대는 점점 심해진다. 이웃의 베트남 신부가 도망 친 것을 본 이후에는 고향 사람들과 태국어로 된 편지를 주고받는 것까지 금지한다. 능 르타이를 “처음부터 적당한 때에 도망갈 마음”(184)으로 한국에 온 여자로 생각하는 고모의 입장에서는 당연한 결정이라고 할 수 있다. 마침내 능 르타이가 스물대여섯 살로 보이는 동

53 “한국의 고부관계는 여성을 타성 부계 혈통집단(남편의 문중)에 편입시키는 부계 친족 체계의 핵심 부분이다. 부계 규범하에서 결혼이란 시어머니가 며느리를 얻는 과정이기도 하다. (…중략…) 부계 혈통집단이 존재하지 않는 필리핀에서 온 며느리는 이런 식으로 시어머니의 역할과 위치의 의미를 받아들이지 못한다”(김민정, 앞의 책, 269면).

남아시아 남자와 함께 있는 사진을 본 고모는 여자에게 무지마기한 폭력을 가한다. 얼마 지나지 않아 능 르타이는 아이를 낳고, 아버지는 아이가 첫돌을 맞이한 지 얼마 지나지 않아 죽는다. 평소 아무런 교감도 나누지 않았던 "여자와 나의 인연은 낡은 실밥처럼 약해"(190)져서, 남남이 되어 버린다. 능 르타이는 아이를 태국의 친정에 보내고 자신은 공장에 일하러 갔다가 화재사고로 죽고 만다. 이러한 능 르타이의 죽음은 3절에서 살펴본 작품들처럼, 한국 사회에서 철저하게 주변화된 이주여성이 도달한 쓸쓸한 삶의 결말이라고 할 수 있다.

이후 그 아이의 아버지가 과연 누구일지는 작품의 마지막까지 분명하게 밝혀지지 않는다. 물론 채근하는 고모 앞에서 여자는 아이의 아버지가 수경의 아버지라고 이야기하지만,[54] '내'가 목격한 한밤의 정사 장면('나'의 친동생일 수 있는 가능성)과 여자의 친정 아버지가 쓴 편지에 등장하는 『라마야나』 이야기('나'의 친동생이 아닐 수 있는 가능성)를 통해 그 아버지가 누구인지는 마지막까지 분명하게 드러나지 않는다. 무엇보다 임신 직전에 능 르타이는 태국 출신의 남성과 함께 있는 것이 목격되기도 했던 것이다. 지금 '나'는 여자의 친정인 태국에 살고 있는 아이를 찾아가는 길이다. 그 아이의 이름은 수동(樹童)이고 그 아이는 "내가 잘 아는 아이일 수도 있고 아닐 수도 있"(187)다.

고모와 다를 바 없이 능 르타이를 한갓 물건 취급하던 '내'가 자신과

---

54 아버지는 평소에도 고모나 '나'와는 다른 모습을 보여준다. 아버지는 태국 음식은 먹지 않는 '나'와 달리 한국음식과 태국 음식을 함께 잘 먹었고, 인터넷에 매달려서 능 르타이의 고향인 아유타야에 대한 정보를 얻어내기도 한다. 능 르타이에게 한글을 가르쳐주기도 한 아버지는, 여느 부부처럼 그녀와 밤참을 함께 먹고 드라마를 보고 게임을 하며 부부간의 정을 나눈다. 능 르타이 역시 고모에게 아버지를 "사랑해요"(184)라고 말한 바 있다.

는 피 한 방울 섞이지 않았을지 모르는 능 르타이의 아이를 찾아가는 변화는 어떻게 가능했던 것일까? 이러한 변화의 계기로는 미국인 남자친구와의 교제를 생각할 수 있다. '나'는 마이클을 사랑했지만, 마이클은 "수경과 나의 혼인을 반대"(190)하는 부모님을 열심히 설득하는 중이라는 소식을 마지막으로 남긴 채 일체의 연락을 끊는다. 또한 마이클을 만나기 위해 비자를 신청하지만, 미국 대사관에서는 비자도 승인하지 않는다. "호적상 나에게는 태국에서 온 계모 이외에는 어떤 보호자도 없을 뿐더러 미국인들이 신뢰할 만한 걸 가지고 있지 않기 때문"(191)이다. '나'는 "미국으로 갔다가 도망쳐 불법체류자로 남기 십상"(191)인 것으로 미국 대사관 직원에게는 보일 뿐이다. 한국인의 눈에 태국에서 온 능 르타이가 온전한 상대가 아닌 하나의 대상에 불과했던 것처럼, 미국인의 눈에 한국인인 '나' 역시 상대가 아닌 대상에 불과했던 것이다.

'나'는 마이클과 사귈 때 술에 만취하여 마이클과 잠을 자고 일어난 다음날 흰 시트 위에 혈흔이 묻어 있는 것을 발견한다. '나'는 그것을 사진으로 찍은 후에 그것을 마이클에게 보낼 것인지 고민한다. 이 모습은 고모의 시선 앞에서 늘 자신의 순결과 정절을 증명해야 하는 조바심에 시달리던 능 르타이의 모습을 '내'가 미국인의 앞에서 그대로 재현하는 것이라고 할 수 있다.[55] 결국 이러한 체험을 통해 '나'는 고모와 자신이 능 르타이에게 했던 일이 얼마나 비인간적인 것인지를 온몸으로 깨닫게 된 것이다. 이러한 깨달음은 한 방울의 피가 섞이지 않았을 수도 있는 동생, 수동을 번쩍 안아 들어 올리는 행동으로 이어지는 것이다. 이러한

55 이러한 젠더적 차별의 모습은 『삼국유사』에서 꽃가마배를 타고 와 김수로왕의 아내가 되는 아유타야 출신의 공주에게도 해당되는 일로 설명된다.

행동이 결국에는 지난 삶에 대한 반성을 의미하는 동시에, 능 르타이를 안아주는 행동에 해당하는 것임은 분명하다.

김애란의 「그곳에 밤 여기에 노래」(『문학과사회』, 2009 봄)는 택시운전사 용대와 지린성 옌지에서 온 임명화와의 사랑을 통하여 결혼이주여성이 자신의 고유성을 유지하면서도 한국 사회에서 공존할 수 있는 모습을 보여주고 있다.[56]

이 작품에 이르러 드디어 이주여성의 언어를 배우는 한국인 남성이 처음으로 등장한다. 용대가 하루에 열 네 시간씩 운전하는 택시 안에서는 "말이 말 같지 않고 노래 같"(122)은 중국어가 울려퍼진다. 임명화는 "용대가 자기 나라 말을 배우려 한다는 데 진심으로 감동"(142)한다. 용대는 명화가 위암으로 죽은 후에도 여전히 중국어를 배우는데, 그것은 용대가 명화를 이해하고자 하는 노력을 멈추지 않았음을 보여준다. 용대에게 명화는 "끝까지 제목을 알 수 없는 노래"(147)에 해당하는 것이다. 「그곳에 밤 여기에 노래」에서는 용대와 명화가 사회 경제적으로는 동일한 처지이지만 함부로 동일시할 수는 없는 고유성을 가진 개인들임이 드러나고 있다.

무엇보다 이 작품에서는 명화가 자기만의 고유성을 지닌 존재임을 분명하게 드러낸다. 이 작품에서 명화는 침묵하는 존재가 아니라 적극적인 생각과 의지를 지닌 존재이다. "외지에 나가선 대답하는 것보다 질문할 줄 아는 용기가 중요하다"(13)와 같은 말을 해주는 명화에 대해, 용대

56 한국 사회의 이주여성은 노동이주여성, 성산업에 유입된 이주여성, 결혼이주여성 등으로 분류된다(한국염, 「이주의 여성화와 이주여성 인권보호의 과제」, 『2006 국회도서관 정책간담회』, 국회도서관, 2006, 4면). 임명화는 처음 노동이주여성이었다가 나중에는 결혼이주여성의 지위까지 얻게 된 경우라고 할 수 있다.

는 "'이 여자, 언제나 내겐 좀 과하다'는 느낌"(123)을 받는다. 이러한 적극성은 명화가 "정성으로 이야기하면 서로 이해 못할 게 없다는, 소통에 관한 한 순진할 정도의 믿음"(123)을 가지고 있기 때문이다. 그리고 용대는 바로 명화의 "뭔가 설명하고 전달하려 애쓰는 모습"(123)을 좋아했다. 이처럼 일방적인 동화나 타자화가 일어나지 않은 것은 무엇보다 용대가 한국 사회의 하위주체인 것과 무관하지 않다. 조선족 임명화는 말할 것도 없고 한국인인 용대 역시도 한국 사회에 제대로 뿌리박지 못한 하위주체이다. 용대는 앞의 작품들에 등장한 집안은 고사하고 혈통에 바탕한 가족으로부터도 확실하게 배제된 존재이다.[57]

그러나 「그곳에 밤 여기에 노래」에서 자신의 고유성을 지키면서 한국인 남편과의 중간지대를 만들어나가던, 조선족 출신 이주여성 임명화는 제대로 치료도 받지 못하고 요절한다. 용대는 가족과 친척들에게 명화의 병원비를 구해보지만, 아무런 도움도 받지 못한다. 이러한 명화의 이른 죽음은 지금의 한국 사회에서 하위주체들이 따듯한 마음만으로 국경을 넘는다는 것이 결코 만만치 않음을 환기시킨다.

한지수의 「열대야에서 온 무지개」(『문학사상』, 2010.4)에서 태국 여성 사이란과 한국 남성 재석의 결혼은 다른 결혼이주여성 제재 소설에 등장하는 결혼과는 근본적으로 다르다. 둘은 다른 결혼이주여성들처럼 경제적인 이유가 아닌 좀더 실존적이며 개인적인 이유로 결혼하는 것이다. 사이란은 어려운 가정 환경으로 인해 대학 때부터 사귀었던 첫사랑이 떠나는 아픔을 겪는다. 이후 사이란은 "넓은 아파트나 도회적인 직

57 이에 대한 자세한 논의는 졸고 「2000년대 다문화 소설 연구」(『한국현대문학연구』 40집, 한국현대문학회, 2013.8, 249~287면) 참조할 것.

업"(164) 때문이 아니라 "불분명한 첫사랑의 상처를 덮어버릴 만큼 낯설고 강력한 사건을 원"(164)하는 마음으로 재석을 만나 한국에 온다. 첼로 연주자인 재석 역시 동료 연주자하게 실연당한 후에 사이란을 만난 것이다. 재석이 전 애인을 닮은 사이란에게 결혼이 무엇이냐고 물었을 때, 사이란은 "친구"(170)라고 대답한다. 사이란은 떠나간 애인 대신 "친구처럼 사는 결혼"(170)을 선택한 것이다.

이처럼 사이란과 재석은 심리적으로 대등한 개인들이다. "내게 잘 보이려고 기를 쓰며 진땀을 흘리는데, 그렇게 나 하나만 바라보는데, 그걸 보면서 어떻게 사랑하지 않을 수 있니……? 짐승이라도 그런 눈으로 바라본다면 마음이 움직이지 않겠니?"(177)라고 말하는 것에서 알 수 있듯이 재석이 연민에서 출발해 사이란을 사랑했다면, 사이란 역시 "재석의 깊은 눈에서 갈증에 시달리는 짐승의 애처로운 호소"(177)를 보고 재석을 사랑하는 것이다. 연민과 동정에서 시작된 사랑이기는 하지만, 그것은 어느 한 쪽의 일방적인 것이 아니라 둘 모두를 주체이자 대상으로 한 것이다. 둘은 짐승의 눈과 마음이라는 평등한 조건으로 서로를 사랑하고 있다.

그들이 살아가는 방식도 독특하다. 남편인 재석은 1주일에 한 번씩 사이란을 찾아와서 부식 거리와 생활비를 놓고 돌아간다. 재석은 악단의 첼로 연주자였으나 지금은 포기하고, 가구점을 운영하여 근처의 이동식 주택에서 살고 있다. 그동안 보아왔던 결혼이주여성의 남편들과는 너무나 다른 재석을 보며, 사이란은 "결혼을 하고서 같이 살지 않아도 되는 건지, 봉사만 하고 다니는 자신에게 왜 돈을 벌어 오라는 요구를 안 하는지, 가구점 일을 돕겠다고 했을 때 거절한 것은 자신의 얼굴에 흐르는 이국적인 촌스러움 때문은 아닌지, 심지어는 그런 자신을 왜 때리지도 않는지 ……"(162)라고 생각할 정도이다.

사이란은 한국인 남편에 의해 타자화되지도 않으며, 자신의 고유한 정체성도 잃어버리지 않는다. 그것은 사이란이 다른 태국 출신 이주여성들의 산후도우미 역할을 하는 것에서 잘 드러난다. 사이란은 "모국어로 허심탄회하게 하소연할 수 있는 대상"(161)이기에 태국 출신 여성들에게 큰 인정을 받으며, "행복한 이주민센터에 나가 밥을 지으며 봉사를 하고 한글학교와 불교학당"(161)에도 다니는 역동적인 삶을 산다.

그러나 「열대야에서 온 무지개」가 다문화 가정의 여성들이 겪는 고통에 눈을 감는 것은 아니다. 그것은 한국에 온 다문화 가정의 도우미 노릇과 산모 돌보기 등의 활동을 하는 사이란을 통해 드러난다. 그 중에서도 자신이 돌봤던 첫 번째 산모인 위라완은 노동자로 한국에 들어와 박스공장에서 일하다가 공장의 간부였던 이혼남과 사랑에 빠진다. 그러나 곧 위라완은 딸과 함께 단칸방에 버려진다. 위라완이 낳은 아이는 호적에 올릴 이름도 얻지 못한채 그냥 딸이라는 뜻의 '룩사오'로만 불리며, 위라완이 일하는 청소 현장에서 사고를 당해 죽고 만다. 아이를 셋이나 낳은 베트남 여성 퉤트란은 남편에게 매를 맞고 산다. 대형마트에서 우연히 만난 중년 남자는 사이란을 보고서는 "이제 30년만 있어 봐라, 우리나라도 완전 잡종 세상 될 테니"(166)라며 열변을 토한다. 사실 별다른 무시나 차별도 받지 않고, 자신과 같은 처지의 결혼이주여성을 돕는 삶을 살아가는 사이란이지만, 그녀 역시 자신의 본래 이름을 잃어버린 채 한국에서 살아간다. 그녀의 본래 이름은 무지개라는 뜻의 "사이룽"(168)이지만, 동사무소 직원의 실수로 '사이란'이 된 것이다.

이 작품의 마지막에 사이란은 "이번 결혼기념일에는 무슨 선물을 할까?"(178)라는 재석의 질문에, "한우를 낳고 싶어요"(178)라고 말한다. 사이란과 재석이 마트에 갔을 때, 재석은 사이란에게 수입해서 3년간 기른 소에는 '국내산'이라는, 이 땅에서 태어나고 자란 소들에게는 '한우'라는 표기를 붙인다고 설명한 바 있다. 그렇다면 이때의 한우는 사이란이 완벽히 한국인으로 동화된 다문화 가정의 2세를 낳는다는 의미일까? 그렇게 보기에 이 작품에서 사이란은 일방적으로 동화된 존재라기보다는 이주여성으로서의 고유한 삶에 대한 뚜렷한 모습을 보여주었다. 따라서 이때의 한우는 한국 사회의 특성과 이주여성의 고유성을 아우른 상호통합적인 공동체의 특성을 체현한 존재에 가깝다고 할 수 있다. 그것은 분명 '한우'이지만, 결혼이주여성의 고유성까지 포함한 혼종적이며 개방적인 '한우'임에 분명하다.

김애란의 「그곳에 밤 여기에 노래」와 한지수의 「열대야에서 온 무지개」는 이전에 살펴본 작품과는 달리 결혼이주여성이 고유성도 지닌 채 한국 사회에 동화되는 모습을 동시에 보여주었다. 이것을 가능케 한 요소로는 우선 부부를 둘러싼 한국가족의 영향력이 매우 희미한 것을 들 수 있다. 재석의 가족으로는 유일하게 돌아가신 아버지가 언급되는데, 그는 자신이 남긴 가구점의 "진열된 가구 값을 웃도는 채무와 배달 직원 한 명, 1.5톤짜리 트럭"(170)을 남겼을 뿐이다. 김애란의 「그곳에 밤 여기에 노래」에서도 용대는 어려서부터 "가족의 수치, 가계의 바보, 가문의 왕따"(134)로 홀대를 받으며 성장한다. 7년 전에는 부동산 계약을 잘못하여 어머니의 집을 날려버린 후 도망치듯 상경하였다. 이후 어머니는 화병으로 죽고, 용대는 "자신이 더 이상 고향에 내려갈 수 없게 됐다는 것"(133)을 깨닫는다. 이 작품의 상당 부분은 용대가 얼마나 집안과 가족으로부터 무시와 멸시를 받는 존재인지를 드러내는 데 바쳐져 있다. 그는 한국 사회는 물론이고 혈통에 바탕한 가족으로부터도 소외된 존재인 것이다.

또 하나 결혼방식의 차이도 주목할 수 있다. 대부분의 결혼이주여성의 한국행이 매매혼에 의해서 이루어진 것에 반해 「그곳에 밤 여기에 노래」와 「열대야에서 온 무지개」에서는 매매혼이 아닌 개인 의사에 따른 선택의 모습을 보여주는 것이다. 이것은 대등한 결합을 가능케 하는 중요한 조건으로 작용하고 있다. 김재영의 「꽃가마배」에서 쑤안은 결혼생활 내내 폭력에 시달리다가 결국에는 조그마한 공장에서 죽고 만다. 과거 김수로에게 꽃가마배를 타고 시집 온 왕비와 달리 쑤안이 죽고 만 이유를, 수경은 "여자는 아유타국의 공주처럼 황금과 시종, 쇠를 가득 실은 꽃가마배를 타고 이 땅에 오"는 대신 "낡고 조그만 가방 하나 들고 낯선 타국살이를 시작해야 하는 가난한 처녀"(194)였기에, 그것은 "여자의 운명"이라고 생각하는 것이다.[58]

그러나 김애란의 「그곳에 밤 여기에 노래」에서 임명화는 별다른 도움도 받지 못한 채 죽고 만다. 사이란은 살아 있는 존재로 자신의 고유성을 잃지 않고, 재석과의 통합에 성공하는 모습을 보여준다. 이러한 차이점을 낳은 이유는 여러 가지가 있을 것이다. 용대와 명화의 대등한 만남을 가능케 한 바로 그 사회적 조건의 열악함이 이유일 수도 있다. 또한 빼놓

58 정인의 「타인과의 시간」에서도 둘의 결합은 매매혼과는 무관하다. 결혼이주여성이 타자화되는 대부분의 소설에서 여성들이 죽거나 살인자가 되는 것과 다른 결말에 이른 원인에는, 이러한 결혼 방식도 존재하는 것으로 보인다.

을 수 없는 사실은 사이란이 산후도우미로서 일하며 모국어를 쓰는 태국 출신 여성들을 돌볼 수 있었던 것은 정부의 도움이 있었기에 가능했다는 점이다.[59] 따라서 진정한 다문화 사회를 이루기 위해서는 사회 전체의 지원과 관심도 중요하다는 것을 알 수 있다.

진정한 다문화 사회는 말할 것도 없이 이주민의 고유문화와 주류사회의 문화가 공존하며 서로에게 긍정적인 영향을 끼치는 사회일 것이다. 진정한 통합은 이주자가 정착 과정에서 주류문화에 영향을 받는 것처럼, 선주민도 이주자와의 상호 작용을 통해 영향을 받는 것에서 이루어질 수 있다. 그렇다면 완고한 가부장적 혈통주의에 근거한 동화 대신 「그곳에 밤 여기에 노래」나 「열대야에서 온 무지개」와 같은 통합의 방식에서 진정한 다문화 사회의 가능성을 찾아볼 수 있을 것이다.

7. 결론

지금까지 소설속의 결혼이주여성에 대한 연구는 주로 그들이 타자화되는 방식이나 반대로 고유한 정체성을 찾아나가는 방식에 초점이 맞추어졌다고 해도 과언이 아니다. 이제는 보다 객관적인 시각에서 결혼이

59 "사이란이 산후도우미가 된 것은 6개월 전이었다. 정부에서는 나날이 확산되는 다문화 가정의 산모들을 위해 모국어 산후도우미를 양성했다. 한국에 온 지 3년이 넘고 한국어를 잘할 줄 아는 사람에게만 주어지는 자격이었다"(171)라는 대목에서 이를 확인할 수 있다.

주여성이 한국 사회와 관계 맺는 양식을 종합적으로 살펴볼 필요가 있다. 본고에서는 베리(Berry)의 문화변용(acculturation) 모델을 바탕으로 분류작업을 시도하였다.

비교적 초기에 쓰여진 이순원의 「미안해요, 호 아저씨」에는 조선족 여성으로부터 시작하여 동남아 여성으로 확대된 결혼이주의 역사와 그 배경이 잘 나타나 있다. 한수영의 「그녀의 나무 핑궈리」, 정인의 「그 여자가 사는 곳」과 「타인과의 시간」, 백가흠의 「쁘이거나 쯔이거나」에 등장하는 결혼이주여성들은 심각한 차별과 폭력에 시달린다. 그 결과 자신의 고유한 정체성도 유지하지 못하고, 한국 사회에도 적응하지 못한 채 주변화(Marginalization)된다. 그 결과 그들은 죽거나 죽이거나 혹은 한국을 떠나는 모습을 보여준다. 고통받는 결혼이주여성들의 삶을 다룬다는 점에서 그 의의가 매우 크지만, 작가의 의도와는 무관하게 결혼이주여성을 우리와는 너무도 이질적인 연민과 동정의 대상으로만 고착화시킬 위험성이 존재한다. 서성란의 「파프리카」와 이시백의 「개값」은 결혼이주여성이 한국 사회에서 주변화되는 양상을 보여주지만, 비극적인 결말로 끝나는 대신 삶의 새로운 가능성을 암시한다.

송은일의 『사랑을 묻다』와 정지아의 「핏줄」은 한국 사회로의 동화(Assimilation)와 그 어려움을 형상화 한 작품이다. 한국의 다문화가족정책의 핵심은 빠른 시간 내에 이주 여성을 한국 문화에 '동화'시키는 것이다. 따라서 동화와 관련한 이주 여성의 모습을 살펴보는 것은 한국 사회의 전체적인 맥락에서 중요한 일이다. 이들 작품에서는 한국인들이 결혼이주여성을 동화시키려는 욕망도 결혼이주여성이 동화되려는 욕망도 뜨겁지만, 가부장적 혈통주의(『사랑을 묻다』)와 인종의 벽(「핏줄」)으로 인해 실패하고 만다.

천운영의 『잘 가라, 서커스』에서는 결혼이주여성이 자신만의 고유한 문화를 유지하려고 하는 분리(Segregation)의 시도가 드러난다. 조선족 림해화는 한국 사회에 통합되고자 두 번(결혼과 취업)이나 시도를 하지만 모두 실패한다. 실패한 이후에는 조선족만의 공동체로 돌아와 한국 사회로부터 스스로를 분리시킨다. 그러나 결국 그러한 분리의 시도는 실패하고 만다.

김재영의 「꽃가마배」, 김애란의 「그곳에 밤 여기에 노래」, 한지수의 「열대야에서 온 무지개」는 다문화 사회의 이상적인 모습인 통합(Integration)에 가장 가까이 근접한 소설들이다. 특히 외국어를 배우는 한국인의 모습과 자신과 같은 처지의 여성을 돌보는 결혼이주여성이 등장하는 「그곳에 밤 여기에 노래」와 「열대야에서 온 무지개」는 모국문화의 유지와 주류문화에의 적응이라는 통합의 모습을 구체적으로 보여준다고 할 수 있다. 이러한 통합의 가능성을 떠올릴 수 있게 한 조건으로는, 가부장적 혈연주의의 약화, 매매혼이 아닌 사랑에 바탕한 결혼, 정부와 사회의 지원 등을 들 수 있다. 마지막으로 이러한 유형화가 작품에 대한 문학적 평가와 일치하는 것은 아니라는 사실을 밝혀두고자 한다.

3장

한국인과 이주노동자의 관계양상

1. 다문화 시대

2000년대 다문화를 이야기할 때 빼놓을 수 없는 집단이 이주노동자와 결혼이주여성이다. 이들은 오랫동안 주류화된 존재들과 다른 취급을 받고 한국 사회의 동일성에 균열을 일으키는 존재들로서 경원시되었다. 많은 작가들이 한국 사회에서 배제되어 '벌거벗은 자'가 되어가는 이주노동자들의 현실을 재현하는데 집중하였으며, 고통 받는 이들의 존재는 우리 안의 제국주의를 성찰하도록 이끌었다. 한국은 크게 보아 이주노동자들과 결혼이주여성들에게 각각 배제와 동화 지향의 정책을 펼쳐 왔다고 할 수 있다.[1] 이러한 배제와 동화의 정책에는 경제적 이유가 큰 영향을 미치지만, 그것 못지않게 한국 사회의 '가부장적 가족주의'도 큰 역할을 하고 있다. 이주노동자는 가족이 될 수 없는 외국인이며, 결혼이주여성은 한국 남성의 아내가 되어 영주할 것이라는 의식이 밑바탕에 깔려 있는 것이다.

이주노동자들은 한국 사회의 다문화 현상을 대표하는 핵심적인 존재들이라고 할 수 있다. 1980년대 후반부터 노동자의 임금이 이전보다 급격히 상승했으며, 이에 따라 가구 제조업 등의 3D 업종은 노동력 부족에 시달리게 되었다. 이에 대응하는 방법으로 영세업체들은 외국인 노동자들을 고용하기 시작하였다. 1990년대 초반까지 한국에 들어온 이주노동자들은 미등록 이주노동자였다. 1993년에 처음으로 3년이라는 기간동안 합법적으로 일할 수 있는 '산업연수생제도'가 도입되었다. 산업연수생은 용어 그대로 노동자가 아닌 연수생 신분이기 때문에 노동권도 갖지 못한 채, 저임금, 위험한 작업환경, 욕설과 폭력, 임금 체불 등에 시달려야 했다. 3년간의 체류 기간을 넘긴 산업연수생이나 직장을 이탈한 외국인 노동자는 '불법 이주자'가 될 수밖에 없었다. 그럼에도 산업연수생제도의 도입과 중국동포의 유입으로 이주노동자의 한국행은 본격화되었다. 산업연수생제도의 대안으로 등장한 것이 2004년부터 실시된 '고용허가제'이다. 이 제도를 통해 한국과 아시아 15개국이 맺은 양해각서를 통해 이주노동자는 최장 4년 10개월까지 한국에서 일할 수 있게 되었다. 이 제도는 표준계약서를 통해 최저임금을 보장할 뿐 아니라 외국인을 연수생이 아닌 근로자 자격으로 데려오는 초빙노동자제도이다.[2]

---

1 한국의 이민정책은 1980년대 이후 지속적으로 늘어난 이주노동자들에 대한 정부의 경제적 관리와 통제지향의 정책과 2000년 이후 점차 증가한 여성결혼이민자에 대한 사회적 수용과 동화지향의 정책으로 대별되어 왔다(김태환, 『다문화사회와 한국 이민정책의 이해』, 집사재, 2015, 77면).

그러나 고용허가제 역시 불법 이주자 발생 등의 이주노동자와 관련한 문제를 해결할 수 있는 만능키는 아니다. 교체 순환의 원칙과 사업장 이동 제한 원칙으로 인해서, 고용허가제는 한국인 고용주가 행사할 수 있는 권리는 비균등적으로 확장했지만, 노동자의 직장과 취업 선택의 자유는 훼손한다는 문제점이 있다.[3] 그 결과 지금도 추방만이 예견된 외국인 불법노동자는 20만 명이 넘는다.[4] 고용허가제는 기본적으로 "이주노동자를 한국 사회에서 함께 살아가는 사회통합과 공존의 구성원으로서가 아니라 경제적 필요에 의해서 언제든지 관리 또는 통제될 수 있는 노동자로서만 취급"[5]하는 것이다. 그 결과 이주노동자들이 겪는 차별 등의 부당한 대우는 크게 달라지지 않았다. 미등록 이주노동자는 언제든지 추방할 수 있고, 동시에 열악한 노동 조건과 저임금을 주면서도 복지나 사회 통합을 위한 비용을 지불하지 않아도 된다는 점에서 가장 효율적인 노동력으로 받아들여진다.[6] 미등록 이주노동자는 신자유주의 시대에 이윤 창출을 위한 자본의 유용한 도구인 것이다.[7]

우리는 이주노동자에 대하여 이미 충분히 논의를 했다는 착각을 하기

---

2 김현미, 『우리는 모두 집을 떠난다—한국에서 이주자로 살아가기』, 돌베개, 2014, 21~24면. 1991년까지 이주노동자는 10만 명이 넘게 유입되었으며, 2014년 현재 이주노동자는 61만여 명으로 집계되고 있다(김태환, 앞의 책, 103면).

3 김현미, 앞의 책, 128~131면.

4 출입국 외국인 정책본부의 자료에 따르면, 2014년 11월 기준으로 한국에는 203,434명의 미등록 외국인(불법체류자)가 존재한다.

5 김태환, 앞의 책, 150면.

6 김현미, 앞의 책, 88면.

7 한국의 자본주의 사회구조는 자본과 노동으로 양분된 계급구조로 형성되어 있다. 또 노동계급은 노동계급대로 전문 인력과 비전문 인력으로 양분된다. 그리고 사업장에서는 정규직과 비정규직 등 내부의 노동계층 구조로 다시 심화된다. 그런데 문제는 이러한 양분화는 다시 그 가장 아래 계급에 있는 이주노동자의 희생과 착취 그리고 노동조건의 압박으로 연계되고 있다는 사실에 있다(김태환, 앞의 책, 129면).

쉽다. 마치 김희선의 「어느 멋진 날」(『21세기 문학』, 2013 겨울)에 등장하는 편집장의 다음과 같은 인식처럼 말이다. 이 작품에서 음모론이나 미스터리를 전문으로 다루는 잡지사에 근무하는 '나'는 공장 밀집지대에서 살해된 47세의 파키스탄인을 보고 영감을 받아 이야기를 만들어낸다. 그러자 그것을 본 편집장은 "음모론에도 품격이 있다 이거야. 그리고 불법체류 노동자 얘기 같은 건 절대로 쓰지 말라고 내가 말했지? 사람들은 걔네들한테 관심도 없다"(89)고 일갈한다. 뒤이어 편집장은 차라리 "인도네시아에 쓰나미 난 게 알래스카에 있는 비밀기지에서 일으킨 전리층 교란 때문이었다는 소문"(89)같은 것에 대하여 쓰라고 말한다. 어쩌면 편집장의 이야기처럼 불법체류노동자와 같은 타자들에 대한 관심은 너무나 진부한 것이 되어버렸는지 모른다.

그러나 불법체류자와 같은 타자들에 대한 관심은 그렇게 쉽게 포기될 수 있는 문제가 결코 아니다. 그들은 이미 우리 사회에서 무시할 수 없는 사회・경제적 의미를 지닌 존재가 되었을 뿐만 아니라, 인간은 다른 인간들 모두에게 언제나 타자일 수밖에 없기 때문이다. 따라서 국적이 다르고 피부색이 다른 사람들을 대하는 방식은 바로 우리 이웃과 가족을 대하는 방식이기도 하며, 근본적으로는 자기 자신을 대하는 태도에 연결된다고 할 수 있다.

2. 이주노동자의 주변화

단일민족신화가 완고하며 오랫동안 다른 인종과 어울려 살아본 경험이 부족한 한국 사회는, 갑자기 증가한 이주노동자들 앞에서 인종주의적 (무)의식을 내세우는 경우가 적지 않다. 이것은 사회 제도 차원에서도 그러하고, 사람들의 일상적 습속의 차원에서도 그러하다. 특히 2000년대에 창작된 소설들에서는 한국인들의 식민주의적 지배 욕구가 만들어낸 폭력과 배제의 양상이 집중적으로 소설화되었다. 이것은 이주노동자를 대등한 인간이 아닌 하나의 도구로서만 바라보는 시각이라고도 말할 수 있다.

이주민들이 한국 사회에서 주변화되어 '벌거벗은 자'가 되어가는 현실을 재현하는데 집중하는 소설들이 있다. 김재영의 「코끼리」(『창작과비평』, 2004 겨울), 이명랑의 『나의 이복형제들』(실천문학사, 2004), 이시백의 「새끼야 슈퍼」(『누가 말을 죽였을까』, 삶이보이는창, 2008), 강화길의 「굴 말리크가 잃어버린 것」(『문학동네』, 2013 겨울)을 대표적으로 들 수 있으며, 이들 소설은 이주노동자를 무시와 모멸의 대상으로만 삼는 한국인의 식민주의적 의식을 날카롭게 고발한다.

김재영의 「코끼리」는 이러한 경향을 대표하는 기념비적인 소설이다. 이 소설에서 이주노동자는 그야말로 인간이 아닌 짐승이다. 아버지와 '나'는 얼마 전까지도 돼지축사로 쓰였다는 건물에 살고 있다. 식사동 가구공단에 있는 이 건물에는 미얀마, 방글라데시, 파키스탄, 네팔, 러시아에서 온 사람들이 그야말로 '돼지'같은 대우를 받으며 살고 있다.

네팔 출신인 아버지는 네팔 대사관이 한국에 없기 때문에 정식으로 혼인신고를 하지 못했다. 그 결과 '나'에게는 호적이나 국적도 없으며, 조선족인 어머니는 집을 나가버렸다. 아버지는 힘겨운 노동으로 지문이 없다. 사람들이 지문도 없으니 영혼도 없다고 생각하는 것처럼, 지문이 없는 아버지는 실제로 한국 사회에서 아무런 고유성(존재가치)도 인정받지 못한다. 이들은 모두 "야 임마, 혹은 씨발놈아, 라는 이름의 외국인 노동자 한 궤미"(320)일 뿐이다. '나'는 한국사람처럼 노란 피부를 얻기 위해 탈색제가 든 물로 세수를 하는데, 검은 피부는 한국에서 결코 용납되지 않기 때문이다.

이 작품은 이주노동자들이 겪는 고통을 남김없이 전시한 일종의 박물관이다. 알리와 베트남 아저씨 등의 손가락이 묻혀 있는 손가락 무덤, 온몸에 시퍼런 멍과 상처를 지닌 채 휴일도 없이 하루 열여섯 시간씩 일하는 쿤 형, 땀과 화학약품과 욕설에 절어 "짐승 냄새"(323)가 나는 아버지, 백화점에 들어가는 것조차 거부당하는 이주노동자들, 관광나이트클럽에서 자신의 육체를 팔아 살아가는 러시아 출신 마리나, 자신의 아들에게 영어를 가르치기 위해 '나'를 집으로 초대해 괴롭히는 친구의 엄마 등이 '고통의 박물관'을 채우는 항목들이다.

김재영의 「코끼리」는 네팔 출신 노동자와 조선족 출신 어머니를 둔 열 세 살짜리 소년의 시각으로 이주노동자를 바라보고 있다. 이 순간 그들의 고통은 다른 어떠한 시각에 의한 것보다 더욱 절실하게 재현된다.

비슷한 시기에 쓰여진 이명랑의 『나의 이복형제들』에서 박씨는 인도인 이주노동자가 영어를 사용하자 "다시는 내 앞에서 영어 쓰지 말라"(32)며 이주노동자를 너무도 심하게 구타하여 피가 철철 흘러내리게 한다. 이주노동자에게 모국어가 차지하는 위상을 생각할 때, 이러한 폭력은 인도인 이주노동자가 최소한의 인정도 받고 있지 못함을 드러내는 것이라 할 수 있다. 인도인 이주노동자는 자주 "인도 깜댕이"(143)로 불려진다.

이러한 특징은 이시백의 「새끼야 슈퍼」에도 고스란히 나타난다. 평식은 이주노동자들 덕분에 그럭저럭 슈퍼를 운영하며 생계를 이어간다. 더군다나 그러한 이주노동자의 중매로 필리핀 여성 안젤라에게 늦장가까지 간 상태이다. 그럼에도 이주노동자들을 "저게 같은 사람이라기보다는 집에서 기르는 소나 돼지 같은 짐승이거니 여길 뿐"(101)이다. 슈퍼에 오는 이주노동자들에게 말끝마다 '새끼야'를 붙여, 이주노동자들은 아예 슈퍼이름을 '새끼야 슈퍼'라고 부른다. 노름판에서 돈을 잃어 화가 난 평식은 갖은 욕설을 내뱉으며 죄없는 수루를 폭행한다. 이러한 모습에 충격을 받은 평식의 처 안젤라는 "당신이 수루를 때리는 걸 보고 무서워요. 우리나라 사람보고 새끼 해서 나빠요. 당신 새끼야 하면 화난 거처럼 우리나라 사람도 화나요. 그리고 카드 하지 말아요. 내가 신고했어요. 착하게 살아요. 멀리 가니까 찾지 말아요"(108)라는 편지를 남기고 가출한다. 이 작품에서도 식민주의적 의식에 찌든 평식이라는 인물을 통하여 이주노동자들이 처한 현실이 잘 드러나고 있다. 마지막에 안젤라마저 떠나감으로써 그들은 완전히 우리와 같은 공동체의 경계로부터 벗어나는 효과마저 나타나고 있다.

강화길의 「굴 말리크가 잃어버린 것」에서 굴 말리크는 불법체류자로서 고단한 한국에서의 삶을 감내해야만 하는 존재이다. 굴 말리크의 동료는 손가락이 잘려나간 상황에서도 고통 때문이 아니라, 잘려나간 손가락이 없으면 일을 할 수 없기에 울부짖는다. 손가락을 찾지 못한 그는 끝내 해고당하고, 이에 항의하여 파업을 벌인 동료들도 모두 해고당하고 나아가 신고까지 당한다.

이주노동자는 오랫동안 주류화된 존재들과 다른 취급을 받고 한국 사회의 동일성에 균열을 일으키는 존재들로서 경원시되었다. 우리 안에 들어온 타자들을 완전한 침묵 속에 방치하는 것은 가장 큰 폭력이기 때문에, 그들의 고통스러운 삶을 드러내고자 애쓰는 작품들은 소중한 문학적 성과라고 할 수 있다. 2절에서 살펴본 소설에서 이주노동자는 고통의 극한에 서 있는 존재들로 형상화된다. 이것은 그들이 현재 놓여 있는 위치에 바탕한 정당한 인식일 수도 있지만, 이러한 형상화는 의도하지 않은 방식으로 이들의 타자성을 자연화하는 위험성도 지니고 있다.

이주노동자와 관련해서 그동안 한국소설이 즐겨 다루어온 이분법은 '피해자 이주민'과 '가해자 한국인'의 구도였다. 이러한 구도 아래서 창작된 작품들이 '말할 수도 없는 존재'인 이주민들을 공적인 담론에 끌어냈다는 점만으로 그 정치적 의미를 높이 살 수 있지만, 반복되는 피해자와 가해자의 이분법 속에서 이주민들은 타자로 고정화되어 버리는 문제가 적지 않았다.

김민정의 「안젤라가 있던 자리」(『아시아』, 2012 겨울)는 이러한 이분법을 깨뜨리는데 서사의 대부분을 할애하고 있다. 이 작품은 데칼코마니와 같은 선명한 대칭성을 보여준다. 각 항을 이루는 것은 안젤라라는 똑같은 이름을 가진 '필리핀에 사는 한국 고모'와 '한국에 사는 필리핀 이모'이다. 주인공 '나'는 필리핀의 선교 센터에서 현지 아이들을 도와주는 봉사활동을 하고 있다. 한 달간의 휴가를 얻어 오빠의 집에 오자 그곳에서는 필리핀 출신의 이모가 조카를 돌본다.

오빠는 테헤란로와 양재천이 동시에 보이는 강남의 최고급 아파트에 살고 있다. 처음부터 필리핀 이모는 '나'에게 고자세로 일관하는데, 나중에 필리핀 이모는 새언니를 포함한 집안 사람 모두에게 권력을 행사하는 막강한 위치로 상승한다. 점점 강도를 높여 가며 뒤바뀐 권력 관계를 드러내는 부분이 이 작품의 핵심이다.

이러한 필리핀 이모와의 관계를 통하여 '나'는 자신이 그동안 해왔던 선교 활동이 "그들을 위에서 내려다보고 있었"(318)던 행위이며 "사랑이 아니라 동정"(318)인지도 모른다고 생각한다. 나아가 그 모든 행위는 "잘난 오빠에 대한 압박감을 이기지 못하고 필리핀으로 도망을 갔고 그들을 도와줌으로써 우월감을 느꼈던 것"(318)이라는 가슴 아픈 자기 성찰에 이른다. 이러한 자기 반성은 사실 '나'에게도 해당되지만, 별다른 고민 없이 정형화된 이주노동자 나아가 제3세계 사람들의 삶을 그려온 한국 작가들에게도 해당되는 것이라고 할 수 있다.

구부러진 철사를 바로 펴는 방법은 반대 방향으로 되구부리는 방법이다. 위에서 말한 것처럼, 기존의 한국소설이 가진 문제점을 교정하는 장치로서 이 작품의 되구부리기는 나름의 의미가 있다. 그러나 과연 '이 땅의 이주노동자들은 필리핀 이모 안젤라처럼 강남의 최고급 아파트에 사는 사람들도 쩔쩔 매게 할 만큼 힘 센 존재들일까?'라거나 '그들은 과연 고모의 자리도 빼앗아 버릴 수 있는 진정 '가족'으로 살고 있는 것일까?'라는 의문을 제기할 수 있다.

실제 한국의 여성 이주노동자는 매우 열악한 환경에 놓여 있는 것으로 파악된다. 2004년부터 실시된 고용허가제는 한국의 남성 사업주와 송출국 간의 성별 이해관계가 결합되어 이주자의 남성화를 활성화했다. 2013년 기준으로 고용허가제를 통해 한국에 체류하는 외국인 노동자 수는 22만 6,000명이지만, 그 중 여성은 2만 2,000명에 불과하다고 한다. 여성에게 개방된 합법적인 이주노동 통로가 제한된 상황에서 자본이 없는 여성은 상대적으로 이주 비용이 적게 드는 분야, 즉 가사나 농업 분야로 이주하는 경향이 크다. 특히 농축산업 분야에 종사하는 여성 이주노동자는 매우 열악한 숙소환경과 각종 성희롱이나 성폭행에 시달리고 있다. 여성 이주노동자는 노동자로서 최소한의 권리도 보장받지 못한 채 성 차별과 인종 차별이라는 복합 차별의 희생자가 되고 있는 것이다.[8] 이러한 여성 이주노동자의 실제 삶을 고려할 때, 앞에서 제기한 두 가지 의문은 더욱 진지하게 성찰해야 할 고민이 아닐 수 없다.

3. 이주노동자의 분리

유현산은 장르문학적 상상력을 한껏 발휘하여 한국 사회의 예민한 지점들을 날카롭게 타격하는 정치적 작가이다. 2012년에도 지존파 사건에서 모티프를 가져온 『살인의 추억』(네오픽션, 2012)을 발표하여, 눈에 보이지 않는 구조적 폭력의 진정한 폭력성을 심문하였다. 2014년에 발

---

8 김현미, 앞의 책, 137~140면.

표된 『두번째 날』(네오픽션, 2014)은 조선족들을 등장시켜 불감과 불통의 문제가 지닌 파국의 문제점을 치밀하게 형상화하고 있다.

『두번째 날』에서 '첫번째 날'은 조선족 소년인 리진웅이 한국인들의 탐욕과 폭력으로 어머니를 잃은 1991년의 어느 겨울밤이다. 그가 20년 후에 MIT 경영대학원 출신의 금융 투자 전문가인 제임스가 되어 한국에 돌아온다. 그가 하려는 일은 어머니를 살해한 한국인들에 대한 일종의 복수이다. 제임스가 된 리진웅은 성현범이라는 거물 정치인의 자금과 고려행정사라는 폭력조직을 거느린 박정호 령감을 이용하여 조선족 사회에서 유통되는 자금을 차지하고자 한다. 그것은 리진웅에게는 부모와도 같았던 과자삼촌의 유언인 "나중에 어른이 되면 쓰라. 사람들이 다 알 수 있도록"(292)을 실천하는 그만의 방식이라고 할 수 있다.

20년 전 리진웅의 어머니와 리진웅은 이남읍에서 한국정착의 꿈을 안고 박현필 장로가 만든 평화농장에서 살았다. 박현필 장로는 유기농 사업과 조선족 선교를 함께 하려고 이남읍에 유기농 농장을 만들고 조선족을 불러들였던 것이다. 그러나 박현필 장로는 이남읍의 유지들이 이남상조신용의 자금을 사금고처럼 마음대로 전용한 사실을 알게 되고, 이 때문에 유지들은 젊은이들을 부추겨 농장을 파괴하고 사람들의 목숨까지 빼앗는다. 리진웅은 이남읍의 유지들이 사용했던 수법을 그대로 조선족들에게 적용하여 가리봉상조신용과 대림동상조신용의 돈을 빼돌리려는 것이다.

이 작품의 주스토리 시간은 2012년 9월 27일부터 2012년 12월 9일로 매우 짧으며,[9] 공간적 배경은 대림동이나 가리봉동과 같은 조선인 밀집지역으로 한정되어 있다. 『두번째 날』에서 비중 있게 다루어지는 조선족 정문환은 북경에서 살인을 저지르고 아내와 아들을 남겨둔 채 도망온 인물이다. 조선족만의 세상과 관계를 맺는 한국인은 조폭인 영등포 남문파 한사장 정도가 유일하지만, 엄밀히 말하자면 그마저도 결코 조선족 사회의 핵심에 발을 들여놓지 못한다. 이러한 조선족의 마을에 잠입하는 것은 르포 작가인 조성우의 아내와 전직 기자로 아내와 아들의 복수를 하려고 하는 조성우뿐이다. 르포작가나 기자 그리고 경찰은 결코 조선족과 삶을 공유하는 자들이 아니다. 이들은 단지 조선족을 관찰하고 기록하고 처벌하는 자들일 뿐이다. 조선족은 한국인의 삶과 철저하게 구분되는 것이다.

『두번째 날』에서 그나마 한국인으로서 조선족과 '삶'을 공유하는 이는 제임스와 가까운 정인애뿐이다. 그러나 그가 조선족과 삶을 공유하는 것은 한국인으로서가 아니라 조선족 행세를 함으로써이다. 작가는 다음의 인용문처럼 "조선족이 되어 그들을 돕고 싶다는 욕망"을 가졌던 정인애를 부정적으로 평가한다.[10]

> 왜 조선족이 되기로 결심했을까. 정인애는 그 결정이 위선과 우월감 때문이었다고 생각했다. 자아라는 게 백화점 매대에 널린 속옷 같은 건 아니지만, 그때 정인애에게는 새로운 자아가 절실했다. 네일아트를 하면서 같은 업계에 들어온 조선족 여자들을 많이 만났고, 조선족이 되어 그들을 돕고 싶다는 욕망에 사로잡혔다. 누구에겐가 필요한 사람이 되기 위해 조선족으

9 여기에 '첫번째 날'에 해당하는 1991년의 어느 겨울밤과 에필로그에 해당하는 2013년 6월 7일이 작품의 앞과 뒤에 붙어 있다.

10 이러한 인식은 조성우에 의해서 다시 한 번 반복된다. 조선족이 되고 싶었다는 정인애를 보며 조성우는 "그것이 오만이나 치기라고 생각"(403)하는 것이다.

로 위장했다. 지금 생각해보면 그건 선한 일을 하고 있다는 자기위안이나 불행한 사람들 앞에서 우쭐거리고 싶은 치기에 불과했다.(350)

조선족과 한국인의 소통과 공감은 결코 간단한 일이 아닌 것이다. 심지어 제임스가 기획하는 복수의 주체는, 그것이 설령 "조선족 사회를 숙주로 강력한 세력을 형성해 한국 사회를 움직이는 꿈"(155)에 바탕한 것이라고 해도, 철저하게 조선족들로 한정된다.

그러나 『두번째 날』은 한국 사회로부터 조선족 사회가 분리되는 것을 지지하는 작품은 아니다. 오히려 이 작품에서 말하고자 하는 것은 그러한 분리가 가져오는 파국적 피해에 대한 우려에 가깝다. 20여 년 전 조그마한 이남읍에서 상조신용 횡령 사건이 가능했던 이유는 "인간관계가 폐쇄적"(279)이었기 때문이다. 그렇기에 전산망을 따로 만들어도 들통이 나지 않았던 것이며, 사건 이후 그러한 폐쇄성이 해체되자 횡령은 불가능해진다. 제임스가 조선족들을 상대로 금융범죄를 저지를 수 있었던 것도 가리봉동과 대림동의 조선족 사회가 "폐쇄적"(280)이기 때문에 가능한 일이다. 따라서 조선족을 우리의 밖에 묶어놓는다면, 그것은 언제든지 커다란 사회적 비극의 원인이 될 수 있다. 따라서 '나와 너', '한국인과 조선족'의 이분법을 넘어서 공감과 연대를 지향할 때만이, 우리는 더 이상 리진웅의 상처나 제임스의 상처와 대면하지 않아도 될 것이다.

『두번째 날』에서 조선족은 그 자체의 '대상'이라기 보다는 하나의 '상징'이라 보는 것이 적당하다. '작가의 말'에서 유현산이 밝힌 것처럼, 조선족은 "한국 사회에서 독특한 마이너리티의 위치"(409)를 차지하는 존재인 것이다. 그것은 정문환과 구렁이가 본 외국인 노래자랑 프로그램에서 "베트남, 태국, 일본, 중국, 아시아 각국의 노동자들이 출연했지만 조선족은 없"(35)는 장면에서 분명하게 드러난다. 그들은 우리 사회에서 동일자와 타자의 경계선상에 선 그야말로 '독특한 마이너리티'의 위치를 차지하고 있는 것이다. 유현산은 조선족을 통해 우리 사회의 약소자를 대하는 근본적인 자세에 대한 문제를 제기하고 있다.

동시에 이주노동자들은 한국인과는 무관한 이 사회의 완전한 타자로서 게토(ghetto)화되는 위험성도 지니고 있다. 그러나 이것이 이주민들에게 적당한 자신들의 삶과 문화를 보존할 공간을 마련하는 것에 그친다면, 이들은 주권 권력의 보호를 받는 게토의 신민에 불과하게 될 것이다. 만약 이들을 타자화하여 게토에 가둔다면, 그것은 한국 사회로부터 이주민을 분리시키는 원치 않은 결론에 도달할 수밖에 없기 때문이다. 실제로 유럽 사회는 오래전부터 다문화주의를 이주민에 대한 공식정책으로 삼아왔으며, 이러한 다문화주의는 기본적으로 이국민에 대한 분리로 귀결되고는 한다. 여러 나라들에서 발생한 인종폭동, 인종살인 등이 보여주듯이, 이국민을 분리하려는 시도는 실패로 귀결되고 있다.[11]

---

11 조너선 색스는 다문화주의가 오늘날 수명을 다했으며, 나아가 다문화주의를 적극적으로 끝내야 할 때라고 주장한다. 이유는 다문화주의가 본래의 의도와는 무관하게 사회적 분리로 귀결되었기 때문이다. 다문화주의에 대한 대안으로 그가 제시하는 것은 '우리가 함께 만들어가는 고향'으로서의 사회이다. 색스는 차이와 다양성을 인정하면서도 공동의 소속감이 사회적 공공선을 창조해나가는 협업을 통해 창출되어야 한다고 본다. 그는 결코 국가와 시장에 내속되는 공동체의 창출을 주장하는 것은 아니다. 그는 국가, 민족, 시장을 넘어서는 새로운 사회의 창출을 요구한다. 그것은 미리 규정된 정체성에 공동체의 구성원들이 맞추어나가는 과정이 아니라 새로운 집, 새로운 마을, 새로운 세상을 함께 만들어나가는 행위를 통해 새롭게 '우리'라는 정체성이 창출되어나가는 과정이다(조너선 색스, 서대경 역, 『사회의 재창조』, 말글빛냄, 2009).

4. 이주노동자의 동화

2절에서 살펴본 작품들은 이주노동자를 무시와 모멸의 대상으로만 삼는 한국인의 식민주의적 의식을 날카롭게 고발하고 있다. 그런데 이러한 고발에만 너무 치중할 경우 작가의 의도와는 무관하게 타자를 연민과 동정의 대상으로만 여기게 되는 단점이 나타난다.[12] 이때 '우리'와 '타자' 사이에 작동하는 공감의 폭은 한없이 작아지며, 양자는 서로 다른 대상으로 분리되는 위험이 발생할 수 있다. 동정이나 연민에 바탕하여, 갖가지 나르시시즘적인 이분법, 즉 약자로서의 이주민 / 강자로서의 한국인, 고통받는 희생자 / 선의의 구원자, 수동적인 연기자 / 능동적인 관찰자를 양산할 수도 있는 것이다. 4절에서 살펴볼 작품들은 2절에서와는 반대로 이주민을 지나치게 한국인과 동일시하는 작품들이다.

김려령의 『완득이』(창비, 2007), 박범신의 『나마스테』(한겨레신문사, 2005), 박찬순의 「가리봉 양꼬치」(『발해풍의 정원』, 문학과지성사, 2009),[13] 「지질시대를 헤엄치는 물고기」(『발해풍의 정원』, 문학과지성사, 2009)는 「코끼리」, 「새끼야 슈퍼」와는 반대의 방식으로 우리 안에 들어온 이주민들을 한국사회로부터 배제시킨다. 2절에서 살펴본 작품들이 이주민들의 타자성을 지나치게 부각하여 공동체의 경계 밖으로 몰아내는 의도치 않은 효

12 칸트는 '자유로워지라!'는 지상명령에 따르는 것이 윤리라고 보았다. "'자유로워지라'는 명령은 동시에 타자도 '자유로운' 주체로 취급한다는 것을 포함한다. 칸트는 스스로 '자유롭다'는 것, 나아가 '타자를 수단으로서만이 아니라 동시에 목적(자유로운 주체)으로 대하라'"(가라타니 고진, 송태욱 역, 『윤리21』, 사회평론, 2002, 7면)는 것을 보편적인 윤리의 법칙으로 여겼다.

13 이 작품은 2006년 『조선일보』 신춘문예 당선작이다.

과를 발휘한다면, 이들 작품에서는 이주민의 타자성을 무시하는 방식으로 공동체에서 이주민들이 설 자리를 제거해 버리는 것이다.

김려령의 『완득이』에서 완득이의 어머니는 베트남 여성이고, 아버지는 난쟁이이다. 그나마 젖을 갓 뗐었을 때 어머니는 집을 나갔다. 물론 이 작품의 핵심에는 한국에서 살게 된 이주민들의 고통이 놓여 있다. 완득이의 어머니가 "이상한 춤이나 추면서 남한테 무시당하며 사는 당신을 이해할 수 없"[14]어 집을 떠났다면, 아버지는 숙소 사람들이 자신의 아내를 팔려 온 하녀 취급하는 것이 싫어서 떠나가는 아내를 끝내 잡지 못했다. 이처럼 네이션의 경계는 결혼과 귀화라는 제도를 통해서도 쉽게 해결되지 않는다. 완득이 어머니가 처한 상황은 다음과 같은 완득이의 생각 속에 잘 압축되어 있다.

> 가난한 나라 사람이, 잘사는 나라의 가난한 사람과 결혼해 여전히 가난하게 살고 있다. 똑같이 가난한 사람이면서 아버지 나라가 그분 나라보다 조금 더 잘산다는 이유로 큰 소리조차 내지 못한다. 한국인으로 귀화했는데도 다른 한국인에게는 여전히 외국인 노동자 취급을 받는 그분(149)

피부색이 다른 타자의 문제를 다룸에 있어, 『완득이』가 보여준 성과 중의 하나는 여러 가지 이분법을 피해가고 있다는 점이다. 그것은 인도네시아에서 온 알리 핫산의 존재를 통해서, 외국인(피해자) / 한국인(가해자)의 구도가 깨지는 장면에서 대표적으로 나타난다. 알리 핫산은 똥

14 김려령, 『완득이』, 창비, 2007, 169면.

주가 운영하는 교회에서 일하며 똥주가 킥복싱 체육관에 다니도록 도와준다. 그러나 그는 고용주가 고용한 염탐꾼으로서, 똥주처럼 악덕 고용주를 고발하는 사람을 찾아내는 게 일이다. “핫산은 한국 사람을 위해 일했고, 똥주는 외국 사람을 위해 일했”(119)던 것이다.

이처럼 『완득이』에는 우리 사회의 타자를 다룸에 있어 이전보다 진전된 면이 분명 존재한다. 남는 문제는 완득이가 지닌 타자성 속에 완득이의 피부색은 과연 어느 정도의 비중으로 존재하느냐이다. 관심을 완득이에게 집중하자면, 완득이가 겪는 문제는 그의 혼종적인 출생의 조건에서 비롯되지 않는다. 완득이가 겪는 가장 큰 고통의 원인은 대부분 난쟁이인 아버지에게서 비롯된다. 그리하여 이 작품은 어머니보다는 아버지의 삶을 중점적으로 다루고 있다. 완득이는 학교에서 알아주는 싸움꾼인데, 그는 “단지 아버지를 난쟁이라고 놀린 놈들만 두들겨”(11) 팬다. 달리 말하자면 완득이는 친구들로부터 피부색에서 비롯된 것이 아닌, 난쟁이 아버지로부터 비롯된 가난 때문에 고통을 받는 것이다. 이 작품의 결말은 해피엔딩이다. 이러한 결말은 완득이의 타자성을 적절하게 거세한 것과 무관하지 않다. 완득이에게 담임선생인 똥주는 인간으로 변신한 신이라 할 만하다. 그는 얼굴도 모르는 완득이의 어머니를 끝내 찾아내서는 17년 만에 완득이와 만나게 해준다. 똥주는 혼자 빈민가에 살고 있지만, 사실은 엄청난 재력가의 아들로서 외국인 노동자에게 부당한 대우를 하는 아버지가 싫어 가출했을 뿐이다. 나중에 똥주는 완득이의 아버지가 댄스 교습소를 차리도록 해준다. 이처럼 완벽한 보호자를 옆에 거느린 완득이를 이 사회의 타자로 본다는 것은 넌센스일지도 모른다. 완득이의 옆에는 1등을 놓치지 않는 모범생 정윤하도 늘 함께 있었다.

이처럼 김려령의 『완득이』에서는 베트남 엄마를 둔 완득이의 타자성은 크게 부각되지는 않는다. 이것이야말로 완득이의 완전한 한국인화라고 말할 수도 있을 것이다. 세상에 드러난 완득이는 분명 이 땅의 타자라고 부를 수 있지만, 그의 타자성은 네이션의 바깥에서 오는 것은 아니다. 이러한 과정을 거쳐 완득이는 우리가 감내할 수 있는 정도의 타자성만 지닌 타자가 되는 것이다.[15]

박범신의 『나마스테』와 박찬순의 「가리봉 양꼬치」와 「지질시대를 헤엄치는 물고기」에서도 이주민들의 타자성보다는 동일성을 강조하는 상상력과 사유를 확인할 수 있다.[16]

『나마스테』는 이주노동자라는 한국 사회에 새롭게 나타난 타자의 문

15 『완득이』에 대한 자세한 논의는 「네이션을 넘어선 연대의 가능성」(졸고, 『끝에서 바라본 문학의 미래』, 실천문학사, 2012)을 참고할 것.

16 박범신과 박찬순은 이주민이 겪는 타자로서의 고통에 대해도 적지 않은 관심을 기울이고 있다. 『나마스테』에 등장하는 이주노동자의 고통에 대해서는 많은 선행연구들이 이루어졌다. 「가리봉 양꼬치」에서는 조선족으로 겪는 이들의 곤란한 삶에 대한 묘사도 이루어지고 있다. 한국에 와서 괜찮다고 느낄 만한 일자리를 갖는다는 게 얼마나 어려운 일인지 잘 알기 때문에 조선족 이주민들은 "월급만 괜찮다면 자잘한 불만에 대해선 서로 입을 다물었"(78)다. 일제강점기 때 만주로 간 할아버지로 인해 헤이룽장성 닝안시에서 태어난 '나'의 아버지는 한국에 와서 행방불명이 되었고, 한국에 온 어머니와도 아무런 연락이 이루어지고 있지 않다. '나'는 "언제든 붙잡히거나 불의의 사고로 죽어 경찰서 장부에 무연고 사망자로 기록되기 전엔 이 나라 어느 인명부에도 이름이 오를 리 없는 불법체류자"(82)이다. 어머니의 행방을 찾는 과정에서 알게 된 "중국교포들은 이 나라 인명부에 기록이 없으니 주민으로서 보호받지 못"(87)한다. 3년 전 '나'는 안양의 빌딩 건설 현장에서 일하다가 6개월치 임금을 모두 떼인 적도 있다. 「지질시대를 헤엄치는 물고기」의 '나'는 탈북자로서 옌지에서 중국 호구를 갖게 되었고, 브로커에 속아 도박꾼인 한국 남자에게 시집을 온 여자이다. 탈북자인 그녀는 남한 사회에서 낯선 사람만 나타나도 "목동 출입국사무소에 나왔을까. 브로커가 잡혔나, 아니면 또 돈을 뜯어내려고 남편이 보낸 사람?"(211) 등의 불안과 공포에 시달린다. 그러나 박범신과 박찬순의 작품에서 핵심은 동일화의 상상력과 태도라고 말할 수 있다.

제를 정면에서 다룬 작품이다. 이 작품은 이주노동자들이 인간으로 취급받지 못하는 현실을 끊임없이 고발하고자 한다. 이러한 현실에 대한 해결책으로 제시되는 것은 '이주노동자도 우리와 같은 인간이라는 사실'의 강조이다. 무지에 가까운 이해에 바탕하여 그들을 차별해서는 안 되며, 국적, 인종, 피부색, 종교와 무관하게 그들 역시도 우리와 같은 인간이라는 사실을 분명히 인식하고 그에 따라 행동해야 한다는 것이다. 네팔 노동자들을 가장 힘들게 하는 것은 한국인들이 자신들을 별종으로 취급할 때이다. 사비나는 "네팔에도 해가 뜨냐, 니네 나라에도 달이 뜨냐, 니네 나라 여자들도 애를 낳냐. 나, 그럼 돌아요"(57)라고 말한다. 물론 제도 자체가 "다 뜯어먹고 착취"(81)하게끔 되어 있고, "한국 사람 지켜주는 법"(84)만 존재한다. 그러나 "연수생들, 법대로만 해주면 월급 작아도 다 열심히 일할 거예요"(91)라는 말에서 알 수 있듯이, 이주노동자들을 가장 고통스럽게 하는 것은 법보다 한국인들의 차별적 의식이다. 한마디로 지금의 한국인은 "여러 민족 여러 인종이 어울려 살아가는 방법"(133)을 모르는 것이다.

이러한 상황에 대한 해결책으로 제시되는 것이 바로 네팔 출신 노동자 카밀과 신우의 사랑이다. 처음 인종과 국적, 그리고 개인적 트라우마로 인해 발생했던 여러 문제는 국경을 초월한 가족의 탄생을 통해 해결될 수 있는 가능성을 보여주게 된다. 이 작품에서 가족은 매우 신성하다. 신우는 카밀에게 가족이라고 말하고서는, "가족이라고 말하는 순간, 찌르르 하고 온몸을 관통하는 어떤 경련"(216)을 느낄 정도이다. 신우는 자신과 카밀로 시작된 가족의 구성원에, 자기 주위의 한국인과 카밀 주위의 노동자들까지 포함시키면 다문화적 상황의 여러 문제를 해결할 수 있다고 생각한다.

문제는 인간의 존엄성이 자율성에 대한 인정(비동일시)과 공감(동일시)에 의하여 탄생한다면,[17] 이때의 가족이 일방적으로 공감만을 강조한 공동체일 수도 있다는 점이다. 이 가족이란 한국 공동체의 확장된 판본일 가능성이 존재한다. 신우는 처음부터 카밀에게서 자신의 가족을 발견한다. 처음 카밀은 신우에게 손재주가 좋아 나무를 잘 다루는 사람으로 인식되는데, 아버지 역시도 손재주가 좋아 나무를 잘 다루었던 것으로 설명된다. 신우는 카밀이 웃었을 때, "내 눈앞에 찰나적으로 아버지의 환한 얼굴이 꿈결처럼 흘러갔"(25)으며, "먼 이역에서 온 그 청년의 웃음이 아버지의 그것과 너무도 닮아 신기했다"(26)고 고백한다. "아버지의 얼굴에 오버랩되어 떠오르는 건 카밀"(57)이다. 거시적인 측면에서 볼 때, "아메리칸 드림을 좇아서 미국으로 갔다가 이상과 현실을 다 잃어버린 아버지의 삶"(47)은 카밀에게도 그대로 적용된다. '코리안 드림을 좇아서 한국으로 왔다가 이상과 현실을 다 잃어버린 카밀의 삶'인 것이다.

신우는 카밀을 "내 가정 안에 한 개인으로 붙잡아 주저앉힐"(251) 생각을 한다. 즉 한국인의 한 구성원으로서 가족을 형성하려고 하는 것이다. 그러나 카밀이 점점 이주노동자 전체의 권익을 위해 나아가려고 하자, 신우는 카밀이 더 이상 내 아이의 아버지가 아니라 "다른 민족, 다른 나라 사람으로서, 나와 배타적인 집단의 일원이 되어 내 곁의 사람들을 나로부터 끌어내 가는 것 같은, 소외감"(262)을 느낀다. 이주노동자들의

17 린 헌트, 전진성 역, 『인권의 발명』, 돌베개, 2009, 8면.

전단지를 보고서, 카밀이 농성하고 있는 곳을 찾아가지만, 신우의 의식은 "내가 카밀을 만나서 하려고 준비한 말은, 왜 당신 맘대로 집 나가서 전화조차 하지 않느냐, 애린도 생각나지 않더냐, 당신은 원래부터 그렇게 매정하고 무책임한 인간이었느냐, 겨우 그런 것"(281)에 불과하다. 그리하여 농성장의 천막 안에는 들어가지 않는다.

이러한 상황에서 『나마스테』의 핵심적인 갈등은 가족과 조국 사이에서 형성된다. 인종과 국적이 다른 사람들 사이에서도 가족은 이루어질 수 있겠느냐가 핵심적인 문제로 제기되는 것이다. 이러한 갈등이 첨예하게 부각되는 것은 카밀의 친구인 구룽이 한국 내에서의 고통을 못 이기고 자살을 시도했을 때이다. 카밀은 네팔 사람이 한국 사람보다 못하지 않다며, "한국…… 싫고…… 누…… 나도 싫고……"(242)라고 절규한다. 그 순간 '나'는 "기실 나는 내 식대로만 그를 사랑해왔다"(243)는 것을 깨닫는다. "우리가 가족이니, 그가 결국은 우리와 같은 한국 사람이 되리라고 상상한 건 너무도 안일한 상상에 불과"(243)했던 것이다. 즉 신우가 카밀과 만들어가고자 한 가족이란 우리, 즉 한국인의 공동체에 카밀을 포함시키는 것에 불과했던 것이다. 그것은 카밀의 단독성을 은폐한 채, 한국인과 동일시하고자 한 욕망의 사회적 구현체에 불과한 것일 수도 있다.

물론 신우가 꿈꾸는 가족은 그녀의 오빠를 통해 나타나는 바와 같이, 혈연에 기초한 원초적 형태의 가족과는 구별된다.[18] 그러나 시간이 흐

18 오빠는 "단지 피부 빛깔이 다르거나 내 종족이 아니거나 가난한 나라 백성이라고 해서 무조건 화부터 내는"(162) 사람이다. 나중 신우가 아이를 낳자 자신의 핏줄인 "아이를 보고 싶은"(221) 마음에 신우를 만나러 온다. 미국에서 살던 신우 가족은 1992년 LA 폭동 때, 큰 피해를 입었다. 이로 인해 본능적으로 타민족에 대한 무조건적인 증오감과 불신

르면서 카밀을 한국이라는 공동체에 무조건 동일시하려고 하는 신우의 생각도 변한다. 나중에 이주노동자들의 죽음이 이어지자 신우는 "내 조국에 대해 끔찍할 정도의 모멸감"(297)을 느끼고, 이주노동자들이 농성하는 천막 안으로 들어간다. 그녀는 천막 안으로 들어가 죄송하다며 자신은 한국 사람이라며, "욕 …… 해도 좋아요. 때려도 …… 맞을게요. 용서 …… 하지 마세요. 절 …… 대로요 ……"(300)라고 말한다. 신우는 과감하게 조국이 아닌 이주노동자들과 가족이 되는 것을 선택한 것으로 볼 수 있다. 이러한 각성에 바탕해 처음에는 평범했던 한국인 여성 신우는 자신의 집에 여러 이주노동자들을 받아들이며 헌신적인 모습을 보인다. 그리하여 그는 이주노동자들에게서 여신 "락슈미"(335)로 불리는 성녀가 된다.

그럼에도 이 가족이 진정으로 타자의 타자성을 그대로 포용하는 방식인지에 대해서는 조금 더 고민해보아야 한다. 이와 관련해 카밀이 산화한 지 17년이 지난 2021년을 배경으로 한 마지막 장 '2021—카일라스 가는 길'은 인상적이다. 신우와 카밀의 딸 애린은 17년이 지난 후 아버지 카밀의 고향 네팔에 온다. 이 가상적 상황의 설정을 통하여, 『나마스테』의 주요한 갈등 중 하나였던 신우와 카밀, 그리고 네팔에서부터 카밀이 사랑했던 또 한 명의 이주노동자 사비나 사이의 갈등은 완전히 해소된다. 네팔에서 사비나는 성공한 사업가로 완전히 자리를 잡았고, 그곳

을 키워온 것이다. 나중에 오빠는 '나'의 부탁으로 옷을 사서 농성장에 온다. 그는 카밀에게 빨리 농성장을 빠져나와 "신우랑 애린이랑 함께 네팔로 가서 그쪽에도 혼인신고를 해"(310)라고 말한다. 즉 그를 한국인으로 만들려고 하는 것이다. 카밀이 계속 농성할 것을 주장하자, "인마", "건방진 놈"(311), "다리까지 저는 주제에 …… 바보 같은 놈"(312) 등의 욕설을 퍼붓고 돌아선다.

에는 사비나와 카밀 사이에서 태어난 카밀이 살고 있다. 애린은 카일라스까지 가는 여행에 자신의 이복동생인 카밀과 동행하기로 결정한다. 그러한 결정은 "카밀은 어쨌든 나와 피를 나누어 받은 내 동생"(379)이라는 사실에서 비롯된다. 어찌 보면 이 작품의 핵심적인 갈등이라고 할 수 있는 '신우―카밀―사비나'의 삼각관계는 서로가 조금씩 피를 나누어 가진 존재들이 됨으로써, 해결의 실마리가 마련되는 것인지도 모른다.[19]

박찬순의 「가리봉 양꼬치」의 '나'는 조선족 출신으로 구로공단 가리봉 오거리 시장 통에서 양꼬치 요리사로 일한다. 그는 가게가 쉬는 날을 맞아 분희와 그녀의 한국 친구들에게 양꼬치를 대접할 생각이다. 그는 지난 3년간 한국인 입맛에 맞는 양꼬치를 만들기 위해 심혈을 기울여 왔다. '내'가 준비한 양꼬치는 "신장 위구르족의 것도 헤이룽장성의 것도 아니"[20]며, 단지 한국 사람들 입맛에 꼭 맞을 뿐이다. '나'의 정신적 지주인 아버지가 세계 어디든 가서 그 나라 사람들과 어울려 살려면 무슨 음식이든 먹을 줄 알아야 한다고 말한 것에서 알 수 있듯이, 각각의 음식은 고유한 문화를 상징하는 기호로서 작용한다. '내'가 그토록 없애고자 애쓰는 양고기 고유의 "노린내"(86)야말로 임파와 분희가 조선족으로서 가지고 있는 타자성을 상징한다고 말할 수 있다.

이 작품에서 아버지는 자신과 같은 처지의 사람들을 이쪽에도 저쪽에도 속하지 못하고 겉도는 "경계인"이라고 자칭한다. 그러면서 "그런 이들이야말로 상대방의 아픔을 어루만져줄 수 있고, 양쪽을 이어줄 수 있

---

19 『나마스테』에 대한 자세한 논의는 「환갑 지난 문학청년의 투혼」(졸고, 『끝에서 바라본 문학의 미래』, 실천문학사, 2012)을 참고할 것.

20 박찬순, 「가리봉 양꼬치」, 『발해풍의 정원』, 문학과지성사, 2009, 96면.

는 사람들"(81)이라고 덧붙인다. 안정된 교원 자리를 버리고 한국에 온 이유도 중국 동포와 한국인들 사이에서 뭔가 할 일을 찾기 위해서이다. '나' 역시 아버지의 그런 생각을 이어받고 있다. '내'가 경계인으로서 '양쪽을 이어줄 수 있는 사람'으로서 한 일이 바로 양고기 고유의 노린내를 없애 한국인의 입맛에 완전히 맞는 양꼬치를 개발한 것이다. 경계인으로서의 역할이란 '노린내' 즉 타자성을 제거하는 것이며, 이는 조선족의 타자성을 제거하는 일에 해당한다.

더욱 주목할 점은 '내'가 양꼬치의 개발에 열정을 불태우는 이유이다. '나'에게는 할아버지에게서 아버지로 이어지는 꿈, 즉 고향 마을의 모습을 그대로 간직한 발해풍의 정원을 만드는 꿈이 있다. '내'가 그토록 한국인 입맛에 맞는 비밀양념을 개발하려는 이유도 발해풍의 정원을 만들기 위한 돈을 마련하기 위해서이다. '나'는 어린 시절 아버지의 손에 이끌려 '발해풍정원'이라는 간판을 달고 세워진 조선족 민속촌에 다녀온 적이 있다. 그곳에서는 조선족 춤과 씨름경기, 그네뛰기, 널뛰기 등을 보여주기도 하고, 새납이며 장구와 꽹과리, 해금 등을 연주하기도 하였던 것이다. 이러한 발해풍의 정원은 한민족의 고유한 삶을 재현한 것에 다름 아니다.

그러나 「가리봉 양꼬치」에서 조선족으로서의 타자성이 완벽하게 제거되는 것은 아니다. '노린내'를 제거한 양꼬치의 개발을 축하하기 위해 발해풍 정원을 그린 그림을 꾸며 놓고 만찬을 펼치려는 순간, 가리봉동을 주름 잡는 조선족 폭력배인 뱀파의 조직원이 나타나 '나'를 칼로 찌르기 때문이다. 뱀파의 조직원은 양념 레시피를 밝히지 않았기에 '나'를 살해한 것이다. 아버지의 실종(죽음) 역시 이들의 소행임이 암시되고 있다. 그러니까 조선족의 한국인화를 가로막는 것은 바로 조선족 폭력배들이었던 것이다. 뱀문신을 한 이 조선족은 동화를 통해서도 해소되지 않은 타자성의 흔적을 의미한다고 말할 수 있다.

「지질시대를 헤엄치는 물고기」에서 탈북자를 대하는 시각도 이주노동자를 대하는 것과 크게 다르지 않다. 작가는 탈북자의 고유성에 대한 별다른 고민 없이, 탈북자를 '우리'라는 범주에 포함시키고 있는 것이다. 「가리봉 양꼬치」에서는 음식이 민족을 상징하는 기호였다면, 이 작품에서는 물고기가 민족을 상징하는 기호의 역할을 떠맡고 있다. "서울에 온 지 2년이 넘었어도 나는 아직도 뜰채에 뜨인 물고기 같은 느낌"[21]에 시달리는 것에서도 잘 나타나듯이, 북한산 민물고기는 탈북자를, 청계천은 남한사회를 의미한다. '나'는 "강원도까지 내려온 압록강의 연준모치가 새끼들을 이끌고 당당하게 살아가듯이. 또한 K가 데려온 자그사니처럼 수수하게, 하지만 품위는 잃지"(204) 않은 채 살아가고 싶어 한다. '내'가 종업원으로 일하는 수족관의 주인인 K는 어항의 물은 한꺼번에 갈아주면 안되고, 조금씩 갈아줘서 충격을 받지 않도록 해야 한다고 이야기한다. 이것은 탈북자를 대하는 우리 사회의 올바른 방향에 대한 작가의 입장이 드러난 것이라고 할 수 있다. 그러나 물과 고기의 관계에서, 기본적으로 고기에게 주어진 과제는 일방적인 적응과 동화일 수밖에 없다. 박찬순의 소설에서 이주민은 충분한 고유성을 보여주지 못 하며, 그들은 다만 또 하나의 민족 구성원에 불과하다. 이렇게 될 경우 기존의 한민족 공동체는 기본적인 성격은 유지한 채 그 영역만을 확대하게 된다고 말할 수 있다.

---

21 박찬순, 「지질시대를 헤엄치는 물고기」, 『발해풍의 정원』, 문학과지성사, 2009, 209면.

5. 이주노동자와 한국인의 보편성 강조

이와 관련해 손홍규의 「이무기 사냥꾼」(『문학동네』, 2005 여름)과 공선옥의 『유랑가족』(실천문학사, 2005), 「명랑한 밤길」(『창작과비평』, 2005 가을), 이경의 「먼지별」(『아시아』, 2009 가을), 김미월의 「중국어 수업」(『한국문학』, 2009 겨울), 배상민의 「어느 추운 날의 스쿠터」(『문예중앙』, 2011 봄)는 '가진 것 없이 고통받는 자들'이라는 관점에서 한국인과 이주노동자들의 보편성을 제시하는 작품들이다. 손홍규의 「이무기 사냥꾼」에서도 이주노동자는 이 땅에서 오래전부터 고통 받던 자들과 마찬가지 입장에 놓여 있다. 한국 사회의 민중이나 이주노동자들 모두 '죽은 자 노릇하기'를 통해서만 생존할 수 있는 존재들이다. 용태의 아버지는 여동생과 결혼을 했다고 하여 마을 사람들에게 이유 없는 매질을 당하고는 했다. 이때마다 아버지는 죽은 시늉을 하여 그 순간을 모면한다. 그러나 사실 용태의 아버지는 근친상간을 한 것이 아니라 빨치산 대장이었던 아버지 친구의 딸과 결혼한 것이다. 그러나 좌익과 관련된 혐의가 근친상간이라는 패륜보다 나을 것이 없는 시절이었기에 용태의 아버지는 "개새끼 맨키로 납작 엎져서 살았"(257)던 것이다.

그런데 이주노동자인 알리 역시 용태의 아버지처럼 죽은 시늉을 한다. 알리는 한국에서 지낸 두 해 동안 다섯 군데나 공장을 옮겼지만 어디에서도 제대로 된 월급을 받지 못하며, 위조 여권마저 빼앗기고 만다. 한마디로 이곳은 이주노동자를 "짐승" 취급하는 곳이다. 알리 역시 용태의 아버지가 그러했듯이 죽은 시늉을 함으로써 간신히 살아간다. 어찌

보면 용태의 아버지나 알리는 모두, 용태의 생식기 근처에서 살기 위해 죽은 체 하는 사면발이와 같은 존재들이었던 것이다. 용태의 아버지와 알리는 이유는 다르지만 사회로부터 죽음을 강요받은 경계 밖의 존재들이다. 마지막에는 용태 역시 죽은 시늉을 하게 된다.[22]

공선옥 역시 이주민들이 지닌 타자성보다는 그들이 지닌 하위주체로서의 보편성에 예리한 관심을 기울인다. 연작소설 『유랑가족』의 명화는 연변 출신의 조선족으로 농업기술센터의 주선으로 서른일곱의 기석과 결혼을 한다.[23] 명화는 흑룡강 해림에 남편인 용철과 딸 항미가 있지만, 처녀라고 속이고 전라도 시골 총각인 기석과 결혼을 한 것이다. 명화는 처녀라고 속인 사실이 탄로 날까봐 불안하고, 땅 한 마지기 없이 가난한 주제에 애를 낳으라고 들볶는 시부모와, 부모 없는 조카까지 딸린 생활 능력도 없는 남편 때문에 "정 붙이고 살 만한 것이 아무것도 없"(61)다. 기석이와의 결혼은 명화 입장에서는 사기 결혼에 해당한다고 말할 수도 있다. 기석의 어눌한 태도에 명화가 결혼을 망설이자 중매를 선 단체 사람들은 명화가 결혼만 해준다면 처갓집 식구들까지 다 한국으로 불러들일 수 있고 오빠 병까지 치료해준다는 말을 했던 것이다. 그러나 그 약속은 애당초 지켜질 수 없는 것이었다. 이러한 상황에서 명화는 읍내 갈빗

---

22 「명랑한 밤길」에서 깐쭈는 "사장 돈 없어, 몸 아파, 어머니 아파, 사장 슬퍼"라며 밀린 임금 달라는 이야기를 사장에게 차마 못하겠다는 성숙한 모습을 보여준다. 이에 반해 「이무기 사냥꾼」에서 알리는 그나마 자기를 도와주었던 용태를 배신한다. 그럼에도 「명랑한 밤길」과 「이무기 사냥꾼」에서의 이주노동자들은 이곳의 고통받는 자들과 함께 살아가는 친구라는 사실에는 변함이 없다.

23 한국 사회의 이주여성은 노동이주여성, 성산업에 유입된 이주여성, 결혼이주여성 등으로 분류된다(한국염, 「이주의 여성화와 이주여성 인권보호의 과제」, 『2006 국회도서관 정책간담회』, 국회도서관, 2006, 4면). 「가리봉 연가」의 명화는 결혼이주여성으로 한국에 왔지만, 현재는 광의의 성산업에 종사하는 여성으로 신분이 변했다고 할 수 있다.

집의 단골이던 배사장의 말을 듣고 달곤의 처인 용자와 함께 상경하여, 가리봉동 조선족의 노래방에서 "카수"(59)로 활동하고 있다. 고질인 편도선이 부어 옴짝달싹 못할 정도이지만 돈이 아까워 병원에도 가지 못한다.

이 작품에서 조선족 명화와 한국인 용자 사이에는 별다른 차이점이 없다. 명화가 겪는 모든 고통은 그대로 한국인 용자에게도 해당하는 일이다. 명화의 이웃인 용자 역시 농촌 마을에 정붙일 곳이 하나도 없다. 명화가 정에 굶주려 자신의 방 보증금까지 사기 치고 도망간 배사장을 그리워한다면, 용자 역시 정에 굶주려 카센터 직원 훈이에게 집착한다. 둘은 이제 절대로 고향에 돌아갈 수 없으며, 이제 "돈" 밖에 믿을 것이 없게 되었다는 점도 동일하다. 이처럼 이 작품에서는 '명화=용자'의 구도가 성립하는 것이다. 나아가 명화의 조선족 남편인 용석과 한국인 남편인 기석 사이에도 '용석=기석'의 구도가 성립한다. 용철은 공장에서 일하며 기석에게 친밀감을 느끼는데, 이유는 기석이 조선족에게 버림을 받았기 때문이다. 용철은 "조선족한테 버림을 받고 움츠려 있는 기석에게 동질감이 느껴지는 동시에 약간의 우월감마저"(80) 들었던 것이다. 둘은 실제로 모두 장명화 동일인물에게 버림을 받은 사람들이다.

한국인과 조선족의 동일시는 이들이 모두 가난하다는 공통점이 있기 때문에 가능하다. 공선옥의 연작소설 『유랑가족』은 흡사 우리 시대 가난의 거대한 벽화라고 해도 무방하다. "가난은 사람을 황폐하게 만들기도 하고 난폭하게 만들기도 하고 무기력하게 만들기도 했다. 가난은 다양한 형태로 사람들의 삶을 무너뜨렸다"(74)라는 명제야말로, 이 소설집의 핵심이며 이 명제의 영향력은 조선족이나 한국인 모두에게 동일하게 적용되는 것이다.

『유랑가족』에서 연민과 동정의 시선 따위는 흔적조차 없다. 가리봉동 세탁소의 주인은 조선족 동포들에 대하여 다음처럼 일갈한다.

> 거 뭣이냐, 나는 지난번 테레비에 나와서 외국인 노동자가 어떻고, 인권이 어떻고 해쌓던 목사, 교수들 말 듣고 분개까지 했다니까. 뭐? 핍박? 돈 없으면 인간 대접 못 받는 건 당연한 것 아녀? 어이, 김 사장, 삼십 년 전에 우리 막 서울 와서는 어쨌어. 자국민 핍박받을 때는 암 소리 안 하고 있다가 외국인들 인권이 어쩌네, 야만이네, 하여간 배운 인간들 하는 짓거리란 이제나저제나 맘에 안 들드만 이?(88)

심지어 용자가 장명화를 찾기 위해 조선족들에게 무료로 밥을 제공하는 가리봉동의 '동포의 집'을 방문했을 때, 발견하는 것은 중국서 온 사람들이 아닌 "그저 오갈 데 없는"(89) 한국인들이다. 이 연작소설집의 구성원리인 모자이크라는 서사 기법 자체 역시 모든 현상을 대등한 비중으로 다루는 것과 관련되어 있다.[24]

공선옥의 「명랑한 밤길」은 하위주체들 사이의 공통점을 드러내는 것에서 나아가 그들 사이의 연대 가능성까지 제시하고 있는 작품이다. 공선옥의 「명랑한 밤길」에서 농촌에 사는 '나'의 아버지는 죽었고, 엄마는 중증의 치매 환자이다. 스물한 살인 '나'는 자신이 태어난 곳을 떠나 도

---

24 방민호는 『유랑가족』의 발문에서 연작 소설인 『유랑가족』 핵심적인 구성원리가 몽타주 기법에 있다고 지적한다(「가난에 대한 천착과 그 의미」, 『유랑가족』, 실천문학사, 2005, 258~263면).

시로 나가 살고 싶은 열망에 빠져 있다. '나'의 고향 마을에 생긴 농공단지 주변에는 외국인 노동자들이 새롭게 살기 시작했다. '나'는 동료 간호조무사인 수아와 함께, 농공단지에서 일하는 이주노동자들은 모두다 "너무 무식하고 너무 거칠고 너무 교양이 없고 하여간 저질이라고"(284) 질색한다. 대신에 '나'는 도저히 알아들을 수 없는 외국어를 줄줄 읊어대며 고급스런 것들에 쌓여 있는 남자를 사랑한다. '나'는 남자가 자신과는 다른 세계에 속해 있으며 무엇보다 남자가 이 고장 남자가 아니라는 사실에 흥분한 것이다. 그러나 곧 '나'는 남자에게 배신당한다. '나'는 남자를 찾아가 자신의 억울한 심정을 토로하지만 돌아오는 것은 남자의 "썅. 촌년이 발랑 까져가지구서는. 에잇 재수없어"(291)라는 막말뿐이다.

돌아오는 길에 '나'는 두 남자가 쫓아오는 것을 보고 놀라 발을 헛디디며 정미소 안에 이른다. 두 명의 남자는 네팔에서 온 깐쭈와 방글라데시에서 온 싸부딘이다. 흥미로운 것은 '나'와 이주노동자들이 서로 연대해야 할 대상이라는 인식이 상징적으로 그려지고 있다는 점이다. 본래 주인공은 잘난 남자에게 주려고 상추와 고추를 검은 봉지에 담아서 지니고 있었다. 그러나 그 상추와 고추는 깐쭈와 사부딘의 손에 들어간다. '나'의 선물은 인간성을 상실한 잘난 남자가 아니라 이주노동자들을 향해야 했던 것이다. 마지막의 "명랑한" 분위기는 이들의 연대가 지닌 희망을 암시하기에 부족함이 없다. 위의 두 작품에서 이주노동자들은 이 땅의 고통 받는 자들과 함께 살아가는 대등한 인간이라는 관점이 분명하게 드러나 있다.

이경의 「먼지별」(『아시아』, 2009 가을)은 선명한 이분법을 보여준다.

이분법의 양쪽 항을 차지하는 것은 '지상의 화성'과 '진짜 화성'이다. '지상의 화성'이 경기도에 위치한 화성이라면, '진짜 화성'은 태양계의 네 번째 행성을 의미한다. "찌마와 나는 지상의 화성에 잘못 버려진 거였다. 언젠가는 오렌지색 먼지 폭풍을 타고 진짜 화성으로 날아가고 싶었다"(251)고 이야기되는 것에서 알 수 있듯이, 이러한 이분법은 '현실'과 '이상'의 이분법이기도 하다.

지상의 화성에는 공단이 있고 거기에는 "팔과 다리만 있는 것 같은 사람들"(249)인 외국인 노동자들이 힘겨운 노동을 하고 있다. 화성 거리는 개발이 시작되면 나올 상가 딱지를 노리고 지은 가건물들로 가득하다. 「먼지별」은 "딱 3만 원어치만 가르쳐 준다"(247)라는 문장으로 시작되는데, 이 문장이야말로 '지상의 화성'을 지배하는 절대의 준칙이다. 이곳은 모든 것이 철저한 교환원리에 따라 작동하는 작은 우주인 것이다.

무엇 하나 돈 없이는 얻을 수 없는 '지상의 화성'에서, 가출소녀인 '나'는 외국인 노동자들을 상대로 한 성매매로 살아간다. 이 어린 소녀가 이 험한 인생길에 나서게 된 이유는 비운의 가족사 때문이다. '내'가 노파라 부르는 어머니는 쉰 살에 아빠를 만났다. 술집 작부였던 '나'의 어머니는 아버지가 살고 있는 곳이 곧 개발된다는 소문을 듣고 집 한 칸을 가지고 있는 아버지에게 작정하고 꼬리를 쳤던 것이다. '내'가 여섯 살이 되었을 때, 어머니는 아빠 몰래 딱지를 떴다방에 넘긴 후 도망친다. 노파는 10여 년 만에 거지꼴을 하고 집으로 돌아오고, 아버지는 노파를 보자마자 그 자리에서 죽는다. 이 비극은 돈만을 생각한 어머니의 탐욕으로 인해 연출된 것이다. 집에는 일용할 양식조차 없기에 '나'는 수시로 가출하여 공단 지대에 간다.

'지상의 화성'에서 교환원리에 따른 삶의 영위에 있어 예외적인 존재가 한 명 있으니, 그는 파키스탄에서 온 외국인 노동자 찌마이다. 찌마는 '내'가 접근했을 때, 아무런 대가도 없이 3만 원을 건네준다. '내'가 끊임없이 찌마에게 3만 원어치 뭐라도 해줘야 한다고 생각하는 이유는, 찌마에게 3만 원을 받고도 바지를 내리지 않아도 되었기 때문이다. "돈을 주면 뭐든지 가질 수 있고, 뭐든 가지려면 돈을 주어야 한다는 원칙"(253)에서 벗어난 유일한 사람이 찌마인 것이다. 이후에도 찌마는 바지를 벗기지 않고도 '나'를 여러 차례 재워준다. 이곳의 절대 준칙인 교환원리에서 벗어난 존재이기에 찌마는 제 입에 넣을 빵 한 쪽 구하지 못한다.

찌마는 파키스탄에서 대학까지 나왔지만 빵을 찾아 화성까지 왔다. 처음 화성은 찌마에게 "지상에서는 찾을 수 없는 것들이 찾아질 것 같"(250)은 이상적인 곳으로 받아들여진다. 찌마는 화성이라는 도시가 한국말로 태양계의 네 번째 행성과 발음이 같다는 걸 알고, 한국행 비행기를 타게 된 것이다. 그러나 '지상의 화성'은 '진짜 화성'과는 너무나도 거리가 먼 곳이다. 알루미늄 기둥에 손목이 깔리는 사고를 당한 이후로 화성 일대에서 찌마를 받아주는 곳은 없다. 어쩌다 일자리를 구하게 되어도 공장주들은 월급을 체불하기 일쑤이다. 이로 인해 찌마는 파키스탄을 떠난 지 5년이 지났지만 비닐하우스나 컨테이너 박스 하나 구하지 못하고 고시원에서 생활한다. 결국에는 그 돈마저 떨어져 고시원에서 쫓겨나는 지경에 이른다.

이제 '나'는 찌마에게 빵을 구하는 방법을 가르쳐 주기 위해 화성빵집으로 향한다. 화성빵집은 '지상의 화성'을 움직이는 교환원리가 가장 적나라하게 압축된 공간이다. 그곳은 '진짜 화성'처럼 오렌지색 할로등이 천장 위에서 빛나고, 먼지가 금박지처럼 반짝반짝 떠다닌다. 온갖 빵으로 가득한 풍요의 공간이지만, 돈이 없이는 결코 단 한 조각의 빵도 사람들에게 주어지지 않는다. '내'가 그 어린 나이에 성매매에 나선 것도, 빵 두어 개를 훔치려다가 빵집주인에게 성폭행을 당한 일이 계기가 되어서였다. '나'는 단돈 100원도 그저 주어질 수 없음을, 가진 것이 없으면 바지라도 내려야 한다는 것을 빵집 주인에게 배운 것이다. 빵집 주인은 외국인들에게 여권을 담보로 맡고 터무니없는 이자로 돈을 빌려 주기도 한다.

이처럼 자본의 논리를 미메시스한 강력한 빵집 주인을 상대로 우리의 찌마와 '내'가 빵을 훔친다는 것은 애당초 불가능한 일이다. 어설픈 강도짓은 끝내 실패하고, 찌마는 결국 빵집 옥상에서 몸을 던진다. 빵집 하나 제대로 못 터는 찌마가 이곳에서 살아갈 방법은 없기에, "빵을 찾아 이곳에 불시착했듯이 또 다른 행성을 찾아"(261)간 것이다.

이러한 찌마의 최후는 사실 예상된 것이기도 했다. 이 작품에서 찌마는 '나'에게 끊임없이 아버지를 연상시키는 존재이다. 아버지는 노가다판에서 근근이 연명하며 죽는 날까지 앞날이 캄캄하기만 했던 것이다. "모든 것이 캄캄했다는 점"(247)에서 찌마는 아버지와 닮았다. '나'는 흔들리는 찌마의 눈을 보며 아빠를 떠올리기도 한다. 아빠의 눈은 "살아 있기 때문에 살아갈 일이 불안"(249)하여 종종 흔들리고는 했다. 그런 아빠는 죽었고, '나'는 "죽어 버린 아빠는 지금쯤 차라리 속이 편할지도 모른다"(249)고 생각한다. "배고픈 사람에게 빵을 주어야 하는 의무"(254)가 지켜지지 않는 '지상의 화성'에는 가진 것 없고, 양심을 지키며 살아가려는 자들을 위한 자리는 조금도 준비되어 있지 않았던 것이다. "일자리를 찾아 행성처럼 떠돌다 이곳에 불시착"(250) 한 사람인 찌마와, "마땅하게 착륙할 곳이 없어 거리를 떠돌다 아무 데서나 바지를 벗는"(251) '나'가 나누는 우정은 현실적으로 아무런 힘도 발휘하지 못한다. 그럼에도 그 슬픈 연대의 몸짓 속에는 다가올 공동체가 귀담아 들어야 할 삶의 준칙이 오롯하게 새겨져 있다.

김미월의 「중국어 수업」(『한국문학』, 2009 겨울)은 연안부두 근처에 있는 전문대학의 부설 한국어학원에서 한국어를 가르치는 수는 하루에만 왕복 세 시간을 들여 서울에서 인천을 오고 간다. 이 한국어학원에는 베트남인이나 우즈베크인, 몽골인도 있지만 대부분은 중국인들이다. 수는 학생들에게 한국어를 가르치기 위해 이곳에 왔지만 청도나 대련, 천진 등에서 온 중국인들은 한국어를 배우러 온 것이 아니라 취업을 위한 학생 비자를 받기 위해 온 것이다. 학생들도 공부에는 별다른 관심이 없고, 어학원도 인원 확보와 재정 충당에만 급급해 하기 때문에 학생들의 이탈률은 무려 80% 정도이다. 중국에서 여섯 달 일하고 받는 급여와 한국에서 한 달 아르바이트하고 받는 급여가 비슷하기에, 중국인들은 갚는 데만 꼬박 일 년이 걸리는 큰 빚을 지고 한국에 입국하는 것이다. 남학생들은 주로 택배회사에서 일하며 여학생들은 주로 공단지역 식당에서 써빙을 하거나 인터넷 쇼핑몰의 상품 포장 일을 한다. 그들이 한국인 못지않게 능숙하게 구사하는 낱말들은 "씨발. 개새끼. 병신"(59) 같은 것들인 것에서 알 수 있듯이, 이들이 한국에서 겪는 삶은 무척이나 고단하다.

주목해야 할 것은, 이 작품의 주인공인 수 역시 중국에서 온 학생들과 별반 다르지 않다는 점이다. 수는 어학원에서 턱없이 낮은 월급을 받는 것은 말할 것도 없고 석 달 단위로 고용 계약을 갱신해야 하는 비정규직

노동자 신분이다. 수는 스스로 이곳에서 적당히 경력을 쌓으면, 그것을 발판으로 "서울 시내의 번듯한 어학원에서 제대로 된 학생들에게 제대로 된 강의를 할 거"(58)라고 다짐하며, 인천에서의 날들을 간신히 견뎌내고 있다. 수는 자신이 가르치는 학생 중에 최장기 결석자인 쓰엉을 인천의 옐로하우스에서 우연히 만나 술잔을 나눈다. 수는 인천의 바다가 "메마른 바다"(62)로서 다른 바다와는 달리 "아무 위안도 주지 못해"(62)라고 단정적으로 말한다. 수는 열차가 서울권으로 접어들자 "승객들 사이에 아연 활기가 돌기 시작"(66)하며, "공기의 질감도 미묘하게 달라지는 것 같다"(66)고 느끼며, "다들 그렇게 인천 땅을 빨리 벗어나고 싶어 조바심냈던 것일까"(66)라고 생각하기까지 한다.

그러나 「중국어 수업」에는 또 하나의 시선이 바탕에 깔려 있다. 서울에 대한 맹목 이면에 놓인 보다 본질적인 문제에 대한 예민한 촉수가 번뜩이는 것이다. 이것을 통해 이 작품은 한 단계 깊어지며 사회를 바라보는 사유의 고도도 확보하게 된다. 그토록 원하는 한국에 왔지만 쓰엉은 오히려 애인만 빼앗기고 어떠한 행복도 얻지 못한다. 그에게 여전히 고향은 배로 스물네 시간이 걸리는 중국의 동북일 수밖에 없는 것이다. 쓰엉은 자신의 애인이었던 멍나의 살림집에 무단으로 침입했다가 강제 출국을 당하게 된다. 수는 구치소에서 만난 쓰엉이 다시 한국에 올 것이라고 말하자, "네가 다시 한국에 왔을 땐 몇배로 불어난 빚더미와 남의 아이 엄마가 돼 있는 멍나밖에 없을 거"(72)라며 쓰엉에게 한국으로 돌아오지 말라고 말한다. 그러나 사실 이 '돌아오지 말라'는 당부는 수 자신을 향한 것이기도 하다. 수는 "어찌어찌하여 '나중'에 요행 서울로 돌아간다고 치자. 그 다음에는?"(67)이라고 생각하는 것처럼, 서울 역시 그에게 뚜렷한 해답이 될 수 없음을 알고 있는 것이다. 쓰엉이 한국에 왔지만 아무런 인생의 답도 얻을 수 없었던 것처럼, 수에게도 서울이 근본적인 해결책은 될 수 없는 것이다. 이미 한국은 나아가 세계는 동일한 사회경제체제에 의해 비인간적 다림질이 깨끗하게 이루어진 상태이기 때문이다. 서울은 다만 "지금 그녀의 목적지"(72)일 뿐이다.

「중국어 수업」의 중요한 축은 쓰엉으로 대표되는 이주 중국인의 삶과 시각이다. 인천에 사는 중국인은 오래전부터 문학적 소재가 되어 왔으며, 이를 대표하는 작품은 오정희의 「중국인 거리」(『문학과지성』, 1979 봄)이다. 그러나 「중국인 거리」에서 알 수 있듯이, 인천에 사는 중국인이 주로 화교라는 고유한 미지의 타자로서 표상되었다면, 「중국어 수업」의 중국인은 신자유주의 시대의 불안정한 노동자라는 사회적 맥락에서 형상화되고 있음을 확인할 수 있다. 불안정한 노동자라는 측면에서는 한국인인 수나 중국인이 쓰엉이나 다를 바가 없다. 사회적 약자의 위치를 공유한 존재로서 중국인과 한국인이 나란히 존재한다는 점은, 「중국어 수업」이 한국 내 중국인을 형상화 한 이전 소설과 구별되는 지점이라고 할 수 있다.

배상민의 「어느 추운 날의 스쿠터」(『문예중앙』, 2011 봄)는 한 편의 단막극을 연상시키는 소설이다. 주스토리 시간은 민방위 훈련이 갑자기 발동되어 해제되기까지의 얼마간이다. 피자 배달원인 '나'는 갑자기 발동된 민방위 훈련 때문에 피자 배달을 할 수 없어 도로 통제 요원에게 항의를 하다가 나중에는 몸싸움까지 벌이고 지구대에 끌려온다. 그가 그토록 민방위 훈련에 민감하게 반응한 이유는 25분 내로 피자를 배달해야 한다는 피자 가게의 규정 때문이다.

지구대 안에서는 두 명의 미국인이 술에 취해 경찰관들을 향해 영어로 온갖 욕을 퍼붓고 있다. 두 명의 미국인들은 배달 오토바이를 훔친 혐의로 지구대에 끌려온 것이다. 둘은 모두 남한에서 미군으로 근무한 경력이 있는 사람들로, 그들이 내뱉는 욕설의 핵심은 "US.army에서 근무하며 목숨을 걸고 지켜준 fucking할 Korea의 stupid한 police들이 asshole같은 motor cycle을 좀 탔기로서니 경찰서에다 감금하는 이런 shit한 상황이 말이 되냐는"(315) 것이다.

위의 미국인들처럼 은인인 척 한국인에게 온갖 추태를 연출하는 미국인들에게 반감을 드러내지 않기는 힘들다. 「어느 추운 날의 스쿠터」는 미국에 대한 반감과 그러한 반감을 가능케 한 상황에 대한 기술로 이루어져 있다. 첫 번째로 주인공이 미국에 반감을 느낀 것은 대학시절 짝사랑하던 여자가 영어 회화를 배우다가 미국인 강사와 눈이 맞아 떠나갔을 때이다. 흥미로운 것은 '나'에게 신자유주의를 전세계에 퍼뜨리는 미국에 대한 강렬한 반감을 처음 갖게 해준 당사자가 다름 아닌 그녀라는 사실이다. 두 번째는 주인공이 일하는 피자 가게 옆에 지점을 냄으로써 주인공으로 하여금 피 말리는 배달경쟁에 나서게 한 미국의 거대 피자 회사와 맞닥뜨렸을 때이다. 미국에서 거대 피자 지점이 건너오기 전까지만 해도 주인공의 피자 가게는 동네의 유일한 피자 가게로서 나름 여유롭게 운영되었다. 그러나 세계 굴지의 피자 회사가 '무료 쿠폰 제공' 및 '무조건 30분 내에 배달'이라는 슬로건이 적힌 전단지를 뿌리자마자 "오직 속도와 쿠폰만이 피자의 모든 것을 결정하는 시대"(317)가 시작된다. 이제 주인공이 다니는 피자 가게도 동네 사람들에게 쿠폰을 제공하는 것은 물론이고 25분 내에 배달이 되지 않으면 피자를 무료로 제공한다는 제안까지 하기에 이른다. 이러한 방침의 효과는 금방 나타나서 사장의 눈가에는 보톡스 주사도 듣지 않는 눈웃음이 자리 잡고, 대신 25분 내에 배달을 하지 못하면 해고당하는 배달원들의 눈에는 살쾡이같은 안광이 번쩍거린다.

어중간한 대학을 낮은 학점으로 졸업한 '나'는 '어지간해서는 안 잘리는 정규직'과 '계약 기간이 만료되면 자를 수 있는 비정규직'과 단 '한 번의 잘못으로도 잘릴 수 있는 비정규직' 중에서 마지막 직업군의 삶을 선택한다. 주인공이 전역한 후의 세상은 완전히 달라져 있다. 정규직이었던 아버지의 친구들은 피자 가게 내지는 치킨 가게 사장이 되었다가 대부분 일 년 안에 가게를 접고 경비로 전락해야만 했다. 대학을 졸업할 무렵이 되어서는 중년 경비, 젊은 노점상, 고학력 청소부, 배울 만큼 배운 백수들로 넘쳐났고, 잘하는 거라고 힙합 밖에 없던 주인공 역시 그들과 합류하게 된 것이다.

피자집 사장은 A급 태풍이 오면 배달을 못 나가게 하는데, 이유는 배달원이 아닌 스쿠터를 보호하기 위해서이다. 사람은 다치면 알아서 재생이 되지만 스쿠터는 그렇지 않다는 것이 사람보다 스쿠터를 더 아끼는 사장의 논리이다. 이러한 사장 밑에서 25분 내에 피자를 배달해야 하는 주인공이 민방위 훈련을 만나 속이 타들어가는 것은 명약관화한 일. 주인공의 신경은 갈수록 날카로워지고 결국 사람들을 통제하는 대머리 공무원과 멱살을 잡는 일까지 벌이게 된다. 그러한 초조함과 성냄에는 검은색 세단에 탄 나으리는 곱게 보내주는 대머리의 이중성도 한 몫 단단히 한다.

이 일로 지구대까지 끌려온 '나'는 대학 시절 공무집행 방해죄로 재판을 받은 적이 있기 때문에 긴장한다. '나'는 힙합 가수를 꿈꾸며 군대도 가지 않던 그리하여 집회 같은 것과는 거리가 먼 대학생이었다. 그런 주인공이 집시법 위반 및 공무집행 방해와 폭력 행사 등의 복잡한 죄명을 달고 징역 6개월에 집행유예 1년의 형을 받은 이유는 소개팅에서 만난 그녀 때문이었다. 신비로울 정도로 아름다운 그녀는 "지리산 반달곰만큼이나 희귀한 운동권 학생"(327)이었고 미국발 신자유주의에 맞서 언제든지 투쟁할 각오가 되어 있었다. 그녀 때문에 불려나간 촛불시위에서 머리채가 붙들린 채 끌려가는 그녀를 바라보며 이성을 잃어버린 결과 '나'는 징역 6개월에 집행유예 1년의 형을 받는다. 그녀는 전 세계에서 전쟁이 일어나고 노동자들의 해방이 요원한 가장 근본적인 이유가 미국의 거대 자본 때문이라며 극도로 미국을 싫어했다.

군대에 가있는 처음 얼마 동안 그녀는 꼬박꼬박 편지를 보낸다. 첫 번째 편지에서는 2008년 미국발 금융위기 때문에 노동자들이 무참히 해고당한다는 사실을, 두 번째 편지에서는 정부에서 국론을 분열시키는 불만 따위는 내뱉지도 못하게 한다는 사실을 전한다. 그러면서 세상에 나아가기 위해 토익과 영어 회화 학원을 다니는 것이 무척 괴롭다는 하소연을 덧붙인다. 그녀의 마지막 편지에는 원수를 사랑하는 성경의 가르침에 따라 그녀에게 영어회화를 가르쳐 주던 미국인 학원 강사를 사랑하게 되었다는 내용이 담겨 있다.

'나'는 대학을 졸업한 지 얼마 안 되었다는 이유로 지구대 안에서 미국인들의 통역을 맡는다. 그런데 온갖 영어 욕설로 지구대 안을 쩌렁쩌렁 울리던 그들은 한국말에 능통하다. 이 순간부터 두 명의 미국인들은 분노와 적대의 대상이 아닌 연민과 연대의 대상으로 변화하고, 작품의 주제에도 변화가 일어난다.

고등학교만 나온 그들은 먹고 살기 위해 주한미군으로 근무했고, 제대한 후에는 미국의 한 자동차 공장의 조립 라인에서 일을 했으나 곧 구조조정 당할 위기에 처한다. 그들은 피자 배달일을 하기도 하는데, 그래봐야 대출 이자 갚기도 힘들다. 그들은 살기 위해 무작정 학원 강사를 꿈꾸며 한국에 돌아온 것이다. 한국은 무엇보다 "미국이라고 하면 환장하는"(335) 나라이기 때문이다. 그러나 그들은 학원에서 college diploma가 없는 것이 발각되어 쫓겨나고, 그 괴로움에 술을 먹고 오토바이를 훔친 것이다.

이들의 말을 듣고, 특히 그들이 한 때 피자 배달원이었다는 사실에 '나'는 묘한 동질감을 느낀다. 두 명의 미국인은 국민국가의 시대인 근대에 가장 힘이 센 나라의 국민이지만, 계급적인 차원에서는 고통 받는 전세계 99%의 사람들 중 하나였던 것이다. '나'는 지구대에서 풀려 나오면서 갑자기 스쿠터의 시동을 끈다. 이어서 소설은 "그리고 배달 박스에서 아직 온기가 남아 있는 피자와 차가운 콜라를 꺼냈다"(335)는 문장으로 꺼낸다. 피자와 콜라를 들고 주인공이 향할 곳이 어디인지는 물을 필요도 없다. 배상민의 「어느 추운 날의 스쿠터」는 이 지구상의 그 누구도 그 어느 곳도 비껴갈 수 없는 신자유주의의 광풍과 그 해결책으로서의 따뜻한 연대 가능성을 제기하고 있는 작품이다.

5절에서 살펴본 작품들은 우리와 이주노동자가 지닌 보편성에만 지나치게 몰두하는 경향을 보인다. 그러나 이주노동자를 한국인과 똑같다고만 볼 수는 없을 것이다. 가진 것이 없다는 점에서는 똑같은 존재들일지라도, 한국인과 이주민들 사이에는 인종적 민족적 차이가 분명 존재하기 때문이다. 5절에서 살펴본 작품들은 한국인과 이주민의 사회·경제적 보편성은 발견했지만, 이주민들의 고유성을 주목하는 단계에까지는 이르지 못했다고 말할 수 있다.

6. 이주노동자의 고유성과 보편성에 대한 인정

이주민의 가장 인간적인 삶은 한국 사회에 동화되면서도, 자신의 고유한 문화를 동시에 유지하는 방식을 통해서일 것이다. 이를 통해 한국 사회는 좀 더 풍요로운 삶과 정체성을 재구성하는 것이 가능하다.

앞에서 살펴본 작품들은 이주노동자들을 어떠한 인간적 존엄도 인정하지 않으며 한국 사회에서 주변화시키는 방식이거나 그들을 한국 사회에 받아들이기는 하지만 그것이 동화의 방식에 머물거나 혹은 한국인과 이주노동자의 보편성만 강조하는 것들이었다. 이 장에서 살펴보려고 하는 작품들은 그들의 고유성도 인정하면서 그들을 한국 사회의 일원으로 인정하는 소설들이라고 할 수 있다. 구체적으로 그것은 이주민들의 고유성을 충분히 사유하면서, 그들도 우리와 같은 인간으로서의 보편성을 동시에 사유하는 것에 해당한다고 할 수 있다. 강영숙의 「갈색 눈물방울」(『문학과사회』, 2004 겨울), 김연수의 「모두에게 복된 새해」(『현대문학』, 2007.1), 민정아의 「죽은 개의 식사 시간」(『문장웹진』, 2013.12)은 이러한 사유의 모습을 보여주는 소설이다.

강영숙의 「갈색 눈물방울」에서 1970년대 지어진 빌라의 이층 오른쪽 끝에는 '나'가 살고 있고, 같은 층의 왼쪽 끝에는 동남아 여자와 피에로 분장을 하고 호객행위를 하는 남자와 야구모자를 쓰고 다니는 키 작은 남자가 산다. 같은 공간에 살지만 '나'와 동남아인들 사이에는 연대감은 물론이고 이렇다 할 교류도 없다. 이러한 이질감은 동남아 여자가 사는 집에서 나는 "이국의 냄새"(1518)를 통해 상징적으로 드러난다. '나'를 제외한 다른 한국인들 역시 이들을 자신과는 다른 완전한 타자로서 받아들인다. 이 작품은 "그들의 기이한 동거의 이유를 아는 사람이 있는지 모르지만 사람들은 그들을 '저기 빌라에 사는 것들'이라고 불렀다"(1517)는 문장으로 시작된다. '빌라에 사는 것들'이라는 말 속에는 다른 인종의 사람들을 바라보는 한국인들의 인식이 잘 나타나 있다. 이러한 차별적 시선을 가장 선명하게 보여주는 사람은 같은 빌라에 사는 노인으로서, 그는 스스럼없이 "지금 걸어올라가는 년 좀 봐. 피부가 탱탱하잖아"(1523)와 같은 발언을 한다. 나중에 동남아 여자가 자기 나라로 돌아갔을 때도, "우리의 골칫거리였던 이층의 그 외국 년이 오늘 아침 제 나라로 돌아갔네. 어떤가? 기쁘지 않은가?"(1534)라고 소리를 지를 정도이다.

그러나 「갈색 눈물방울」은 이주민의 타자성을 부각시키는 것으로 끝나지 않는다. '나'는 동남아 여인과 공통점을 발견하고 끝내 그녀와 교감을 나누는 것에 성공하기 때문이다. '나'는 오 년간 사귄 연인과 헤어지는데, 갑자기 닥친 실연은 그동안 '내'가 최고의 고통이라 알고 있던 치통보다도 더한 고통을 준다. 실연은 자연스럽게 타자에 대한 이해라는 난제를 '나'에게 던져준 것이다. '나'는 실연의 고통을 극복하고 정상적인 생활을 하기 위한 무의식적인 노력으로 영어를 배우기 시작한다. 그러나 빈틈투성이인 언어, 즉 외국어를 배운다고 해서 타자를 이해하는 길이 열리는 것은 아니다.[25] 이러한 절망은 영어 학원에만 가면 그녀를 실어증에 빠뜨린다.

이때 '나'는 같은 빌라에 사는 동남아 여인과의 교감을 통하여 타자에 대한 이해가능성을 배우게 된다. '나'는 동남아 여자가 병원 공터에서 춤추는 모습을 보기도 하고, 둘이 함께 한밤중에 각자 알아들을 수 없는 말을 중얼거리며 빌라 주변을 돌아다니기도 한다. 영어 학원 사람들이 포트럭 파티를 열었을 때, '나'는 쓰레기통을 뒤지던 동남아 여자를 떠올린다. 그날 저녁에 음식을 들고 처음으로 동남아 여자의 집으로 찾아간 '나'는 검은 엉덩이 사이에서 독이 오를 대로 올라 꽈리처럼 부푼 치질 덩어리로 고통스러워 하는 그녀를 발견하고, 이후 그녀를 정성껏 돌봐준다. 동남아 출신의 여인을 간호하며 '나'는 "치통보다 참기 어려운 건 실연의 아픔, 실연의 아픔보다 참기 어려운 건 치질의 통증"(1533)이라고 새롭게 고통의 순위를 매긴다. 동남아 여자의 아픔에 '나'는 완전히 공감을 하게 된 것이다. 동남아 여자 역시 병원에서 퇴원해 돌아와 화장품을 꺼내 '나'의 이마에 붉고 굵은 동그라미 하나를 찍어주고, 뒤로 돌아서 항문을 보여주며 환하게 웃는다. 쓰레기통을 뒤지는 인간에 대한 연민과 병으로 고통받는 인간을 돌보는 작은 정성을 통해 인간 사이의 교감은 가능해진 것이다.

---

25 이 작품에서 언어를 통한 외국인과의 교류는 피상적인 수준에 머물 수밖에 없다. 그것은 호주인 강사가 들어와 갑자기 할머니가 위독해 호주에 가야한다는 말을 듣고 보이는 각기 다른 반응을 통해 잘 드러난다.

이러한 일을 겪으며 '나'는 드디어 실어증에서 벗어나 학원 사람들 앞에 서서 영어로 발언을 한다. 이때의 발화 내용은 동남아 여인이 겪은 일들을 고백하는 것이다. 이때 중요한 것은 내용 보다는 인간 사이의 소통이 어떠해야 하는지를 실연하고 있는 발화의 형식 그 자체이다. '나'는 한국인이지만 그 순간 동남아인이 되어 제3의 언어인 영어로 발언하고 있다. 한국인과 이주민 사이에는 누구도 누구의 타자나 동일자가 되지 않았을 때, 혹은 그 누구도 타자인 동시에 동일자가 되었을 때, 진정한 소통과 윤리가 발생할 수 있는 것이다.

김연수의 「모두에게 복된 새해」(『현대문학』, 2007.1) 역시 이주민만의 고유성과 한국인과의 보편성을 동시에 보여주는 작품이다. 이 작품에도 한국인들의 인종적 편견으로 고통받을 수밖에 없는 이주노동자들의 고통스런 삶이 형상화되어 있다. 열두 명의 편집 출신 동료들과 가구공장에 딸린 컨테이너에서 생활하는 사트비르 싱은 자신을 함부로 재단하는 한국인들에 의해 고통을 받는다. 공장을 다니기 위해 한 시간 동안 버스를 타야 하는데, 버스에서 술 취한 사람들이 알카에다라고 말하며 그를 괴롭히는 것이다. 그리하여 사트비르 싱은 이슬람교와는 무관한 시크교도임에도 매일 터번을 쓰지 못하겠다고 하소연한다. 버스에서 알카에다를 운운하는 한국인들의 모습은 이주노동자들을 바라보는 폭력적인 태도를 대변한다고 말할 수 있다.

그러나 「모두에게 복된 새해」는 이러한 태도에서 한 단계 나아가 이주노동자를 우리와 보편성을 공유한 인간으로 바라보는 시각이 나타나 있다. 그것은 인도인 사트비르 싱과 한국인 아내의 관계를 통해 집중적으로 드러난다.

아내의 인도인 친구 사트비르 싱은 '나'의 피아노를 조율해주기 위해 방문한다. 사트비르 싱은 한국어를 배우기 위해 이주노동자들을 위한 한국어 강좌에 나갔다가, 그 강좌의 강사였던 '나'의 아내와 친구가 된 것이다. 처음 '나' 역시 버스 안의 한국 사람들과 그리 다르지 않은 태도를 보여준다. "도대체 한국에 돈을 벌려고 온 외국인 노동자와 내 아내가 친구가 될 수 있다는 가능성 그 자체가 좀체 믿기지 않았"(126)던 것이다. '내'가 처음 느끼는 사트비르 싱에 대한 느낌은 몇 번이나 반복해서 등장하는 그의 "한국어가 형편없었다는 점"(119)에 압축되어 있다.

따라서 이 작품에서 '나'와 사트비르 싱이 의사소통을 하는 문제는 단순한 일상의 에피소드를 넘어 타자의 이해라는 거대한 철학적 문제를 동반하게 된다. 사트비르 싱은 "이 피아노, 어떻게, 이렇게 왔습니다"(125), "이 피아노 외롭습니다"(125), "이 피아노, 긴 시간 안 노래했습니다"(125), "안 노래하면 안 삽니다"(125)와 같이 한국어 문법에 맞지 않는 말을 계속 한다. '나'는 이와 같은 말을 전혀 이해하지 못하지만, 시간이 지나면서 조금씩 이해하기 시작한다.

이러한 소통의 과정은 아내와 사트비르 싱이 "말하자면 친구"(126)가 되는 과정을 이해하는 일이기도 하다. 아내와 사트비르 싱은 "이야기"(127)를 통해 친구가 되었는데, 그 과정은 철저하게 윤리적이다. 아내와 싱은 한국어에는 능통하지만 영어에는 약한 아내가 영어로 말하고, 반대의 입장인 싱은 한국어로 말하는 방식으로 서로 이야기한다. 둘은 서로에게 한국어와 영어를 가르쳐주고, 동시에 영어와 한국어를 배웠던 것이다. 아무런 대가 없이 "서로서로 배웁니다. 서로서로 고쳐줍니다"(132)라고 말할 수 있는 관계가 "말하자면 친구"(132)였던 것이다. 「모두에게 복된 새해」에서와 같이 한국말에 서툰 인도인이 하는 한국어와 영어에 서툰 한국인의 영어로 이루어지는 소통이란 결코 일방적일 수 없다.

그럼에도 '나'는 고작 'I like Zorba the Greek'이나 '저는 라흐마니노프 좋아합니다' 따위의 말밖에는 못하는 언어 실력을 통해서는, 서로 마음에 있는 이야기를 나누지 못할 거라고 주장한다. 그러나 아내와 싱은 다양한 방법을 통해 소통을 했던 것이고, 결국에는 '나'에게까지 아이가 없어 늘 외로웠던 아내 혜진의 마음이 전달되는 기적같은 일이 일어난다. '나'는 상대방을 향해 말하려는 의지와 상대방의 말을 들으려는 의지야말로 소통에 있어 가장 중요한 것임을 뒤늦게야 깨닫는다.

김연수의 「모두에게 복된 새해」에서 한국인과 이주민의 만남은 어떠한 수식어도 필요치 않은 인간 대 인간의 관계일 뿐이다. 그 어떤 타자화의 혐의로부터도 벗어나 있다. 그러나 이들의 순수한 인간적 관계 속에는 한국 사회에서 이주민이 겪는 특수한 인종적 상황이 일정하게 드러나 있다.

민정아의 「죽은 개의 식사 시간」(『문장웹진』, 2013.12)은 무연고 시신을 처리하는 조선족 진봉의 삶을 다룬 소설이다. 이 작품에는 두 가지 죽음이 존재하는데, 진봉이 처리하고 있는 시체의 죽음과 진봉의 죽음이 그것이다. 사내는 죽은 지 이십일 만에 욕조에 몸을 담군 모습으로 집주인에 의해 발견된다. 화장실 바닥에는 그가 죽기 전까지 보았던 딸의 결혼식 사진이 놓여 있다. 그토록 그리워하는 딸이지만, 딸은 미국으로 이민 간 이후 아버지에게 아무런 연락도 하지 않는다. 아무도 찾지 않는 그는 물속에서 곤죽이 되어버렸고, 진봉의 체질에 의해 가까스로 걸러져 쓰레기통에 버려지고 있다. 이러한 사내의 모습은 현대인이 겪는 소외의 문제를 보여주는 것이다.

그러나 「죽은 개의 식사 시간」의 초점은 사내의 죽음보다는 진봉의 죽음 쪽에 맞추어져 있다. 조선족인 진봉의 삶은 이주노동자가 겪는 여러 곤란과 연결되어 있다. 진봉은 한국 사회에서 '몫 없는 자'이자 '말할 수 없는 자'이다. 조선족의 말투가 보이면 사람들은 "무례와 멸시"를 보였기에, 진봉은 차라리 중국인처럼 중국어를 사용하는 것이 편했다. 중국에서는 한 번도 포기하지 않았던 조선족이란 정체성을 한국 땅에서는 부인해야 하는 아이러니한 상황에 처한 것이다. 그가 시체처리업을 맘에 들어 하는 이유는 무엇보다 "말하지 않아도 된다는 점"이다. 숯불갈비 집이든 공장이든 한국인이 버리고 간 자리는 모두 그의 자리이기에 진봉이 한국에서 할 일은 차고 넘친다. 그는 불법체류자이기에 제대로 된 치료 한번 받을 수 없으며, 월급을 떼먹혀도 제대로 신고할 수조차 없다. 한국의 사장들은 진봉을 "값싼 모조품" 정도로만 바라볼 뿐이다. 다음의 인용문에는 진봉이 처한 삶이 요령 있게 압축되어 있다.

> 사장이 월급을 주지 않거나 다른 직원들보다 야근을 많이 시킬 때, 함께 일하는 동료들이 자신의 등에 대고 조선족은 인육을 먹는 식인종이라고 수군거릴 때 그는 열심히 다른 일자리를 알아보았다. 그들의 눈앞에서 조용히 사라져주는 것도 그가 해야 하는 중요한 일 중의 하나였다. 그런 의미에서 그가 특수팀에서 일을 시작하게 된 것은 자연스럽고 당연했다. 더럽고 냄새나는 그 일을 한국 사람들은 꺼려했다. 파키스탄, 필리핀, 부탄, 베트남, 몽골 …… 진봉은 한 번도 가보지 못한 나라에서 온 사람들과 함께 일을 했다. 모두 고향을 떠나온 사람들이었다.

이 작품에서 진봉은 시종일관 맹렬한 허기를 느낀다. 시체 앞에서도 진봉은 삼겹살이나 청국장찌개를 먹고 싶어 하며, 심지어는 온 몸이 마비되어 누워 있는 마지막 순간까지 "그는 심한 허기를 느꼈다"고 표현될 정도이다. 이 허기는 아무런 대우도 받지 못하는 진봉이 느끼는 정서적 허기인 동시에, 자신을 죽은 존재 취급하는 사회에 맞서 끊임없이 자기 존재를 확인하고자 하는 존재에의 욕망이라 볼 수도 있을 것이다.

진봉은 유하 출신인데, 그 곳의 사람들이 중국의 큰 도시나 한국으로 떠나는 바람에 유하는 버려진 곳이 된다. 마을의 서른두 집 중에 스물한 집이 폐가로 변했으며, 마을에 남은 사람들은 거동이 불편한 노인과 아이들뿐이다. 그처럼 버려진 유하에서 진봉의 아버지는 홀로 죽는다. 이제 진봉은 나아갈 곳도 돌아갈 곳도 없는 살아 있는 중음신이 된 것이다. 그가 의지할 이십 평 남짓한 작은 고향 집은 사라졌으며, 그렇다고 한국에 계속 머무를 수도 없기 때문이다. 그렇기에 진봉이 욕실에서 미끄러져 몸이 마비상태에 빠진 것은 그가 처한 현재 조건을 있는 그대로 보여주는 것이기도 하다. 작품의 마지막 부분에는 애매한 모습이 등장한다. 부탄과 몽골인 동료들이 빈 아파트에 홀로 남겨진 진봉을 발견한 것인지 발견하지 못한 것인지가 불분명하게 처리되어 있는 것이다. 이러한 애매함은 사실 별다른 의미가 없는데, 진봉이 발견되더라도 그는 이미 "죽은 개"일 뿐이기 때문이다.

「죽은 개의 식사 시간」은 이주노동자들이 겪는 현실의 문제를 치밀한 묘사와 에두르지 않는 정공법으로 충실하게 다루고 있다. 동시에 이 작품은 이주노동자가 겪는 고통이 곧 우리의 문제이기도 하다는 점을 충분히 사유하는 모습을 보여준다. 그것은 진봉의 고향 유하가 사라져가듯이, 사내가 죽어 있는 길음 아파트도 하룻밤 사이에 "두세 개의 계절이 빠르게 지나가버린 것"처럼 변해가고 있기 때문이다. 또한 진봉의 아버지가 폐허가 된 동네에서 혼자 죽어갔듯이, 사내 역시 딸을 미국으로 이민 보내고 혼자 폐허가 된 아파트에서 죽어갔던 것이다. 유하와 진봉의 아버지가 그러했듯이, 길음 아파트는 완전히 철거가 될 것이며 그 안에서 죽어간 남자 역시도 깨끗이 지워질 운명인 것이다. 민정아의 「죽은 개의 시간」은 이주민에 대한 (비)동일시의 윤리적 상상력이 담겨진 작품이라고 할 수 있다.

7. 이주노동자를 형상화하는 다섯 가지 유형

2000년대 이후 한국문학은 민족이라는 경계 안에서 작동하던 이전의 상상력과 감수성을 초월하기 시작하였다. 이것은 세계시장 안에서 자본과 노동력의 탈국경적인 움직임이 막강한 영향력을 발휘한 것과 관련된다. 이러한 탈민족주의적 현상을 가장 선명하게 보여주는 존재는 한국 사회에 무시할 수 없는 속도로 증가하고 있는 이주민들이다. 이들의 존재는 순혈주의적 단일민족신화에 사로잡힌 한국인들에게 민족적 정체성을 재고하도록 요구한다. 따라서 근대의 강고화된 민족 범주를 벗어나 우리 안에 나타난 타자들과의 관계 속에서 새로운 공동체를 구성하는 문제는 시급한 관제가 아닐 수 없다. 이주민들의 존재는 더 이상 혈통이나 영토에 의해 규정되는 민족의 개념을 넘어선 새로운 차원의 윤리와 정치를 우리에게 요구하는 단계에 도달한 것이다. 본고에서는 한국인과 이주노동자의 관계 맺기 양상을 중심으로 다문화 소설들의 유형화를 시도하고자 하였다.

첫 번째로 이주민들이 한국 사회에서 주변화되어 '벌거벗은 자'가 되어가는 현실을 재현하는데 집중하는 소설들이 있다. 김재영의 「코끼리」, 이시백의 「새끼야 슈퍼」, 이명랑의 『나의 이복형제들』 등이 여기에 해당하며, 이들 소설들은 이주노동자를 무시와 모멸의 대상으로만 삼는 한국인의 식민주의적 의식을 날카롭게 고발한다. 이들 소설에서 이주노동자는 우리 소설에서 고통의 극한에 서 있는 존재들로 형상화된다. 이것은 그들이 현재 놓여 있는 위치에 바탕한 정당한 인식일 수도 있지만, 이러한 형상화는 의도하지 않은 방식으로 이들의 타자성을 자연화하는 위험성도 지니고 있다. 이러한 고정관념을 뒤집어 놓은 작품이 김민정의 「안젤라가 있던 자리」이다.

두 번째로 이주민들이 한국 사회로부터 벗어나 자기만의 문화적 시공속에 분리되는 소설도 존재한다. 유현산의 『두번째 날』이 여기에 해당하며, 이주민들의 게토화가 지니는 문제점을 날카롭게 드러내고 있다.

세 번째로 이주민들의 타자성에 대한 고려 없이 그들을 한국인과 동일시하려는 경향의 작품들이 있다. 김려령의 『완득이』, 박범신의 『나마스테』, 박찬순의 「가리봉 양꼬치」, 「지질시대를 헤엄치는 물고기」는 「코끼리」, 「새끼야 슈퍼」와는 반대의 방식으로 우리 안에 들어온 이주민들을 한국 사회로부터 배제시킨다. 2장에서 살펴본 작품들이 이주민들의 타자성을 지나치게 부각하여 공동체의 경계 밖으로 몰아내는 의도치 않은 효과를 발휘한다면, 이들 작품에서는 이주민의 타자성을 무시하는 방식으로 공동체에서 이주민들이 설 자리를 제거해 버리는 것이다. 이들 작품은 이주민들의 고유성에 대한 충분한 고려 없이, 섣부르게 그들을 한국인과 동일시하는 상상력과 사유를 보여주고 있다. 이러한 상상력과 사유가 심화될 경우 이주민은 또 하나의 민족 구성원에 불과하게 되며, 기존의 민족 공동체는 기본적인 성격은 유지한 채 그 영역만을 확대하게 된다고 말할 수 있다.

네 번째로 공통성에 바탕하여 한국인과 이주민의 연대 가능성을 제시하는 작품들이 있다. 이와 관련해 손홍규의 「이무기 사냥꾼」, 공선옥의 『유랑가족』, 「명랑한 밤길」, 이경의 「먼지별」, 김미월의 「중국어 수업」, 배상민의 「어느 추운 날의 스쿠터」는 '가진 것 없이 고통받는 자들'이라는 관점에서 한국인과 이주노동자들의 연대가능성을 제시한다는 점에서 주목된다. 그러나 이주노동자와 결혼이민자가 가진 것이 없다는 점에서는 한국의 수많은 하위주체들과 똑같은 존재들일지라도, 한국인과 이주민들 사이에는 인종적 민족적 차이가 분명 존재한다. 손홍규와 공선옥은 한국인과 이주민들의 사회·경제적 공통성은 발견했지만, 이주민들의 고유성을 주목하는 단계에까지는 이르지 못했다고 말할 수 있다.

마지막으로 이주민의 고유성과 보편성을 동시에 인정하는 상상력과 사유를 보여주는 작품들이 있다. 인간의 존엄성이 그 존재에 대한 인정(비동일시)과 공감(동일시)에 의하여 탄생한다면, 이주민에 대한 윤리적 태도 역시 고유성과 보편성을 동시에 고려함으로써 탄생할 수밖에 없을 것이다. 구체적으로 그러한 태도는 이주민들의 고유성을 충분히 인정하면서, 이주민들이 지니고 있는 인간으로서의 보편성에 공감하는 모습을 통해 나타난다. 강영숙의 「갈색 눈물방울」, 김연수의 「모두에게 복된 새해」, 민정아의 「죽은 개의 식사 시간」은 그러한 가능성을 보여주는 작품들이다.

4장

한국소설과 탈북자

1. 서론

현재 대한민국에 거주하는 탈북자[1]는 2014년 3월을 기준으로 2만 6천 명을 넘어섰다.[2] 이것은 1990년대 중후반 이후에 탈북자의 정체성

---

1 대한한국 정부는 「북한이탈주민의 보호 및 정착지원에 관한 법률」에서 북한이탈주민을 "군사분계선 이북지역에 주소, 직계가족, 배우자, 직장 등을 두고 있는 사람으로서 북한을 벗어난 후 외국 국적을 취득하지 아니한 사람"이라고 정의하고 있다. 본고에서는 북한이탈주민이라는 말보다는 한국 사회에서 일반적으로 사용되는 '탈북자'라는 용어를 사용하고자 한다.

2 이들 중 적지 않은 수가 한국을 떠나 유럽 혹은 북미 지역에 가서 난민 신청을 한다. 신청이 받아들여지면 합법적 난민 신분과 사회복지 혜택을 받을 수 있다. UNHCR(유엔난민기구)는 2013년 말 기준으로 해외에서 난민지위를 받았거나 대기중인 탈북자를 2,118명이라고 발표하였다. 신청이 거절당한 경우와 불법체류를 감안하면 인원수는 더 많을 것으로 추정된다(류종훈, 『탈북 그 후, 어떤 코리안』, 성안북스, 2014, 6면).

이 변모하며, 그 숫자가 대량으로 증가한 결과이다. 1990년대 중반 이전까지의 탈북이 소수에게 국한된 정치적 성격을 지닌 것이었다면, 이후의 탈북은 생존을 목적으로 한 경제적 성격을 지니게 되었다. 어떠한 방식으로든 현실과 관련을 맺을 수밖에 없는 소설 장르의 특성상, 2000년대 한국소설에서 탈북자들을 다룬 경우는 어렵지 않게 발견할 수 있다. 무엇보다도 탈북자와 더불어 함께 살아간다는 것은, 남북통일의 예행연습에 해당한다는 점에서 그 의의가 매우 크다.

최근의 한국소설이 탈북자를 다루는 시각은 세 가지 정도로 나누어 볼 수 있다.[3] 첫 번째는 탈북자를 통해 남한 자본주의 사회의 비정함을 비판하는 것이다. 다음으로 탈북자를 통해 북한 체제의 문제를 직접적으로 드러내는 경우도 있다. 마지막으로는 전지구적 현상으로 나타나고 있는 디아스포라 현상의 대표적인 사례로 탈북자를 다루는 경우이다. 탈북자는 나라 잃고 이방을 떠도는 삶들이 인류 역사에 던져온 실존적이면서 인문학적인 질문에 가 닿는 중요한 소재인 것이다. 2000년대 이

3 박덕규와 이성희가 편집한 『탈북 디아스포라』는 2000년대에 탈북자를 집중적으로 다룬 논문들을 모아 놓은 저서이다. 이 저서의 총론이라 할 수 있는 대담 「민족의 특수한 경험에서 전지구의 미래를 위한 포용으로」에서 박덕규는 최근의 탈북자 주인공 소설들의 특징을 다음과 같이 정리하고 있다. "발표 시대별로 보면 대체로 국내적 관점으로 탈북 문제를 이해하던 작품에서 국제적 경험과 인식을 포괄하는 작품으로 확장되어 왔다고 할 수 있겠습니다. 내용면에서는 탈북해서 정착하는 과정에서 여전히 '유랑 중인 상태를 다룬 소설'과 이미 남한을 중심으로 어느 지역에 '정착해서 사는 상태를 다룬 소설'로 구분할 수 있겠고요. 또한 이들 소설에서 탈북자의 눈으로 남한 자본주의 체제나 나아가 글로벌 자본주의 체제의 모순이 부각되거나, 이 연장선에서 '탈북 장사'와 관련된 다양한 인권 유린이 나타난다는 점, 특히 탈북 여성이 겪는 비인간적인 경험에 대해서 특별히 생각하게 한다는 점 등이 이들 탈북 소재 소설의 주제적 쟁점이라 할 수 있겠습니다"(박덕규, 「민족의 특수한 경험에서 전지구의 미래를 위한 포용으로」, 박덕규 · 이성희 편저, 『탈북 디아스포라』, 푸른사상, 2012, 26면).

후 창작된 탈북자소재 소설들은 장편이 주류를 이루고 있으며, 장르의 성격상 위에서 말한 세 가지 시각이 모두 나타나고 있다.

본고에서는 강영숙의 『리나』(랜덤하우스, 2006), 정도상의 『찔레꽃』(창비, 2008), 이응준의 『국가의 사생활』(민음사, 2009), 조해진의 『로기완을 만났다』(창비, 2011), 강희진의 『유령』(은행나무, 2011), 이경자의 『세번째 집』(문학동네, 2013), 김금희의 「옥화」(『창작과비평』, 2014 봄), 정이현의 「영영, 여름」(『문학동네』, 2014 여름)을 대상으로 하여 탈북자가 한국소설에서 표상되는 방식과 그것이 지닌 의미와 한계 등을 검토해보고자 한다.

2. 디아스포라의 대표형상

강영숙의 『리나』는 가장 극단적인 방식으로 북한 체제로부터 이탈하여 떠도는 탈북자의 문제를 세계사적 보편성의 차원에서 다루고 있다. 그리하여 이 작품에서의 리나는 굳이 '탈북자'일 필요가 없을 정도이다. 리나는 '탈북자' 이전에 근대세계체제가 만들어 낸 '탈출자'인 것이다. 『리나』는 리나라는 이름을 가진 소녀의 여러 국경을 넘는 이동경로를 소설의 기본 서사로 삼고 있다. 리나는 다 찢어진 운동화를 신고 힘들게 국경을 넘어, 대륙의 동쪽에서 서남쪽으로 내려갔다가 그곳에서 국경을 넘어 제3국으로 들어간다. 이후 다시 대륙으로 들어온 리나는 동북쪽으로 이동해서는 처음 넘었던 국경에 다시 서게 된다. 그 광대한 스케일의 이동 내내 리나는 폭력, 매춘, 노역에 시달리며 계속해서 팔려가고 또 팔려간다.

『리나』는 주인공 리나가 처음 넘었던 국경에, 팔난신고를 겪은 후에 다시 서는 순환적 구성방식을 취하고 있다. 이러한 구성방식은 결국 내・외부의 경계설정 자체를 무화시키며, 모든 곳이 결국에는 동질적인 곳임을 증명한다. 리나의 살인, 강간, 매춘, 끔찍한 노동으로 가득한 여정이 보여주고자 하는 것은 이 세계에는 더 이상 외부가 없다는 사실이다. 첫 번째 인솔자가 탈북자들에게 하는 "당신들한테 안전한 데가 어딘데?"(20)라는 물음, 대륙의 남쪽으로 이동하여 리나가 하는 "우린 공중에 떠 있는 거나 마찬가지야"(24)라는 생각, 화공약품제조공장에 끌려간 사람들이 이구동성으로 내뱉는 "멀리 오긴 했는데 우리나라나 여기나 다를 게 별로 없군"(52)이라는 말은 탈출자에게는 모든 곳이 동질적일 수밖에 없는 지금의 지구적 상황을 압축해서 보여준다. 리나가 견뎌내는 삶이야말로 구체적인 시공을 상정할 수 없는 세계자본주의체제(제국)를 문제삼고 있는 것이다.[4] 제국에는 자본의 논리만이 통용될 뿐이다. "자기 나라를 떠나 제3국을 향해 가는 탈출자들을 대하는 첫 번째 공식"(110)은 바로 "돈"(110)이며, 돈을 매개로 해서만 사람도 물건도 이동할 수 있다. 동시에 "남자든 여자든, 노인이든 어린애든, 리나에게는 누구나 다 똑같았다. 그들은 항상 리나를 주시하고 몸값을 담보로 시비를 걸 준비가 되어 있었다"(102)는 말처럼, 국경을 넘은 자에게는 감시와

4 작가는 "유－토피아(ou-topia), 즉 사실상 무장소(non-place)"(안토니오 네그리・마이클 하트, 윤수종 역, 『제국』, 이학사, 2001, 257면)로서의, 세계자본주의하 지금－이곳을 드러내려고 한 것으로 보인다.

처벌, 즉 '벌거벗은 삶'만이 주어질 뿐이다.

정도상의 『찔레꽃』은 7개의 단편이 묶여진 연작소설집이다. 충심의 함흥, 남양, 해림, 션양, 옌지, 한국으로 이어지는 이동경로를 중심으로 탈북자의 문제를 다루고 있다. 이 작품은 탄탄한 서사구조를 보여주는데, 그러한 안정감은 위의 여로가 충심이라는 여인의 성장과 맞물려 있기 때문이다. 여로에 따라 충심은 충심, 메이나, 소소, 은미라는 이름을 얻게 된다. 충심이었을 때, 그녀는 주체적인 의지와 욕망을 지니지 못한 미성숙한 소녀이다. 재춘 오빠를 사랑하게 되는 과정이 특히 그러하다. 엘리트라고 할 수 있는 충성 오빠 대신 재춘 오빠를 사랑하는데, 그 사랑은 충심의 자발적인 욕망이나 의지와는 무관하게 재춘 오빠로부터 기습적인 키스를 받으면서 시작된다. 북한에서 소녀인 충심은 "한번도 운명을 미리 알아야겠다고 생각해본 적이 없"(38)다는 것에 알 수 있듯이, 운명이 분명하게 예정되어 있다. 음악학교를 졸업하면 자연스럽게 선전대나 기동대에 들어가게 되어 있기 때문이다. 함흥역의 노숙자들과 장마당의 거지를 보면서도 "충심은 장군님과 당이 어련히 알아서 하겠지"(56)라고 생각한다. 장군님과 당에 모든 것을 맡긴 그녀 앞에 선택이나 책임이라는 단어는 주어져 있지 않다.

충심은 자신의 뜻과는 무관하게 중국 땅에 발을 디디며, 그곳에서 조선족 마을에 팔려 가기도 하고, 나중에는 안마사가 된다. 그런데 충심이 그 험한 세파 속을 헤쳐 나가는 방식은 남성의 힘을 통해서이다. 조선족 마을인 신흥촌으로 팔려가 명목상의 남편과 살을 섞어야 하는 순간에 충심을 구원하는 것은 춘구이다. 춘구는 처음부터 "까탈스럽게 구는 충심이 마음에 들었"(84)던 것이다. 한성안마의 안마사로 일할 때도 충심은 자신을 좋아하는 호룡의 도움을 받는다. 그러나 이 소설집에 등장하는 거의 유일한 악인이라 할 수 있는 김화동이 충심에게 진 빚을 갚지 않기 위해 공안을 데리고 등장했을 때, 충심은 이전과는 다른 모습을 보여준다. 공안이 '미나는 조선사람에다 비법월경자'라며 충심을 찾으려고 할 때,[5] 마지막 방법으로 충심은 한국에서 온 '그'가 마련해 준 아파트를 찾아간다. 그러나 끝내 충심은 '그'에게 도움을 요청하지 않는다. "다른 사람의 도움 없이 스스로 길을 찾고 싶었"(168)기 때문이다. 자신의 미래마저 정해져 있었던 함흥에서의 삶과 자신을 좋아하는 남자들을 통해서만 생존할 수 있었던 삶을 지나 비로소 누구의 도움도 원하지 않는 삶을 시작하게 되는 것이다.

본격적인 남한행 여로를 담고 있는 「얼룩말」에서 충심은 이제 남을 돌보는 모성으로까지 성장한다. 충심이는 부모가 없는 영수에게 어머니의 역할을 수행한다. 충심만이 영수를 돌보며, 충심이는 다른 사람들의 염려에도 불구하고 끝까지 영수를 데려 가고자 한다. 영수는 "충심이모한테서 엄마 냄새를 맡"(187)게 된다. 한국에서의 삶을 그린 마지막 작품 「찔레꽃」에 이르러서 충심은 한 가정을 책임진 가장의 모습까지 보여준다. 온갖 어려움을 헤치고 그녀는 엄마에게 얼마간의 돈을 보내며, 진숙 언니처럼 대학에 갈 생각까지 한다.

---

5 제네바협약에 의하면 국제법상 난민은 '국적을 가진 나라나 거주지 바깥에 위치하고 있는 자로서 인종, 종교, 국적, 특정 사회계층, 정치적 의견을 이유로 박해를 받을 만한 근거 있는 공포로 인해 귀환을 원하지 않는 자'를 의미한다. 하지만 중국은 탈북자들이 경제적인 이유로 생계를 위해 국경을 넘었다는 점을 들어 난민 지위를 인정하지 않고 있다. 따라서 탈북자들은 중국에서 숨어 살 수밖에 없다. 발각되면 북한으로 송환되고 가혹한 처벌이 기다리고 있다. 이들의 숫자에 대해서는 수만 명부터 20만 명이 넘는다는 의견까지 다양하게 존재한다(류종훈, 앞의 책, 7면).

충심이 진정으로 원하는 것은 신분증을 지니는 것이다. 이때의 신분증은 꼭 하나의 국민국가(nation-state)에 소속됨을 의미하지는 않는다. 호구만 가지게 된다면, "중국 백성"으로도 열심히 살아갈 생각이며, 심지어는 "영출도 받아들일 수 있을 것 같"(128)다고 생각한다. 신분증만이 자유를 약속할 수 있기 때문이다. 이러한 신분증에 대한 강조는 여러 차례 이루어진다. "필요한 것은 사랑이 아니라 신분증이었다"(154), "무엇보다도 신분증 없이 떠돌지 않으며, 아무리 늦어도 돌아갈 집이 있는 삶을 간절히 소망했다"(157)는 문장 등이 그것이다. 충심이 한국에 가고자 하는 이유도 "한국에 가야만 합법적으로 신분증을 가질 수 있다는 것"(154)을 알았기 때문이다. 이 소설에서 인간은 신분증이 있는 인간과 없는 인간으로, 세상은 신분증을 받을 수 있는 땅과 없는 땅으로 나뉘어진다. 이것은 충심의 삶이 특정한 국민국가가 아닌 국민국가라는 근대의 보편적인 사회체제로부터 벗어난 존재임을 의미한다. 이처럼 충심의 삶은 체제로부터 소외되어 떠도는 난민 일반의 문제까지 포괄하는 세계사적 보편성을 획득하게 된다.

조해진의 『로기완을 만났다』(창비, 2011)는 한 방송작가가 탈북자 로기완을 추적하는 내용으로 되어 있다. 이 소설의 스토리 시간은 2010년 12월 7일부터 같은 달 30일까지로 채 한 달이 되지 않는다. 이 기간 동안 3년 전인 2007년 12월에 브뤼셀에 머물렀던 로기완이라는 인물의 체험과 느낌을 복원하는 것이 이 소설의 기본 골격이다. 로기완은 진짜 난민이다. 그는 "종종 무국적자 혹은 난민으로 명명되었으며, 신분증 하나 없는 미등록자나 합법적인 절차 없이 유입된 불법체류자"(7)로 어떤 소속이나 정체성으로부터도 벗어나 있는 "유령"(7)같은 존재인 것이다.

이 작품은 "처음에 그는, 그저 이니셜 L에 지나지 않았다"(7)는 문장으로 시작된다. 처음에 그저 이니셜 L에 지나지 않았던 사람을 나중에는 직접 만나서 "살아 있고, 살아야 하며, 결국엔 살아남게 될 하나의 고유한 인생, 절대적인 존재, 숨쉬는 사람"(194)으로 마주하게 되기까지의 이야기이다. 또한 이 소설은 주인공 '내'가 "로기완을 통해 살아 있는 나를 긍정하게 된 과정을 적은 이야기"(191~192)이기도 하다. 이 작품의 L, 로기완은 우리가 생각할 수 있는 타자성의 극단을 구현한 인물이다.

주인공 '나'는 방송작가로 로가 남긴 일기와 자술서 등을 바탕으로 로기완이 머물렀던 벨기에의 곳곳을 찾아다닌다. 이를 통해 로기완의 기본적인 인적사항과 벨기에에서의 행적은 거의 완벽하게 재구된다. 1987년 함경북도 온성군 세선리 제7작업반에서 태어났으며, 어머니와 중국으로 탈출했다는 것. 중국에서 키가 작고 몸이 약한 로 대신 어머니가 밤낮으로 일만 하다가 교통사고로 죽었다는 것. 로기완은 공안의 눈이 무서워 어머니의 시신조차 확인할 수 없었으며, 어머니의 시신을 판 돈 650유로를 가지고 2007년 12월 4일에 벨기에까지 왔다는 것 등이 밝혀진다.

이경자의 『세번째 집』에서는 20세기 한국 현대사를 끌어들임으로써 역사적인 맥락에서 탈북자를 바라보는 시각이 드러나 있다. 성옥의 서사는 보다 큰 상위 서사의 일부로 편입되는데, 그 상위 서사는 한국 현대사가 만들어 낸 디아스포라의 역사이다. 100여 년에 걸친 디아스포라의 서사는 성옥의 할아버지로부터 시작되어 성옥에게까지 이어진다. 각각의 세대를 대표하는 단어로는 '조센징', '귀국자', '탈북자'를 들 수 있다. 성옥의 할아버지 김정남은 경북 경산에서 태어나 일제 말기인 1944

년에 강제징용을 당해 일본의 후쿠오카 탄광으로 보내진다. 그러나 정남이 다섯 살 때 어머니는 부잣집 첩실로 시집을 갔고, 유일한 혈육인 할머니까지 죽자 "북해도나 북간도나 남양군도 어디든지 끌려간대도 고향보다 더 쓸쓸하지 않겠거니"(12) 하는 생각을 하며 징용에 나간다. 김정남(가네다 마사오)은 일본에서 해방을 맞았지만 "딱히 돌아갈 고향이 없"고 "자신을 반겨줄 사람은 아무도 없었"(15)기에 시모노세키 항구의 맞은 편 모지항에서 풍각쟁이로 눌러앉는다. 그곳에서 열다섯 살 소녀와의 사이에서 성옥의 아버지인 김대건을 낳는다.

김대건(가네다 다이켄)은 모지항에서 나고 자라 와세다대까지 나온 엘리트로서 1967년 북송선을 탄다. "조센징으로 차별받고 멸시받는 인생은 싫"(17)어 조선인 학교도 다니지 않았지만, 김대건은 조센징이라는 굴레에서 벗어날 수가 없었던 것이다. 처음 북송을 망설이던 김대건은 아버지의 "부모 형제 없이 너 혼자 여기 남아도 행복하게 살 수 있겠느냐. 아무리 잘살아도 남의 나라에선 셋방살이다. 너는 조센징이다. 일본사람이 될 수 없다"(26)는 말에 결국 1967년 만경봉호를 탄다. 그러나 북한에서 '귀국자'라는 굴레는 쉽게 벗어날 수 있는 것이 아니다. 마지막으로 김대건의 딸인 성옥은 남한에서 '탈북자'의 신세가 되어 힘든 삶을 이어나가고 있다. 『세번째 집』의 제목이기도 한 '세번째 집'은 탈북자인 성옥이 앞으로 살아가야 할 이상적인 집을 의미한다.[6] 이 작품의

6 인호는 수복지구 기념관 건립을 추진중이다. 인호는 자신이 하는 일은 기념의 정서를 불러일으키는 것이며, 그것은 "식민지와 해방과 전쟁과 휴전과 탈북자를 아우르는 데서 우러난다"(52)고 느낀다. 인호가 수복지구 기념관 건축을 위해 육이오, 식민지 전쟁, 분단과 탈북에 이르는 여러 가지 것들을 검토하는 과정에서 "성옥이 툭툭 튀어나오거나 숨결이 느껴지는 걸 알아차"(160)려야 했다고 하듯이, 성옥의 삶은 현대사의 비극을 압축시켜 놓은 것이다.

중심인물인 성옥은 좁은 방들이 다닥다닥 붙어 있는 북한의 하모니카 집을 벗어나 현재는 남한의 반 지하방에서 남한 사람들의 오해와 멸시 속에서 살아가고 있다. '김정남-김대건-김성옥'으로 이어지는 삼대는 각각 타지에서 '조센징', '귀국자', '탈북자'라는 명찰을 달고 고통스러운 삶을 살아가야 하는 것이다. 이들을 통해 한국 근대사가 낳은 뼈저린 디아스포라의 행방이 그려지게 된다.

3. 남북한을 바라보는 복합적 시각

1) 북한 사회에 대한 비판과 향수

탈북자를 다룬 소설들은 남한과 북한을 비판적인 시각으로 바라본다. 그러나 남한과 북한 중에 어느 한쪽만을 집중적으로 비판하는 소설은 찾아보기 힘들다. 두 개의 국가는 모두 분단체제의 한 구성요인으로서, 대부분의 소설에서는 동시적 비판의 대상이 된다.

대부분의 작품들이 북한의 집권층에 대해서는 분명한 비판의식을 보인다. 이와 관련해 강희진의 『유령』은 자못 철저한 모습을 보여준다. 회령 아저씨는 조선로동당과 김일성을 찬양했다가, 탈북자들 모두의 공분을 자아내 살해당한다. 인희는 술을 마시고 자신의 몸을 노동당 간부들에게 보여주고 싶어 한다. 자신들이 길러낸 조선의 딸들은 아무리 예술이라고 해도 벗은 몸을 보이지 않을 것이라는 그들의 믿음에 침을 뱉고 싶기 때문이다. 엄지 역시 북한의 생활총화를 그리워하는 아버지에 대한 강렬한 적개심을 드러낸다.『로기완을 만났다』에서도 자유롭게 시위를 하는 브뤼셀의 군중을 바라보며, 로기완은 "조국이란 가난해도 선한 공동체였지만, 그 선한 의도를 받아들이지 않고 반대의견을 말하는 자들에게는 무참할 만큼 냉혹했던 것도 사실"(74)이라고 생각한다.

이경자의『세번째 집』에서 북한은 무엇보다도 타자를 용납하지 않는 전체주의적인 속성이 강한 사회로 그려진다. 그것은 성옥의 가족이 북한에서 '귀국자'로서 살아가며 겪는 고통을 통해 실감나게 전달된다. '귀국자'는 북송선을 타고 북한에 온 재일 교포들을 의미한다.

성옥 가족의 북한 내 생활은 "자본주의와 자유주의의 콧김을 쐰 경험"(27)을 의미하는 귀국자라는 신분으로 인해 고통과 차별로 점철되어 있다. 동네에 불이 났을 때도, 보위부에 끌려가 "토대가 나빠서, 성분이 안 좋아서 어린아이가 남의 소먹이를 다 태운 거"(58)라는 얼토당토한 이야기를 들어야 할 정도이다. 성옥은 "귀국자라는 말이 얼마나 지독한 덫인가를"(102) 인민학교에 들어가면서부터 계속해서 느끼기 시작하고, 나중에는 귀국자라는 말만 들어도 지겨울 지경에 이른다.

성옥의 아버지는 "오리는 오리끼리 만나야 한다"며, 성옥에게 연애 상대로 "귀국자를 만나라"(102)고 말한다. 실제로 보위부장의 아들인 철이와 성옥은 연애 감정을 느끼게 되지만, 결국 철이 부모의 반대로 둘의 사랑은 결실을 맺지 못한다. 이후에도 성옥은 도자기 공장 작업반에 다닐 때, 아버지가 비행군관학교 교수인 토대 좋은 남자의 청혼을 받는다. 결혼을 허락해 달라고 찾아온 남자에게 성옥의 아버지는 남자에게

"자네 아버지에게 허락받고 와. 그럼 내가 허락해주지"(169)라고 말한다. 아버지의 예상대로 그 남자의 아버지는 "귀국자에 비당원의 자녀와는 혼인할 수 없다"(170)며 성옥과의 결혼을 분명하게 반대한다. 이처럼 북한은 평등한 사회와는 거리가 멀었던 것이다. 정신과 의사였던 사람이 배고픔에 못 이겨 자기 자식을 잡아 먹을 지경에 이르러서야, 북한에서는 "귀국자를 차별할 틀조차 무너져서 사라진"(104)다. "목숨을 이기는 이념"(179)은 존재하지 않았던 것이다.

북한에 온 초기에는 성실하게 생활하던 성옥의 아버지도 귀국자에 대한 차별로 인하여 술만 찾는 냉소적인 인물로 변한다. 나중에는 당은 물론이고 김일성 부자까지도 비판하는 모습을 보여준다. 이러한 상황에서 성옥은 "아버지를 미워하긴 해도 당이나 대원수님, 그리고 장군님을 원망"(179)하지는 않는다. 그러나 북한의 사정은 점차 나빠져서 나중에는 할아버지가 스스로 곡기를 끊어 자살하고 할머니는 장마당에서 아사한다. 이러한 상황에서도 성옥은 "조국이 고난에 빠진 건 미 제국주의의 오만한 경제봉쇄정책 때문"(27)이라고 믿을 정도로, 북한 사회의 이데올로기적 통제는 심각하다. 그러하기에 "아버지를 혐오하는 것"(175)은 성옥에게 차라리 힘이 된다. 죄 많은 '당이나 대원수님, 그리고 장군님'을 죄없다고 생각하기 위해서는, 죄 없는 '아버지'를 죄가 많다고 미워해야만 했던 것이다. 아버지는 북한의 모순과 문제점을 가려주는 환상의 커튼이다.

북한의 문제적인 상황은 또 한 명의 탈북자인 명숙의 가족사를 통해서도 드러난다.[7] 명숙의 아버지 삼식은 "주인집 개와 사는 처지가 같았"(75)지만 해방을 맞은 뒤에는 세포위원장이 되어 식모살이를 하던 처녀와 결혼을 해 명숙의 언니인 정숙을 낳는다. 한국전쟁이 나고 후퇴해야 할 시기에 아내가 정숙을 들쳐 업으려고 하자, 삼식은 "조국 강산을 빼앗기면 되찾기 어렵지만 딸은 또 낳으면 된다"(75)며 아내를 만류한 채 월북한다. 정숙의 어머니 역시 "조국의 운명에 비하면 딸의 목숨은 모래알 하나일 뿐이었다"(76)고 생각했기에 남편의 뜻에 따른다. 이러한 모습을 통해 작가는 인륜보다도 이념을 우선시하는 모습을 조금은 극단적으로 보여주고 있는 것이다. 그렇게 모든 것을 버리고 북한을 선택한 "자랑스런 전쟁 열사, 공화국 영웅"(88)인 명숙의 부모들이지만, 명숙의 어머니는 "당신은 공산주의 낙원을 경험했다, 그러나 이제 그런 공산주의는 지나갔다"(90)고 단언한다.[8]

동시에 많은 작품에서 북한은 공동체적 유대감이 남아 있어 노스탤지어를 불러일으키는 공간이기도 하다. 정도상의 『찔레꽃』에서는 '북한 / 세계'라는 이분법이 성립하는 것처럼 보인다. 북한 밖의 세상은 강영숙의 『리나』에서 그랬던 것처럼 오직 교환원리만이 통용되는 폭력적이고 살벌한 사회이다. 그런데 북한은 물질적으로 최저의 생활을 누릴지언정, 인간적인 삶의 가능성이 조금은 남아 있다. 그리하여 충심이 월경하게 되는 이유도, 인신매매라는 저항불능의 타율적 힘에 의한 것으로 그려진

---

7 남한에 온 명숙은 간성에 사는 언니 정숙을 찾아간다. 그러나 정숙은 명숙을 만나기 싫어할 정도로 부모에 대한 적개심이 크다. 자신을 버린 부모에 대한 정숙의 원한이 더욱 커진 것은 그녀의 불행한 가족사가 덧보태졌기 때문이다. 정숙은 아들 하나를 얻어 청상과부로 살았는데, 그 아들은 외할아버지와 외할머니의 존재로 인해 간첩으로 몰려 죽음에까지 이른다. 정숙에게 부모는 얼굴도 모르는 사람들이지만, 그녀의 인생 전체를 짓밟은 존재였던 것이다.

8 그렇다고 북한 사회가 무조건적인 비판의 대상으로만 존재하는 것은 아니다. 성옥이 살았던 첫 번째 집인 하모니카집은 "대문도 없고 문을 잠그는 집도 거의 없었다"(56)고 이야기된다.

다. 인신매매를 당하기 전에 충심과 연인인 재춘 오빠는 두만강가에서 밀애를 나누는데, 그들에게 펼쳐질 북한에서의 삶은 다음과 같이 진술된다.

> 함흥으로 돌아가 고난의 행군에 동참하면서 소박하게 사는 것, 그가 군대에서 돌아올 때까지 음악학교를 졸업하고, 선전대에 들어가 노동자와 인민을 위로하며 살아야겠다고 충심은 마음을 굳혔다. 그는 군대에서 제대하면 대학에 들어가 제대로 공부하고 싶다고 포부를 밝혔다. 그가 앞날의 꿈을 말한 것은 이번이 처음이었다. 그와 함께 밤안개 속을 걸으니 충심은 행복했다.(65)

충심과 미향 등이 탈북 이후 겪는 고통스런 삶에 비한다면, 이들이 살아갈 북한에서의 삶은 소박하지만 충분히 '행복'하다. 남한에 넘어온 충심이 노래방 도우미 생활을 할 때, 북한은 충심에게 절절한 그리움의 대상이다. 소래포구를 걸으며 "내 안에 있던 함흥"(199)을 불러내고, 함흥음악학교에서 배운 노래를 부르고, 슬픔이 더 깊어지면 "함흥냉면을 서너 그릇씩 사먹"(200)기라도 한다. "함흥을 떠난 이래, 한번도 땅에 발을 붙여보질 못했다"(200)는 진술에서처럼, 함흥은 그가 거쳐 온 다른 곳과는 구분되는 장소로서 표상된다. 물론 "북조선이나 중국에서처럼 비루하게 살고 싶진 않았다. 그건 사는 게 아니라 죽지 못하는 것뿐이었다"(214)라는 속삭임도 들리지만, 현재의 생활이 불행한 것에 비례하여 북한은 교환의 원리만이 지배하는 남한과는 다른 곳임에 분명하다.

그러나 북한이야말로 남한처럼 돈이 절대적으로 필요한 사회라는 것이, 충심의 비인간적 삶을 통해 반어적으로 드러난다. 남한에 온 충심이

"결국 이차를 나가기로 마음을 먹고 몸을 내놓"(205)는 것은, "나 혼자 목구멍에 풀칠을 하자면 굳이 몸까지 팔 건 없었지만, 엄마와 이모한테는 목돈을 보내주"(205)기 위해서이다. 이처럼 "그악스럽게 돈을 모아 중국의 브로커를 통해 인편으로 가족한테 송금"(209)하는 일은 충심만이 아니라 대부분의 새터민들이 하는 일이기도 하다. 매춘을 하는 현장에서도 충심은 "휴대폰 속에서 울먹이던 엄마의 목소리"(203)를 생각한다. 남한의 물신이 돈이라면, 북한의 물신 역시 돈이었던 것이다. 남한에서 충심과 탈북자가 보여주는 삶은 '북한 / 세계'의 이분법적 구도를 허문다.

일부 작품에서는 떠나온 북한 사회에 대한 향수가 나타나기도 한다. 강희진의 『유령』에서는 백석의 시가 매우 중요한 소설적 배경으로 등장하는데, 이때의 백석 시는 이상적인 공동체 혹은 유토피아를 상징한다. 아내와 자식을 잃은 사십대 탈북자의 유서는 이러한 사정을 잘 드러낸다. 거기에는 "아름답고 아늑한 마을 공동체, 눈물나게 숨막히게, 살가운 마을을 노래한 민족시인 백석. 한동안 북한의 농촌 마을은 그런 세상이었습니다. 니것 네것 없는 완전한 세상이었습니다"(140)라고 쓰여 있다. 이에 반해 남한은 "더 이상 고향을 그리워하지 않는 사람들, 고향이 무엇인지도 모르는 사람들, 밥이 없어 굶어 죽는 그곳이 무슨 고향이냐며 경멸하는 사람들"(140)로 가득한 세상이다. 『로기완을 만났다』에서도 로기완은 북한을 "나눌 수만 있다면 언제라도 나눌 준비가 되어 있"(74)는 곳이라고 말한다.

2) 남한 사회에 대한 비판

정도상의 『찔레꽃』에서 충심은 그토록 원하던 신분증을 남한에 도착에 드디어 얻게 된다. 그러나 남한에서의 삶 역시 충심에게 인간으로서 요구되는 존엄을 가져다주지 못한다. 적대와 착취의 선은 신분증 없음과 신분증 있음, 즉 국외자와 국민 사이에만 그어지는 것이 아니라 국민 안에도 선명하게 그어지기 때문이다. 충심은 그녀의 노력과는 무관하게 남한이라는 민족국가 내에서 종속적 하위 집단(subalternity)에 머물 뿐이다. "하나원을 나오자마자 기다리고 있는 것은 탈북자는 이방인에 불과하다는 사실"(202)이다. 같은 민족이라는 사실은 오히려 외국인 노동자보다도 더 심한 차별을 가져올 뿐이다.

강희진의 『유령』은 남한 사회에 대해서도 비판적인 시각을 유지하고 있다. 이 작품은 의문의 살인 사건에서 시작해 그 범인을 추적해 나가는 추리소설적 구성을 취하고 있다. 극심한 정체성의 혼란을 겪는 '나'는 주철, 하림, 쿠사나기라는 세 가지 이름 사이에서 길을 잃은 채 헤맨다. 주철은 북한에서 사용하던 이름이고, 하림은 탈북하여 중국에서 함께 지내다가 아사한 친구의 이름이다. 쿠사나기는 인터넷 게임 리니지에서 독재자 시저에 저항했던 바츠 해방전쟁을 이끈 전설의 무사이다.[9] '나'는 북한이나 중국에서의 기억이 차츰 희미해져 가고 있다. 그렇다고 남

---

9 바츠해방전쟁은 레벨이 높은 게이머들이 온라인 게임에서 횡포를 일삼자 이에 분개한 다수의 레벨 낮은 게이머들이 단결하여 1년여 동안 싸움을 벌인 사건을 말한다. 개발자와는 무관하게 사용자들이 게임 안의 권력에 맞서 투쟁을 벌였다는 점에서 많은 관심을 끌었다(이인화, 『한국형 디지털 스토리텔링―'리니지 2' 바츠해방전쟁 이야기』, 살림, 2005 참조).

한에서 뚜렷한 정체성을 부여받은 것도 아니다. 그에게는 자아는 물론이고 기억이나 현실조차도 불분명하다. 주인공은 북한에 남은 가족을 보호하려고 죽은 친구의 이름인 서하림을 사용한다. 하림이라는 이름을 놓고 "내 이름이다. 아니다. 본명이다. 가짜다. 진짜다. 하림이 내 이름인가?"(13)라고 말하는 것처럼 그는 자신과 하림을 구별하지 못한다. 또한 "쿠사나기는 내 아바타가 아니다. 바로 나다"(25)라고 말하는 것에서처럼, 자신과 쿠사나기 역시 구별하지 못한다. 이러한 혼란은 비단 '나'에게만 해당하는 것은 아니다. "탈북자에게 본명은 무의미한 것이다. 나도 지금까지 내가 누구인지도 몰랐고, 아직도 누구인지 분명하지 않았다"(312)라는 말처럼, 탈북자들 일반의 상황인 것이다.

이 작품의 주인공은 실제 현실과 가상 현실 사이에서도 극심한 혼란을 느낀다. "게임은 내게 현실이니까"(51)라는 말처럼, 그에게 게임은 곧 현실이다. 나아가 게임은 그에게 "엄마의 자궁"(51)처럼 편안한 곳이다. 게임에 대한 과도한 몰입은 탈북자들의 안타까운 현실과 그들의 비원을 역으로 드러낸다. 그들이 사이버 상의 바츠해방전쟁에 그토록 매달리는 것도 모두 현실에서는 제대로 적응하지 못하고 소외감과 무관심, 절망감에 시달리기 때문이다. "현실에서 평균보다 못한 삶을 살고 있"(53)지만, 게임에서는 비루한 현실에서 벗어날 수 있으며 때론 영웅의 기회까지도 얻을 수 있다.[10]

이 작품에서 주인공이 사랑하는 마리 역시 리니지 게임과도 같은 일종의 가상이다. 마리가 대학 다닐 때 '나'의 연인이었으며, '나'와 동거

10 게임 속에서의 경험은 현실에서 힘을 발휘하기도 한다. 사채업자 달수가 나타나 간을 요구했을 때, 나는 해방전쟁의 경험을 기억하며 당차게 대응한다.

까지 한 사이라고 말하지만 이를 확인할 수 있는 방법은 없다. 그녀는 대형 광고판이나 리니지 게임 속에서 등장한다. 실제로 만남을 갖는 일은 없다. 그녀는 "오래전부터 실종 상태고, 현재 국내에 없"(250)다. 그렇다고 마리가 부재한다고 말할 수는 없다. "그 속에 봉인된 인형사는 그녀의 아바타가 아니다. 그녀"(281)라는 말에서 알 수 있듯이, 마리 역시 리니지 속에서 인형사로 살고 있기 때문이다. 탈북자들에게는 사랑조차 가상 현실 속에서만 가능한 것인지 모른다.[11]

이 작품의 초점자 '나'는 북한에서 탈출해 중국에서 2년간 살다가 남한에 들어와 대학까지 다녔지만, 지금은 온라인 게임에 빠져 폐인이 되다시피 한다. 빚 때문에 조직 폭력배에 쫓기는 주인공은 아주 가끔 단역 배우나 삐끼 활동으로 간신히 생계를 유지해간다. 그의 시각을 통하여 대딸방 종업원, 삐끼, 불법 포르노 제작자, 노숙자, 룸살롱 여급으로 살아가는 탈북자의 삶이 조명된다. 주인공의 부적응과 소외, 그리고 정체성의 혼란은 이 작품에 등장하는 탈북자들 모두에게 해당한다고 해도 과언이 아니다. 탈북자들은 심지어 아무도 모르게 사라지기도 한다.

탈북자의 고통과 비애는 정주 아주머니 부부를 통하여 극적으로 드러난다. 간호사였던 정주 아주머니의 전남편은 북한에서 교사로 근무하다가 정치적인 이유로 농민이 된다. 극심한 배고픔 속에서 딸은 영양실조로 실명하고 아들은 꽃제비가 되어 집을 떠났다가 살인죄를 뒤집어쓰고 공개 처형된다. 결국 이들 부부는 탈북을 감행한다. 이 과정에서 남편은

---

11 때로 실제와 가상의 혼란은 탈근대를 살아가는 사람들의 보편적인 문제로까지 확장된다. "남한은 진짜와 가짜를 꼬치꼬치 따지는 나라가 아니다. 원본처럼 생겼으면 가짜도 별 문제 삼지 않는 나라다. 여기는 애초에 둘을 구별하지 않는 곳"(250~251)으로 설명된다.

아내가 수장(水葬)되었다고 믿었고, 아내는 남편이 국경수비대의 총에 죽었다고 믿는다. 그러나 둘은 모두 살아서 남한에 도착했고, 다시 만났을 때 아내는 목사의 아내가 되어 있다. 이 충격으로 남편은 자살을 선택한다.

경찰 조사 결과 안구를 비롯한 사체의 주인은 회령 아저씨로 밝혀진다. '나'는 그 범인이 리니지 게임에서 활동하는 떠돌이 전사 피멍이라 생각한다. 피멍은 게임 속에서 사람들을 죽인 후에는 그 안구를 파내거나 손가락을 잘라서 제단에 바치고는 했기 때문이다. 이 피멍이 바로 정주 아주머니였던 것이다. 정주 아줌마는 리니지 게임 속에서 북한의 위정자에게 복수를 하는 심정으로 게임 속 황제의 모든 장군과 부하들에게 맹렬하게 저항했던 것이다. 정주아주머니를 비롯한 탈북자들은 지도자에게 절대적으로 복종하던 북한에서의 정신세계로부터 완전히 벗어나 있지 못하다. 그것은 정주 아주머니 등이 신봉하는 기독교 신앙을 통해서 나타난다. 이들은 찬송가를 부르다가 적기가를 부르기도 하는데, "머릿속에는 하나님 나라와 김일성 장군이 다스리는 나라가 같은 모양"(237)으로 나란히 존재하기 때문에 비롯된 일이다. 이러한 복종의 심리에서 벗어나는 순간은 오직 인터넷 게임 뿐이다.

정주 아주머니가 회령 아저씨를 살해한 이유는, 자살한 남편을 위로하는 위령제에서 회령 아저씨가 자신이 조선노동당 출신이라고 떠들어대며 김일성을 옹호했기 때문이다. "조선노동당이 우리 가족을 그렇게 만든"(320) 것이라 생각하는 그녀는, 게임 속 '피멍'으로 돌아가 회령 아저씨를 게임 속에서처럼 살해한 것이다.

그러나 이 작품은 살인범이 다른 사람일 수도 있다는 가능성을 한껏 열어 놓는다. "하림은 회령 아저씨를 죽이겠다고, 조선노동당을 죽여 버리겠다고 벼르고 있었다. 회령 아저씨를 죽인 사람이 나인지도 모른다"(284)는 말처럼, '내'가 범인일 가능성도 남아 있는 것이다. 마지막 정주 아줌마의 유서 역시 하림의 글씨일 가능성도 존재한다. 이것은 정주 아주머니의 사연이 모든 탈북자들에게 해당될 수 있다는 사실과 관련된다. 즉 정주 아주머니가 죽였든 '내'가 죽였든 살인의 주체가 누구인지는 중요하지 않을 수도 있는 것이다. 누구나 살인자가 될 수 있을 만큼 탈북자가 처한 심리적 혼란과 고통이 매우 크다는 것이야말로 이 작품의 핵심에 해당한다.

남한 사람들의 "이해하기 힘듦, 공감의 부재 속에서 탈북자들은 오늘도 유령처럼 우리 옆을 떠돌고 있"(140)다. 또한 탈북자들은 "노동 강도가 제로에 가까운 나라에서 살다가 세상에서 최고로 살기 힘든 동네, 유엔에서 노동 강도가 최고라고 꼽은 나라로 이사를 왔"(168)기에 더 견디지 못한다. 그럼에도 "남쪽 사람들에게 탈북자나 그들의 인생담은 영화의 소재감에 불과"(255)하다. 따라서 그들이 견딜 수 있는 곳은 "위대한 수령의 교시와 같은"(286) 오직 게임 속 세상뿐이다. 작품의 마지막에 주인공 '나'는 리니지 게임 속으로 다시 들어간다. 그러며 "이번에 그 속으로 들어가면 영원히 돌아오지 않을 생각"(325)이라고까지 덧붙인다. 탈북자를 위한 비상구는 지상 어디에도 존재하지 않는 것이다.

이경자의 『세번째 집』에서는 남한 역시 북한과 똑같이 타자에 대하여 적대적인 사회라는 점에서 비판의 대상이 된다. 북한 사회가 '귀국자'에게 차가운 시선을 거두지 않았다면, 남한 사회는 '탈북자'에게 차가운 시선을 거두지 않는다. 인호의 친구는 탈북자들이 "같은 민족이란 느낌이 들지 않는다"(48)고 말한다. 인호의 엄마는 처음으로 성옥을 만난 자리에서 성옥이 빠지지 않는 대학에 다니고 중국어를 전공한 것에 만족해 하지만, 탈북했다는 말을 듣자 싸늘하게 변해서는 자신의 아들에게 "미친놈", "겨우, 그래, 불효막심한 놈"(230) 등의 말을 건넨다. "옥수수 한 배낭을 얻으러 강을 건넌 이후 얼떨결에 중국에서 도망자가 되었을 때도 늘 혼자이긴 했었다"(36)라는 말에서 잘 드러나듯이, 탈북 이후부터 성옥이 느끼는 감정은 혼자라는 외로움이다.

이 작품에서는 탈북자들의 모습도 다양하게 그려진다. 명숙은 삼 년이 다 되어 가면서도 여전히 함경도 억양을 쓰며, 다른 탈북자들 앞에서 "자기 고향을 모욕하는 사람은 현재도 없고 자기 존엄성을 부정하는 것과 같다!"(64)고 말한다. 함흥 이모 역시 "북조선 사람들의 생활감정이 고스란히 밴 혁명적 표정을 간직"(132)하고 있다. 이와 달리 남한 사회에 과도할 정도로 적응하는 모습을 보여주는 탈북자들도 존재한다. 어려운 식량사정으로 북한에서 학교도 제대로 다니지 못했던 남혁은 틈나는 대로 영어 회화 공부를 한다. "이모님, 저는 자본주의가 좋습니다"(80)라고 말하는 것에서 드러나듯이, 남혁은 남한 사회에 잘 적응하고 있다. 또한 노래방 도우미로 일하며 고객이 원하면 2차도 나가는 혜교는 나중에 아버지가 누구인지도 분명치 않은 임신을 하고, 남한 사람들에게 자신의 경력을 속이기도 한다.

그러나 이들은 모두 쉽지 않은 삶의 진창을 건너는 중이다. 혜교는 나중에 임신한 몸으로 술에 취해 "결혼도 닥치는 대로 할 거야. 늙지도 않을 거야. 돈을 많이 벌 거야. 외국을 안방 드나들듯 할 거야. 맘껏사치할 거야. 내키는 대로 살 거야. 하지만 오래 살진 않을 거야"(214)라고 절규

한다.[12] 십일 평 좁은 아파트에서 어머니의 세 번째 남편인 한국인 계부와 함께 살다 자살하는 정아같은 탈북자도 있으며, 마약 운반으로 돈을 벌거나 마약을 하다 들켜 동거인을 살해하고 목을 매 숨진 탈북자도 있다. 성옥이 일하는 가게의 무산 이모는 탈북한 지 3년 만에 아들을 남으로 데리고 오는데, 아들은 학교 생활에 적응하지 못한다. 아들의 주위에는 친절한 남한 아이들도 있지만 "거지같이 얻어먹으러 왔느냐고 때리고 욕하는 아이들도 있"(195)으며, 무산 이모의 아들은 말투와 어휘가 달라 적응하는데 애를 먹는 것이다. 이러한 아들로 인해 무산 이모 역시 위염에 불면증, 불안신경증을 앓고 있다. 성옥 역시 혜교에게 "우리는 왜 사니?"(148)라고 말할 정도로 힘들어 한다.

이처럼 모든 탈북자들은 자신만의 병을 앓고 있다. 성옥은 한국 사람과 결혼해서 행복한 경우를 한 번도 못 보았을 정도이다. 명숙 이모는 한국 사회의 자유를 넌더리난다고 말하며, 탈북자를 "이웃의 무관심과 냉혹한 시선에 여러 번 다친 사람"(167)으로 규정한다. 남한 사람들의 차가운 시선 속에서 탈북자들은 "어떻게 살아왔는지 궁금해하지 않고, 달리 물어볼 필요도 없는 사람들, 그래서 눈물나게 반가운 사이"(94)들이다.

위에서 살펴본 소설들에서 탈북자들은 모두 '유령'에 가까운 존재들이다. 그들은 북에서 자신의 상징적 위치를 확보하지 못한 것처럼, 남한에서도 자신의 좌표를 설정하지 못한다. 유럽을 떠도는 로기완은 말할 것도 없고, 남한에서 생활하는 『유령』의 수많은 탈북자들 역시 유령처럼 자신의 상징적 좌표를 잃어버린 것이다. 이것은 수만 명의 탈북자가 결코 행복하다고 말할 수 없는 오늘날의 현실에서 비롯된 현상임에 분명하다.

12 완전히 자본의 화신이 된 것처럼 보이는 혜교이지만, 그렇기에 "돈이 자유다!"라는 말도 외치지만 바로 이어서 "그래도 고향은 그립다! 눈물난다!"(80)라는 말을 덧붙인다.

4. 윤리와 행동

4절에서는 탈북자를 다룬 소설들에 나타난 탈북자들과 탈북자들을 대하는 한국 사회의 올바른 태도와 지향에 대해 살펴보고자 한다. 강영숙의 『리나』에서 리나가 자본의 논리만이 지배하는 세계 시장을 헤쳐나가는 방식은 지극히 윤리적이다. 그것은 혈연에 바탕한 가족에 대한 거부와 소외받는 자들의 공동체를 대안으로 선택하는 모습에서 선명하게 드러난다. 핏줄에 바탕한 가족에 대한 거부는 두 번이나 이루어진다. 처음 대륙의 남서쪽에 위치한 마약과 관광의 도시에서 가족을 만났을 때, 리나는 그들을 피하고 전직 여가수, 삐, 봉제공장 언니로 이루어진 공동체를 선택한다.

이때 가족은 단순히 윤리적 근본주의를 강조하기 위한 매개물에 그치는 것이 아니다. 『리나』에서는 가족 자체가 사회를 축소해 놓은 근대의 억압적인 오이디푸스 구조를 반영하기 때문이다. 그것은 남성중심주의에 대한 반발이기도 하다. 리나의 엄마는 "어딜 가나 아들을 품안에 꼭 안고"(16) 있으며, 리나가 뭘 잘못하면 "너도 3, 4년 후면 나처럼 애를 낳을 거란 말이지, 이년아"(16)라고 말하고는 한다. 처음 가족을 피할 때, 리나는 그 이유로 자신의 성격이 고분고분하지 않은 것과 "사회에 대한 불만이 너무 많"(85)은 것을 들고 있다. 부모의 품으로 돌아가지 않는 것과 사회에 대한 불만이 맞닿아 있는 것이다. '네모반듯한 남자'와 클럽 오빠의 살인사건이 모두 여성들의 공모를 통해 폭력적이거나 가부장적인 남성의 살해라는 것도 이와 관련된다.

그녀의 공동체를 구성하는 자들은 나약하기 그지없는 세계자본주의 체제의 타자들이다. 삐는 "말도 잘 못하는 바보에다 매일 공장에서 맞기만 하던 외국인 남자애"(114)에 불과하고, 전직 여가수는 거동이 불편하고 돌봐줄 사람도 없다. 봉제공장 언니는 리나와 함께 월경한 자로서, "두 사람 다 겪은 일들이 비슷해 새로울 것 없"(133)는 리나의 거울상이다. 이들을 향해 리나는 적극적인 공감과 연대의 모습을 보여준다. 삐를 때리는 네모반듯한 남자에게 막무가내로 달려들기도 하고, 삐를 구하기 위해 자신이 모은 돈을 아낌없이 쓰기도 한다. 전직 여가수에게 "밥을 떠먹여주는 것도, 변기에 똥오줌을 받아내는 일도 다 리나가"(97) 도맡아 하며, 전직여가수와 떨어졌을 때는 자신이 고생해서 번 돈으로 기어이 그녀를 데려온다. 시링에서 봉제공장 언니와 탈출을 계획할 때도 "할머니랑 할아버지 그리고 삐는 꼭 같이 가야 돼"(144)라고 주장한다.

흥미로운 것은 이들 공동체가 일종의 유사가족(pseudo-family) 형태를 지닌다는 점이다. 이때의 유사가족은 핏줄로 연결되지 않았으며 동시에 전통적인 '부－모－자'의 가족형태를 지니지도 않지만, 주의 깊은 애정의 분위기 속에서 서로에게 배려를 베푸는 가족과 같은 공동체를 말한다. 이러한 유사가족에서 리나는 모성의 자리에 놓인다. 리나는 전직 여가수를 굳이 할머니라 칭하고, 삐를 자신의 아들이라 여긴다. 삐가 누구냐는 물음에 "내 아들이에요"(125)라고 답하며, 봉제공장 언니는 리나에게 삐를 가리켜 리나의 "아들"(175)이라 부른다. 리나도 삐에게 "우리 아들"(133)이라는 호칭을 사용한다. 삐의 친구 역시 리나를 "니네 엄마네"(128)라고 부르며, 삐 역시 리나를 향해 "아이스크림 먹을래, 엄마?"(128)라고 말하기도 한다. 이처럼 '할머니(전직여가수)－이모(봉제공장 언니)–엄마(리나)–아들(삐)'로 이루어진 유사가족이 탄생하는 것이다.

이러한 유사가족을 만들어내는 윤리적인 모습 속에서 국경을 넘어설 수 있는 가능성이 처음으로 개시된다. 시링의 강제 철거로 삐와 잠시 헤어졌던 이들 가족이 다시 만났을 때 벌이는 작은 축제는, "이 순간만큼은 부러울 게 없어서 자꾸만 싱겁게 웃었다"(176)라고 표현될 만큼 정겹고 따뜻하다. 그러한 따뜻함은 리나와 삐의 성교 장면을 통해 극적으로 드러나는데, 이것은 나중에 리나에 의해 실제인지 환상인지가 모호하게 처리된다. 이것은 문자 그대로의 성교라기보다는 둘이 나누는 상호교감 속에서의 이상적인 관계를 상징한다고 보는 것이 타당할 것이다. 그 순간 "머릿속이 환해지면서 비좁은 방 안의 벽들이 다 무너지고 저 먼 하늘로부터 둑처럼 펼쳐진 푸른 국경선이 다가"(139~140)온다. 국경을 넘는 것은 타자를 향한 연대와 공감을 통해 처음으로 가능해지는 것이다.

이러한 윤리적 방식은 공단지대의 폭발사고 이후 더욱 분명해진다.[13] 이 작품에서 공단지대의 폭발사고는 일종의 묵시록에 해당한다. 폭발사고 이후 리나는 새롭게 태어나, 더욱더 윤리적인 모습을 보여준다. 이전에 그랬듯이 갈 곳 없는 네 명의 남자애들을 거두어 함께 살아가는 것이다. 또한 봉제공장 언니를 만난다면 "언니에게 사랑한다고 말"(309)

13 공단지대에 이르러 강영숙의 『리나』가 세상을 심문하는 문제구성의 방식은 윤리에서 정치로 변화된다. 공단지대에서의 일들은 적나라한 현실의 적대적 대립을 실감나게 그려보인다. 7년 전 가스 유출사고의 후유증은 조금도 치료되지 않은 채 그대로이고, "값싼 임금을 주고 이 나라 저 나라에서 데려온 비숙련공들은 아무런 교육도 받지 않고 현장에 투입됐고, 사고를 당해 죽은 사람은 자기가 왜 죽는지도 모르는 채로 죽"(212)는다. 공단을 폐허로 만들어 버린 공단의 폭발사고는 리나가 겪어온 세계자본주의체제의 온갖 모순과 폭력이 중첩되어 일어난 것이다. 폭발 사고 이후 작품은 다시 정치적 문제의식을 무화시키는 윤리적인 방식의 해결로 급격히 기울어진다.

하겠다는 생각을 하고, 재로 변한 돈통 안의 돈을 발견한 순간에는 오랫동안 잊고 있었던 삐를 떠올린다.

리나의 윤리적 결단은 가족을 앞에 둔 두 번째 선택에서 더욱 극적으로 나타난다. 폭발 사고 이후 리나는 탈출자들을 팔아 먹고 사는 선교사 장을 다시 만나는데, 그는 리나에게 가족이 보낸 편지를 전달한다. 아버지 어머니 남동생은 무사히 P국으로 들어가 무난하게 살고 있었던 것이다. 거기에는 "여기에 네 방이 있다. 빨리 오길 바란다"(334)는 구절도 적혀 있지만, 리나는 끝내 P국으로 들어가기를 거부한다. 대신 자신이 가지고 있던 돈을 가족에게 보내고, 갈 곳 없는 네 명의 아이들에게 "너희들 이제부터 나를 엄마라고 불러"(337)라고 말한다. 리나는 가족 대신 자신이 돌보고 있는 소년들의 어머니 되기를 다시 한 번 선택하는 것이다. 이 공동체의 구성은 '타자에 대한 환대'라는 윤리적 정언명령에 충실한 방식이다.

마지막에 리나는 다시 한 번 처음 넘었던 국경 앞에 선다. 그러나 이제 리나는 열여섯 소녀로서 가족을 따라온 그러한 수동적 존재가 아니다. 그동안 리나는 "마약과 관광의 도시 한복판에 떨어뜨려졌다"(78)는 표현에서 알 수 있는 것처럼, 늘 수동적으로 끌려가거나 팔려 다녔을 뿐이다. 그러나 마지막에 리나는 자발적인 욕망에 근거하여, "저만치 앞 허공에 푸른 둑처럼 펼쳐져 있는 국경을 향해 달리기 시작"(348)한다. 이것은 국경 위에 선 삶, 즉 경계 위에 선 윤리적 존재로 남겠다는 리나의 다짐이라고 볼 수 있다.

2000년대 첫 십 년 동안에 창작된 전지구적 배경의 소설들은 대부분 네이션과 내셔널리즘에 대한 이탈의 상상력을 보여주었다. 오늘날 양식

있는 자들 대부분이 네이션을 '상상의 공동체', 즉 역사적으로 만들어진 표상으로 간주한다. 이것은 표상을 비판하고 계몽만 한다면, 내셔널리즘을 해소시킬 수 있다는 관점과 관련된다. 가라타니 고진은 이와 관련해 "그러나 그런 일은 없다. 설령 네이션이 상상물이라는 것을 안다고 해도 그것은 해소되지 않는다"[14]고 단언한다. 종교가 그러하듯이 네이션이 단순한 계몽주의적 비판으로는 폐기되지 않는다는 주장이다. 이유는 자본도 네이션도 국가도 단순한 표상이 아니며, 그것들은 각기 다른 '교환' 양식에 근거하고 있기 때문이다. 나아가 각각은 긴밀하게 연관되어 자본=네이션=국가라는 삼위일체적인 구조를 이룬다고 말한다.

'상상의 공동체'인 민족과 그에 바탕한 민족주의에 대한 가장 보편적인 삶의 대안으로서 제시되는 것이 세계시민적 태도일 것이다. 그것은 『리나』에서도 제시된 윤리적 근본주의와도 친연성을 보인다. 그렇다면, 과연 이러한 태도는 새로운 삶의 가능성을 열어줄 최선의 사유로서 기능할 수 있을까? 해답은 없지만, 하나의 질문으로서 『리나』에 나타난 윤리적 근본주의의 한계를 살펴보고자 한다.

먼저 '할머니－봉제공장 언니－리나(엄마)－삐'로 구성된 우애와 연대의 공동체에 발생하는 균열을 들 수 있다. 대륙 동북쪽의 공단지대에서 매춘을 했던 과거를 숨기기 위해 삐와 리나는 부부행세를 시작한다. 그 후 삐는 재미없는 사람으로 변해서, "이제 리나를 봐도 웃지 않"(216)는다. 파이프 용접공이 된 삐는 두 번째 겨울을 맞을 때쯤에는 "어리벙벙하던 모습은 다 어디로 가고 뼈와 근육이 적당히 붙은 단단한 체형을

14 가라타니 고진, 조영일 역, 『네이션과 미학』, b, 2009, 9면.

가진 남자"(215), "고된 일을 몸으로 감당할 수 있는 남자"(239)가 된다. 삐는 리나가 떠나오고자 한 한 명의 가부장이 된 것이다. 리나와 삐의 관계는 계속 어긋나기만 해서, "둘만 도망치자"(251)는 리나의 제안에도 삐는 아무 말도 하지 않는다. 봉제공장 언니도 아랍계 외국인 노동자와 결혼하여 불행한 결혼생활을 시작한다. 리나는 술에 취해 "이 미친년아, 그러게 뭐하러 애는 낳고 지랄이야"(250)라며, 몸을 날려 봉제공장 언니의 멱살을 잡아 바닥으로 끌어내리기도 한다. 나중에는 할머니마저 죽게 되어 '할머니－봉제공장 언니－리나(엄마)－삐'로 이루어진 우애와 연대의 유사가족은 해체되고 만다. 결국에는 리나만 혼자 남겨진 것이다.

더욱 본질적인 문제는 리나 스스로가 자신을 고통스런 유랑에 빠뜨린 자본의 논리에 침윤되어 버린다는 점이다. 그것은 리나가 공단지대와 폐쇄구역 중간에 있는 유흥가의 클럽 퍼즐에서 일하면서부터 본격화된다. 클럽에 나가면서 모은 돈을 셀 때, 리나는 "언제나 이 비밀스러운 순간이 제일 행복했다"(230)고 느낀다. 봉제공장 언니는 믿을 수 없다며 그녀가 잠든 후에야 돈을 감추고는 한다. 돈 앞에서 유사가족의 우애는 속절없이 허물어지는 것이다. 리나는 휴가가 "너무 길어서 돈을 벌 수가 없다"(251)며 고래고래 소리를 지르고, 의도치 않은 살인을 저지른 후에도 "이제는 돈만 벌면 돼"(264)라고 다짐한다. 클럽에서는 돈을 벌기 위해 "술에 이상한 약도 타서 팔"(269)고, 심지어는 클럽 사람들과 여자들을 사러 다니기도 한다. 실제로도 자신과 같은 나라에서 탈출한 여자를 돈으로 산다. 리나 스스로도 "매일 팔려만 다니던 주제에 돈 주고 사람을 사는 일당 중의 한 명이 되어 있다는 사실"(242)에 놀란다. 이제 리나는 그녀를 지옥에 빠뜨린 세상과 하나가 되어버린 것이다.

리나의 변모와 그녀가 만든 유사가족의 해체는, 근본주의적 윤리가 세계자본주의체제와 맞부딪쳤을 때의 현실적 한계를 보여주는 것은 아닐까? 이와 관련해 세계자본주의하에서 네이션=스테이트는 소멸하고 다중(multitude)이 제국에 대항할 것이라고 주장한, 네그리와 하트에 대하여 반론을 펼친 가라타니 고진의 주장은 경청할만하다. 고진은 네그리와 하트 등의 논의에는 네이션과 국가에 대한 고찰이 결여되어 있으며, 제국을 해체하는 다중의 반란(원주민 운동, 환경운동, 이슬람원리주의 운동) 등을 고찰함에 있어서, 자본, 스테이트, 네이션에 대한 구조론적 파악이 필요하다고 말한다. 이러한 구조론적 파악이 부족할 경우, 다양한 반글로벌리제이션 운동은 서로 고립되어 대립하거나 네이션이나 종교에 먹히고, 결국 국가에 흡수되어버릴지 모른다는 것이다.[15] 물론 『리나』에서 리나는 공단의 폭발사고를 계기로 이전보다도 더욱 윤리적인 존재로 새롭게 태어난다. 그러나 현실적 가능성의 측면에서 리나가 "푸른 둑처럼 펼쳐져 있는 국경"(348)을 향해 달려갈 때, 리나의 옆에는 자신을 엄마라고 부르라던 네 명의 아이들은 사라지고 없다. 이러한 고독은 경계에 선 자가 되기 위해 치러야 할 정당한 대가일지도 모른다. 남겨진 네 명의 아이들과 혼자가 된 리나를 생각할 때, 가라타니 고진의 이야기는 강영숙의 『리나』와도 전연 무관한 것이라고 볼 수는 없다.

이경자의 『세번째 집』에서는 탈북자를 우리와 똑같은 인간으로 바라보아야 한다는 점을 강조하고 있다. 즉 탈북자와 남한 사람이 공유한 보편성에 초점을 맞추어야 한다는 입장인 것이다. 이 작품에는 탈북자를 대

15 위의 책, 62~64면.

하는 세 가지 유형의 남한 사람들이 존재한다. 첫 번째가 인호의 친구나 어머니처럼 탈북자를 백안시하고 차별하는 사람들이라면, 두 번째는 그들을 뭔가 불쌍하고 고통 받는 우리 사회의 타자로서만 바라보려는 최아림 같은 사람들이다. 마지막으로는 작가의 입장을 대변하는 인호가 있다.

정윤희는 여성의 정체성이라는 주제로 논문을 쓰고 있으며, 이를 위해 성옥과 면담을 하고 그 대가로 돈을 준다. 성옥은 윤희와 인터뷰를 하면 "마치 자신의 삶을 팔아버린 아주 고약한 기분"(110)을 느낀다. 윤희의 친구인 소설가 최아림은 윤희보다 한층 더 불쾌하다. 윤희가 성옥을 만날 때 "자존심을 건드리는 말을 삼갈 것. 호기심이 나더라도 참고 있을 것. 흥미를 보이지 말 것. 그들도 우리와 같다는 느낌을 줄 것"(112) 등의 충고를 하지만, 최아림은 정윤희의 충고를 모두 잊는다. 그러기에 성옥은 정윤희나 최아림과 헤어진 후에는 자신의 존재가 "'섬' 같다"(117)고 느끼게 된다.

사실 탈북자는 한국 사회에서 끊임없이 무언가를 말해야 하는 존재이다. 성옥의 간증은 몇 년 동안 지속되는데, 나중에는 북한 인권단체의 도움으로 미국을 방문해 북한 인권 상황을 증언하기까지 한다.

> 처음엔 교회에 가서 분노와 증오와 환멸에 이글거리는 목소리로 간증했다. 이렇게 저렇게 고통받았다. 이 고통은 나의 잘못에서 비롯된 것이 아니다. 간증의 핵심은 그랬다. 자신의 간증에 감동한 성도들이 탄식하듯 아버지! 아버지! 할 때 성옥은 가슴이 부풀어 터져 나갈 것 같은 폭발의 긴장감에 떨었다. 목사님은 거의 모든 설교에서 우리 죄인들의 문제를 모두 해결해주는 아버지에 대해 역설했다. 성옥은 그런 아버지가 있다는 것이 너무

좋았다. 성옥이 만난 세 번째 아버지였다. 자신을 낳아준 아버지 김대건, 의식주를 해결해주고 나라를 지켜주는 수령님 아버지, 그리고 이제 하나님 아버지였다.(157)

그러고 보면 성옥의 탈북 서사는 강력한 아버지들에게서 벗어나 평범한 아버지를 인정하게 되는 과정이라고 정리해 볼 수 있다. 달리 말해 이것은 성옥이 거대한 아버지들이 만들어 놓은 특별한 정체성의 굴레에서 벗어나 온전한 하나의 주체로서 서게 되기까지의 과정을 의미한다. 이 작품의 처음은 성옥의 일본행으로 되어 있는데, 이것은 "영양실조에 뇌혈전"(8)으로 죽은 아버지와의 화해를 위한 통과제의에 해당한다. 후쿠오카 공항을 떠나며 성옥은 "아버지, 용서해 주세요. 이제 아버지를 이해할 것 같습니다"(32)라고 울먹인다. 한국에서도 성옥은 "아버지, 용서하세요. 너무 잘못한 게 많아요. 불효했습니다"(45)라고 되뇌는 모습을 자주 보여준다. 성옥이 인호와 가까워지는 것도, "인호를 통해 아버지를 연상"(155)했다는 말에서 알 수 있듯이, 아버지를 받아들이는 일에 해당한다.

성옥은 자신이 탈북자가 됨으로써 아버지를 이해하게 된다. 비로소 한 공동체의 이질적인 소수자가 되었고, 이를 통해 소수자로서의 아버지가 살아내야 했던 간난의 삶을 이해하게 된 것이다.[16] 성옥은 남한에

16 물론 성옥은 "자기 인생이 아버지처럼 될까봐 두렵고 죄책감도 생겼다"(238)고 이야기하며, "나는 아버지하고는 다르다, 시대가 다르고 처지가 다르다"(238)고 다짐하기도 한다. 이것은 할아버지 때부터 이어져 온 소수자의 위치에서 벗어나고자 하는 간절한 욕망에서 비롯된 것이다. 성옥은 빨리 서울말을 배우고 중국어를 전공한 후에 평범한 중산층 남한 사람의 삶을 살고자 한다. '귀국자'라는 "생의 덫"(159)과 '탈북자'라는 "족쇄"(159)가 안겨주는 "저 특별한 소수자 신부의 역사로부터 오는 소외감"(159)에서 벗어나고 싶은 것이다.

서 "일없습다"(229) 같은 북한 말 때문에 곤혹스러움을 느끼면서, 일본에서 나고 자란 자신의 어머니가 도저히 고쳐지지 않는 일본식 발음 때문에 고통받았음을 이해하게 된다.

성옥이 북한에서 그토록 부정했던 '아버지'에 해당하는 존재인 인호는 성옥에게 어떻게 다가가는 것일까? 이러한 인호야말로 말할 것도 없이 이경자가 전하고자 하는 메시지를 담지한 관점인물이라고 할 수 있다. "성옥의 정서에 쉽게 와 닿지 않는 말을 쉬지 않고 하"(152)는 최아림을 볼 때마다 성옥은 자연스럽게 인호를 떠올린다. 인호는 최아림과는 반대로 성옥에게 "한 번도 호기심을 드러낸 적이 없었"(153)기 때문이다. 왜 자신에게 잘해주냐는 성옥의 질문에 인호는 "우린 같은 사람이잖니"(163)라고 대답한다. 인호는 대학 동기에게 성옥을 가리켜 "갠 여자가 아냐, 동포야!"(53)라고 말한다.

자신을 특별한 인간으로만 취급하는 최아림을 향한 성옥의 답변과 자신을 이해해주려고 노력하는 인호를 향해 했던 다음과 같은 말들은 탈북자를 대하는 우리 사회의 올바른 태도에 대한 작가의 생각을 단적으로 보여준다.

> 죄송하지만 전 특별하지 않아요. 진짜 사람이 굶어 죽었느냐? 진짜 사람고기도 먹느냐? 솔직히 이런 질문은 듣고 싶지 않습니다. 굶긴 했지만 회상하기 싫습니다. 죄송합니다. 너무 피곤하고 졸려요. 실망을 드려 죄송합니다. 탈북자는 아주 많습니다. 제가 아니더라도. 그리고 탈북자들도 그곳에서 신분이 다 다르고 역경도 달랐을 테니까요. 죄송합니다.(154)

선생님, 제가 살아온 삶도 인정해주세요. 그렇게 살았다고요. 그걸 송두리째 부정하라고 강요하지 마세요. 그렇게 살았는데 그걸 어떡해요.(251)

인호는 성옥과 압록강에 다녀와서 "이런 사람이 되어볼까 해. 성옥이를 말이야, 조국의 반역자로도 생각하지 않고…… 빨갱이로도 생각하지 않는…… 사람"(257)이 되겠다고 결심한다. 인호가 다른 남한 사람들과 달리 이러한 성숙한 인식에 도달할 수 있었던 것은, 그 역시도 많은 아픔을 견뎌낸 존재이기 때문이다. 인호는 본인 스스로도 이혼의 경험이 있을 뿐만 아니라, 부모들도 다섯 살 때 이혼하였다. 이러한 "어린 시절의 고통"을 기억함으로써, 인호는 "그러니 사람은 다 같지? 불행은 누구 혼자의 몫은 아닐 거야"(189)라는 깨달음에 도달할 수 있었던 것이다.

이경자의 『세번째 집』은 여타의 탈북자 소설과는 달리 '조센징'과 '귀국자'의 존재를 등장시킴으로써 탈북자를 바라보는 새로운 시각 하나를 개척하는데 성공하고 있다. 탈북자를 한국 현대사가 만들어 낸 수많은 디아스포라의 하나로 바라볼 수 있는 시각을 마련한 것이다. 더 나아가 이 작품은 우리 모두는 어떠한 공동체에나 존재하는 소수자의 하나일 수도 있다는 사실을 분명하게 제시하고 있다. 이 작품은 결국 탈북자 더 나아가서는 어느 공동체에나 존재하는 타자들을 인간이라는 보편성에 바탕해 바라보아야 한다는 메시지를 단단하게 전달하고 있다.

성옥이 읽는 위화의 장편소설 『인생』에 나오는 다음 문구, "사람은 살아간다는 것 자체를 위해 살아가지, 그 이외의 어떤 것을 위해 살아가는 것은 아니라는 사실"(100)에 작가의 주제의식은 압축되어 있다. 이러한 주제의식은 "바위 벼랑에 씨앗이 붙은 소나무는 저렇게 살고 여기 씨앗이 붙은 관목은 이렇게 산다…… 이념을 위해 살지 않고 사는 것을 위해 산다"(251)는 말을 통해서도 반복된다.[17] 『세번째 집』의 주인공 성옥은 조센징도, 귀국자도, 탈북자도 아닌 "고향은 함경북도 경성군. 지금은 서울시 성북구 정릉2동"에 사는 "그저 살아가는 사람"(258)일 뿐이다.

강영숙의 『리나』와 이경자의 『세번째 집』이 기본적으로 윤리를 강조하는 작품이라면, 조해진의 『로기완을 만났다』는 윤리와 더불어 행동을 강조하다는 차이점이 있다. 이 작품에 등장하는 로기완은 "무국적자이자 이방인"(9)으로 유령같은 인물이며, "이방인이 되어서 이방인일 수밖에 없었던 사람"(13)이다. 그는 우리가 생각할 수 있는 타자의 극한인 것이다. 이 작품에서는 특이하게도 가장 낮은 곳에 있는 존재인 로기완을 통해서 인간에 대한 공감과 이해의 가능성이 제시되고 있다. 로기완은 벨기에의 중국식당에서 일하며 만료기간이 지난 여행비자로 불법 취업한 필리핀인 라이카와 연인이 된다. 라이카는 경찰의 단속으로 외국인 수용소에 감금되었다가, 그곳에서 도주하여 영국까지 건너간다. 이러한 상황에서 로기완은 자신의 목숨과 바꿔가며 얻은 벨기에에서의 정치적 난민 지위를 포기하고 필리핀 출신의 연인을 쫓아 또다시 불법체류자가 되는 것을 감수한다. 그것은 "벨기에에서 누릴 수 있는 여러 사회적 혜택과 정착민으로서의 안정감을 저버린 채 또다시 불법 이민자가 되겠다"(175)는 결심을 내포한다. 마지막에 영국의 중국음식점에서 라이카와 로기완은 너무도 행복한 모습을 보여준다. 이것은 둘이 타인에 대

---

17 이러한 입장은 "성옥아. 넌 사는 것을 위해 살아야 한다. 산다는 것. 그것보다 더 소중한 이념이나 가치는 없다는 거, 이제 알지?"(260)라는 '작가의 말'에서도 분명하게 확인할 수 있다.

한 진정한 공감과 연민에 도달했음을 의미하며, 이러한 상태에 도달하기 위해서는 자신의 전존재를 건 행동이 필요함을 알려준다.[18]

5. 다양한 시각의 작품들

5절에서 살펴볼 김금희의 「옥화」, 이응준의 『국가의 사생활』, 정이현의 「영영, 여름」은 한국 사회의 탈북자 문제와는 조금 거리가 있지만, 그럼에도 탈북자나 북한과 관련한 상상력과 사유를 보여준다는 점에서 중요한 검토 대상이 되는 작품이다.

김금희의 「옥화」는 조선족 사회의 탈북자라는 매우 독특한 소재를 다루고 있다. 김금희는 1979년 중국 지린성 주타이시에서 출생한 조선족이라는 사실과 밀접하게 연관된 것으로 보인다. 1945년부터 1999년까지의 조선족 문학은 크게 정치공명시기(1945년~1978년)와 다원화시기(1979년~1999년)로 나뉘어진다. 개혁 개방을 기점으로 하여 극단적인 정치화와 공리주의 가치관을 획일적으로 드러내던 모습에서 벗어나 다

18 탈북자를 다룬 소설 중에서 『로기완을 만났다』는 가장 희망적인 느낌을 자아낸다. 『찔레꽃』에서는 출구 없는 현실에 대한 쓰디쓴 긍정의 모습이 가슴 아프게 드러났고, 『국가의 사생활』에서는 새로운 삶의 가능성이 희미하게만 드러났다. 『유령』에서는 끝도 없이 이어질 탈북자들의 절망만을 생각하게 된다. 『유령』에서 게임 중독자인 주인공은 끝내 다시 게임의 세계 속으로 향한다. 현실 세계 속에서 '유령'이 아닌 '인간'이 될 수 있는 가능성은 애당초 주어져 있지 않았던 것이다. 이것은 작가가 현실을 직시한 결과일 수도 있지만, 탈북자들의 곤경을 자연화할 수도 있다는 문제가 있다.

양한 주제와 다원적인 가치관을 추구하는 방향으로 변한 것이다. 이러한 변화는 "국가언어에서 개인언어에로의 변화"[19]라고 정리해 볼 수 있다. 김금희의 「옥화」 역시도 조선족 문학이 거쳐온 큰 변화의 연장선상에 놓인 작품으로서, 탈북자라는 사회적 문제를 이념과 같은 거대담론이 아닌 한 개인의 내면 심리를 통해 섬세하게 추적하고 있다.

김금희의 「옥화」에 등장하는 탈북자 옥화와 여자는 조선족 마을을 거쳐 한국으로 떠나간다. 이 작품의 초점화자는 조선족인 홍이다. 조선족의 눈에 비친 탈북자는 배은망덕한 존재들이다. 조선족들의 눈에 탈북한 '여자'는 꾀병을 부리고 일자리를 구해 주어봤자 갖가지 핑계를 대며 일을 하지 않는 사람이다. 나아가 그 여자는 "인간으로서 기본적인 도덕이나 정직한 양심 따위마저 있는지 여부가 의심스러운 사람"(223)으로까지 인식된다. 여자는 한때 홍의 올케였던 옥화와 뒷태는 물론이고 분위기까지 비슷하다. 옥화의 경우에는 동생과 가족을 버리고 도망가버려, 홍의 가족을 거의 파탄에 이르게 만들었다.

탈북자인 옥화와 여자는 조선족 사람들이 베푼 호의에 고까워하며 은혜를 갚기는 커녕 도망치듯 다른 곳으로 떠나간다. 여자가 돈을 꿔달라는 말을 한 이후 홍이 꾸는 꿈속에서, 여자는 홍의 도움에 감사하기는 커녕 "그 잘난 돈, 개도 안 먹는 돈, 그딴 거 쪼꼼 던재준 거 내 하나도 안 고맙다요"(225)라며 비난한다. 그리고 "한국 가서 돈 많이 벌어바라, 내는 너들처럼 안 기래"(225)라며 더욱 홍을 불편하게 한다. 김치 쪼가리와 밥덩어리도 주었지만, 탈북자들은 감사해 하지도 않으며 고까워하기

19 김동훈 · 최삼룡 · 오상순 · 장춘식, 『중국조선족문학사』, 민족출판사, 2007, 339면.

나 하는 것이다. 이러한 탈북자들의 모습이야말로 바로 홍(조선족)이 겪는 심리적 불편함의 핵심이다.

그러나 홍과 여자가 나누는 대화를 통해 조선족들이 지닌 탈북자들에 대한 인식은 조선족들의 선입견에 불과하다는 사실이 드러난다. "한사람이 어떻다는 거이는 하느님만 아시디, 딴 사람들으는 다 모른다는 거이요"(235)라는 말처럼, 조선족들은 탈북자 일반에 대한 선입견으로 여자를 대했을 뿐, 고유한 개인으로서의 탈북자에는 아무런 관심도 없다. 조선족들은 여자가 북한을 탈출하여 사람 장사꾼한테 잡혀서 하북성 산골 오지에 팔렸다가, 애까지 낳은 후에 혼자 도망쳐 나온 과거 따위는 전혀 모르는 것이다. 그런데도 교회 사람들은 여자를 중간에 앉혀 놓고 죄인 심판하듯이 "너는 이래서 아이되고, 너는 이래서 어쩌고……"(236) 하던 질책의 말을 쏟아놓는다. 여자의 말을 들으며 홍은 "부유하고, 학식있고, 덕망있고…… 또 '믿음'있는 사람들에게 둘러싸여 죄인이 된 그날의 여자"(236)를 눈앞에 떠올린다. 그제야 비로소 여자가 조선족들로부터 받은 것들을 "'그 잘란 것, 그딴 거' 따위"(236)로 생각하는 이유를 어렴풋하게 이해한다. 나아가 엄마가 옥화를 처음 데려왔을 때 엄마가 냈던 "백화점 쎄일을 만나 명품을 헐값으로 사온 듯한 흥분된 목소리"(225) 속에도 사물화 된 옥화의 모습이 분명하게 아로새겨져 있었음을 알게 된다.

조선족들은 탈북자들을 단독성을 지닌 고유한 인간이 아니라, 김치쪼가리나 밥덩어리에 감지덕지할 불쌍한 자라는 특수한 위치에 자리매김하고서는 그 틀만으로 그들을 바라보았던 것이다. 그 결과 여자는 "사람들은 여기서 일도 하고 맘에 맞는 사람 만나 살라디만, 긴데 기실 여기서는 하고 싶은 거 아무거이두 못해요. 거기 가므는 합법적으루 뭐이나 할 수 있대니, 가야디요"(233)라고 말한다.

홍이 여자를 이해하는 데에는 한국에서 삼사년간 일하고 돌아온 시형의 존재도 큰 역할을 한다. 시형의 겉모습은 거짓말처럼 땟물을 쏙 벗고 허여멀쑥하니 변해 있었지만, "힘든 노동, 사람들의 배척과 편견, 보장받지 못하는 인권"(231)으로 인하여 "그곳에서의 정착은 아직 미래가 명랑하지 못하"(231)다고 말한다. 시형은 술에 취해서는 "에이, 못사는 게 죄지. 잘사는 나라에 살지 않는다고 대우가 이렇게 다르니"(231)라고까지 말하는 것이다. 옥화는 시형네도 "여자처럼? 옥화처럼?"(231) 생활한 것인가라는 의문을 갖게 된다. 시형네는 아무도 알지 못하고 아무도 믿을 수 없는 상황에서 누구에게도 진실한 이야기를 할 수 없었다고 말한다. "자기편이 아닌 땅에서 살아가는 이들의 불안함"(232)은 그들을 더욱 폐쇄적이고 불투명한 존재로 만들었던 것이다. 그러고 보면 옥화를 비롯한 북녘 여자들 누구도 "가야 하는 이유를 아무한테도 말"(232)하지 않은 채 떠나갔다. 홍의 시형네를 통해 알 수 있듯이, 조선족과 탈북자 사이에서 벌어지는 비윤리적 인간관계는 한국인과 조선족 사이에서 그대로 벌어지고 있었던 것이다. 그렇다면 한국행을 선택한 옥화나 여자의 미래도 결코 밝지만은 않을 것임이 분명하다.

이응준의 『국가의 사생활』(민음사, 2009)의 주요한 배경은 한반도가 준비 없이 통일된 2016년 서울이다. 이러한 측면에서 이응준의 『국가의 사생활』은 '가상역사소설'이라 부를 수 있다. 이 작품에서 통일된 한반도의 모습은 우리가 생각할 수 있는 미래의 모습 중에서 가장 고약한 것 가운데 하나이다. 통일은 준비 없이 발생한 북한의 붕괴를 의미할 뿐이고, 이 소설이 그려 보이는 디스토피아(dystopia)는 그러한 붕괴의 결과이다.

아무런 질서 없이 해체된 인민군 120만 명은 속속 폭력조직으로 결집되고, 심지어는 그들이 사용하던 무기마저 제대로 통제되지 않아 거리에는 무기가 넘쳐난다. 군인들만 그러한 것이 아니라 노동당 핵심 간부의 딸은 서울의 창녀가 되고, 아나운서 출신의 할머니는 잠실 야구장 선수 탈의실에서 목을 매며, 북한의 지성이라 할 수 있는 김일성대 교수는 폭력조직에서 구두를 닦는다. 북한의 엘리트들이 이러할진대 여타 계층의 북한인들이 겪는 고통은 언급할 필요도 없을 정도이다. 통일 대한민국 정부는 북한 사람들의 전부를 주민등록화하는 데도 실패하여, 거리에는 주민번호도 사진도 지문기록도 없는 "대포 인간"(105)들이 넘쳐난다. "청천벽력같이 찾아든 평화통일의 대혼란"(22) 속에서 북한 주민들은 "상상하던 풍요로운 낙원 그 서울이 아니라 아귀 같은 인파 속에서 헛되게 청춘을 소비하면서 느끼는 화려한 지옥"(34)을 경험한다.

이 작품의 주인공 역시 거리로 내동댕이쳐진 120만 인민군 중의 하나이다. 그의 할아버지는 의열단 출신의 애국지사였고, 리강 자신도 인민군의 촉망받는 엘리트 전사였다. 그러나 현재 그는 북한 출신 폭력 조직 '대동강'의 2인자로 변신한다. 리강을 비롯한 '대동강' 조직의 주요 활동거점인 광복빌딩은 "대한민국의 모델하우스"(26)이다. 광복빌딩 지상에서는 이남 출신의 통일 대한민국 상류층 남자들이 이북 여성 접대부들을 만끽하는 최고급 룸살롱이 있고, 그 밑에서는 인민군 출신 폭력 조직 대동강 단원들이 수시로 사람을 죽여 화덕에 밀어넣는 잔혹극이 벌어지고 있다. 광복빌딩은 이응준이 보여주고자 하는 통일 한국의 축소

판이다.

이 작품의 기본적인 서사는 비교적 간단하다. 대동강 단원 림병모가 의문의 살인을 당하고, 주인공인 리강이 그 미스테리를 풀어나가는 것이 핵심이다. 대동강의 오남철 단장은 북한에서 생화학 부대 장교였던 림병모를 이용해 생화학 테러를 저지르고, 이를 통해 폭동을 일으키려고 한다. 이때 모든 책임을 리강에게 덮어씌우려고 한다. 이유는 "불세출의 독립투사 이장곤의 손자이고 북조선의 뛰어난 장교"(249)인 리강이 테러를 저질러야만 통일 대한민국에 더 큰 충격을 줄 수 있기 때문이다. 리강의 부하인 림병모는 큰 죄책감을 느끼고, 그 계획을 누설하려고 하며 이에 오남철은 림병모를 죽인 것이다.

후반부에서부터 본격적인 서사가 전개되고, 그 이전에 소설의 육체를 채우는 것은 통일 이전 북한에 대한 정보와 그에 바탕한 통일 이후의 예상되는 상황들이다. 이 정보의 신뢰성을 보여주기 위해 작가는 논문처럼, 소설의 마지막에 56권에 달하는 참고문헌을 제시하고 있다. 이처럼 정보나 교양에 바탕하여 작품의 구체적인 육체를 채우는 것은 2000년대 소설들, 그중에서도 역사소설이 지닌 고유한 특징 중의 하나이다. 이것은 사실에 대한 재현이라는 대명제가 사라진 시대에, 상상력의 진실성을 보증하는 하나의 담보물로서 기능한다. 『국가의 사생활』을 채우는 다른 하나는 디스토피아가 되어 버린 통일 한국과 밀접하게 관련된 현란하고 가학적인 장면들(scene)이다. 오남철이 림병모의 심장을 썰어먹는 장면, 광복빌딩 지하의 화덕에 수시로 시체를 밀어넣는 장면, 귀머거리가 된 김동철이 조명도를 껴안고 폭사하는 장면 등이 대표적이다. 작가는 인터뷰에서 "다시 쓰는 소설은 전혀 다른 이야기를 새로운 방식으로 쓰고 싶었다"라는 이야기를 하고 있는데, 이때의 '새로운 기법'은 이웃 장르인 영화에서 빌려온 것으로 보인다. 심야의 영화관에서 화려한 스크린을 바라보는 것과 같은 소설 속의 강렬한 장면들은, 작가의 영화계 활동의 자연스러운 반영이라 볼 수 있다.[20]

이응준의 『국가의 사생활』은 작가의 이전 작품과 많은 차별점을 보여주지만, "가장 센 이야기"(259)의 이면에는 근본적인 유사성도 발견된다. 대타자의 붕괴와 그에 따른 가치관의 혼란, 그 안에서 자신만의 진정성을 찾아가는 이야기가 유사성의 정체이다.[21] 『국가의 사생활』은 이강을 중심으로 했을 때, 온전한 개인이나 주체의 탄생을 그린 성장소설로 볼 수도 있다. 성장의 과정은 "너는 너를 죽일 것이야"라는 할아버지의 신탁을 실연하는 과정이기도 하다. 이 문구의 축자적 의미는 리강의 자살을 의미한다. 그러나 이 작품에서 리강은 자살하지도 않을 뿐 아니라 죽지도 않는다. 이 신탁에서 '너'는 리강의 분신들을 의미했던 것이다. 리강의 분신은 리강이 사랑에 빠지는 윤상희와 대동강 단장인 오남철이다.

리강은 윤상희에게 사랑을 느껴, 그녀와 자신을 동일시한다. 마지막에 오남철은 자신이 이남에서의 모든 활동을 리강의 이름으로 했음을 밝히면서, "나는 없는 사람이지만 너야. 너는 없는 나고. 우리는 한 사람

---

20 이응준은 영화계에서 각본가와 감독으로 활동한 경험이 있다.

21 작가의 말에서 이응준은 "범죄의 장면들로 가득한 소설을 만들면서 나는 질문했다. 무엇이 죄인가? 살인? 누가 악인인가? 살인자? 혼돈 속에서도 제 정체성을 회의해 보지 않는 것이 죄이고 그러한 그가 악인이다. 혼돈 속에 살면서도 그 혼도 자체를 부인하고 나는 누구인가를 묻지 않는 죄. 혼돈을 치장해 장사하며 나는 누구인가를 묻는 척하는 죄. 그러다가 스스로 더 무지막지한 혼돈이 되는 죄. 나는 누구인가를 왜곡하는 이런 식의 저 모든 뻔뻔함들이 처세를 신념으로 위조하고 위선을 격조로 착각하게 한다. 개인이건 국가이건 간에"(260)라는 언급을 하고 있다. 이 언급 속에서 우리는 자신의 정체성에 대한 치열한 회의와 탐구를 중시하는 작가의 태도를 다시 한번 확인할 수 있다.

이야"(25)라고 말한다. '리강=윤상희, 리강=오남철, 윤상희=오남철'의 도식이 성립하는 것이다. 이 작품은 오남철이 윤상희를 죽이고, 리강이 오남철을 죽이는 것으로 끝난다. 결국 '너(오남철, 리강)는 너(윤상희, 오남철)를 죽일 것이야'라는 말은 실연되었던 것이다. 이 과정은 리강이 거울단계의 상상적 자아들과 결별하고 온전한 주체로 탄생하는 과정에 상응한다.

리강은 거대한 나르시시즘의 사회인 북한에서 결코 독립적인 주체일 수 없다. 북한은 자율환상을 만들어내 가공의 통일성을 구축하고, 이를 통해 전능한 폐쇄성을 유지하기 때문이다. 이때 자기와 타자는 구별되지 않는 상상적 허구에 빠지며, 근원적인 총체성이나 원초적 합일을 향한 지향만이 남게 된다. 장용수가 리강을 "거울 속의 자신"(143)이라고 느끼는 것처럼, 북한은 이러한 자율환상이 집단적인 차원에서 이루어지는 사회라고 볼 수 있다. 리강은 북한에서 자신에게 뿐만 아니라 부하들에게도 "아무것도 아닌 인간"(66)이 되라고 이야기했는데, 이처럼 북한에서는 그 누구도 개별적인 개인이나 주체일 수 없다. 이러한 상황에서, 이북 사람들이 북한의 갑작스러운 붕괴로 인해 맞닥뜨린 "완전한 자유란 곧 공포"(99)에 불과하다.

통일 대한민국에서도 리강은 자신이 "이미 죽었는데도 살아가고 있는 거구나"(49)라고 인식한다. 주체를 확립하지 못한 상황에서, 리강은 맹목적으로 오남철을 따르며 대동강 단원으로 이런 저런 범죄에 휩쓸렸던 것이다. 다른 대동강 단원들에게도 상황은 마찬가지이다. 결국 리강은 또 다른 자신인 윤상희의 죽음을 통해, 즉 상징적 자살을 통해 오남철과 결별하고 새로운 주체로 탄생한다. 마지막 장은 2023년 리강이 윤상희가 묻힌 곳을 4년 만에 찾아가는 내용이다. 『국가의 사생활』은 "너는 네 운명의 주인이 맞는가?"(257)라는 리강의 자문에, "리강은 미소 지었다. 그리고 외로웠지만, 인파 속을 다시 걷기 시작했다"는 답변으로 끝난다. 리강이 외로움 속에 짓는 미소에는 북한이라는 집단적 나르시시즘과 자본이라는 물신[22]에서 벗어난 "거대한 새"(10)의 그림자가 짙게 드리워져 있다.

정이현의 「영영, 여름」은 한국인과 일본인의 혼혈로 태어난 '나'와 '더 데모크라틱 피플스 리퍼블릭 오브 코리아(The Democratic People's Republic of Korea)' 국적의 소녀가 나눈 우정을 다룬 매우 이색적인 작품이다. 「영영, 여름」에는 남태평양에 위치한 K의 국제학교에 다니는 북한소녀가 중핵으로 존재하는데, 이 소녀와 '나'의 관계는 기존의 한국소설 맥락에서 볼 때 매우 특이하다. 이 작품이 한국문학계에서 차지하는 위치는 돼지에 대해 갖고 있는 선입견을 부정하는 프롤로그의 문장들과 닮아 있다. 그 문장들은 "알고 보면 돼지만큼 깔끔하고 예민한 짐승도 없다"나 "아무도 먼저 공격하지 않는다"(147)와 같이 돼지에 대해 갖고 있는 기존 선입관과는 배치되는 내용들이다.

이 작품은 남한 사람이 북한 사람에 대해 가지는 선입견의 상당 부분도 부정하고 있다. 「영영, 여름」에서 북한소녀 메이는 가난과 권력에 짓눌린 약자가 아니라 북한의 대단한 집안 아이로서 '나'보다 훨씬 풍족한 도시락을 싸서 다닌다. 한국인과 일본인의 피가 섞인 한 소녀가 한국어

22 스스로 회의하며 그에 따른 혼돈 속에서 살지 않기는 이남 사람들도 고유한 개성을 가진 존재들은 아니다. 이러한 면모는 전직 연극배우 이선우를 통해 자주 드러나는데, 그에 의하면 남한에 살던 사람들은 종교인들과 예술가들까지 포함하여 "현실에서 제 잇속만 챙기는 회사원"(155)에 불과하다. 그들은 돈이라는 물신에 들려 있는 것이다.

를 매개로 북한소녀와 우정을 쌓지만, 그것은 분단이나 통일과 같은 거대한 담론과는 무관하다. 그 우정은 사춘기 소녀들의 따뜻한 만남이라는 미시적 차원을 벗어나지 않는다.

이 작품에서 굵주리는 것은 북한 출신의 메이가 아니라 한국인 어머니와 일본인 아버지를 둔 '나'이다. '나'는 무역회사의 해외영업자인 아버지로 인해 어린 시절부터 여러 나라의 인터내셔널 스쿨에 다닌다. 부모는 "한국인도 일본인도 아닌, 말하자면 코스모폴리턴 같은 것"(148)이 되기를 갈망했는지 모르지만, 살이 찐 '내'가 국제학교에서 가장 먼저 배우는 단어는 돼지의 현지어이다. 일본에 사는 열세살의 와타나베 리에는 뚱뚱하고 내성적이며 당분이 부족하여 핏기 없는 얼굴을 한 소녀이다.

'나'의 가족은 K라는 곳으로 이주하게 되고, K의 인터내셔널 스쿨 7학년으로 전학한다. 그곳에는 모두 '나'까지 포함해 열 명의 학생이 있으며, 남자 두 팀과 여자 두 팀이 짝을 이뤄 생활한다. 메이라는 키 작고 여윈 동양계 여자만이 혼자 남아 있는데, 그 아이의 라스트네임은 장이다.

'나'와 메이는 한국말을 통해 친구가 되고 도시락을 바꿔 먹는다. 엄마의 폭식으로 인해 4.5킬로그램으로 태어난 '나'는 어린 시절부터 일일섭취열량을 과도하게 제한당하며 자라왔다. 매일 밤 주린 배를 안고 잠들거나, 까치발로 주방으로 가 냉장고 속 음식들을 먹어야만 했던 것이다. '나'의 다이어트를 위해 엄마가 준비한 도시락에는 "삶은 계란 반 개씩과, 얄따랗게 썬 오이와 토마토만을 넣은 작은 샌드위치 한 조각"(160)이 들어있을 뿐이다. 반면에 메이의 휘황찬란한 런치박스에는 "소스까지 제대로 뿌린 두툼한 햄버그스테이크와 새우튀김, 닭튀김이 가득했고 두꺼운 햄과 치즈를 넣고 양상추가 밖으로 비어져나올 만큼 커다랗게 싼 샌드위치도 여러 조각"(161)이 담겨져 있다. 두 도시락의 극명한 대비는 이전 소설에서 발견되던 이분법(풍요로운 남한 / 궁핍한 북한)이 완전히 전도된 모습이라고 할 수 있다. 의사로부터 "건강상태가 몹시 좋지 않다고, 이대로 가다가는 영양실조에 걸릴 수도 있다고 충고"(164)를 듣는 것은 메이가 아닌 '나'이다.

또 하나 이 작품이 이전의 작품들과 구분되는 지점은 철저히 개인적인 차원에서 네이션의 문제가 사유되고 있다는 점이다. 프롤로그에서 '내'가 가장 인상적으로 받아들인 것은 "돼지는 다른 돼지와 구별되지 않는 것을 가장 싫어한다는 구절"(147)이다. '나'에게는 이 문장이 "몹시 슬프고 아름다운 문장으로 각인"(147)된다. 이것은 집단적 표상으로 인해 개인의 고유성을 잃어버리게 되는 것에 대한 강한 거부를 드러낸 것이라고 할 수 있다. 부모는 다시 일본을 떠난 해외근무를 하게 되는데 엄마가 원하는 도시는 "한국인도 일본인도 많지 않은 곳"(149), "왜 한국 여자가 일본 남자와 살고 있느냐는 시선을 신경쓸 필요 없는 곳"(149), 그리고 "한국어도 일본어도 아닌 영어나 불어를 상용어로 쓰는 곳"(149)이다. 엄마의 이러한 바램 속에 민족의식이 숨쉴 공간은 남아 있지 않다. 엄마는 K의 장점 중 하나로 "거긴 한국인도 일본인도 없다"(151)는 점을 들기도 한다.

「영영, 여름」에서 한국인 어머니와 일본인 아버지 사이에서 태어난 소녀가 메이라는 북한 소녀와 친구가 될 수 있었던 가장 중요한 계기는 한국어이다. 우연히 메이가 "미치겠네"(159)라고 조용히 뇌까린 말을 듣고 '나'는 한국말을 하며 메이에게 접근한 것이다. 그러나 이 작품에서 언어는 네이션을 대표하는 핵심적인 구성물같은 것은 아니다. 어릴 때부터 엄마가 '나'에게 한국어를 가르쳐온 이유는 "모국과 모국어에 대한 깊은 애정의 발로 따위와는 전혀 관련이 없"(150)다. 엄마는 단지 "자기가 하고 싶은 말을 완전히 이해하는 타인, 모국어의 청취자를 간절히 원했을 뿐"(150)이다. 엄마에게 중요한 것은 모국이나 모국어가 아니라, 모국어로만 발화될 수 있는 자신의 고유한 경험이자 기억이었음에 분명하다.

따라서 두 소녀의 우정 혹은 소통은 단순히 언어가 같다는 이유만으로 성립할 수 없다. '나'는 언어가 통하는 일본의 국제학교에서도 여전히 부타메(돼지)였기 때문이다. 둘의 우정을 가능케 한 것은 다름 아닌 '진심'이다. 메이의 정체, 즉 북한의 대단한 집 자식인 "매희(梅嬉)"(164)의 실체가 밝혀지자 메이는 일주일이 넘도록 결석한다. 담임인 미란다는 메이와 관련해 '나'에게 아무런 말도 해주지 않고, 평소 네이션의 굴레에 갇히기를 거부했던 엄마 역시도 메이와 어울리지 말 것을 당부한다. 다음의 인용문에는 엄마도 끝내 떨쳐버리지 못한 네이션의 굴레에서 벗어나고 있는 비만기 있는 십대 소녀 '나'의 당당한 모습이 나타나 있다.

> 나는 엄마가 나에게 들려주었던 그 수많은 한국어들에 대해 생각했다. 그것들이 나를 만들었음을 인정해야 했다. 그렇지만 말해야 했다. 싫어요. 엄마의 눈이 커다래졌다. 나는 다른 반에 가지 않을 거고 다른 학교에도 가지 않을 거예요. 메이랑, 같이 있을 거예요.(164)

결국 다시 "나, 와타나베 리에가 혼자 남"(165)게 된 것이다. '나'는 엄마가 가장 소중하게 여기는 다이아몬드 목걸이를 담아서 메이가 살던 아파트로 간다. "아무래도 변하지 않는 것, 사라지지 않는 것을 단 하나쯤 가지고 싶었"(165)기 때문인데, 이때의 '변하지 않는 것, 사라지지 않는 것'은 메이와의 우정임이 분명하다. '나'는 아파트만 알고 동호수는 모르기에, 오피스로 찾아가 근무자에게 친구가 전학을 갔는데 선물을 주지 못했다며 다이아몬드 목걸이가 담겨진 박스를 전달하려고 한다. 오피스의 남자는 박스를 전달해주겠다고 말하고, '나'는 "내가 그의 마음을 움직였다면 진심이었기 때문일 것"(166)이라고 생각한다. '진심'에 대한 강조는 국제학교의 영어선생인 존이 이전에도 한 바 있다. 메이는 영어를 못하지만 토론시간에 발표를 하고 칭찬을 받는다. 그 칭찬의 논지는 "메이의 주장은 단순해 보이지만 그 단순성 안에 진심이 담겨 있어서 오히려 타인을 효과적으로 설득할 수도 있다"(159)는 것이다. 바로 한 인간이 가진 '진심'이야말로 모든 소통과 설득의 가장 핵심적인 조건으로 제시되었다고 볼 수 있다.

한 계절이 지난 뒤 메이에게서 "사정이 생겨서 잠깐 떠나왔어. K가 그리워. 곧 돌아갈 거야. 여기서 진짜 공깃돌을 선물로 가져갈게"(166)라고 한국어로 쓰여진 답장이 도착한다. 한글로 쓰여진 그 편지의 발신인에는 "'매희'가 아니라 '메이'라고 단정한 한글"(166)이 적혀 있다. '내'가 그랬듯이 메이 역시 네이션의 호명된 주체(매희)가 아닌 온전한 한 명의 개인(메이)으로서 우정을 택하는 용기를 보여주고 있는 것이다. 「영영, 여름」은 네이션의 상상력과 사유를 한껏 자극하는 소재를 가져와 탈민족적인 문제의식을 한껏 뽐낸 작품이라고 할 수 있다. 정이현의 소설에서 남한사람과 북한사람, 나아가 남·북한사람과 일본사람이 만날 수도 있겠지만, 그것은 '장매희'도 '와타나베 리에'도 아닌 '그냥 메이'로서일 것이다.

「옥화」는 탈북자와 관련해 한국소설에 빈 칸으로 남아 있던 많은 부분을 채워주고 있다. 한국소설에서 탈북자와 조선족은 이주노동자나 결혼이주여성으로서 한국 사회의 타자라는 같은 범주로 묶여서 이해되고는 하였다. 특히 이들은 한민족이라는 한 덩어리로서 이해되었고 그들 사이의 차이는 거의 고려되지 않았다. 그러나 조선족 작가 김금희를 통하여 이들 사이의 공통점과 차이점에 섬세하게 구분되고 있다. 고유성이 전혀 고려되지 않는 것이야말로 타자화의 가장 큰 문제라는 사실에 비춰볼 때, 조선족과 탈북자가 지닌 고유성에 대한 인식은 올바른 인식을 위한 중요한 계기가 될 수 있다. 나아가 이 작품은 진정으로 남을 돕는다는 것이 무엇인지를, 인간을 떠돌이로 만드는 '불안'이 무엇인지를 고민하게끔 만드는 작품이기도 하다. 미래(2016년)의 통일된 한반도를 그리고 있는 『국가의 사생활』은 엄밀한 의미의 탈북자와는 무관하다. 그러나 이 작품은 북한 인민의 일부가 아닌 북한 인민의 전체가 탈북자일 수밖에 없는 상황을 그리고 있다는 점에서 다른 작품들과 유사하다. 『국가의 사생활』은 오늘날 유행하는 통일담론의 한 축을 대변하는 소설이라고 할 수 있다. 이때의 통일론은 북한의 붕괴와 그에 따른 남한의 흡수통일을 말한다. 이러한 통일에서는 경제적 파탄에 당면한 북한식 사회주의를 자본주의로 변환하기 위하여 천문학적인 남한의 자본이 투입되고, 그 결과 북한 사람들은 2등 국민으로 편입되어 새로운 불평등 구조가 만들어질 수밖에 없다. 통일된 조국에서 북한 사람들의 삶이란 자신의 고유성을 포기하거나 포기당할 수밖에 없는 탈북자의 삶에 다른 아닌 것이다. 정이현의 「영영, 여름」에서는 개인적인 차원에서 네이션의 문제가 사유되고 있다. 두 소녀의 만남과 우정은 네이션의 틀을 벗어나 오직 환원불가능한 단독자로서 가능한 것이다. 네이션의 상상력과 사유를 한껏 자극하는 소재를 가져와 탈민족적인 문제의식을 제기하는 작품이라고 할 수 있다.[23]

23 『리나』, 『찔레꽃』, 『국가의 사생활』, 『로기완을 만났다』, 『유령』에 대한 상세하고 개별적인 논의는 「네이션과 2000년대 한국소설」과 「탈북자와 한국문학」(졸고, 『끝에서 바라본 문학의 미래』, 실천문학사, 2012)을 참고할 것.

5장
외국의 한국인들

1. 넘을 수 없는 장벽 앞에 선 한국인들

유엔은 그 나라에서 태어나지는 않았지만, 12개월 이상 특정 국가에 체류하는 사람을 이주자(imigrant)로 분류한다. 2010년 기준 2억 1400만 명이 이주자로 살아갈 만큼, 이주는 보편적이고 익숙한 일상이 되고 있다.[1] 한국이 다문화 사회로 급격하게 변모하는 것과 더불어, 한국인 역시 세계 곳곳으로 삶의 터전을 확장하고 있다. 그것은 단순한 해외여행이나 어학연수에서부터 본격적인 이민에 이르기까지 다양한 양상으로 나타난다. 이러한 현상을 반영한 소설들도 2000년대 이후 적지 않게

1 스티븐 카슬 · 마크 J. 밀러, 한국이민학회 역, 『이주의 시대』, 일조각, 2013, 29~30면.

창작되었으며, 이들 소설을 통해서 다른 민족이나 인종을 사유하는 우리의 모습을 확인해 볼 수 있다. 5장에서는 해이수의 소설집(『캥거루가 있는 사막』(문학동네, 2006), 『젤리피쉬』(이룸, 2009))에 수록된 호주 배경 작품들과 윤고은의 「늙은 차와 히치하이커」(『한국문학』, 2014 여름), 전성태의 소설집 『늑대』(창비, 2009)에 수록된 몽골 배경 작품들, 베트남을 주요한 시공으로 끌어들인 방현석의 「존재의 형식」(『창작과비평』, 2002 겨울)과 「랍스터를 먹는 시간」(『랍스터를 먹는 시간』, 창작과비평사, 2003), 태국을 배경으로 한 박형서의 『새벽의 나나』(문학과지성사, 2010)를 집중적으로 살펴보고자 한다.

해이수는 한국문학사에서 가장 집중적으로 호주에서 살아가는 한국인의 삶을 소설화한 작가이다. 호주를 배경으로 한 작품으로 등단작인 「캥거루가 있는 사막」(『현대문학』, 2000.6), 「돌베개 위의 나날」(『심훈상록문화제사화집』, 2004), 「우리 전통 무용단」(『현대문학』, 2003.12), 「어느 서늘한 하오의 빈집털이」(『현대문학』, 2005.2), 「젤리피쉬」(『현대문학』, 2007.2), 「마른 꽃을 불에 던져 넣었다」(『리토피아』, 2007 여름) 등을 들 수 있다. 이 중에서 등단작인 「캥거루가 있는 사막」을 제외한 대부분의 작품은 호주에서 살아가는 한국인들의 고단한 삶을 집중적으로 보여주었다. 해이수의 소설은 호주 사회로부터 분리된 한국인의 모습을 지속적으로 보여준다. 호주와 한국인들 사이에는 보이지 않는 투명 차단막이 분명하게 놓여 있다. 정확히 말하자면, 호주의 백인들 자체가 해이수의 소설에서는 존재하지 않는다고 말할 수 있을 정도이다.

「캥거루가 있는 사막」에서 호주에 있는 '나'의 마음을 가득 채우는 것은, 한국에 두고 온 여자친구 아영이다. '나'는 자신을 "가로막는 모든 것이 걷혀진 원시적인 상태를 확인하고 싶"(86)은 마음으로 호주의 "지평선"(86)을 바라본다. 이것은 '나'에게 호주가 일종의 현실도피의 공간임을 의미한다. 사랑하는 아영은 '나'와 동성동본이며 그것도 모자라 같은 파에 속하는 사이이다. 동성동본 금혼이 법제화된 상황에서 '나'는 한국을 떠나 호주에 온 것이다. 더군다나 아영은 '나'의 아이까지 임신한 상태이며, '나'는 여러 가지 골치 아픈 일을 떠맡기보다는 "그녀가 아이를 지우고 다른 사람 만나서 행복하게 잘살았으면 좋겠다"(108)는 바램을 가지고 있다. '나'의 동성동본 금혼 조항이 남겨진 한국에 대한 거부는, "언제부터인가 나의 일기장에는 한글이 사라지고 알파벳과 나만이 알아볼 수 있는 기호로 채워졌다"(108)는 부분에서 알 수 있듯이 언어에 대한 거부로 나타난다.

'내'가 호주에서 유일하게 교류하는 사람은 일본에서 온 코바(고바야시 이사오)이다. 그 역시 여행자로서 호주와는 무관한 존재이다. 나중에 '나'는 섬에 갔다가 일본 여인 우미코를 만난다. 나중에 코바와 우미코는 남매이며 그들은 불륜의 사이였다는 것이 드러난다. 도덕적 금기로 고민한다는 점에서, 코바와 우미코는 '나'의 거울상에 해당한다고 볼 수도 있다. 호주가 배경이지만 이 소설에서 '내'가 유일하게 만나는 이국인들은 일본인 여행자들이며, 그들도 '나'의 거울상에 가깝다는 것은 해이수의 호주 배경 소설이 지니는 중요한 특징을 압축해서 보여준다. 해이수의 소설에서 호주에 간 한국인들이 만나는 건 결코 호주 사회의 주류라 할 수 있는 백인들이 아니다.

「돌베개 위의 나날」은 정색을 하고 호주에서 살아가는 한국인들의 현실적 불우를 다루고 있는 작품이다. 사내의 아내는 아침마다 화장대 대용인 종이박스 위에 놓인 다 쓴 화장품을 짜내느라 "퐁, 퐁, 퐁, 소리"[2](71)를 내며 화장을 한다. 아내는 영주권 획득점수에 가장 높은 가산점이 붙는 컴퓨터학과의 대학원 준석사과정에 적을 두고 있다. 사내는 학생 신분인 아내에게 의존하는 동반 비자이기 때문에 아내가 학교에서 제적당하면 호주를 떠나거나 불법체류자로 남는 수밖에 없다. 등록금 마감이 사흘 앞으로 다가오지만, 사내는 등록금을 마련하지 못해 골머리를 앓는다. 이 작품에는 물질적 결핍을 걱정하지 말라는 성경의 구절[3]이 반복해서 등장하는데, 이것은 오히려 사내가 처한 불우함을 더욱 강조하는 효과를 발휘한다. 호주에서의 사내는 "자신이 '미취학 아동 같다'"(95)고 중얼거릴 정도로 무력하며, 이러한 상황은 다음의 인용문에 잘 나타나 있다.

> 지난 일 년 동안 이곳에서 무엇을 했는가? 사내는 스스로에게 물었다. 사 개월간은 대학원에 들어가기 위해 랭귀지 스쿨에서 공부를 했다. 이 개월간은 청소 외에 다른 직업을 구하러 사방팔방 발버둥을 치며 알아보았다. 그렇게 반년을 보내는 사이 들고 온 돈이 바닥나고 쪼들리기 시작하자 이 개월 동안 백선배를 따라다니며 각종 청소를 했다. 그후 이 개월은 공장 청

2 「돌베개 위의 나날」은 『심훈상록문화제사화집』(2004)에 처음 수록되었다. 그러나 『심훈상록문화제사화집』을 구할 수 없어 해이수의 첫 번째 작품집인 『캥거루가 있는 사막』(문학동네, 2006)에서 인용하였다.

3 그 구절을 옮겨보면 다음과 같다. "내가 너희에게 이르노니 너희는 삶에 대해 걱정치 말라. 먹을 것과 마실 것, 입을 것을 걱정치 말라. 삶이란 음식과 옷가지보다 더 중요하지 않더냐. 하늘을 나는 새를 보라! 그들은 심지도 아니하고 곡식을 거두지도 아니한다. 그들은 곡식을 헛간에 저장치도 아니한다. 하물며 날아다니는 새도 염려치 아니하는데, 너희는 새들보다 더 가치 있는 존재가 아니더냐. 걱정이 너의 삶을 연장케 해주더냐."(43)

소를 했다. 지난 한 달간은 그 돈을 받기 위해 배회했다. 현재 그의 수중에 남은 것은 아무것도 없었다.(99)

이 작품에서 한국인들은 철저히 그들만의 공동체에 분리되어 있다. 이러한 현상의 근본적인 원인은 아무리 우수한 조건을 갖춘 한국인에게라도 "백인들"(59)이 고급 일자리를 주지 않기 때문이다. 그러나 구체적인 서사 속에서 사내를 착취하고 삶의 막장으로 몰아넣는 존재들은 호주의 백인들이 아니라 한국인들이다. 사내에게 죽도록 일만 시키고서는 임금[4]마저 떼먹는 사람은 다름 아닌 불법체류자 최씨이다. 호주 정부가 정한 최저 임금은 시간당 십삼점 오 달러이고, 토요일이나 휴일에는 1.5배나 2배를 지불해야 하지만, 한국 고용주들은 평일이나 휴일을 가리지 않고 시간당 7달러 내지는 8달러를 지불할 뿐이다. 사내의 눈에 비친 "시드니의 한국인들은 서로를 좋아하지 않"(72)으며, "동족에 대한 날카로운 신경과민증세"(72)를 지니고 있다. "시드니에 있는 똑똑한 한국인들은 사기를 치고 정직한 사람들은 청소를 하고 아둔한 사람들은 사기를 당한다"(72)고 이야기될 정도이다.

사내는 "먹고 살아야 한다는 일념"(45)으로 군대 훈련소보다도 더욱 험하고 혹독한 일을 하며 돈을 벌기 시작한다. 사내의 주요한 일은 청소를 하는 것이다. 때로 그것은 일곱 시간이 넘도록 소변도 보지 못하며, 변기에 있는 대변이나 생리대를 손으로 처리하는 일까지 포함한다. 그 힘든 청소일도 "같은 한국 사람들끼리"(54) 서로 치열한 경쟁을 벌인다.

---

4 그 돈이 있어야만 '나'는 아내의 대학원 등록금을 마련할 수 있고, 호주에서 계속 살아갈 수 있다.

유학생들이 하는 청소는 중간에 슈퍼바이저가 두세 명씩 끼어서 노동단가가 점점 내려간다는 말을 들으며, 사내는 "한국의 조선족이나 동남아시아 노동자들의 착취구조에 대해 듣는 기분"(54)을 느낀다. 신자유주의적 세계화의 결과로 세계는 경제적 격차를 통해 위계화되고 있는 것이다. 우리나라의 수많은 이주노동자가 겪는 불평등과 착취를 해이수의 소설 속 주인공들 역시 호주에서 그대로 겪고 있는 것이다.

오피스 청소, 슈퍼마켓 청소, 홈청소 등에 종사하는 한국인들은 대부분 "상당한 대학 출신들"(55)이다. 사내 역시도 석사 학위를 소유한 고학력자이다. 한국인들 사이의 경쟁은 치열해서, 사내에게 청소일을 알선해주는 선배는 우편함을 뒤져 한국 사람이 집어넣은 청소 우편물을 찢어 버리기도 한다. 심지어 경찰에게 한국인 불법체류자를 신고하는 것 역시도 같은 한국인들이다. 따라서 한국인 선배의 행복은 "어느 쪽에선가는 청소권을 잃었음"을, "그만큼의 권리금을 선배에게 빼앗겼음"(61)을 의미한다. 이처럼, 이 소설에서 한국인들은 자기들만의 공간에 분리된 채 생존하는 것이다. "이 3D업종에다 저임금, 부당대우, 노동력 착취를 당하며 타국 땅에서 사느니 죽는 게 낫다"(64)고 생각하지만, 영주권자나 시민권자가 아닌 "해외에서 온 서른 사라의 남자가 할 일"(64)이란 청소 이외에는 존재하지 않는다.

「돌베개 위의 나날」에서 한국인공동체는 자립적인 존립 기반을 마련하는 단계까지 이르지는 못한다. 사내에게 사기를 친 최씨도 시민권을 샀다가 비자법 위반으로 불법체류자 수용소에 잡혀간다. 이미 최씨는 갬블에 미쳐서 빚더미에 오른 상태이다. 사내의 선배 역시도 "시드니에서 사는 게 참 똥 같다"(106)며 한국으로 귀국하게 된다. 한국인이 운영하는 경쟁 청소업체에서 선배가 불법체류자인 것을 이민 경찰에 신고하겠다고 협박한 결과이다. 결국 한국인들은 모두 호주 사회로부터 배제되어 버리고 마는 것이다. 이러한 상황에서 사내가 식민지 시기에 창작된 시들을 생각하며 "호주에서 그 식민지 시절의 냄새와 정서"(113)를 가슴 깊이 체험하는 것이 무리는 아니다. 사내는 아내와 머무는 허름하고 좁은 방에서 "자신이 흡사 오랜 과거 속의 만주 혹은 북간도, 니콜리스크나 블라디보스트크의 어느 들판에 내버려진 느낌"(114)에 빠지는데, 이것은 호주에서 살아가는 한국인의 삶이 일종의 식민지배를 받는 고통스러운 삶에 해당하는 것임을 보여주는 것이다.

「돌베개 위의 나날」에 나타난 현상은 베리(Berry)가 주장한 네 가지 문화변용 모형 중에서 분리(segregation)에 해당한다고 볼 수 있다. 분리 모형은 대개 후진국에서 선진국으로 이주한 이민자에게 나타난다. 이는 후진국 출신의 이민자가 이입국의 주류사회와 관계를 맺거나 유지할 수 있는 사회적 통로가 제한적이기 때문에 발생한다. 이들은 이입국 사회의 구성원과 소통할 수 있는 네트워크가 전무한 상태로 이입되고 이입된 후에도 이입국 사회의 구성원들과는 다른 업종에서 생업을 유지한다. 이렇듯 종사하는 업종이 구조적으로 분리되어 있는 상태의 이주민들은 이입국에서 주류사회와의 새로운 네트워크를 구성하지 못하는 대신에 출신국 네트워크를 통해 이입국에 적응하기 위한 도움을 받게 되고 이 과정에서 문화 정체성은 계속 유지되는 것이다.[5]

「우리 전통 무용단」에서도 '나'는 철저히 한국인들과만 관계를 맺으

---

5 임선일, 『한국 사회 이주노동자의 문화변용』, 이담, 2011, 73~34면.

며 살아간다. 호주에서 가이드 일을 하는 '나'는 중학교를 마치고 호주에 와서 대학원 공부를 하며 돈까지 벌고 있다. 그가 상대하는 사람들도 모두 호주에 놀러 온 한국인들이다. 그들은 전통리에서 온 할머니 열두 명과 전통리의 청년회장이다. 여행사의 상사들인 김 과장과 박 과장, 임 부장 역시 한국인들이다. 백인으로는 '내'가 머무는 원룸의 위층에 사는 데이비드가 유일하게 등장한다. 데이비드는 한국의 문화에 대하여 매우 무지한 예술학부 대학원생이다. 그는 과제 제출을 위해 한국의 문화에 대해 잠시 궁금증을 표할 뿐, '나'와 구체적인 삶의 연관을 맺지는 못한다. 「어느 서늘한 하오의 빈집털이」에도 한국인 유학생인 '나'와 열서너 살이 많은 한국인 선배만이 등장한다.

「젤리피쉬」에서는 비로소 호주의 주류라고 할 수 있는 백인과 함께 살아가는 한국인이 등장하는데, 그 동거의 방식은 무척이나 충격적이다. '나'는 시드니에서 5년간 박사논문을 준비하고 있는데, "허드렛일을 하며 학비걱정을 하느라 언제나 쫓겨 다"(112)니는 처지이다. '나'의 아내 역시 오년간 낯선 땅에서 막일을 한 결과 무릎과 허리에 통증을 호소한다. 생활에 궁핍한 '나'는 윤집사로부터 열일곱 살의 소녀에게 한국어를 하루 세 시간씩 일주일에 두 번 가르치는 과외를 소개받는다. 그것은 식당 허드렛일보다 몇 배의 돈이 되는 일이기도 하다. 그 소녀는 "다른 사람 혹은 사물의 처지 따위는 전혀 의식하지 않거나 고려하지 않는 일종의 자폐 또는 소통장애 증상"(119~120)에 빠져 있다. 에밀리는 욕설도 함부로 내뱉는데, 이것은 그녀가 세상으로부터 단절된 채 고급 주택에 감금된 상태인 것과 무관하지 않다. 에밀리는 바닷가에 위치한 시드니에 살면서도 바다조차 가본 적이 없다.[6]

'나'는 등록금 때문에 부목사의 집을 방문하여, 백인 중에는 아시안 여자애를 입양하여 나중에 애인으로 삼는 일이 있다는 이야기를 듣게 된다. '나'는 마지막으로 에밀리가 이사간 집을 찾아갔다가, 집 앞 쓰레기통에서 비아그라를 발견한다. 이를 통해 에밀리라는 소녀는 서양남자와 성적인 관계로 맺어져 있음이 강력하게 암시된다. 백인과의 유일한 동거방식이 성적 노예라는 것은 여간 씁쓸한 일이 아니다.

「마른 꽃을 불에 던져 넣었다」에서는 해이수의 호주 배경 소설 중에서 처음으로 한국인이 다른 인종의 사람과 어울리는 이야기가 나온다. 주인공 '나'는 오주 최고의 우범지대인 킹스 스티릿에서 "검고 두툼한 입술"(101)을 가진 벡스와 어울린다. '나'는 테이프 칼리지의 IT 코스 2 학기를 다닐 무렵, 능숙치 못한 언어와 "호주 학생에 비해 열 배가 비싼 등록금"(101)에 지쳐 있었다. 그 무렵 한국은 IMF를 겪고 있을 때였다. 우연히 위기에 빠진 흑인 벡스를 구해주고, 이후 둘은 함께 어울리게 된 것이다. 벡스는 "탄자니아와 모잠비크 국경해안지대"(104)에서 태어난 흑인이다. 둘은 모두 호주에서 "밑바닥 잡일 따위에 넌덜머리가 나"(122) 있다. "하급 단순노동으로 연명하는"(105) 한국인이 되는 것이 두려운 결과, '나'는 벡스를 따라 포켓볼 도박판으로 뛰어들게 된다. 그들은 벡스의 고향행과 '나'의 졸업을 걸고 마지막 포켓볼 도박판을 벌이지만, 결국 처절한 실패로 끝나고 만다. 마지막 도박판을 운영하는 사람은 브루스 왕이라는 중국인이고, 포켓볼의 상대는 띠앙이라는 베트남인이다.

---

6 사실 '나'도 "학업과 일자리에 정신없이 쫓기"(230)느라 오년 동안 "바비큐와 맥주를 마시며 수평선을 즐길 만한 여유조차 없었던 처지"(230)인 것이다. 그런 점에서는 에밀리나 '나'나 마찬가지 상태라고 할 수 있다.

철저히 유색인종끼리만의 무대라고 말할 수 있다. 최근에 발표한 첫 번째 장편소설 『눈의 경전』에서도 김완은 호주에서 유학생활을 하며, 주로 중국인 유밍과 관계를 맺는 모습을 보여주었다.[7]

윤고은의 「늙은 차와 히치하이커」(『한국문학』, 2014 여름) 역시 호주를 배경으로 한 소설이다. '나'는 호주의 포트오거스타라는 도시의 서바이벌 용품 회사에 근무한다. 이 회사는 극한 상황에서 사람이 최소 3일간 생존하도록 돕는 물품을 담아놓은 생존배낭을 주로 판매하는 곳이다. '나'는 서바이벌 용품에 관심이 많은 이들에게 인기가 좋은 홀튼사에서 새로 출시할 양말을 독점 공급받는 계약을 체결하기 위해, 홀튼사의 책임자가 휴가를 간 울룰루라는 곳을 가야 한다. 울룰루(Uluru)는 흔히 "이 섬의 배꼽"(51)이라 불리며 호주의 중심에 있는 지구상에서 가장 큰 바위이다. 호주 원주민들에게는 매우 신성시 되는 곳이며, 이곳의 원주민을 애버리진(Aborigine)이라고 부른다. 울룰루를 향한 여정은 '나'와 또 한 명의 동행자인 그가 자기의 가장 깊은 상처와 대면하는 여정이기도 하다.

---

7 해이수는 두 번째 소설집 『젤리피쉬』(이룸, 2009)의 「고산병 입문」, 「루클라 공항」, 「아웃 오브 룸비니」에서 히말라야까지 자신의 소설적 공간으로 끌어들였다. 히말라야 3부작이라고 할 수 있는 「고산병 입문」, 「루클라 공항」, 「아웃 오브 룸비니」에서는 크레디트카드, 산악자전거 동호회원들, 돈에 목을 맨 릭샤꾼의 모습 등을 통해 자본의 논리가 예외 없이 관철되는 공간으로서의 히말라야를 보여주었던 것이다. 최근에 발간된 『눈의 경전』(자음과모음, 2015)에서는 호주와 히말라야에 서울까지를 포함시킴으로써 더욱 다양한 공간을 자신의 소설적 배경으로 삼고 있다. 첫 번째 장편인 『눈의 경전』에서는 지금까지 자신이 다루었던 공간들을 하나의 서사 속에 능숙하게 종합하는 데 성공하고 있다. 이 작품의 공간적 배경을 순서대로 정리하면 다음과 같다.
길게 휘어진 시간(히말라야) – 구원자(호주) – 쑨달라(히말라야) – 스테인드글라스(호주) – 폭설(히말라야) – 시드는 꽃(호주) – 불꽃놀이(호주) – 고산병 함정(히말라야) – 만다린(호주) – 봄 그리고 봄(한국) – 놓칠 수 없는 기회(한국) – 텅 빈 흰 몸(한국 · 히말라야) – 라스트 카니발(히말라야) – 우주는 모든 것을 기억한다(히말라야) – 처음부터 다시 걸어오라(히말라야).

'나'는 후배의 소개로 게빈이라는 사람의 차를 타고 울룰루에 가기로 되어 있다. 그러나 '나'는 엉뚱한 사람의 차에 타게 된다. 게빈이라고 생각한 사람은 게빈이 아니며, '마이마일러'를 재현한 '레트로'라고 생각했던 차는 진짜 '마이마일러'였던 것이다. '게빈이 아닌 남자'인 그 역시 '내'가 차를 탄 시점에서 니나로부터 신발을 건네받게 되어 있었는데, 신발 대신 '나'를 태우게 된 것이다. 그리하여 '게빈이 아닌 남자'와 '니나 아닌 여자'의 동행은 시작된다.

처음 '게빈이 아닌 남자'는 여덟 살에 길 가운데 두고 온 차 마일러를 찾기 위해 40년 만에 울룰루로 가는 길이라고 말한다. 그는 40년 전에 지금과는 반대 방향, 즉 내륙에서 바다 쪽을 향해 달린 적이 있었다. 그러나 연료가 떨어져 마이마일러를 내버려둘 수밖에 없었고, 지금 다시 그 차를 버렸던 지점으로 되돌아가는 중이다. 그러나 나중에 그는 그 마일러 자동차가 다름 아닌 형이었음을 고백한다. 1959년에 출시된 마이마일러는 같은 해에 태어난 아이가 다섯 살 어린 동생에게 해주던 이야기에 불과했던 것이다. 동생은 형을 마일러라고 불렀고, 형은 마일러처럼 동생을 태우고 달렸을 뿐이다. 둘의 여정은 다음의 인용에 드러난 것처럼 문명화 교육이라는 미명하에 자행된 끔찍한 인종주의의 폭력으로부터 도망치는 필사적인 행위이기도 하다.

> 서류상으로 그는 1967년생이었지만 그는 자신이 1964년 혹은 1965년에 태어났을 거라고 믿었다. 그의 실제 삶과 서류 사이에 2~3년의 오차가 발생한 이유는 호주 정부의 불명예스러운 정책 때문이었다. 1900년부터 1972년까지 추정하기로는 10만 명에 가까운 애버리진, 그러니까 원주민

아이들, 그중에서도 특히 백인과의 사이에서 태어난 아이들이 희생되었던 사건 말이다. 문명화 교육이란 명목하에 한 살 미만의 아이들이 부모로부터 강제로 분리되었고, 교육원이나 백인 가정으로 보내졌다. 얼굴이 하얄수록 더 데려간다는 말이 있어서 일부러 아이의 얼굴에 검은 것을 바르는 엄마들도 있었다. 그중에 한 아이가 그였다. 그의 형도 마찬가지였다.(64)

'게빈이 아닌 남자'와 그의 형이 탈출하는 과정에서 생존배낭 역할을 한 것은 삽 한자루이다. 다섯 살 때부터 자기 키만 한 삽을 들고 일해야 했던 그는 특별한 의식 없이 삽을 들고 나온 것이다. 삽을 들고 있었기에 어른들은 그들 형제를 의심하지 않았고, 그 삽으로 죽은 형을 묻을 수 있었고, 나중에는 형의 묘지를 표시하는 비목으로 그 삽을 사용하였다. 생존배낭 안에는 각자가 삶에서 가장 중요하게 생각하는 물건을 담게 마련이라는 점에서, 생존배낭은 결국 그 사람이 중시하는 삶의 가치를 드러내는 기호가 된다. 마치 '나'를 진심으로 사랑한 위키의 생존배낭에는 '나'와 찍은 사진과 추억이 가득 담긴 미용가위가 담겨 있었던 것처럼 말이다. 그 배낭 안에는 사람마다 각기 다른 것을 넣으며, 그 안에 들어갈 수 있는 물건은 무궁무진하다. 그것은 그만큼 삶이 다양하다는 의미일 것이다. 그리고 어느 물건이 더욱 낫다고 말할 수 없다는 것은, "한 사람이 짊어질 수 있는 최소한의 무게, 그 마지막 무게라는 건 어쩌면 저울로 잴 수 있는"(70) 것이 아니라는 사실과 관련된다.

형은 죽어가면서 그에게 "최대한 자유로운 곳"(65)으로 가라고 말한다. 그 곳은 울룰루와는 거리가 먼 바닷가의 도시이다. 그가 호주 중심에서 바다까지 이동하는데 걸린 시간은 무려 7년이다. 남들보다 몇 배의 노력을 기울여 나름의 성공을 이룬 그는, 지금 형이 묻힌 곳을 찾아가고 있는 것이다. 그가 "죽은 이에 대한 추모"(65)의 의미를 담고 있는 운동화까지 가지고 울룰루로 향하는 것은 지난 삶에 대한 애도의 의례라고 할 수 있다.

그에게는 인종차별에서 비롯된 형의 죽음이 커다란 상처로 내면에 자리잡고 있었던 것이다. 그 상처야말로 그의 내면에 자리한 진짜 울룰루인지도 모른다. '나'에게도 같은 사회적 이유에서 비롯된 상처가 있다. '나'는 백인인 아버지와 애버리진인 어머니 사이에서 태어난 위키와 몇 년 간 동거를 한 경험이 있다. 위키는 낡은 차가 갑자기 멈춰 서고, 아무런 이유도 없이 애버리진의 자취가 남아 있다는 이유로 폭행을 당한다. 그 날 위키는 예정되어 있던 직장의 취업인터뷰에 나가지 못한 것은 물론이고, 폭행의 후유증으로 사망한다. 이러한 인종차별은 호주에 살기 시작한 백인들은 이제 겨우 여덟 번째 세대에 불과하고, 애버리진은 18,500번째 세대라는 것을 생각한다면 그야말로 어처구니없는 일이다.

"그를 처음 본 순간, 위키를 떠올렸는지 그때 알았다"는 것처럼, 「낡은 차와 히치하이커」에서 위키와 '게빈이 아닌 남자'는 끊임없이 동일시된다. 위키의 죽음은 '나'에게 "이곳은 과연 내가 모국을 떠나 놀 만큼 기회의 땅이었을까"(67)라는 회의를 들게 한다. 이러한 회의는 사실 '나'의 삶에 계속 누적되어 온 것이기도 하다. 「낡은 차와 히치하이커」에서는 인종차별이 매우 심각하고 일상화된 것으로 그려진다. 시드니 초기 정착 시절 '나'는 아시아권 사람들과 함께 동거했는데, 다툼이 일어나자 그들은 '나'를 향해 "옐로몽키"(49)라고 말한다. 이 말은 동거인들이 "들었던 말들을 따라 하고 있"(49)는 것이다. 이러한 공통의 상처로 인하여 작품의 마지막은 둘의 진한 공감의 공간을 한껏 넓히며 끝난다.

나는 가방 안에서 위키의 사진을 꺼냈다. 이제 내 차례인가. 밤은 길었지만 이야기는 우리가 이 길고 험한 밤을, 멈춘 채 통과하는 한 방법이었다. 위키의 이야기를 하다 보면 까만 밤, 붉은 흙 위로 한 아이가 다른 한 아이를 등에 업고 걸어오는 장면과도 마주칠 수 있을지 모른다. 서로 등과 가슴을 맞대고 걸어가는 아이들 말이다.(69)

"위키의 이야기를 하다 보면 까만 밤, 붉은 흙 위로 한 아이가 다른 한 아이를 등에 업고 걸어오는 장면과도 마주칠 수 있을지 모른다"는 '나'의 기대는 상처의 공유를 통한 소통가능성을 열어놓는 것이라고 할 수 있다. 타인의 상처에 대한 관심과 자신을 열어놓는 개방성 속에서 낯모르는 두 사람은 호주 대륙을 가로지르는 여행의 동반자가 될 수 있는 것이다.

윤고은의 「늙은 차와 히치하이커」는 호주에서의 인종주의를 배경으로 하여 개인들의 공감은 어떻게 가능한지를 시험해보고 있다. 인종주의란 타인에 대한 아무런 배려도 없이 자신이 가진 공허한 환상에 타인을 끼워 맞춰 궁극에 이르러서는 그 존재를 지워버리는 것이라고 할 수 있다. 그런 측면에서 인종주의는 위키와 형의 죽음이 선명하게 증언하듯이, 타자를 배제하는 가장 폭력적인 이데올로기라고 할 수 있다. 이 작품에서 이러한 폭력에 맞서 인간 사이의 길을 여는 방법은 타자의 고통에 귀 기울이고, 자신을 개방하는 일이다. 이를 통해 수천 킬로에 이르는 여행길도 우리는 누군가의 동행이 되어 함께 갈 수 있는 것이다. 이 작품 역시 기본적으로는 해이수의 호주 배경 소설들과 마찬가지로, 백인들과 어울리는 모습은 보여주지 못한다. '내'가 깊은 인간적 교류를 나누는 대상은 위키나 '게빈이 아닌 남자' 모두 애버리진이라는 특징을 보여주고 있다. 이것은 '나'의 초기 정착 시절이 보여주듯이, 호주라는 공간에 만연한 인종차별주의와 무관한 것일 수 없다.

2. 세 사람이 함께 하는 번역 작업

방현석의 「존재의 형식」에서 영화감독이자 시인인 레지투이는, 작가가 현재의 한국에서는 사라졌지만 여전히 의미 있는 것으로 생각하는 이상적인 세계를 대변하는 현지인이다. 레지투이는 호치민 루트를 타고 내려와 남부의 게릴라전에 참여한 전사로서, 베트콩의 가치를 온몸에 구현하고 있다. 레지투이는 열일곱 살 때부터 전선에 나섰으며, 그와 함께 입대했던 300명의 부대원들 중에 전쟁이 끝났을 때까지 살아남은 사람은 오직 다섯 명이다. 레지투이는 시인으로서 반레라는 필명을 사용하는데, 그 이름은 본래 시인을 꿈꾸었지만 전선에서 죽은 친구의 이름을 가져온 것이다. 호치민 루트를 대상으로 한 다큐멘터리를 만들며 일본 자본가가 관광상품 소개를 대폭 늘려달라고 요구하자, 레지투이는 "그렇게 증선을 찍을 수는 없"(222)다며 거부한다. 레지투이는 "아직도 공산주의자"(236)냐는 문태의 물음에 분명하게 "그렇다"(237)고 대답하며, 이 나라에는 왜 이렇게 잡상인들이 많냐는 물음에는 "우리나라가 아직 가난하지만 남의 고된 생계수단을 빼앗으면서까지 부자가 되려고 하진 않아요"(237)라고 대답한다.[8]

이 작품에서 현재의 베트남은 과거의 한국을 끊임없이 호출한다. 음식을 배달하는 베트남 청년의 "시커먼 기름때가 묻은"(206) 손은 재우에게 오랜 동안 공장에서 일하던 창은의 손을 떠올리게 한다. 재우, 문태, 창은은 과거 운동권 학생들로서, 문태가 현재에 훌륭하게 적응한 인물이라면, 창은과 재우는 과거의 가치와 지향을 잊지 않은 인물이다. 변호사가 된 문태는 베트남에 와서 가장 비싼 소피텔호텔로 예약을 바꾸어 달라며 돈의 위력을 뽐내며, 가난한 유학생의 통역료는 비싸다며 항의를 하기도 한다. 문태 일행은 현지 가이드에게도 모욕을 주고 무례한 행태를 보인다.[9]

지난해 서울에서 있었던 동문회에서는 '민주화운동 관련자 명예회복과 보상에 관한 법률'에 대한 설명을 하는 문태에게, 재우는 "누가 누구의 명예를 회복시켜주고 누가 누구로부터 보상을 받죠?"(194)라고 항의한다. "불명예스러운 건 지난날이 아니라 지금의 우리야"(226)라는 말속에, 재우의 현재 입장이 잘 나타나 있다. 재우는 문태 일행처럼 "서울에서 방귀깨나 뀌는 놈들"(215)이 싫어서 베트남에 와 있는 것이다. 베트남에 외국기업이 몰려들 무렵, 한국기업으로 재우의 손을 거치지 않은 곳은 거의 없었다. 재우의 베트남어 실력도 최고일 분만 아니라, "베트남에서 거의 유일하게 베트남이라는 나라의 역사와 현재를 있는 그대로 이해하는 한국사람"(216)이었던 것이다. 그때 재우는 많은 돈을 벌었으며, 베트남에 유학온 한국인들에게 많은 은혜를 베풀기도 하였다. 그

8 레지투이는 재우와 희은이 비싸게 음식을 식혀 먹는 것을 보며 "자네들 지금 내 앞에서 돈자랑 하는 건가?"(34)라며 분개한다.

9 그렇다고 문태가 완전히 타락한 인물로 그려지지는 않는다. 문태는 일행과 함께 골프를 치러 가는 대신 "구치터널"(58)에 가는 면모도 지니고 있다.

러나 재우는 70년대 한국에서 노동자를 다루던 방식으로 베트남 노동자를 대하는 한국기업의 태도에 분개해, 이를 비판하는 글을 신문에 실었다가 한국기업들로부터 "기피의 대상을 넘어 저주의 대상"(217)으로 변모한다.

창은은 재우보다도 더욱 신실하게 과거의 이념을 견지하고 있는 인물이다. "충분히 외로워서 이땅을 떠났고, 완벽하게 외톨이가 되어서 잠시 돌아왔다고 생각한 그 앞에 창은이 있었"(194)던 것이다. 문태가 청년운동에서 이름을 얻고 재우가 노동단체에서 역량을 인정받아가면서 비합법조직에서 지도선으로 지위를 높여 갔지만 창은은 계속 공장에 남았다. 그런 노동의 삶 속에서 창은은 오른쪽 팔을 잃어버렸고, 현재는 "'이주노동자의 집' 소장"(226)으로 활동하고 있다.

이러한 창은의 모습은 레지투이의 모습에 그대로 연결된다. 레지투이는 자신들이 "공산주의를 위해서 싸운 것이 아니고 공산주의를 살았"(237)다고 말하는데, '공산주의를 살았다'는 말은, 사실 지난 겨울 한국의 명동성당에서 만난 창은이 재우에게 "무언가를 꿈꾸려는 자는 그 꿈대로 살아가야 하지 않을까"(239)라며 했던 말이기도 하다. 문태와 공항에서 이별한 후, 돌아오는 길에 재우는 택시기사에게 무심코 행선지를 "명동성당"(239)이라고 말한다. 이것은 베트남을 통해 얻은 가치를 통해 재우가 지향해야 할 삶의 가치를 다시 한 번 떠올리게 된 결과라고 할 수 있다.

「랍스터를 먹는 시간」에서도 베트남은 「존재의 형식」과 마찬가지로 작가가 추구하는 이념과 가치가 남아 있는 곳이다. 여기에 덧보태 이 작품에는 베트남과 우리가 맺은 그 아픈 현대사의 비극이 담겨져 있다.

건석은 베트남의 조선소 직원으로 베트남어에 능통하다. 김 부장이 베트남 직원들과 싸웠다는 이유로 공안국에 끌려가자, 이를 해결하기 위해 건석이 나선다. 공안국에서도 김 부장은 "삼십년 전에 우리가 철수 안했으면 베트콩새끼들이 판치는 빨갱이 세상이 되지도 않았어"(93) 등의 말을 하고, "참전 당시의 군가를 소리쳐 부르고 호치민에 대해 막말을 퍼부어대"(98)기도 한다. 평소와 달리 공안국에서는 이 문제에 대하여 완강한 입장을 보이고, 당에서 파견된 팜 반 꾹이 모든 문제를 처리한다. 「존재의 형식」에 등장하는 레지투이에 해당하는 인물이 「랍스터를 먹는 시간」에서는 보 반 러이이다.

김 부장과 싸운 보 반 러이는 "꽝떵이성의 항전사에 이름이 나오는 전사"(111)이다. 그의 몸속에는 서른두 조각의 파편이 박혀 있다. 그 파편은 마을 사람들이 한국군에 의해 몰살당할 때 열세 살의 보 반 러이 몸에 박힌 것이다. 그 참혹한 몰살의 현장에서 살아남은 사람은 러이와 팜 반 꾹과 노인 세 명 뿐이다. 이후 러이는 전선에 나가 "불사조"(147)라는 별명이 붙는 전사가 되고, 팜 반 꾹은 호치민의 명령에 의해 북한으로 유학을 떠났던 것이다. 파편을 제거하는 수술을 거부하는 러이의 모습에서 그날의 일을 영원히 잊지 않고 그것과 하나가 되겠다는 강렬한 의지를 읽어낼 수 있다.

건석은 이러한 러이 앞에서 "잘못이 있다면 용서하세요."(155)란 말까지 한다. 이것은 베트남을 다룬 여타의 소설에서는 찾을 수 없는 장면이라고 할 수 있다. 이 작품은 과거의 베트남전이 보여주었던 숭고한 가치를 반복해서 강조하며, 그러한 지향은 아직도 베트남 땅에 살아 있는 것으로 그려진다. 보 반 러이의 고향을 찾아가는 길에서 소년 몇 명과 물소떼가 길을 가로막고 있어도 경적을 울리지 않는다. "저 아이들의 아버지들이 열고 물소들이 넓힌 길을 이 차가 지금 가고 있는"(135) 것이기 때문이다. 그리고 이러한 모습은 건석의 개인사와 얽혀 들어 현재의 한국인에게도 시사하는 바가 매우 크다.

작품은 프응미 식당에 간 건석이 베트남인들로부터 한국이 이라크에 파병키로 한 결정에 대한 항의를 듣는 것으로 시작된다. 한 베트남 사내는 "한국군이 내 다리를 이렇게 만들었다"(79)며 건석에게 노골적인 시비를 건다. 이러한 반응에 건석은 "내가 그렇게 했나?"(79)라며 자신의 무관함을 주장한다. 그러나 건석은 결코 무관할 수 없는 인물이다. 그에게는 베트남전에 참전한 아버지가 베트남 여인과의 사이에서 낳은 배다른 형이 있었던 것이다. 형은 특이한 외모로 인하여 어린 시절부터 "짜보"나 "베트콩"(83)이라 불리며 아이들의 놀림감이 되었고, 그때마다 건석은 형을 외면하고는 했던 것이다. 아이들의 강제로 나무에 올랐던 형은 한쪽 귀의 청력을 잃어버리기까지 한다. 건석은 23년이 지나서도 나무 위로 내몰리기 전에 자신을 쳐다보던 형의 눈빛을 지워버리지 못한다. 형이 자신의 일기를 읽게 되리라는 것을 알면서도, 건석은 "나에게는 왜 형이 있을까. 형이 집밖에 나오지 않았으면 좋겠다"(104)라는 문장을 일기에 쓰고, 그것을 본 건석의 형은 이후 학교에서 돌아오면 방안에만 머문 채 밖으로 나오지 않는다.

이후 건석의 형은 고등학교 졸업과 동시에 D중공업에 취직했고, 월급을 모두 어머니에게 준다. 바로 그 돈으로 건석은 대학교를 다녔던 것이다. 형은 파업에 참여하고, 건석이 이를 그만두게 하려고 현장으로 찾아가자 형은 당당하게 다음과 같이 말하며 파업을 이어간다.

> 난 이 공장이 좋다. 넌 내 이름이 뭔지 아니? 여기서는 모두 내 이름을 부르지. 최건찬. 물론 나에게는 먼저 우옌 카이 호앙이라는 이름이 있었다. 째보, 베트콩이라는 말을 들을 때마다 나는 되뇌었다. 우옌 카이 호앙. 하지만 최건찬인가 우옌 카이 호앙인가 하는 건 중요치 않아. 난 내 이름을 비겁하게 만들며 살아가지 않아.(121)

형은 공장 노동자가 됨으로써 자신의 참된 정체성과 최소한의 인간 존엄을 회복할 수 있었던 것이다. 그렇기에 형은 진압병력이 투입된 파업현장에 끝까지 남아 있다가 주검으로 발견된다. 한국의 보 반 러이와 팜 반 꾹이 바로 건석의 형이었던 것이다.

건석은 베트남을 통해서 한국의 현실을 문제적으로 바라보게 된다. 그것은 이 작품에서 이라크 파병에 대한 비판적 시각으로 나타나고 있다. 팜 반 꾹은 "당신네가 이라크에 군대를 보내면 안되지. 안 보내겠다면 봐주겠소"(169)라고 이야기한다. 또한 러이는 "참전군인들 때문"이 아니라 "당신과 같은 다음 세대가 지난 세대를 답습"(170)하는 것에 분개한다. "당신이 이 나라에서 살려고 한다면 당신의 나라가 한 일과, 지금 하고 있는 일이 어떤 것인지 좀더 정확히 알아야 할 필요가 있어. 우리 베트남은 당신네 나라보다 훨씬 가난했지만 책임 있는 나라로서 행동했네"(171)라는 말 속에는 한국의 현재를 성찰하는 소중한 거울로서의 베트남이 지닌 의의가 잘 나타나 있다.

방현석의 소설들이 베트남을 대하는 태도는 「존재의 형식」의 처음 부분에 등장하는 번역 장면에 압축되어 있다. 한국어 시나리오를 베트남어로 번역하는 작업이 베트남인과 한국인을 묶어 주고 있다. 보통의 번역을 떠올릴 때, 우리는 두 개의 언어를 모두 아는 번역자가 혼자 앉아서 하는 고독한 작업을 떠올리기 쉽다. 그러나 이 작품에서 한국어 시나리오를 베트남어 시나리오로 바꾸는 작업에는, 한국어 시나리오 작업에 참여한 한국인, 두 나라 말을 모두 아는 번역가, 그리고 베트남어가 모국어인 베트남인이 참여하고 있는 것이다. 이 번역에는 번역가가 번역한 말이 가장 적당한 것인지 확인하기 위해 한국어를 모국어로 사용하는 시나리오 작가와 베트남어를 모국어로 하는 시인이 함께 참여한다. 우리의 주관대로만 베트남어를 확인하면 안 된다는 것, 그 과정에는 반드시 베트남어 모어 사용자의 확인이 필요하다는 인식이 나타나 있다. 6성의 언어구조까지 완벽하게 고려하는 레지투이의 손을 거쳤을 때만이, 그 번역은 완벽한 경지에 오르게 된다. 한마디로 이 번역작업에는 '나'의 생각이나 입장으로 상대방의 입장을 함부로 재단해서는 안 된다는 인식이 선명하게 드러나고 있다.

그리고 이때의 번역에서 무엇보다 신경 쓰는 것은 베트남민족해방전선과 관련한 부분이다. 이것은 번역에 참여하는 레지투이가 실제 베트남민족해방전선의 일원이었던 것과 관련되며, 무엇보다도 그러한 경험은 함부로 취급되어서는 안 된다는 작가의식과도 일정 정도 관련된 것으로 보인다.

베트남이라는 이국의 고유성과 가치를 최대한 인정하며 소통하려는 자세는, 「랍스터를 먹는 시간」에서 베트남인에게 용서를 구하는 건석의 모습이나, 베트남 여인 리엔과 결혼하기 위해 "내 딸이 한국인과 살게 할 수는 없다. 리엔, 이건 안된다. 저주를 받을 일이야"(166)라고 말하는 리엔의 어머니를 진지하게 설득하는 건석의 모습에도 나타나 있다. 이러한 모습은 여타의 결혼이주여성을 다룬 소설들과는 다른 매우 이질적인 면모임에 분명하다. 방현석의 작품에서 베트남에 살아가는 한국인들은 최대한 현지의 이념과 가치를 존중하는 열린 자세와 그러한 가치를 한국의 현실에도 적용하고자 하는 겸허한 자세를 동시에 보여주고 있다.

3. 우리를 되비춰주는 거울

전성태는 세 번째 작품집 『늑대』(창비, 2009)에서 몽골에 대한 집중적인 소설적 형상화를 시도하였다. 몽골을 배경으로 한 작품으로는 「코리언 쏠저」(『실천문학』, 2005 겨울), 「늑대」(『문학사상』, 2006.5), 「목란식당」(『창작과비평』, 2006 겨울), 「남방식물」(『현대문학』, 2006.11), 「중국산 폭죽」(『문학관』, 2007 여름), 「두번째 왈츠」(『ASIA』, 2008 겨울) 등을 들 수 있다. 전성태의 몽골 배경 소설을 이해하기 위해서는 「두번째 왈츠」에 등장하는 몽골의 자르갈 시인이 한국에서 온 '나'에게 하는 "서울 사람이든 평양 사람이든 한국인들한테 몽골은 마치 삼지대 같다는 인상을 받았소. 다들 우리를 통해 서로의 이야기를 들으려 했지. 마치 중매쟁이를 앉혀놓은 사람들 같았단 말이오"(227)라는 말을 경청할 필요가 있다. 평소 분단문제에 많은 관심을 갖고 있는 전성태에게 몽골이라는 공간은 북한에 대한 남한 사람들의 복잡 미묘한 욕망과 태도를 성찰하는 장소가 되고는 한다. 「두번째 왈츠」에서 한국인인 '내'가 집요하게 관심을 기울이는 것도 다름 아닌 "몽골에 귀화한 후 볼강 시 인근의 초원에서 양을 치며 살"(224)고 있다는 "'북한 할머니'의 존재"(224)이다.

「목란식당」에는 남북간의 교류가 정치적인 차원을 떠나서 계속 이어져야 한다는 입장을 가진 사람들이 등장한다. '나'와 삼촌, 표구사 박씨 등이 여기에 해당한다. 이러한 사람들을 통해 작가는 남북간의 관계를 정치적으로만 바라보고 대응하려는 남한과 북한을 동시에 비판하고 있다. 삼촌은 민간교류가 본격화되기 시작하던 무렵에 북한에 갔다가 "묘향산과 금강산 외에 다른 곳에서 목격한 사실을 그리면 안"(70)된다는 북한 당국자와의 서약을 어기고, 금강산 가는 길에 목격한 처녀를 그린다. 이 일로 삼촌과 동행한 북한의 기관원 두 명과 운전사, 그리고 화가 한 사람이 처벌 받는다. 이 소식을 들은 삼촌은 충격으로 붓을 놓은 상태이다. 표구사 박씨는 이러한 삼촌이 어떤 식으로든 붓을 다시 잡도록 도와주고 싶어한다. 이러한 삼촌은 몽골에 와서도 '내'가 "추억과 감상으로 냉면을 대하고 있는지"(76)도 모르겠다고 생각할 정도로, 북한에서 운영하는 목란식당에 대해서도 우호적이다. '나' 역시 불광동 양씨, 취객들, 선교회 사람들이 갖가지 이유를 내세워 목란식당에서 온갖 생떼를 쓰는 모습을 보며, "목란은 그냥 식당인데……"(86)라고 생각하는 인물이다. '나'의 이러한 태도에는 남과 북이 정치적 편견을 떠나 순수한 인간적 교류는 계속 이어가야 한다는 작가의 입장이 드러나 있다.

그 반대편에는 북한에 대한 우월의식에 바탕해, 북한을 끝없이 타자화하는 사람들이 존재한다. 몽골 처녀에게 새장가를 들었다가 재산을 다 털려먹고 정신을 놓아서 교민식당을 떠돌며 연명하는 불광동 양씨가 대표적이다. 그는 다른 교민식당에서는 조용하지만, 유독 목란식당에서

만은 "큰소리를 치고 당당"(78)한 모습을 보여준다. 불광동 양씨처럼 심하지는 않지만, '내'가 목란식당에서 발견한 한국인 취객들도 북한에 대한 우월의식과 냉혹한 교환논리에 빠져 있기는 마찬가지이다. 취객들은 목란식당의 여성 종업원들에게 무리한 요구를 하고, "북측 동포들은 우리를 너무 몰라. 우리가 세금을 얼마나 많이 바쳐서 북으로 보내는 줄 모를 거야"(78)라고 말하는 것이다.

또한 목란식당에는 "구국을 위한 고난의 십자가"(82)라는 글씨가 새겨진 노란 조끼를 맞춰 입은 선교회 일행도 등장한다. 그 일행의 책임자인 늙은 목사는 식당에 오자마자 "우리가 지불한 돈이 북으로 갑니까?"(82)라고 묻는다. 목란식당의 여사장의 "우리래 아직 수익이 발생하지 않아 이 식당에 투자하고 있습니다. 한푼도 평야에 가지 않습니다"(83)라는 말을 듣자, 목사는 "우리가 먹는 음식은 핵무기를 만드는데 사용되지 않는다고 합니다"(83)라며 식사를 시작한다. 선교회의 일행의 기도에는 "저 북녘 감옥에는 이천삼백만이라는 기아에 허덕이는 하나님의 어린양이 있습니다. 그들을 구원하소서"(83)라는 구절이 들어있다. 이 선교회 일행 역시 북한을 바라보는 한국 사회의 중요한 목소리 중 하나임에 분명하다.

결국 불광동 양씨는 평양에서 공훈요리사가 오지 않았다는 사실을 폭로하고,[10] 이에 힘을 얻은 선교회의 목사는 "우리는 오늘 불경한 음식을 먹고 말았"(85)다며 식당을 나선다. 선교회가 떠난 식당의 빈자리는 불광동 양씨의 고성과 무례로 채워지며 소설은 끝난다. 그 의도의 순수성

---

10 이 작품은 북한에서 운영하는 목란식당이, 자신의 식당에 평양 옥류관에서 근무했던 공훈 냉면요리사가 파견되었다고 광고하는 것으로 시작된다.

과는 무관하게 결국 선교회 일행은 불광동 양씨와 동일한 정치적 효과를 발휘하게 되는 것이다. 이처럼 「목란식당」이라는 작품에서는 북한을 둘러싸고 벌어지는 한국 사회의 여러 논쟁들이 몽골에 그대로 옮겨갔다고 할 수 있다.

「남방식물」에서도 그는 남한 사람들이 가지고 있는 북한에 대한 막연한 두려움 같은 것을 보여주는 인물이다. 그가 단골로 다니는 목란식당의 종업원 명화에게는 북한으로 돌아갈 날이 가까워진다. 그러던 어느 날 명화는 편지를 그에게 건네주고, 그는 고민 끝에 편지를 개봉하지도 않은 채 어워(몽골식 성황당)에 묻어버리고 만다. 작품의 마지막에 그는 어워에 다시 가서 명화가 건네준 편지를 꺼내본다. 거기에는 탈북을 도와달라는 식의 이야기 대신 다음과 같은 인간적 우정과 소박한 부탁의 말이 담겨 있을 뿐이다.

> '그동안 동포애로 목란을 찾아주셔서 고맙습니다. 우리 목란 동지들은 모두 강심 먹고 억척같이 식당을 꾸려나가고 있습니다. 앞으로도 많이 찾아주십시오. 목란식당 리명화 올림.'
>
> 그리고 그 밑에 추신의 글이 붙어 있었다.
>
> '우리와 같이 일하는 몽골 녀성 오카 씨가 이남으로 돈 벌러 가길 원합니다. 선생니께서 도와주십시요'(70)

전성태의 소설에서 몽골은 북한을 사유하는 간접적인 통로가 되는 것과 더불어 표상할 수 없는 타자성의 심연으로 등장하기도 한다. 「중국산 폭죽」이 대표적인 작품이다. 이 작품에서 한국인 목사가 상대하는 몽골인은 거리의 아이들이다. 아이는 타자성의 심연을 드러내기에 가장 적합한 형상이라고 할 수 있다. 이 작품은 목사가 선의로 빈병 따위의 폐품을 준 바 있는 거리의 부랑아들이 사흘만에 다시 목사를 찾아오는 것으로 시작된다. 그 아이들은 당연하다는듯이 폐품을 요구하고, 목사는 밖에 내놨더니 다른 사람들이 가져갔다고 말한다. 그러자 아이들은 "욕설이 분명한 몽골어를 짧게"[11](160) 토해내고, 나아가 목사에게 "변상을 해주세요"(161)라고 말한다. 이러한 아이들의 행동은 아이들에게 베푼 작은 선의로 뿌듯했던 목사의 마음을 혼란스럽게 만들기 충분하다. 목사는 "다음부터는 꼭 너희에게 주마"(167)라고 이야기하지만, 아이들은 꿈쩍도 하지 않으며 "그건 그거고요. 오늘 것은 변상해줘야 해요"(167)라고 강력하게 요구한다. 결국 아이들은 내다버린 폐품 양에 해당하는 돈을 받고서야 돌아간다. 그전에도 그 아이들 중의 한 명인 네댓살쯤의 여자아이는 목사가 재직하는 교회에 왔을 때, 기도 중에 "빵 주세요!"(163)라고 소리 높여 외치는 바람에 목사를 곤혹스럽게 한 적이 있다. 그 아이는 자기 몫의 빵 이외에도 오빠 몫으로 두 개를 더 달라고 떼를 썼던 것이다. 작품의 마지막은 한 해의 마지막날 밤에 사오백 명의 부랑아들이 광장에 모여 "거리에서 죽은 친구들을 위해"(177) 폭죽을 터뜨리는 것으로 끝난다.

이러한 몽골 아이들의 모습은 우리와는 매우 이질적인 존재들이라고 할 수 있다. 일상을 유지하게 하는 사회의 관습화 된 규범과는 너무나도 먼 거리에 있는 존재들인 것이다. 이와 관련해 작품 속의 아이들은 자주

11 「중국산 폭죽」은 『문학관』(2007 여름)에 처음 발표되었다. 그러나 『문학관』(2007 여름)을 구할 수 없어, 전성태의 작품집 『늑대』(창비, 2009)에서 인용하였다.

짐승에 비유되고는 한다. 그들의 몸에서 나는 악취는 "짐승의 털 그슬리는 노린내"(160)로, 추운 겨울 모여앉아 담배를 피우는 아이들은 "도시의 까마귀들"(163)로, 관리인을 피해 집안에 들어온 아이들은 "피신한 짐승들"(169)로 표현되는 것이다. 목사는 어린 여자 아이가 기도 중에 소리를 질렀을 때와 남자 아이들이 끝까지 폐품값을 변상받아야 한다고 우길 때, 그들을 모두 "작은 악마"(164, 168)라고 생각하기도 한다.

그러나 전성태의 소설에서 몽골이 문명의 반대편에 놓인 타자성의 공간으로만 표상되어버리고 끝나는 것은 아니다. 「코리언 쏠저」는 「중국산 폭죽」에 드러난 몽골의 타자성을 통해 우리 안의 어둠을 성찰하게 만드는 작품이다. 창대는 십년 만에 얻은 안식년을 몽골에서 보낼 생각으로, 몽골에 위치한 작은 아파트를 하나 임대한다. 몽골인의 일상을 알기 위해 찾아간 재래시장에서 창대는 모든 사람들이 지켜보는 가운데 "몸수색을 당하는 범죄자"(279)처럼 몸에 지닌 것을 모두 빼앗긴다. 그 일당 중의 한 명은 창대의 얼굴에 잣껍데기를 뱉기까지 한다. 이 일을 겪고 창대는 "어떤 야만성에 노출되었을 때 찾아오는 격한 심리상태"(280)에 빠진다. 그 후 찾아간 인터넷 까페에서도 창대가 나오기만을 기다리는 예닐곱 명의 몽골인 청년들을 만난다. 창대는 자신이 "승냥이떼의 사냥감"(282)이 되어 버렸다고 생각한다. 이런 상황에서 인터넷 까페 여종업원에게 도움을 청하지만 그 반응은 무심하기 이를 데 없다. 창대는 이것이 바로 "약육강식의 세계였고, 찍힌 자는 살든 죽든 그건 제 운명"(283)인 "자연의 법칙"(283)이라고 규정짓는다. 창대는 그 청년들의 모습을 통해 칭기즈칸 군대를 떠올리고, 그들이 과거에 얼마나 "야만스럽게 보였을 것인가"(283)라고 생각한다. 창대가 '야만'에 이토록 민감하게 반응한 것은 그가 본래 몽골에서 "시인으로서 예민한 감각과 어떤 그리움"(275)이나 "영혼을 위한 글들"(275)을 얻고자 했기 때문이다. 그는 한없이 낭만화된 장소로서 몽골을 바라보았던 것이고, 이 때문에 그가 체험한 몽골의 일들은 더 폭력적으로 다가왔던 것이다.

이 순간 창대는 처음으로 "나는 한국의 군인"(285)이라고 생각한다. 더군다나 한국의 군대는 "한국전, 베트남전, 걸프전, 그리고 최근에는 이라크전에까지 참전"(285)하였기에 "칭기즈칸의 군대와 닮은 것은 오히려 한국 군대"(285)라고까지 자부하게 된다. 몽골의 폭력성은 시인 창대의 내면에 잠재되어 있던 군인 창대를 선명하게 떠올리도록 한 것이다. 바트 씨의 도움으로 간신히 까페를 벗어나 아파트에 돌아온 창대는 며칠 후에 열쇠를 아파트 안에 두고 문을 잠궈 버리는 실수를 하게 된다. 몽골 사람들의 냉정함으로 아파트로 들어갈 길이 막혀버리자, 창대는 마지막 방법으로 아파트 창문을 통해 집 안으로 들어갈 계획을 세운다. 그 순간 창대는 자신이 "삼년간이나 군인"(293)이었음을 밝히고, 창대의 '코리안 쏠저'라는 말에 그동안 냉담했던 몽골인 검침원과 공사장의 몽골 군인들은 "친구"(295)가 되어 버린다. 창대는 몽골에서의 경험을 통해 "군대 체험은 어쩌면 그 삼십 개월에 그치는 게 아니라 어쩌면 제 인생을 통째로 삼키고 있는지도"(296) 모르며, "적어도 한국에서 군인이 시인보다 강하다는 사실"(296)을 깨닫게 된다. 이 작품에서 과거의 칭기즈칸을 연상시키는 몽골 사람들의 폭력성과 냉담함은 한국인의 내면 깊이 감추어진 어두운 심연을 불러내어 성찰케 하는 작용을 하고 있는 것이다. 전성태가 발견해 낸 몽골의 타자성은 한국인의 타자성을 비춰주는 거울로서 작용하고 있는 셈이다.

4. 함께 만들어 나가는 고향의 명암

박형서의 『새벽의 나나』에 등장하는 주인공 레오는 네 번이나 "매춘의, 매춘에 의한, 매춘을 위한 거리"(76)인 "수쿰빗 소이 포 Sukumvit Soi 4, 일명 나나"(9)를 찾는다. 네 번의 방문은 1994년, 2000년, 2003년, 2009년에 이루어진다. 처음에 레오는 아프리카로 향하는 긴 여정에서 태국을 잠시 들른다. 그러나 밤거리의 쌀국수 집에서 플로이를 만난 후, 그야말로 운명적인 힘에 이끌려 나나의 거리에 머물게 된다. 전생을 볼 수 있는 능력이 있는 레오가 보기에 플로이는 수쿰빗의 일개 매춘부가 아니라 "인연이 오백 년을 넘어서는 레오의 짝"(106)이다.

레오의 전생을 보는 능력은 수쿰빗에서만 가능해진다는 점이 특이하다. 소설의 전반부에서 전생은 상대방을 바라보는 기본적인 틀, 혹은 해석의 시각을 의미한다. 그것은 있는 그대로의 타자를 바라보는 것이 아니라 자기의 틀로서 타자를 바라보는 일에 해당한다. 레오는 가족들로부터 "이웃집 개처럼 증오"(111)를 받은 플로이가 아닌 "공주 출신으로 왕실을 박차고 나와 비천한 사냥꾼의 아내로 살았던 플로이"(107)를 사랑하는 것이다. 이것은 네 명의 이복오빠들에게 번갈아 강간을 당하고, 수양어머니에게 매끼 식사마다 두 손 모아 구걸할 것을 요구받아야 했던 플로이의 삶을 지우는 것이기도 하다. 이를 통해 플로이는 충분히 감당할 수 있는 타자, 즉 타자성이 제거된 타자가 된다.

이런 식의 전생을 보는 능력은 "레오가 말한 모든 게 사실이라서 자신이 오백 년 전 인도의 공주였다고 한들, 대체 뭐가 달라질 것인가?"(191)

라는 플로이의 말처럼, 타자에 대한 이해나 공존과는 무관하다.[12] 레오가 그처럼 플로이의 전생에 집착하는 이유는, 플로이의 말처럼 "네가 꿈에서조차 나와 내 직업을 떼어놓지 못하"(302)기 때문이다.[13]

그런데 전생을 보는 이러한 능력은 작품의 후반부에 이르러 다른 의미로 변한다. 이때의 전생은 다음의 인용문처럼 우리가 모든 이와 공감을 나눌 수 있는 기본적인 토대로 작용한다.

> 전생을 보는 능력이 전보다 진화한 것이다. 그건 하나가 아니었다. 왜 여태 그걸 몰랐을까? 어리석은 편견이었다. 하나가 아니었어. 그래, 하나가 아니었던 거야. 등에서 식은땀이 흘렀다. 전생은 하나가 아니었다. 우리 모두에게는 수백, 수천의 전생이 있는 것이다. 전생의 모습을 유심히 들여다보면, 다시 그 전생의 전생이 보였다. 전생의 전생을 유심히 들여다보면, 다시 그 전생의 전생의 전생이 보였다. 그게 끝없이 반복됐다. 게다가 서로 엉켰다. 엉키고 겹치고 포개졌다.(339)

> 우리 중에 살인자가 아니었던 사람은 없기 때문이다. 우리 중에 배신자가 아니었고 도둑이 아니었고 희생양이 아니었던 자는 없기 때문이다. 윤회의

12 그것은 "네가 플로이의 화려했던 전생을 떠들 때마다 그 애는 지금의 자기를 돌아보게 돼. 이 거리에서의 현재를 말이야. 그런 식으로 남을 우울하게 만드는 능력이라면 차라리 없는 게 낫지 않을까? 레오, 내가 전생에 광대나 저능아였거든 언제든 얘기해도 좋아. 웃기잖아. 하지만 현재보다 나았다면, 제발 말하지 마. 지금 사는 인생이 내 몫의 최선이라 믿고 싶어"(195)라는 에릭의 말을 통해서도 뒷받침된다.

13 현재에 대한 강조는 퀸의 경우에서도 드러난다. 그녀는 "과거에 집착하여 미래를 규정짓는 바람에"(312), 현재만을 쏙 빼어놓았기에 자신을 진심으로 사랑하는 에릭을 놓치고 영국인 밥을 선택하는 잘못을 범하고 만다.

> 풍차에서 불어오는 영겁의 바람은 모든 영혼의 이력을 평평하게 만들어놓았다. 단지 순서가, 오늘 여기서 맡은 배역이 다를 뿐이다. 우리 중에서 매춘부로 살아보지 않은 자는 한 명도 없는 것이다.(340)

레오의 '전생을 보는 능력'은 티베트 불교와 관련시켜 이해할 때, 그 의미가 보다 뚜렷하게 드러난다. 티베트에서는 신참 승려를 교육할 때 그를 도살장에 데려가는 과정이 있다고 한다. 도살장에서 신참 승려는 지금 도륙당하는 짐승이 과거의 어느 한 시절에는 자신의 어머니이거나 자식이었다고 생각해야 한다. 황당하게 들릴 수도 있지만 만약 우리의 삶이 무한의 시간 동안 계속 환생한다는 것을 인정한다면, 저 짐승 역시 어느 시점에서는 혈육이었을 가능성도 존재하는 것이다. 시간상의 무한을 도입함으로써 인간과 짐승 사이에 유대가 창출되는 것이다.[14] 레오의 전생을 보는 능력 역시 후반부에 이르러서는 이러한 능력을 획득한다. '윤회의 풍차에서 불어오는 영겁의 바람' 속에서 우리 중에 '살인자'나 '배신자'나 '도둑'이 아닌 사람은 존재하지 않는 것이다.

레오는 네 번이나 나나에 머물렀다가 다시 떠나는 일을 반복한다. 이러한 반복을 통하여 의미는 심화되고 확장된다. 이때 나나는 타자를 의미하는 하나의 심연이 되고, 머묾과 떠남은 이해와 오해의 끊임없는 반복을 의미하게 된다.

첫 번째로 나나를 방문했을 때 레오는 반년 만에 그 곳을 떠난다. "그러고 보니 소이 식스틴에서 레오가 제대로 이해할 수 있는 사람은 한 명

---

14 나카자와 신이치, 김옥희 역, 『대칭성 인류학』, 동아시아, 2005, 165~171면.

도 없었다"(157)는 고백처럼, 레오는 플로이를 비롯한 나나를 이해하는 데에 완전히 실패한다. 대구의 교통사고 현장에서 유일하게 살아남았을 때, 레오는 다시 나나를 찾는다. 이때 레오는 "지역과 경험과 관계의 한계를 훌쩍 뛰어넘어 눈앞의 현상을 이해해보고자 하는, 인간이라면 누구나 갖고 있는 본능적인 욕구 때문"(250)에 소이 식스틴에 다시 방문한 것이다. 레오의 두 번째 나나행은 타인을 이해하고 싶다는 이전보다 더욱 강렬해진 욕망 때문에 이루어진 것으로 볼 수 있다.

그러나 두 번째 체류를 통해서도 레오는 끝내 이방인이라는 느낌에서 벗어나지 못한다. 태국어를 익숙하게 하고 거리의 비밀도 꽤나 알고 있으며 매춘부들의 삶을 깊숙이 돌보아줌에도 불구하고 "바로 그런 이유에서 레오는 여전히 이방인"(269~270)에 불과하다. "유효기간 일 년짜리 왕복 항공권을 뒷주머니에 꽂아둔 채로는 유람하는 여행자일 뿐, 끝내 수쿰빗 소이 식스틴의 일부가 될 수 없"(353)는 것이다.

플로이가 교통사고로 죽자 레오는 세 번째로 나나를 방문한다. 이 방문을 통해서야 레오는 자신이 끝내 이방인으로 남을 수밖에 없었던 이유를 우웨와의 대화를 통해 깨닫는다. 우웨는 "나를 네 멋대로 해석하는 거랑 날 완전히 이해하는 건 다르단 말이야"(391)라고 말하고, 레오는 자신이 나나에서 줄기차게 해온 일이 "이해가 아니라 해석"(392)이었음을 인정한다. "멋대로 남을 해석하는 대신 고스란히 상대에게 이입된다면, 정말로 이해한다면, 거기에는 사랑도 증오도 끼어들 틈이 없다. 상대의 즐거움과 아픔을 동시에 느끼며 상대와 동일한 방식으로 세계를 바라"(392)볼 뿐이다. 언제든 비행기를 탈 준비가 되어 있는 코스모폴리탄 여행자에 불과했던 레오에게는 진정한 공유의식과 소속감이 부재했던 것이다. 이때 사람들에게 소속감과 정서적 친밀감을 줄 수 있는 공동체를 만들어낸다는 것은 불가능하다.

이때의 '해석이 아닌 이해'란 타인과 공동체를 위한 실천과 헌신을 통해 구체화되는데, 그것은 우웨의 행위 속에 담겨 있다. 나나에서 "흙길만큼 상징적인 존재"(274)인 샨이 폭력적이고 부패한 경찰로서 나나의 유일한 악인인 아잇에게 얻어맞아 식물인간이 되었을 때, 우웨는 전심전력을 다해 샨을 돕는다.

> 비보를 듣는 순간 우웨가 보여주었던 저 놀라운 행동, 자기 처지도 망각한 채 다친 친구를 도와주러 가기 위해 필사적으로 몸부림치던 그 코끼리 같은 의지가 부족했다. 그게 바로 국적과 나이를 초월해 진짜 남자가 진짜 친구를 대하는 진짜 방식이었다.
>
> 우웨는 그렇게 했다. 레오는 그렇게 하지 못했다. 그건 적당한 시간이 지난 후 제 고향으로 돌아갈 생각으로 머물러 있는 사람, 엉덩이 뒤편에 언제나 도망칠 구멍을 숨겨두고 있는 자는 할 수 없는 일이었다. 돌아갈 계획이 없거나 도망칠 곳이 없는 자만이, 우웨처럼 오래전에 제 여권을 깨끗이 불태워버리고 그곳에 뿌리를 박은 사람만이 할 수 있는 일이었다. 레오는 그 거리 모든 이들의 친구이되 여전히 이방인이었다. 그게 우웨와 레오의 가장 큰 차이점이었다.(276)

이러한 깨달음을 얻은 이후에야 레오는 비로소 이방인의 느낌에서 벗어난다. "돌아갈 시간이 다 되어서야 소이 식스틴의 일부, 그들 중의 하나가 되었음을 깨"(402)달은 것이다. 그러나 이 작품의 구성은 절묘하다. 작품의 1부는 세 번째의 나나 방문을 마치고 한국으로 돌아온 6년 후를 그리고 있는데, 레오는 타자의 상징인 나나를 다시 한 번 찾고자 한다. 이러한 구성은 타자에 대한 이해나 공감의 불가능성을 강하게 환기시킨다. 이것은 그가 끝내 타자의 이해라는 문제를 완전하게 해결하지 못했음을 알려준다. 8년을 함께 산 아내에게 애인이 있다는 사실조차 몰랐던 레오에게, 아내의 외도는 "타인을 진심으로 이해한다는 건 어려운 일이 아니다. 그건 불가능한 일이다"(14)라는 생각을 안겨준다. 1부의 마지막 문장은 "레오는 자신이 십오년 전의 그날로 돌아가고 있다는 걸 깨달았다"(19)로 끝난다. 타인의 이해를 위한 노력과 바로 그 결과인 서사는 영원히 진행형일 수밖에 없음을 강하게 암시하고 있는 것이다.

레오는 마지막으로는 나나를 찾는 목적이 라노를 찾기 위해서라고 말한다. 라노는 나나의 전설적인 마약상인 솜이 숨을 거두기 전에 낳은 아이로, 라노가 태어난 날은 레오가 플로이를 만난 날, 즉 "모든 것이 시작된 날"(32)이기도 하다. 외국 자본의 대규모 공세로 인하여 수쿰빗 소이 식스틴의 삶은 점점 어려워지고 많은 사람들이 떠나간다. 신세대 매춘부들은 홍등가의 관례적인 질서와 상호 공조를 거부하며 선배들을 조롱하기 일쑤이다. 그들은 "매춘부로서의 소속감이 없거나 혹은 소속되기를 두려워한 까닭"(209)에 선배 매춘부들을 경멸하거나 모욕한다. 이러한 상황에 대하여 플로이는 강하게 반발하고는 했다. 사실 플로이는 전설적인 매춘부 지아를 잇는 나나 거리의 리더였다. 레오가 라노를 찾는 것은 점점 사라져 가는 나나를 재건하겠다는 의지의 표명으로 볼 수 있다. 이제 레오는 단순히 타자를 이해하는 문제를 뛰어넘어 나나라는 새로운 공동체를 건설하는 일에 나서기로 한 것이다. 그가 애타게 찾고 있는 라노야말로 새롭게 탄생할 나나의 공동체를 상징하는 존재이다. 나나가 단순히 타자성의 심연이나 연민의 대상이 아닌 '함께 만들어 나가는 고향'이 될 때, 우리는 모두에게서 이방인이 아닐 수 있는 가능성이 열릴지도 모른다.

조너선 색스는 다문화주의가 오늘날 수명을 다했으며, 나아가 다문화주의를 적극적으로 끝내야 할 때라고 주장한다. 이유는 다문화주의가 본래의 의도와는 무관하게 사회적 분리로 귀결되었기 때문이다. 다문화주의에 대한 대안으로 그가 제시하는 것은 '우리가 함께 만들어가는 고향'으로서의 사회이다. 색스는 차이와 다양성을 인정하면서도 공동의 소속감이 사회적 공공선을 창조해나가는 협업을 통해 창출되어야 한다고 본다.[15] 박형서의 『새벽의 나나』는 '함께 만들어 나가는 고향'의 모습에 가장 가까운 작품이라고 할 수 있다.

레오는 네 차례의 방문을 통해 나나의 이방인에서 관찰자로 다시 동반자에서 지도자로 그 위상이 변모되어 가고 있다. 그런데 과연 이것이 얼마나 현실성이 있는 이야기일까? 혹시 태국과 한국의 국가적 위계관계와 사창가라는 나나의 특성이 나중에는 레오에게 지도자의 위치까지

15 그가 이상적으로 생각하는 사회는 계약의 산물과는 다른 상호존중과 믿음에 바탕을 둔 언약의 결과물이다. 조너선 색스는 비유를 통해 '함께 만들어가는 고향으로서의 사회' 외에도 두 가지 사회 모델을 제시한다. 첫 번째는 '시골 별장으로서의 사회'이다. 이 별장에는 주인과 손님, 곧 내부인과 외부인, 다수와 소수가 존재한다. 따뜻한 우호적 관계가 성립하더라도 주인과 손님의 관계는 변화하지 않는다. 두 번째는 '호텔로서의 사회'이다. 호텔은 별장과는 다른 자유와 대등한 권리를 약속한다. 여기에는 애당초 주인, 내부인, 다수는 존재하지 않는다. 그러나 누구도 주인이 아니기에 이 호텔에 대해서 그 구성원은 별다른 애착이나 책임을 느끼지 못한다. 조너선 색스는 이 '호텔로서의 사회'가 바로 다문화주의가 추구하는 사회의 모델이라고 주장한다(조너선 색스, 서대경 역, 『사회의 재창조』, 말글빛냄, 2009).

허용한 것일 수도 있다. 국가와 민족의 그 강고한 장벽을 생각한다면, 함께 만들어 나가는 고향이 결코 간단한 일일 수는 없다. 이와 관련해 레오에게 나나의 일원이 되도록 이끄는 핵심적인 인물이 태국인이 아닌 독일인 우웨라는 사실도 문제가 있어 보인다.

또한 이 작품에 등장하는 태국인들은 이미 타자화된 상태로 등장한다. 이 소설의 대부분은 나나에 사는 인물들을 소개하는 데 바쳐지고 있다. 그리하여 이 소설은 일종의 열전(列傳)이라 부를 만하다. 샨, 솜, 소이 식스틴 매춘부 사회의 리더인 지아, 리싸, 임신한 몸으로 죽어간 10대의 매춘부 까이, 항문성교 전문 매춘부인 욘, 미얀마 출신의 까터이(성전환자) 나왈랏, 고위 경찰의 귓불을 물어뜯고 미얀마에서 도망친 빠빠 등등. 또 한 명의 인물군은 본래는 이방인이었다가 그곳에 들렀다가 눌러 앉은 남자들이다. 독일인 우웨, 플로이의 단짝 고향친구인 콴, 해군이 되려고 아나폴리스로 가다 길을 잘못 든 바람에 태국에 온 에릭, 카렌족 출신의 미얀마 고급 장교 예나이, 멋쟁이 마쵸 뚬이 그들이다. 이들은 "도대체 어디까지가 정상이며 어디부터가 변태란 말인가?"(262)라는 질문에 대한 답변을 실연하겠다는 듯이 온갖 성행위와 고통스러운 일들을 엮어서 보여준다. 따라서 '함께 만들어 나가는 고향'에는 태국인이 없거나, 있더라도 그것은 어느 정도 레오의 주관과 의지로 선규정된 태국인만이 존재한다고 말할 수도 있다.[16]

---

16 『새벽의 나나』에 대해서는 「네이션을 넘어선 연대의 가능성」(『끝에서 바라본 문학의 미래』, 실천문학사, 2012)에서 논의한 바 있다. 그때는 조너선 색스의 논의를 참고하여 '함께 만들어가는 고향'의 긍정적 가능성을 보여주는 작품으로만 논의하였다. 이 책에서는 다른 작가들과의 비교를 통해, 작가가 주장하는 연대 이면에 감춰진 허위의식까지 살펴보았다.

5. 결론

해이수의 호주 배경 소설들에서는 철저하게 호주의 백인들과 한국인들이 어울리지 못한다. 한국인들은 그들만의 게토화된 공간에서 살아가거나 같은 유색인종과 어울릴 뿐이었다. 결국에는 그마저도 불가능해져서 끝내는 호주 사회로부터 배제되는 결과를 보여준다. 윤고은의 「늙은 차와 히치하이커」는 상처를 가진 두 명의 인간이 공감과 상호 이해를 통해 소통에 이르는 아름다운 풍경을 제시하고 있다. 그러나 이때 교감하는 두 명의 인간 모두 호주 내에서 주변화된 인종들이라는 공통점을 보여주었다. 특히 해이수의 작품에서는 경제적 격차를 통해 위계화 된 신자유주의적 지구화의 한 단면이 나타나고 있다. 우리나라에서 수많은 동남아 출신의 노동자가 겪는 불평등과 착취를 해이수의 소설 속 주인공들 역시 호주에서 그대로 겪고 있는 것이다. 방현석의 「존재의 형식」과 「랍스터를 먹는 시간」에서 한국인들은 베트남에 마음대로 자신의 이상을 투영하거나 반대로 그곳으로부터 힘없이 분리되거나 배제되는 모습을 보여주지 않는다. 한국인들은 그곳에서 잃어버린 과거의 참된 가치를 찾아내고는 하며, 그것을 통해 베트남은 한국인들의 현재 삶에 의미 있는 하나의 준거점으로 작용하는 것이다. 그것은 시작 부분의 번역 작업에서 드러나는 것처럼, 한국인의 정체성을 유지하면서 동시에 베트남의 고유성을 최대한 인정하려는 태도에서 비롯된 것이라고 할 수 있다. 전성태의 몽골 소재 작품들에서 한국인들은 몽골인들과 깊이 어울리지는 못한다. 작가가 형상화한 몽골이라는 거울에는 북한이나 통일을 사유하는 한국인들의 태도가 비춰지기도 하고, 자기 안에 깊이 감추어 둔 어두운 심연이 드러나기도 한다. 이러한 거울은 어디까지나 몽골의 고유성과 독자성이 상당 부분 지워진 후에야 얻어진 소득이라고 할 수 있다. 박형서의 『새벽의 나나』에서는 한국인이 태국의 사창가에 자신이 참여하는 이상적인 공동체를 건설하려고 한다. 이러한 숭고한 시도에는 태국과 한국 사이의 국제적 위계와 사창가라는 특수성에서 비롯된 모종의 자만심이 개입된 결과라고 파악할 수도 있다. 그렇다면 '얼마든지 타국의 사람들과 어울릴 수 있다는 의식'을 보여주는 박형서의 『새벽의 나나』와 '타국의 사람들과 어울리는 것은 원천적으로 불가능하다는 의식'을 보여주는 해이수의 호주 배경 소설은 서로를 비춰주는 전도된 거울상들이라고 볼 수도 있을 것이다.

6장

지구적 과제의 소설적 형상화

1. 탈국경의 상상력

6장에서는 우리 문학에서 중요한 쟁점으로 부상된 탈국경의 상상력에 대하여 살펴보고자 한다. 국가와 국가 간의 경계를 가로지르며 단일한 민족·국가 중심의 이데올로기를 넘어선 문학적 경향을 '탈국경의 상상력'이라 지칭하고자 한다. 탈국경의 상상력을 통해 한국의 작가들은 그동안 한반도 남쪽에 국한되었던 작품의 공간적 배경을 세계로 확장하고, 한국적 모더니티의 문제를 세계적인 시야에서 바라볼 수 있는 거리를 확보하게 되었다.[1]

---

1 박성창, 「문학·국경·세계화」, 『세계의 문학』, 2008 봄, 324면.

2000년대 이후 한국문학은 민족과 민중이라는 경계 안에서 작동하던 이전의 상상력과 감수성을 초월하기 시작했다.[2] '탈(脫, trans)의 상상력'이 전경화되면서 근대 사회의 초월적인 기표들(국가, 민족, 성, 이름 등)이 점차 상대적인 가치로 변모한 것이다.

가라타니 고진에게서 시작된 '근대문학의 종언'이라는 테제는 우리의 문학판을 술렁이게 만들었다. 고진은 근대문학이 다른 시대의 문학과 구별되는 것은 소설 또는 소설가가 중요한 지위를 차지하게 된 것이며, 이처럼 "근대문학=소설"이라는 등식이 성립한 가장 큰 이유는 소설이 다음과 같은 두 가지 역할을 수행했기 때문이라고 주장한다. 첫째 리얼리즘 소설은 객관적 재현 장치인 원근법, 언문일치, 묵독 등을 통해, 세상과 자신을 성찰할 수 있는 내면적 주체를 형성시켰다. 둘째 지적 능력과 감성적 능력을 연결하는 상상력을 적극적으로 활용하여 타자들과의 공감 능력을 배양함으로써 네이션의 형성에 기여를 했다. 위의 두 가지 기능 중에서도 좀 더 본질적인 근대문학의 역할은 후자와 관련된다.

18세기에 감성과 감정이 지적 도덕적 능력(오성이나 이성)과 밀접하게 연결되어 있다는 것, 그리고 그들을 매개하는 것이 상상력이라는 사고가 등장함으로써, 이제까지 감성적 오락을 위한 단순한 읽을거리였던 소설(이야기)이 철학이나 종교와는 다르지만, 보다 인식적이고 실로 도덕적인 가능성을 지녔다는 관념이 발견(발명)되었다. 이를 통해 "소설은 '공감'의 공동체, 즉 상상의 공동체인 네이션의 기반"[3]이 된 것이다. 문

---

2 김예림, 「'경계'를 넘는 문학적 시선들」, 『문학 풍경, 문화 환경』, 문학과지성사, 2007, 93~95면.

3 가라타니 고진, 조영일 역, 『근대문학의 종언』, b, 2006, 51면.

학은 이제 지적이고 도덕적인 과제까지 확실하게 수행해야만 한다. 사르트르의 "문학은 한마디로 말하자면 영구혁명 안에 있는 사회의 주체성(주관성)이다"[4]라는 말은 칸트 이후 문학이 놓인 입장을 보여주는 것이다.

그런데 가라타니 고진은 "'문학'이 윤리적 · 지적인 과제를 짊어지기 때문에 영향력을 갖는 시대는 기본적으로 끝났습니다"[5]라고 선언한다.[6] 오늘날도 문학이 존재한다면, 그것은 단지 오락으로만 존재한다는 것이다. 가라타니 고진이 자신 있게 근대문학의 종언을 선언하는 핵심적인 이유 두가지는 문학(소설)이 더 이상 네이션을 형성하는 기능을 발휘하지 못한다는 점과 문학의 인식적 · 도덕적 가능성이 소진되었다는 점이다.

가라타니 고진이 근대문학 종언의 핵심적인 근거로 내세우는 '문학(소설)이 더 이상 네이션을 형성하는 기능을 발휘하지 못한다는 점'과 '문학의 인식적 · 도덕적 가능성이 소진되었다는 점'과 관련하여 최근의 소설이 네이션의 형성과 관련된 압박에서 벗어난 것은 어느 정도 사실로 보인다. 설령 네이션 형성에 기여를 한다고 하더라도, 그것은 작가의 의도를 넘어선 차원에서 이루어지는 경우가 대부분이다. 그러나 오늘날 현실의 여러 문제들이 지구적 단위에서 형성된다는 것을 고려하면, 이것을 부정적인 현상이라고 볼 수만은 없다. 어떤 의미에서는 네이션의 범위를 벗어난 형상화야말로 오늘날의 현실에 대한 더욱 적확한

---

4 장 폴 사르트르, 정명환 역, 『문학이란 무엇인가』, 민음사, 1998, 213면.
5 가라타니 고진, 앞의 책, 65면.
6 근대문학이 그동안 떠맡아 왔던 네이션 형성이라는 이데올로기적 역할의 종료와 더불어, 가라타니 고진은 그림의 기하학적 원근법에 상응하는 소설의 삼인칭 객관묘사의 폐기, 새로운 미디어와 문화의 출현, 자율적인 주체성을 더 이상 추구하지 않는 사회분위기 등을 근대문학 종언의 배경으로 언급하고 있다.

묘사일 수도 있다.

요컨대 "상상력이라는 인식론적 권능과 미학적이고 윤리적인 연대의 형식들(공감력)의 결합 속에서 근대문학은 타인들과의 연대를 상상적으로 획득할 수 있는 주체와 그런 주체들이 구성하는 공동체를 형성하는 장치의 역할을 수행했다"[7]면, 지금의 우리 문학이 감당할 수 있는 연대와 공동체의 범위는 민족을 훌쩍 뛰어넘어 세계와 자연의 수준에까지 이르게 되었다고 볼 수 있다. 그렇다면, 근대문학에게 특권적으로 주어졌던 '문학의 인식적·도덕적 가능성'은 오늘날 다른 방식으로 활성화되었다고 말할 수도 있을 것이다. 최근의 많은 소설들은 새로운 차원의 현실 인식과 정치적 사유를 보여주고 있다. 이은선의 「카펫」(『현대문학』, 2010.4), 전혜정의 「봉인된 시간」(『학산문학』, 2010 여름), 김희선의 「어느 멋진 날」(『21세기 문학』, 2013 겨울)에서 그러한 모습을 확인하고자 한다.

2. 지구적 생태환경의 위기

이은선의 「카펫」에서 독자가 배경과 관련해 구체적으로 확인할 수 있는 것은 거의 없다. 구체적인 지명이나 시대를 상상할 수 없는 상황에서 외국 이름을 가진 사람들이 주요 인물로 등장하는 것이다. 그러나 이 작

7 김홍중, 「근대문학 종언론의 비판」, 『마음의 사회학』, 문학동네, 2009, 128~129면.

품이 담고 있는 문제의식은 지금의 현실에 밀착되어 있다. 이때 중요한 것은 이 작품에서의 현실이 가라타니 고진이 근대문학의 가장 큰 의미 배경으로 설정한 네이션의 범주를 넘어서고 있다는 점이다. 이때의 현실은 그야말로 전지구적 차원의 것이다.

「카펫」은 슈흐랏이라는 이국 소녀를 화자로 내세워 내해(內海)가 말라가는 환경재앙을 그려내고 있다. 모든 재앙은 내해가 말라가는 것으로부터 시작된다. 내해가 마르기 전에 사람들은 목화 농사를 짓고, 바다에 나가 고기를 잡으며 행복하게 살았다. 그러나 내해가 마르면서, 사람들은 농사를 지을 수도 없고 심지어는 마실 물조차 모자라게 된다. 마을 사람들은 불치의 질병에 시달리는데, 주인공인 슈흐랏 역시 대책없이 목이 점점 부어오른다. 선장인 아버지는 배를 타고 떠나 돌아오지 않는다. 어머니는 카펫을 팔아 근근이 생활을 해나가지만 아픈 슈흐랏의 약값조차 대기 힘들다.

이처럼 척박한 삶이 이어지는 이곳에 욜두스라는 이름을 가진 한 여인이 나타난다. 그녀는 생태 조사팀의 일원으로 왔다가 부상을 당해 낙오한 것이다. 모자란 물로 인해 이방에서 온 여자를 들이지 말라는 마을 사람들의 명령에도 불구하고, 슈흐랏의 어머니는 그녀를 데려와 돌봐준다. 슈흐랏의 엄마는 마을에 찾아온 이방인 욜두스에게 무조건적인 환대의 모습을 보인다. 자신과 아들조차 극한의 생존을 이어가는 상황에서 엄마는 욜두스에게 물을 주며, 그녀를 돌보는데 조금도 주저하지 않는다. 엄마의 태도는 아무런 현실적 보상도 요구하지 않는다는 점에서 감히 윤리적이라고 말할 수 있다. 사람들은 "사람 하나 늘리는 일이 물을 얼마나 많이 쓰는 일인 줄 알고나 하는 짓"(250)이냐며 엄마를 나무라지만 어머니는 그녀를 끝까지 돌본다. 엄마는 슈흐랏에게 율두스의 나라에 가면 병을 고칠 수 있는 방법이 있을지도 모른다고 말한다. 그러나 율두스와 같은 팀에 속했던 사람들은 마을에 두 번 다시 나타나지 않는다. 그러나 어머니마저 돌아오지 않는 상황에서 이방에서 온 율두스는 촌장에게 강간당한다. 이전에 어머니도 약값을 대가로 마을 사람들과 촌장의 성적 노리개가 된 적이 있다.

점점 상황은 악화되어 간다. 카펫을 팔러 나간 어머니는 돌아오지 않고, 슈흐랏은 병이 심해져 몸의 감각이 사라져 버린다. 수로에는 더 이상 한방울의 물도 들어오지 않는다. 슈흐랏과 율두스는 무작정 마을을 떠난다. 그 순간 슈흐랏의 앞에 거대한 환상이 나타난다. 지평선을 넘어온 바닷물이 발목까지 차오르고, 아버지가 타고 있을지도 모르는 배가 밀려온다. 동시에 엄마가 나타나고, 슈흐랏은 병이 다 나았다고 느낀다. 그 황홀경의 와중에 슈흐랏은 목화송이 하나를 잡아 타고 하늘을 헤엄쳐 다닌다. 이때의 환상은 현실의 비극을 더욱 강조하는 것인 동시에, 출구 없는 우리의 막막한 절망을 강하게 환기시킨다.

이 작품은 추상적인 시공간을 배경으로 하고 있지만, 담고 있는 메시지는 매우 현실적이고 절박한 것이다. 물부족과 그로 인한 고통은 네이션의 차원을 넘어 인류가 겪고 있는 지금의 문제이기 때문이다.[8] 이은선

---

8 지구환경문제의 절박성은 다음의 신문기사를 인용하는 것으로 충분할 것이다.
"세계 지도자들과 마주 앉아 속히 해결 방안을 모색하겠다." 반기문 유엔 사무총장이 지난4일 우즈베키스탄의 아랄 해를 둘러보고 "매우 충격적"이라며 이렇게 말했다. 그가 방문한 무이락 마을의 풍경은 충격이란 말로도 부족했다. 소금기 가득한 사막엔 폐선이 녹슬고 있었다. 한때 깊고 푸른 아랄 해였던 그곳에 말이다. 터키어로 '섬들의 바다'라는 뜻을 지닌 아랄 해는 50년 전만 해도 남한 크기의 3분의 2만한, 세계에서 4번째로 큰 내해였다. 옛소련이 자연을 개조한다며 호수로 흐르던 강의 물길을 면화재배지로 돌리는

은 구체적인 인물이나 시공을 완전히 벗어난 환상적인 방법을 통해 지금 인류의 절박한 과제를 환기시키는데 성공하고 있다.

3. 폭력의 일상화 혹은 지구화

전혜정의 「봉인된 시간」 역시 추상적인 시공을 배경으로 하고 있다. 이 작품은 강력한 알레고리적 의미를 형성한다. 마을에 점령군이 들어닥치고 그들은 포로들을 죽이는 것으로 자신들의 폭력성을 증명하기 시작한다. 점령한 지 반 년이 지난 후에도 사나흘에 한 번꼴로 포로들에 대한 처형이 회당에서 벌어진다.

점령군 장교는 곧 마라라는 어린 소녀의 "단순히 아름답다는 표현만으로는 부족할 정도"(270)의 미모를 발견한다. 그날 저녁에 마라는 점령군 장교들의 성적 노리개가 되어, "핏물과 상처와 멍으로 범벅이 된 나신"(277)이 되어 집으로 돌아온다. 마라는 처음 성폭행을 당하던 순간에 "남자들에게 차례로 다리를 벌리고 있는 자신을 응시하고 있는 또 다른

바람에 아랄 해의 90%가 말라버렸다(『경향신문』, 2010.4.6). 우리는 물이 없으면 못 살지만 물이 없는 세상을 심각하게 생각하지 않는다. 물이 주위에 있다는 사실을 당연하게 받아들인다. 미래에도 그럴까? 우리가 직면한 물 위기는 수치상으로도 얼마나 심각한지 알 수 있다. 유엔개발계획(UNDP)에 따르면 10억 명, 즉 전 세계 인구 6명 중 1명이 깨끗한 물을 마실 수 없고 20억 명 이상이 최소한의 하수처리시설이 갖춰지지 않은 곳에서 생활한다고 한다. 이런 상황을 그대로 방치한다면 2025년에는 전 세계 인구의 3분의 2가 충분한 청정 식수를 공급받지 못하게 된다(『동아일보』, 2010.4.7).

자신을 어둠 속에서"(276) 본다. 나중에 "마라에겐 과거가 존재하지 않았다. 다만 현재만이, 장교들의 욕구를 충족시키기 위해 지금 두 다리를 벌리고 있는 현재만이 존재"(295)하게 된다. 이러한 두 가지 체험은 마라가 끔찍한 비극을 겪으며, 자신의 정체성을 완전히 상실했음을 의미한다. 그녀는 일종의 죽음을 당한 것이다.

성적 노리개가 된 마라는 점령군의 보호 아닌 보호를 받는다. 마라가 첫 번째 성폭행으로부터 회복하는데 두 달 여의 시간이 걸린다. 회복이 되자마자 마라는 또다시 장교들에게 끌려간다. 그곳에서 마라는 장교들에게 요구받은 일들을 무표정한 얼굴로 수행한다. 그때도 자신이 보았던 또 다른 자신을 어둠 속에서 발견한다. 계속해서 마라가 막사를 출입하자 마을에는 "고작 열네 살의 소녀인 마라가 벌써부터 남자를 호릴 수 있는 음탕한 매력을 지니고 있는 탓에 점령군의 장교들이 마라에게서 헤어나지 못하는 것"(284)이라는 소문이 돌기 시작한다. 마을 사람들은 어느 새 마라를 어린 매춘부로 간주하기까지 한다.

이은선의 「카펫」이 물부족으로 대표되는 인류의 환경문제를 환기시켰다면, 전혜정의 「봉인된 시간」은 예외상황이 정상이 되어버린 항구적 예외상태인 국가간의 폭력적 상황과 그에 대응하는 사람들의 폭력적인 방식을 진지하게 문제 삼고 있다.

우선 P국의 성격이 오늘날의 패권국을 강렬하게 환기시킨다. "P국이 강대국이라는 것은 사방의 모든 나라들이 인지하고 있는 사실이었으나, 이 강대국에게는 항상 호시탐탐 반기를 들려하는 적국이 너무 많"(290)았다. 마을 사람들에게는 생존 자체를 위협할 만큼의 혹독한 굶주림과 가난이 닥쳐 오고, 점령군도 P국의 전투상황이 악화됨에 따라 본국으로 돌아갈 상황에 이른다. 식자공 역시 오늘날의 위계화된 세계에서 흔히 발견할 수 있는 인물형이다. 이 마을에서 점령군과 마을 사람들 사이를 매개하는 것은 점령군의 언어인 P국의 말을 유일하게 할 줄 아는 식자공뿐이다. 그로 인해 늘 일감이 없어 근근이 살아가던 식자공은 마을에서 "가장 영향력 있는 인물"(266)이 된다. 그는 마을 사람들과 점령군 사이에서 중개자의 역할을 솜씨 좋게 해낸다. 식자공은 나중 점령군 사병들에게 명령을 내리는 지위에까지 오르고, 마을 사람들 사이에서도 신망을 얻는다.

이러한 절체절명의 순간에 마을 사람들이 보이는 태도는 매우 문제적이다. 마라의 존재로 인해 "더 이상 다른 소녀들이 희생되지 않는 상황"(287)이 가능함에도 불구하고,[9] 마을 사람들은 이유없이 마라를 비난하고 그녀와 그 가족들에게 근거 없는 원망과 불평을 보인다. 마라는 "그저 자신과 모두를 살리기 위해 그랬던"(294) 것 뿐이다. 이후 마을 사람들의 마라를 향한 적개심의 수위는 점차 높아진다. 마라의 집에는 음식이 넘쳐난다는 말이 퍼지고, 그 후에는 배고픔을 견디지 못하고 찾아온 이웃에게 썩은 무화과를 던져주며 개처럼 받아먹으라고 했다고까지 한다. 점령군이 철수하자 마을 사람들의 마라와 그 가족들에 대한 적개심은 노골적으로 불타오른다. 결국 점령군이 철수한 날 마라는 자신의 집이 검은 연기에 휩싸여 사라지는 것을 산에서 보게 된다. 선악의 피안에 놓여 있는 마라와 그 가족들을 향해 돌을 던짐으로써, 마을 사람들은 자신들에게 찾아온 공동체의 문제를 해결하고 있는 것이다. 이러한 방

---

9 처음 마라가 성폭행을 당하고 병들어 누워 있을 때, 점령군은 다른 소녀에게도 마라에게 했던 것과 같은 일을 저지른다. 이로 인해 그 소녀의 가족은 모두 죽음에 이른다.

식은 너무도 비겁하고 졸렬할 것이지만, 르네 지라르가 말했듯이, 인류가 오랫동안 위기를 극복해 온 방식이라고도 할 수 있다. 르네 지라르의 독법에 따를 경우, 자신의 모든 것을 바치고도 바로 그 이유 때문에 목숨을 잃어버린 마라는 이 시대의 예수라고 할 수 있다. 「봉인된 시간」의 마라를 윤리적인 존재라고 말할 수는 없다. 그녀가 결과적으로 마을 사람들을 구원하는 역할을 하고 있지만, 그것은 자신의 의도와는 무관한 것이기 때문이다. 그럼에도 희생양인 그녀는 결국 마을의 모든 고통과 절망을 짊어진 성녀(聖女)임에는 분명하다.

4. '세계에 대한 상상'으로서의 소설

김희선의 「어느 멋진 날」(『21세기 문학』, 2013 겨울)은 복잡한 시공간을 오르내리는 구성방식을 취하고 있다. 각 장은 별도의 시공간으로 나뉘어 있는데 이를 정리하면 다음과 같다.

① 2013년 1월 20일 서울—② 2012년 12월 25일 텔아비브. 오전 10시—③ 1982년 6월 17일 레바논 베이루트의 팔레스타인 난민촌—④ 2012년 12월 25일 텔아비브. 오전 11시 30분—⑤ 2013년 1월 20일 가자지구 알-부르즈 난민촌—⑥ 2012년 12월 25일 텔아비브. 오후 2시—⑦ 2012년 12월 15일 알-부르즈 난민촌. 의사 아부엘의 집—⑧ 2012년 12월 25일 텔아

비브. 오후 5시 - ⑨ 2013년 1월 10일 서울 - ⑩ 2013년 1월 20일 알-부르즈 난민촌. 할레드의 집 - ⑪ 2013년 1월 20일 서울.

「어느 멋진 날」은 시간을 기준으로 볼 때, 1982년 6월 17일, 2012년 12월 15일, 2012년 12월 25일, 2013년 1월 10일, 2013년 1월 20일에 벌어진 일로 되어 있음을 알 수 있다. 작가는 1982년에 있었던 베이루트의 학살극, 그리고 이를 주도한 이스라엘 전총리인 샤론의 혼수상태라는 역사적 사실을 적극적으로 활용한다.[10]

시간을 온통 뒤죽박죽으로 만들어 놓은 이 소설의 스토리는 1982년 이스라엘군이 레바논의 베이루트에 있는 팔레스타인 난민촌에 침공하는 것으로 시작된다. 이때 아부엘은 동생 할레드가 살해당하는 것을 목격한다. 이후 아부엘의 가족은 가자지구 서안으로 들어와 정착하고, 아부엘은 몸에 폭탄을 주렁주렁 달고 성전에 참여하는 것이 일상인 분위기에서 성장한다. 아부엘은 할아버지의 후원으로 간신히 그곳을 떠나 의사가 되지만, 아부엘이 떠난 뒤 대규모 공습으로 인해 난민촌의 가족들은 모두 죽고 만다. 이후 아부엘은 의사가 되고, 텔아비브의 유명한

10 얼핏 보기에 복잡한 이 소설을 이해하기 위해서는 다음과 같은 배경지식이 필요하다. "뇌졸중으로 쓰러져 8년간 혼수상태에서 투병해온 아리엘 샤론 전 이스라엘 총리가 2014년 1월 11일 타계했다. 군인 출신인 샤론은 2001~2006년 총리로 재임하는 등 이스라엘서 수십 년간 군과 정치 지도자로서 활약했다. 샤론은 군 장성으로 1967년 '6일 전쟁', 1973년 '욤 키푸르' 전쟁 등에서 공로를 세웠으며 팔레스타인해방기구(PLO) 대원을 겨냥한 레바논 침공도 진두 지휘했으나 수천 명의 민간인이 사망하면서 아랍권에서 '베이루트의 도살자'라는 오명을 얻었다. 이스라엘 내부의 공식 조사 결과로도 1982년 9월 레바논 베이루트 외곽 사브라와 샤틸라 난민캠프에서 2천여 명의 팔레스타인 민간인이 살해 당한 데는 샤론이 간접적 책임이 있는 것으로 밝혀져 국방장관직에서 즉각 사퇴했다"(『연합뉴스』, 2014.1.11).

병원에서 일할 수 있는 기회까지 얻는다. 그러던 어느 날 이븐 알 하둔이 찾아와 "인간의 무의식에 침투하는 방법"(105)을 전수해준다. 이븐 알 하둔은 아부엘이 "사람들의 무의식을 변형시키고 꿈을 꾸게 함으로써 세상을 바꾸는 일"(107)을 하기 원했던 것이다. 아부엘이 침투하고자 하는 무의식의 주인은 다름 아닌 1982년의 학살극을 주도했지만, 지금은 혼수상태에 빠진 샤론이다.

아부엘은 샤론의 무의식에 침투하는데 성공한다. 그리하여 샤론으로 하여금 아부엘이 어린 시절 동생의 죽음을 목격하던 그 끔찍했던 순간을 계속해서 체험하는 꿈을 꾸게 만든 것이다. 샤론은 어린 소년이 동생의 죽음을 확인하고 비명을 지르는 장면에서 매번 눈물을 흘린다. 모사드는 이것이 아부엘에 의해서 이루어진 일이라는 것을 파악한 후, 아부엘이 피신한 서울까지 찾아가 그를 살해한다. 이것은 액자소설 형식인 「어느 멋진 날」의 내화라고 할 수 있다. 그리고 이 내화를 지어낸 사람은 잡지사에 근무하는 '나'이다.

「어느 멋진 날」에는 소설을 쓰는 또 한 명의 사람이 있으니, 그는 가자지구에 사는 소년 할레드이다.[11] 아부엘이 가자지구에서 새롭게 알게 된 할레드는 서울을 상상하며 소설을 쓴 바 있다. 이 소설을 보고 왜 가본 적도 없고 갈 일도 없을 서울을 상상하며 소설을 쓰느냐고 아부엘은 물어본다. 다음의 인용문은 할레드의 답변으로서, 이 답변이야말로 소설의 주제와 직접적으로 맞닿아 있다.

11 「어느 멋진 날」에는 두 명의 할레드가 등장한다. 어린 시절에 이스라엘의 공격으로 살해당한 아부엘의 동생인 할레드와, 현재 난민촌에 머물며 소설을 쓰는 할레드가 존재하는 것이다.

> 어차피 모든 이야기는 상상이니까요. 어쩌면 내가 지금 서 있는 이 땅이, 가장 깊숙한 밑바닥에선 바로 그 도시와 연결되어 있는 걸지도 모르고요. 아니, 생각해보니 난 그곳에 기시감을 느꼈던 것 같아요. 그런데 아부엘, 거기서도 누구 한 사람쯤은 이곳에 기시감을 느끼고 있지 않을까요? 그리고 나처럼 이렇게, 한 번도 가보지 않은 장소에 대하여 이야기를 만들어내고 있지 않을까요?(111)

가본 적도 갈 일도 없을 서울을 상상하는 소설이 가능한 것은 "이 땅이, 가장 깊숙한 밑바닥에선 그 도시와 연결"되어 있기 때문이다. 따라서 할레드는 '서울에서도 한 사람쯤은 중동의 난민촌에 기시감을 느껴 그곳에 대한 이야기를 만들어내고' 있을지도 모른다고 예상하는데, 그 예상은 정확히 맞아 떨어진다. '나'는 공장 밀집지대 인근에서 살해된 아랍인의 옷에서 한 "소년이 좀 더 어린 남자애와 함께 서 있는 사진"(90)을 형사 김에게서 넘겨받은 후, 그 사진의 배경이 된 동물원이 "언젠가 혹은 어디선가"(90) 본 것 같은 기시감을 느끼는 것이다. 실제로 '나'는 「어느 멋진 날」의 내화라고 할 수 있는 글을 쓴다. 이처럼 이 소설에서 기시감은 '나'와 '너'가 서로를 이해할 수 있는 기본적인 토대가 되고 있다. 기시감은 "우리들 모두가 세상의 기저에선 서로 맞닿아 있다는 걸 보여주는 증거"(110)로서 사용되고 있는 것이다.

'내'가 쓴 소설은 모사드 요원에 의해 아부엘이 끔찍하게 살해되는 것으로 끝나지만, 할레드가 쓴 소설은 다른 결말을 보여준다. 할레드 소년이 쓴 소설의 결말이야말로 작가의 꿈이라고 말할 수 있을 것이다.

> 결코 아부엘(이라고 이름 붙인 소설의 주인공)이 죽지 않으며, 시체 안치소에서 갑자기 벌떡 일어나 모두를 놀라게 할 거라는 걸 안다. 그리고 길고 긴 코마에서 깨어난 아리엘 샤론이 팔레스타인의 지도자와 서로 손을 잡으며 악수를 하게 되리라는 것도 알고 있다. 왜냐하면 이제 샤론은, 동물원에서 동생이 죽어가는 걸 지켜봐야만 하는 어떤 소년의 슬픔을 정말로 느껴봤으니까. 또한 소설이 완성될 즈음이면 사라진 의사가 마치 아무 일도 없었다는 듯 돌아올 것이며, 그 이후의 모든 나날은 (좀 불안하긴 해도) 천천히 평온하게 흘러갈 것임을 확신한다.(112)

'어느 멋진 날'이라는 제목에서도 드러나듯이, 작가는 비극적인 결말인 '나'의 소설보다는 해피엔딩인 할레드의 소설을 더욱 긍정적으로 생각한다. 그것은 내가 자신의 원고를 읽어본 뒤 삭제키를 누르는 것에서 분명하게 드러난다. 그러고 보면 아부엘이 이브 알 하둔으로부터 전수받은 기술, 즉 '사람들의 무의식을 변형시키고 꿈을 꾸게 함으로써 세상을 바꾸는 일'은 할레드의 소설 속에서는 완벽하게 성취된다. 그리고 이브 알 하둔이 중세로부터 내려온 이슬람교의 비의와 현대과학을 융합시켜 탄생시킨 기술은 사실상 소설의 고유한 권능이라고 볼 수 있다. 모든 소설은 아부엘이 할레드에게 말했듯이, "세계에 대한 상상"(96)이며 그러한 상상은 공감을 창출하기 때문이다.

5. 결론

이은선의 「카펫」, 전혜정의 「봉인된 시간」, 김희선의 「어느 멋진 날」은 네이션의 범위를 벗어난 새로운 공동체의 가능성과 점점 더 긴밀하게 연결되어 가는 지구공동체의 현실을 보여주고 있다. 이은선의 「카펫」이 물부족으로 대표되는 인류의 환경문제를 환기시켰다면, 전혜정의 「봉인된 시간」은 예외상황이 정상이 되어버린 항구적 예외상태인 국가간의 폭력적 상황과 그에 대응하는 사람들의 폭력적인 방식을 진지하게 문제 삼고 있다. 김희선의 「어느 멋진 날」은 수십년 째 이어지고 있는 이스라엘과 아랍인들 사이의 그 끔찍한 살육극을 소설 창작의 기본 바탕으로 삼고 있다. 이들 소설은 모두 근대문학과는 다른 방식의 새로운 인식적・도덕적 가능성을 보여주고 있는 것이다. 이러한 문제설정과 사유의 모습은 분명 국민국가를 넘어선 차원의 상상력이라고 부를 수 있다. 이것 역시 다문화 시대의 한국 현대소설이 발견해 낸 새로운 소설적 흐름임에 분명하다.[12]

12 「카펫」과 「봉인된 시간」에 대해서는 「소설의 새로운 가능성」(『끝에서 바라본 문학의 미래』, 실천문학사, 2012)에서 논의한 바 있다. 당시에는 한국소설의 새로움과 관련하여 논의를 진행했다면, 이번에는 「어느 멋진 날」과 연결시켜 작품에 나타난 탈국경의 상상력을 집중적으로 살펴보았다.

7장

다문화 시대의 (탈)민족주의적 역사소설

1. 역사소설과 Nation-State

"역사는 역사가와 사실이 상호 작용하는 끊임없는 대화"(E.H.Carr)라는 명제가 가르쳐주듯이, 역사의 기술이란 결국 현재의 문제의식이 과거의 사실에 끊임없이 작용한 결과라고 할 수 있다. 요즈음 들어 활발하게 창작되고 있는 역사소설들의 가장 큰 특징으로 들 수 있는 것은 다양성이다. 하나의 주조로 묶어내는 것이 불가능할 만큼 다양한 주제를 다양한 시각에서 다양한 방법으로 다룬 역사소설들이 씌어지고 있는 것이다. 오늘 우리가 보는 역사는 수많은 스펙트럼을 통해 다양하게 비춰지고 있다.

현실을 보는 다양한 스펙트럼에 의하여 해체되는 기존 역사소설의 모습 중 대표적인 것은 '내셔널 히스토리로서의 역사소설'이다. 본래 소설은 신문과 더불어 민족이라는 상상의 공동체를 재현하는 기술적 수단을 제공했다. 소설은 벤야민이 말한 '동질적이고 공허한 시간(homogeneous empty time)' 안에 존재하는 동시대인이라는 동시성의 관념을 낳는 것이다. 소설에 등장하는 수많은 인생들은 동일한 시기에 동일한 사회에 살고 있다는 사실에 의해서 동시에 등장한다. 이러한 소설을 읽는 독자들은 실생활에서의 접촉 여부와는 무관하게 같은 시간대에 존재하는 사람들이 있으며 자신과 이들이 동시대인으로서 동일한 사회적 실재 안에 있다는 상상을 하게 되는 것이다.[1] 이처럼 소설은 민족과 그 근원에서부터 깊이 결부되어 있는 문학장르이다.

특히 역사소설이 국민국가와 맺는 관계는 더욱 긴밀하다고 할 수 있다. 소설이 동시대를 사는 사람들에 대한 상상을 통해 서로간의 친교와 공동체 의식을 상상할 수 있는 기반을 제공한다면, 역사소설은 현재의 독자들에게 과거 사건에 대한 공감적 동일화를 꾀함으로써, 현재를 살아가는 독자와 과거 사람들 사이에 새로운 형태의 상상적 연계를 창출하기 때문이다.[2] 동시에 역사소설에서 그려지는 과거 사회는 대개의 경우 국민국가라는 공간적인 틀도 부여한다. 그 결과 역사소설은 근대인들이 국가라는 조건 속에서 과거를 상상하도록 부추기는 주요한 매체의

1 베네딕트 앤더슨, 윤형숙 역, 『상상의 공동체』, 나남출판사, 2002, 46~58면.

2 역사소설을 통해 사람들은 과거의 과정을 현재에 투영함으로써 자신의 인생이 역사의 힘에 의해 형성되는 것으로 인식하게끔 된다. 또한 독자는 개인적 의식을 시간적으로 역행시켜 과거에 살았던 보통 사람들의 행동을 상상적으로 재구성하고 윤리적으로 음미함으로써 그것을 역사적 사건의 추이에 기여하는 것으로 보게끔 된다(테사 모리스-스즈키, 「상상할 수 없는 과거－역사소설의 지평」, 김경원 역, 『우리 안의 과거』, 휴머니스트, 2007, 62면).

하나가 되어왔다. 근대의 역사서와 근대 역사소설 모두 국가 건설의 과정과 밀접하게 결부되어 있는 것이다.[3]

한국역사소설의 발자취는 역사소설이 내셔널 히스토리로서 작용해온 전형적인 사례라고 해도 과언이 아니다. 역사물이 전성기를 이루었던 시기는 민족국가가 큰 위기에 처했던 시기였으며, 그 시기 역사소설에 대한 논의는 민족 담론의 자장 안에서 이루어졌던 것이다. 여러 편의 역사전기물을 쓴 바 있는 신채호는 『을지문덕』(1908) 서문에서 "과거의 영웅을 그려 미래의 영웅을 불러온다"는 영웅대망론을 밝힌바 있다. 과거를 그려내는 본의는 현재의 민족적 위기를 극복해 나가기 위함임을 분명히 밝히고 있는 것이다. 식민지 시기에 씌어진 본격적인 역사소설들은 크게 보아 이러한 인식론적 범위 안에서 창작된 것들이다. 70, 80년대에 창작된 역사소설들, 즉 민중을 주체로 내세운 민족주의를 표방한 역사소설들은, 파행적인 관(官) 주도 민족주의에 대한 대항담론으로서 기능해왔다고 말할 수 있다. 이처럼 우리의 역사소설은 내셔널리즘과 나란히 놓여 있는 담론체계였던 것이다.

내셔널 히스토리로서 기능하는 역사소설은 국민국가라는 공간적인 틀을 부여하기 위해서라도, 현재 한민족의 영토 내에서 벌어진 과거 사건을 다루어 왔다. 당연히 그 주인공은 공감적 연계를 끌어낼 수 있는 우리 민족의 인물로 한정되어 왔다. 지금까지의 역사소설들은 대개 토박이들이 고향에서 벌인 과거 사건에 집중되어 있었던 것이다. 반면 2000년대 역사소설은 작품이 배경으로 삼고 있는 시공이 더 이상 한반도로

3 위의 책, 74면.

한정되지 않는다는 특징을 보인다. 오늘의 역사소설은 탯줄이 묻혀 있는 고향을 벗어나, 지구적인 차원으로 확대된 시공 속에서 새롭게 출발하고 있는 것이다. 동시에 이 땅의 토박이가 아닌 이방인의 등장과 전쟁(내전이 아닌 국제전으로서의 전쟁)이라는 무한 적대의 상황이 배경으로 설정되는 것을 중요한 특징으로 들 수 있다. 전쟁이라는 배경과 외국인의 시각은 필연적으로 민족공동체를 둘러싼 여러 경계의 문제를 좀더 근본적인 차원에서 사유하게 만든다. 본고에서는 다문화 시대의 특성이 나타난 대표적인 역사소설인 김영하의 『검은 꽃』(문학동네, 2003), 황석영의 『심청』(문학동네, 2003), 조두진의 『도모유키』(한겨레신문사, 2005), 조정래의 『오 하느님』(문학동네, 2007), 김경욱의 『천년의 왕국』(문학과지성사, 2007)을 집중적으로 살펴보고자 한다.

2. 공동체의 굿판(『검은 꽃』)과 연대의 집(『심청』)

『검은 꽃』과 『심청』은 국제적 시공과 이방인을 주인공으로 내세운 2000년대 역사소설이 선보일 민족과 공동체에 대한 사유를 선도적으로 이끈 작품이라고 할 수 있다. 『검은 꽃』과 『심청』은 작품의 시공간이 국제적으로 확대되었다고 해서, 자동적으로 '내셔널 히스토리로서의 역사소설'을 넘어서거나, 작품의 질이 보장되는 것은 아님을 보여주고 있다. 그러나 두 작품이 선구적으로 2000년대 역사소설이 감당해야 할 새로운 역할을 제시했음은 부인하기 힘들다.

두 작품은 모두 19세기 말에서 20세기 초라는 역사의 격변기를 다루고 있다. 『검은 꽃』은 『심청』의 서사가 끝나가는 무렵인 1905년 일포드호가 제물포항을 떠나는 것으로 본격적인 막이 오른다. 심청이 19세기 중반부터 난징, 진장, 대만의 지룽, 싱가포르, 류큐, 나가사키를 거쳐 제물포로 돌아온 그 시점에, 『검은 꽃』의 주인공들은 제물포를 떠나 멕시코로 떠나는 것이다. 동시에 이들 작품은 역사적 격변기를 다룸에 있어 모두 한반도가 아닌 외국으로의 이동이라는 여정을 구성의 중심축으로 삼고 있다. 이러한 여로는 외국으로의 이동인 동시에 근대라는 시대로의 돌진이기도 하다. 그러하기에 소설 속의 인물들이 겪는 인생행로는 근대의 문제와 갈등을 보다 압축적으로 그려 보이게 된다.

위의 소설들이 배경으로 삼고 있는 19세기에서 20세기 초는 이양선(異樣船)이라는 말이 나타내듯이 도저히 이해할 수 없는, 단지 다름만을 확인할 수 있는 타자가 우리 앞에 등장한 시기이다. 그러나 이것은 하나의 전도된 상상력일 수도 있다. 사실은 이 시기에 이르러 바다 건너나 북쪽 산 너머에도 야만인들이 아닌 인간들이 살고 있다는 것을 알고, 그들과의 차별적 대비를 통해 '우리'라는 것을 처음으로 인식하게 된 것일 수도 있기 때문이다. 애초에 민족이란 나와는 다른 문화나 정서를 가진 사람들이 있다는 의식에 의해서만 성립할 수 있다는 것을 인정한다면, 우리가 지닌 민족의식의 성장은 조선말 제국주의적 열강과 교류를 시작하던 그 시기에 시작되었다고 할 수 있다.

두 작품은 이전에 속한 공동체로부터의 이탈로 시작된다. 『검은 꽃』에서 일포드호에 오른 몰락 양반들, 농민들, 대한제국의 군인들, 도시의 부랑자들은 모두 조선에서 삶의 근거지를 만드는데 실패한 사람들이다. 이들에게 조선이나 공동체에 대한 관심과 애착은 찾아볼 수 없고, 그 자리를 대신하는 것은 개인적인 욕망의 다양한 편린들이다.

공동체와의 결별이라는 측면에서 『심청』은 한결 과격한 양상을 보여준다. 심청은 남경 상인들에게 은자 삼백 냥에 팔린다. 이 일은 새어미인 뺑덕어미는 물론이고, 마을 사람들인 '우리'의 공모 아래 이루어진 것이다. 이런 상황에서 심청은 모든 일의 진행으로부터 철저히 소외되어 있다. 이것은 심청의 삶이 공동체로부터 추방된, 희생양으로서의 삶임을 선명하게 보여주는 것이다. 심청은 이전까지 자신의 삶의 기본 바탕을 형성해 준 공동체로부터 철저하게 배제된 것인데, 그녀는 용왕제를 통해 가사(假死) 체험을 하고, 심청이 아닌 렌화[蓮花]로 다시 태어난다.

이러한 결별이 단순히 이전에 속한 사람들과의 헤어짐만을 의미하는 것은 아니다. 그것은 당연히 이전에 속한 사회의 가치나 행동 규범으로부터의 벗어남을 뜻하는 데, 기존 가치나 규범으로부터의 이탈은 두 작품에서, 흔히 법과 질서의 입법자이자 준엄한 집행자로서의 의미를 지니는 아버지(『검은 꽃』의 이종도, 『심청』의 심봉사)를 무능한 존재이거나 부재하는 존재로 형상화하는 방식으로 나타나고 있다.

이처럼 기존의 공동체로부터 벗어난 이들은 이전과는 다른 외부와 만나게 된다. 『검은 꽃』에서 외부와의 만남은 아시엔다가 펼쳐져 있는 멕시코의 유카탄 반도에서, 『심청』에서는 싱가포르에서 본격적으로 이루어진다. 일정한 삶의 규칙과 법도를 공유하던 공동체로부터 벗어난 이들은 아무런 공통 규칙도 전제할 수 없는 낯선 외부와 맞닥뜨린다. 이제 그들은 각자가 놓인 상황에 걸맞는 방식으로 낯선 외부와의 만남을 사유하고 대응해 나간다.

낯설지만 강력한 외부와의 만남은 공동체의 위기를 가져오고, 이에 대응하는 방식은 『검은 꽃』에서 국가 만들기와 신비주의에의 집착이라는 두 가지 양상으로 나타난다. 두 행위의 심층에는 모두 공동체 지향이라는 구심적 욕망이 강하게 작용하고 있다. 주요 인물들은 곰소 나루 무당의 주술에 걸린 박광수와 같이 국가 만들기라는 주술에 들리게 된다. 출항 이전에 이들을 이끄는 것은 부(富)라든가 출세와 같은 온통 개인적 욕망일 뿐이지만, 후반부로 갈수록 그들의 욕망은 국가 만들기로 집중된다.

『검은 꽃』의 서사를 이끌어 가는 원동력이라 할 수 있는 국가 만들기의 욕망이 최종적으로 가닿은 모습은, 이정이 만든 신대한이다. 국가 만들기의 최종적인 귀착점인 신대한의 국가 이상이 '자급과 자족'에 놓여 있다는 것은 『검은 꽃』의 서사가 가닿은 압축적인 공동체 지향성의 선명한 발현이라 할 수 있다. 공동체란 외부와의 커뮤니케이션으로부터 스스로를 닫고 마치 자립한 세계인 것처럼 존재하는 시스템으로서, 철저하게 내부와 외부를 구분한다. 따라서 공동체의 최대 금기 사항은 내부와 외부를 가르는 경계 설정 자체가 된다.[4] 손가락에 피를 내어 탈출의 금지를 약속하고, 이를 어긴 자를 둘이나 죽인 후에 신대한이 탄생하며, 그러한 혈흔 위에 선 신대한의 최고 금기 사항이 '탈영'이라는 것은 공동체가 지닌 성격을 선명하게 드러내는 것이다.

공동체를 향한 무한 욕망에 매달려 있는 이들에게 예비되어 있는 운명은 끝없는 이자(異者)와의 대립과 그 결과로서 다가오는 소멸이다. 신

4 가라타니 고진, 권기돈 역, 『탐구』 2, 새물결, 1998, 268면.

대한의 마지막 전사자 박광수의 품에서 나온 대한제국의 관인이 희미하게 번들거리는 "손만 대면 찢어질 것 같은 낡고 바랜 증명서 한 장"(317)은 박광수의 소속을 알려주는 증명서인 동시에, 이 작품의 최종적인 욕망과 그 귀착점을 알려주는 증명서이기도 하다. 이와 마찬가지 맥락에서 무로의 소멸 속에서 솟아나는 것은 오직 박수무당의 저주와 박광수의 예정된 운명밖에 없다.

민족 자체가 뚜렷한 근거를 가진 객관적 실체라기보다는 구성원들 사이의 가상적인 동질감에서 성립하는 일종의 공동체라 할 때, 민족주의적 열정은 종교적 제의와 유사한 측면을 가지고 있다. 이 작품에는 멕시코의 이국적인 풍경과 함께 우리 정서의 밑바닥에 놓여 있는 각종 무속이 드러난다. 별신굿, 띠뱃굿, 건장, 병굿, 내림굿과 예언 등이 그것이다. 무속적인 것의 힘은 매우 강렬한 것으로서 박광수는 위도의 무속으로부터 벗어나려 하지만 끝내 벗어나지 못하고, 최선길도 일포드호에서부터 자신을 괴롭혀 온 '아버지'의 환영에 결국 자신의몸을 맡겨 버린다. 이러한 모습은 국가 만들기의 모든 시도가 실패하는 것에 비춰볼 때, 무속적이며 운명적인 것의 힘이 얼마나 강한 것인지를 보여 준다.

『검은 꽃』에 등장하는 우리 민족 고유의 신비주의는, 타자와의 만남이 공동체에 대한 구심적 집착을 가능하게 한 것과 같은 맥락에서 이해할 수 있다. 본래 '나'와 타자, '나'와 신과의 합일을 그 핵심 원리로 하는 신비주의의 열기 속에 타자는 존재하지 않기 때문이다. '나'와 일반자밖에 없는 세계는 타자와의 관계를 배제하고 진리를 강제하는 공동체의 메커니즘과 일치한다. 『검은 꽃』에 등장하는 수많은 제의 역시 개체를 전체에 일치시키는 공동체의 메커니즘을 가장 극적으로 보여주는 장치이다. 이러한 한인들의 신비주의는 또 하나의 신비주의와 만나는데, 그것은 카톨릭이라는 세계 종교적 외양만을 쓴 농장주 호세 벨라스케스가 신봉하는 신비주의이다. 그의 광신과 이주민들이 믿는 무속과의 갈등이 『검은 꽃』에서 나타나는 가장 격렬한 갈등이라고 할 수 있는데, 그러한 갈등이 벌어지는 핵심적인 이유는 이그나시오의 신앙이야말로 타자를 배제하고 공동체의 단결을 도모하는 지극히 독단적인 신비주의에 불과하기 때문이다.

자신이 선택한 신앙이 타자와 마주보게 하는 진정한 의미의 신앙이 아니라 그 외피만을 바꾼, 오히려 훨씬 더 파괴적이고 잔인한 주술적 세계에 불과하다는 것을 깨달은 신부 바오로 아니 박광수는, 아시엔다에서의 계약 기간이 끝나자 내림굿을 받아 백마장군을 받아들인다. 불길한 주술적 세계로부터 벗어나고 싶어 말레이시아의 페낭에까지 갔던, 그것도 모자라 태평양을 건너 멕시코에까지 갔던 박광수가 결국에는 백마장군을 받아들이고야 마는 것은, 대한제국을 떠났던 그 많은 인물들이 결국에는 신대한이라는 새로운 국가 만들기에 모든 것을 쏟아 붓는 것과 동일한 현상이라 할 수 있다. 박광수를 붙들고 놓아 주지 않는 무속에의 욕망과 김이정을 비롯한 주요 인물들이 끝내 버리지 못하는 국가 만들기라는 공동체 지향의 욕망은 동전의 양면에 불과했던 것이다. 이로 볼 때, 신대한의 마지막 전사자가 백마장군을 맞이한 박광수라는 것은 의미심장하다.

『검은 꽃』은 민족국가에 대한 끊임없는 조롱과 경멸로 시작되지만, 후반부로 갈수록 대부분의 인물들은 곰소 나루 무당의 주술에 걸린 박광수와 같이 '국가 만들기'라는 주술에 들리게 된다. 종교적 제의와 공동체를 향한 열정이 동일한 차원에 놓여 전개되는 양상은, 메시아적 시간 안에서 살던 종교공동체가 힘을 잃은 시기에 그 자리를 대신해 등장한 대안적 공동체가 민족이라는 것을 작가가 인식한 결과로 보인다. 이성적이고 논리적인 차원에서는 철저하게 부정되는 내셔널한 욕망은, 열정의 차원에서는 강력한 힘으로 남아 사람들을 지배한다. 그러한 열정이 신비주의적 주술에 불과할지라도, 그것은 논리나 이성보다 훨씬 더 강력하다. 벗어나야 하지만, 벗어날 수 없는 것. 그것이 바로 『검은 꽃』이 그려 보인, 공동체를 향한 인간의 태도인 것이다.

반면에 『심청』은 공동체에 대한 일관된 태도를 보여준다. 애초에 공동체로부터 배제된 삶에서 출발했기에, 그녀는 공동체를 비판하거나 부정하지도 않으며, 더군다나 '너희'와 구분되는 '우리'만의 공동체를 욕망하지도 않는다. 그녀는 일관되게, 알 수 없고 예측하기 어려운 불가해한 타자를 상대하며 그들과의 연대의 장을 마련하는 식으로 험난한 바다의 높은 파도를 헤쳐 나간다. 그녀가 마지막으로 황주 복숭아골에 가서 자신의 위패를 태우는 모습은, 어떠한 공동체에도 속하지 않은 자의 완성된 모습을 보여주는 것이다. 이처럼 두 편의 소설은 공동체에 대한 정반대의 태도를 보인다.

『검은 꽃』이 갑작스런 외부와의 만남과 기존 질서의 해체에서 비롯된 과도한 공동체 지향의 욕망으로 인해 뜨겁게 끓어오른다면, 『심청』은 끊임없이 외부를 품어 안는 모성적 자애로움으로 인해 읽는 이에게 편안함을 느끼게 해 준다. 이러한 현실 대응 방식은 근본적으로 심청의 여정이 자신의 제웅이 바다에 던져지는 것으로부터 시작된 것에서 비롯된다. 심청은 처음부터 공동체로부터 배제당한 인물로서, 그가 태어난 고향에서 그는 지장전의 위패로서 존재하는 것이다. 추방에서 비롯된 삶이기에 그녀 앞에는 기댈 수 있는 어떠한 공동체도 없다. 심청이 황해를 헤쳐 나가는 삶의 방식은, 알 수 없고 예측하기 어려운 불가해한 타자를 상대하며 그들을 받아들이는 것이다.

심청에게 중요한 것은 『검은 꽃』에서 주요 인물들이 지향하는 바와 같은 절대적인 공동체의 공간이 아니라 매순간 구축되는 타자와의 연대의 공간이다. 싱가포르에서 제임스의 정처 자리를 거부하며 "고향" 대신 만들어가고자 하는 "집"(하권, 52)은 바로 모든 순간마다 타자를 받아들이며, 타자와 함께 구성해 나가는 연대의 공간에 대한 하나의 상징이라고 할 수 있다. 심청은 자신이 거쳐가는 모든 곳에서 약자들을 찾아내고, 그들과 힘을 합하는 방식으로 현실의 어려움들을 타개해 나간다.

『심청』에서는 『검은 꽃』에서 공동체 결집의 핵심적인 요소로 기능했던 굿마저 타자와의 연대를 향한 원심력의 힘을 발휘한다. 『검은 꽃』에서의 굿이 한국인 사제에 의해 한국인들 사이에서 행해지는 데 반해, 『심청』에서는 류큐에서 그곳의 고유한 사제인 류큐인 유타에 의해 심청과 류큐인들이 동석한 상태에서 행해진다. 그 굿판의 카니발적 열기는 『검은 꽃』의 각종 굿판과 별반 다를바 없으나, 그것은 집단내의 결속을 다지고 타자를 배제하는 공동체의 메커니즘으로서의 제의가 아니라 서로 다른 규칙을 가진 사람들간의 어울림 혹은 교통의 장으로서의 역할을 하고 있다. 그 굿은 "청이의 낯선 말과 유타 여인의 미야코 사투리가 서로 허공중에서 부딪"(하권, 161)치는 현장으로서, 산자와 망자가, 한국인과 류큐인이, 소외받은 류큐의 원주민과 이제 막 밑바닥에서 끌어올려진 자가 어울리는 마당이다. 굿이 벌어지고 있는 장소인 류큐 역시 내부와 외부를 가를 수 없는 교통 공간으로서, 심청이 추구하는 타자와의 연대에 적합한 공간이라고 할 수 있다.

결국 심청의 파란만장한 여정이 보여주고자 하는 것은 이 세계에는 더 이상 외부가 없다는 사실이다. 심청의 여정이 우리에게 의미를 던지는 것은 모두가 한결같이 균질적인 세계라는 것을 발견해 내었다는 것이다. 내부와 외부의 구분을 폐기해 버림으로써 사람들은 타자와 마주보게 된다. 심청 역시도 이러한 깨달음을 통해 완성된 존재로 승화된다. 심청이 마지막으로 황주 복숭아골에 가서 가져온 자신의 위패를 태우는 모습은 어떠한 공동체에도 소속되지 않은 완성된 자의 모습을 보여주는 것이다.

3. 내셔널 히스토리로서의 역사소설

조정래의 『오 하느님』은 소학교를 졸업한 소작농의 아들이라는 이유로 일본군으로 '지명'(지원이 아닌)당한 신길만을 중심으로 한 조선인들이 일본군에서 소련군 포로로, 소련군에서 독일군 포로로, 독일군에서 미군 포로가 되고, 다시 소련으로 돌아가 학살당한다는 이야기이다. 이러한 방대한 스케일과 달리 이 소설의 분량은 원고지 600매에 불과해, 작가의 메시지만이 선명하게 드러나고 있다. 이 소설 속 인물들은 근대적 인물이라고 볼 수 없을 정도로 평면적인데, 그들을 추동하는 욕망은 오직 생존과 귀향에 한정되어 있다. 생존하기 위해서는 귀향을 해야 하고, 귀향하기 위해서는 생존해야 한다는 점을 생각한다면, 두 욕망마저 하나의 욕망으로 모아진다. 귀향을 향한 욕망은 이들의 고단한 여정이 진행될수록 점점 더 강렬해진다. 이들에게 행복과 선의 표상으로서의 고향이란 절대적인 것이어서, 죽어가는 순간에도 나오는 말은 "어 ……, 어 ……, 어머니 ……"(103)나 "내 …… 내 고향 ……, 저, 전라도 나, 남원 ……"(110)과 같은 말이다.

이 소설의 주인공 신길만을 지배하는 것은 어머니의 "호랑이한테 열두 번 물려가도 정신만 채리면 살아난다"는 말과 "총알 피해 댕겨라"는 아버지의 말이다. 특히 어머니의 말은 신길만의 신분이 바뀔 때마다 그 자신에 의하여 거듭 확인된다. 신길만은 이 목소리에 따라 움직이는 인형으로 보일 정도이다. 부모로 표상되는 혈통에 대한 강조와 함께 등장하는 것은, 동일 언어를 사용한다는 사실의 중요성에 대한 강조이다. 소련 포로수용소와 미국 포로수용소에 갇혔을 때, 신길만은 "사람이 서로 말이 통하지 않으니 그건 사람과 사람 사이가 아니었다"(57)고까지 말한다. 혈통과 말에 대한 강조는 『오 하느님』에서 그려 보이고 있는 민족이 단일한 언어와 혈통에 의해 형성된 폐쇄적 공동체임을 보여준다.

이 소설은 고향(내부)과 타향(외부)이라는 선명한 이분법에 바탕해 있으며, 이 작품의 모든 인물들은 '고향을 감미롭게 생각하는 자'들이다. 이러한 이분법은 윤리적인 선악의 관점도 동반한다. 이 소설에 등장하는 일본, 소련, 독일, 미국과 같은 강대국들은 모두 악으로서 표상된다. 같은 일본군복을 입고 있다가 소련군의 포로가 되었을 때도, 일본인은 일본인이라는 이유만으로 경계와 배제의 대상이 되는 것에서 알 수 있듯이, 일본인 각자가 가지고 있는 차이와 단독성은 이 소설에서 관심의 대상이 되지 않는다. 동일한 맥락에서 조선인은, 조선인이라는 이유 하나만으로 "서로서로 손을 마주 잡는 순간에 십년지기가 되고, 한 덩어리가"(70) 된다.

문제는 신길만을 비롯한 조선인들이 중음신마냥 아시아에서 유럽을 거쳐 아메리카로, 그야말로 온 세계를 떠돌아야 하는 이유 역시 '우리'와 '우리 아님'을 가르는 선명한 이분법에서 비롯된다는 것이다. 신길만을 포함한 조선인들이 고향에 돌아가지 못하는 것은 일본, 소련, 독일, 미국 등이 온통 자국의 이익에만 관심이 있기 때문이다. 2차 대전의 종결에도 불구하고 조선인들이 죽을 수밖에 없었던 것은, 미군이 조선인 포로들의 정체를 확인하고서도 이들을 "자국민 포로들의 안전을 도모하"(207)기 위해 소련에 넘겼기 때문이다. 자국의 이익을 최우선에 두는 것, 즉 자민족을 신으로 떠받드는 사고라는 측면에서 보았을 때, 일본, 소련, 독일, 미국은 "같은 편, 한통속"(203)일 수밖에 없다.

물론 이 소설의 강대국들이 보여주는 침략적 민족주의와 신길만을 통해 드러나는 민족주의를 같은 차원에 둔다는 것은 지나친 단순화일 수 있다. 그러나 '우리'와 '우리 아닌' 것을 나누는 방식, 즉 '고향을 감미롭게 생각하는 방식'에 있어서는 조금도 다르지 않다. 이 소설은 너무나도 강렬한 민족애와 공동체 지향성으로 이루어져 있다. 작가는 이러한 주제의식을 주조하기 위해 신길만을 비롯한 조선인들을 극단적인 상황으로 몰아 넣어, 여타의 가능성을 상상할 수 있는 여지조차 남겨놓지 않고 있다. 『오 하느님』의 조선인들은 고토록 귀향을 갈망했음에도 끝내 만리타향에서 죽고 만다. '우리'와 '우리 아닌 것'의 대립과 이분법 속에서, 가장 큰 피해를 입는 것은 결국 약한 '우리'인 것이다. 비록 토박이들이 자신의 고향에서 벌이는 이야기가 아니라는 새로운 측면은 발견될지라도, 『오 하느님』은 내셔널 히스토리로서의 역사소설에 충실한 2000년대 소설이라고 할 수 있다.

4. 분열하는 일본, 부활하는 일본

우리 민족이 만리 타향을 떠돌았던 『오 하느님』에서 드러나는 것은 민족공동체를 향한 저 형언할 수 없는 갈망과 그것의 실현 불가능함이었다. 반대로 외국인이 조선이라는 공간 속에 던져진다면 그 삶의 모습은 어떠한 것일까? 조선에 온 외국인이 주인공으로 등장하는 『도모유키』와 『천년의 왕국』을 통해 그 경과를 살펴볼 수 있다.

『도모유키』는 임진왜란을 배경으로 한 소설 중에서 가장 이색적인 소설이다. 그동안 임진왜란은 빈번하게 역사소설의 배경으로 이용되었다. 임진왜란이 역사소설에서 자주 애용되는 것은, 다양한 매체를 통해 수없이 되풀이됨으로써 독자들의 마음속에 동질감과 친근함을 불러일으키는 역사적 사건이며, 동시에 민족사의 절대적인 위기의 순간이라는 점이 독서대중을 하나로 통합시키는 강렬한 힘을 발휘하는 역사적 시기이기 때문이다. 이때 우리를 하나로 붙들어매는 가장 큰 힘은 '절대 악으로서의 일본'이라는 존재이다. 내셔널리즘을 고취하는 데 임진왜란은 가장 적합한 역사적 사건이었던 것이다. 이전까지 임진왜란을 그리는 대부분의 소설들은 선악의 이분법 속에 조선과 일본을 그렸으며, 그 속에서 조선은 강고한 하나로서 구축되어 왔다.

조두진의 『도모유키』는 1597년 정유재란 당시 11개월 동안 순천 근처 산성에 주둔한 도모유키라는 일본군 하급 지휘관의 시선으로 정유재란을 재구성하고 있다. 이 소설에서 조선인은 철저하게 외부의 시선에 의해 관찰되고 의미부여되는 대상에 불과하다. 이러한 기본적인 설정만으로도 민족주의를 불러일으키는 가장 유력한 소재 중 하나였던 임진왜란은 전혀 다른 의미를 지니게 된다. 이 작품에서 적병은 조선군이며, 아군은 일본군인 것이다.

『도모유키』에서 임진왜란(정확하게는 정유재란)의 핵심적인 적대관계는, 기존의 소설들에서 민족적인 범주로 설정됐던 것과는 달리 계급적인 것으로 전환된다. 일본인들은 무사와 평민들로 나뉘어져 있는 것이다. 작품의 전반부에서는 일본과 조선이 번갈아가면서 서사의 무대로 등장하고 있는데, 전쟁터인 조선이나 전쟁터가 아닌 일본 모두에서 그러한 계급적 구분은 분명하다. 도모유키의 직속상관이자 부장인 사사키는 마치 자본주의의 기업가와 같은 모습으로 그려지고 있다. "숨겨진 잘못은 덮되 드러난 잘못은 반드시 처벌했다"(49)는 문장에서 알 수 있듯이, 사사키는 결과와 성과를 무엇보다 우선시하는 인물이다. 그에게 가장 중요한 것은 금과 같은 쇳덩어리이다. 작품의 앞부분에 도모유키는 사사키를 "병졸의 생명을 쇳덩어리로 바꾸어 계산"(36)하는 사람이라고 규정한다. 이러한 성격이 사사키의 본질임은 작품의 후반부에서 이 말이 한 번 더 반복되는 것에서도 확인할 수 있다. 상인이 활발하게 움직이는 이 전장에서 사사키는 조선인의 목숨을 밑천으로 장사를 하며, 다른 무사들도 정도의 차이만 있을 뿐 크게 다르지 않은 모습을 보여준다.

이에 반해 이 작품에서 집중적으로 그려지는 일본인들, 즉 도모유키, 히로시, 도네 등은 무사가 아닌 평민들이다. 도모유키가 군인이 된 이유는, 가난 때문에 청루에 팔려간 "이치코를 집으로 데려오"(45)기 위해서이다. 이 목표를 달성하기 위해서, "단단한 몸뚱이 말고"(187)는 아무것도 없는 도모유키가 선택할 수 있는 길은 칼을 드는 것밖에 없었던 것이다. 아버지가 일찍 죽어 "끼니를 장난처럼 건너뛰고 멀건 풀죽을 먹"(47)으며 자란 히로시는, 자신의 아버지와 같은 아버지가 되지 않는 것이 소망인 사내이다. 히로시가 군인이 된 이유도 "다이묘가 논과 밭을 내릴 것이라"(70)는 무사의 말을 듣고 나서이다. 가난한데다가 작은 몸집에 얼굴도 못 생긴 도네는 "윗옷도 입지 못한 채"(20) 무사들에게 끌려온다.

전쟁터에서 무사 계급은 평민 계급 위에 군림하고 때로는 목숨을 위협한다. 이러한 무사계급을 향해 도모유키는 "웃는 낯짝에 침을 뱉어주고 싶"(62)을 정도의 적개심을 표출한다. 전쟁터 조선이 아닌 일본에서도 히로시가 없는 사이, 성에서 나온 무사는 소작료가 밀린 히로시 집안의 토지를 몰수한다. 히로시의 아내인 유키코는 폐병이 든 몸으로 땅을 지키기 위해 무사에게 몸까지 바쳤음에도 끝내 토지를 지켜내지 못한다.

『도모유키』에서 그려진 통일된 민족공동체로서의 일본은 이처럼 계급적 관계로 분열되어 있다. 계급적 관계 외에도 이 작품에서 일본은 지역적으로도 분열되어 있는 것으로 그려진다. 이 작품에는 어색함을 무릅쓰고 일본인이 구사하는 세 가지의 각기 다른 방언이 등장한다. 한국의 표준말로 표기되는 도모유키가 쓰는 말과 도네가 쓰는 방언과 염초

장이 쓰는 방언이 그것이다. 그동안의 수많은 내셔널 히스토리를 통해 구축되어온 악의 결정체로서의 일본이라는 단일한 환상을 해체하고자 하는 작가의 노력이 얼마나 치열한 것인지를 엿볼 수 있는 대목이다.

그동안의 논의에서는 민족적 경계를 넘는 모습이 일본인 도모유키가 조선인 명외를 향해 보이는 헌신적인 모습에서 드러난다고 보았다. 도모유키는 명외를 처음 본 순간부터 그녀를 지키겠다는 마음을 먹고, 작품의 마지막까지 그러한 자신의 역할에 충실한 것이다. 도모유키는 패잔병의 무리에서 이탈해 명외를 찾아가다가 최후를 맞이한다.

이러한 도모유키의 모습을 진정으로 민족의 경계를 넘는 새로운 모습이라고 할 수 있을까? 이 물음에 답을 하기 위해서는 도모유키가 명외에게 느끼는 감정의 뿌리를 탐색해 보아야 한다. 도모유키가 명외를 그토록 아끼고 사랑하는 것은 그녀를 여동생 이치코와 동일시하기 때문이다. 명외를 처음 보았을 때, 도모유키는 "여자의 얼굴에서 이치코를 보았"(41)던 것이다. 그러한 동일시는 작품의 마지막까지 계속되며 더욱 더 강화되는 모습을 보여준다. 철군을 앞두고 조선에서 모은 자신의 모든 재산과 목숨까지 걸어가며 명외를 구하는 것은 "어쨌든 명외를 이치코처럼 잃어버릴 수는 없다"(225)는 생각 때문이다. 패잔병의 무리 속에서 나와 명외를 찾는 이유도 "이치코는 낯선 곳에 홀로 버려졌다. 다시는 아끼는 사람을 홀로 둘 수 없었"(286)다는 생각에서 비롯된다. 도모유키가 명외를 그토록 사랑하고, 지켜주고자 하는 것은 곧 일본에 있는 자신의 여동생을 지켜주고자 하는 마음의 연장선상에 있는 것이다. 마지막에 홀로 명외를 찾아가며, 도모유키는 거의 의식을 잃게 된다. 이 순간 도모유키는 다음과 같이 생각한다.

'나는 죽지 않을 것이다. 명외, 당신을 만나기 전에 나는 결코 죽지 않을 것이다. 나는 길바닥에서 죽지 않을 것이다. 나는 살아서 당신을 만날 것이다.'

'어머니, 아버지……. 이치코야…….'(286)

목숨을 걸고 찾는 명외가 어느새 자신의 가족으로 자연스럽게 연결되고 있는 것이다. 도모유키의 의식 깊숙한 곳에서 명외는 이치코와 동일시되고 있음을 알 수 있다. 이처럼 도모유키가 명외에게 느끼는 감정은 하위주체를 향한 사랑과 연대의 정신에서 비롯되는 것이라고 설명할 수는 없다. 그 이전에 그것은 육친애의 연장선상에 있는 것이기 때문이다. 도모유키의 명외를 향한 행동이 조선의 하위주체에게 느끼는 연대의 감정에서 비롯되는 것이라면, 도모유키가 명외와 그녀의 아버지를 제외한 여타의 조선인들에 보이는 태도를 설명할 방법이 없다.

도모유키가 다른 조선인들을 대할 때, 그는 다른 일본무사와 조금도 다르지 않다. 명외처럼 일본군에게 끌려온 백이십 명의 조선인이 학살되는 순간, 도모유키는 태연하게 학살의 명령을 내리며, 나아가 히로시가 차마 베지 못한 아이의 목을 대신 베기도 한다. 나중에 일본군이 철군하며 조선인들을 대량으로 학살하려 할 때도 도모유키는 명외를 살리려고 노력할 뿐, 같은 군막 안에 있는 다른 조선인들은 그의 시선 바깥에 놓인다. 명외와 명외의 아버지를 제외한 조선인을 향한 도모유키의 이러한 냉담과 무관심은 시종일관 변함이 없다. 다른 조선인들을 향해서는 침략자이자 학살자로서 주어진 상황을 "묵묵히 수행"(247)할 뿐인 것이다. 이 작품은 설령 일본의 하위 주체들을 새롭게 부각시켰다 하더라도 조선의 하위주체들은 그대로 어둠 속에 방치해두는 결과를 낳고 있다.

작가의 기본적인 배경설정과 인물배치는 기존의 내셔널 히스토리를 넘어서는, 분명 새로운 시각을 보이고 있다. 그러나 그것은 표층양상에 있어 기존의 이분법적 두 항이 전도되어 나타나고 있을 뿐, 고향과 타향을 나누는 심층의 이분법 자체는 그대로 엄존하고 있다. 일본인 자체의 비일관성과 사회적 분열에 대해서는 말하고 있지만, 일본인과 비일본인의 구분은 변함없이 그대로 작동하고 있는 것이다. 도모유키가 작품 후반부에서 보이는 귀향을 향한 선명한 욕망에서 이는 더더욱 부각된다. 곤도가 "'도모유키, 자네는 돌아가야 할 집이 있는가? 부모 형제가 자네를 기다리는가?'"(196)라고 묻자, "떠나온 자는 돌아가야 한다. 돌아가야 할 집이 없는 자, 기다리는 가족이 없는 자가 어디에 있다는 말인가? 가족이 없다고 해도 떠나온 자는 누구나 돌아가야 하는 법이다"(196)라고 말한다. 그에게 귀향이란 절대의 명제로 그 앞에 놓여 있는 것이다.

이 작품에서 도모유키의 귀향은 두 번 실패한다. 첫 번째 실패가 "조선의 수군 대장"(이순신)에 의해 실제적인 차원에서 이루어지는 것이라면, 두 번째 실패는 상징적인 차원에서 이루어지고 있다. 두 번째 실패는 좀 더 본질적인 것으로서, 이때의 귀향은 분열과 상실에서 벗어나 자기 동일성의 회복이라는 형이상학적 의미까지 담지한 것이다. 그 실패는 『도모유키』의 마지막에서 다음처럼 암시적으로 드러나고 있다.

> 명외가 보였다. 미소 짓는 얼굴이었다. 도모유키가 손을 뻗었지만 닿지 않았다. 명외를 만질 수 없었다. 눈앞이 점점 어두워지고 있었다. 처음 맞이하는 지독한 어둠이었다. 바람이 일어났고, 그늘에 쌓인 눈이 날았다.(290)

도모유키는 명외와의 사랑을 통해 자기 존재의 의미를 완성하려고 했던 문제적 인물이다. 도모유키는 죽음 속에 빠져 들면서도, 명외를 보는 것이다. 그러나 그는 명외를 만지지는 못한 채 어둠 속으로 빠져들고 있다. 볼 수는 있었으나 끝내 만질 수는 없던 명외는 이치코의 분신 명외가 아닌 조선인 명외라고 말할 수 있다. 조선인이자 단독자로서의 명외가 아닌 이치코의 분신 명외를 사랑한 도모유키에게 본질적 의미의 귀향은 허락되지 않은 채, 여정은 끝난다.

『도모유키』는 그동안 악으로서 표상되던 일본이라는 단일체를 계급적 적대라는 측면을 부각시킴으로써 깨뜨리고 있다. 그러나 이 작품에서 내셔널리즘은 은밀하지만 강력한 힘으로 그 존재를 드리운다. 민족적 틀을 벗어난 것처럼 보이는 도모유키와 명외의 사랑에도, 그 밑바탕에는 근친적 관계에서 비롯된 일체감이 놓여 있었던 것이다. 이러한 근친애가 혈통에 대한 강조와 친연관계에 있으며, 혈통에 대한 강조가 원초적인 내셔널리즘의 밑바탕으로 전환될 수 있음은 불문가지이다.

5. 타향에서 이방인으로 죽기

김경욱의 『천년의 왕국』은 그동안 별로 다루어지지 않았던 벨테브레와 그의 동료 에보켄, 데니슨의 이야기이다. 한국 이름 박연으로 알려져 있는 벨테브레는 역사문헌에 단 한 줄 기록되어 있을 뿐이다. 『도모유키』의 도모유키가 정복군의 일원이었다면, 이 소설 속 세 명의 주인공은 배가 난파되어 낯선 곳에 떠밀려온 개인들이다. 더군다나 그들은 각기 고유한 세계관을 지님으로써 고유한 단독자로서의 성격이 더욱 강화되어 있다. 개인이 인종과 언어가 다른 낯선 세계와 접촉한다는 작품의 기본 구도상 세 명의 인물이 지닌 차이점은 자연스럽게 조선이라는 나라를 받아들이는 방식의 차이로 드러난다.

십대의 청년인 데니슨에게 고향과 타향의 구분은 너무나도 철저하다. "주여, 저들을 가엾이 여기소서! 인간의 죄를 씻기 위해 독생자를 보내신 주님의 거룩한 뜻을 능멸하는 이교도를 용서하소서!"(101)라고 중얼거리는 데니슨에게 조선에서의 삶은 "빨리 깨어나기만을 바라는 악몽"(132)일 뿐이다. 귀향의 일념으로 데니슨은 타타르(청나라)의 사신이 조선에 왔을 때, 그 행렬 속에 뛰어 들기까지 한다. 고향으로의 귀환이 불가능하다는 것이 분명해졌을 때, 데니슨은 죽음의 욕망에 휩싸인다. 스스로 선택한 데니슨의 죽음 앞에서 '나'는 그의 삶을 "고향을 잃은 불우한 뱃사람으로서 굶어 죽었다"(199)고 최종적으로 의미부여한다. 이러한 데니슨의 모습은 다른 피부색으로 몇 세기를 앞서 태어난 『오 하느님』의 신길만이라고 부를 수 있을 것이다.

에보켄은 데니슨의 반대편에 놓여 있는 인물로서, 김경욱이 『천년의 왕국』을 통해 만들어낸 인물 중에서 가장 개성적이며 매력적이다. 에보켄은 조선에서의 삶에 아무런 불편도 느끼지 않으며 행복해한다. "현재에 대한 변함없는 긍정"(66)의 자세를 끝까지 잃지 않는 그는 모든 것을 여자와 관련시켜 떠들어대는 모습과 겹쳐져서 니코스 카잔차키스의 희랍인 조르바를 연상시킨다. 나중에는 언어의 장벽까지 허물어져 도성 곳곳을 누비며, "신분과 직업을 가리지 않"(317)고 새로운 친구를 사귄다. 바다로의 탈출을 꿈꾸는 '나'에게 에보켄은 "우리가 평생토록 살 수 있는 것은 오직 오늘뿐이오"(252)라고 말하는 인물인 것이다.

데니슨과는 달리 에보켄은 향수를 조금도 내비치지 않는데, 그에게는 고향이 없기 때문이다. 에보켄은 바다로 나서기 전에 악명 높은 마녀 사냥꾼 '트리어의 늑대'였던 것이다. 그는 『마녀 판별법』이라는 책까지 쓴 바 있으며, 수많은 사람들을 마녀로 몰아 죽음으로 내몬 인물이다. 그러나 후에 에보켄은 자신의 어머니가 마녀로 몰려 죽었으며, 집시의 무리 속에 있었던 쌍둥이 누이 역시 마녀로 단죄되었음을 알게 된다. 그때 그 집시 무리를 재세례파의 잔당으로 몰아세운 장본인이 바로 자신이었던 것이다. 이러한 체험을 통해, 그는 맹목적인 믿음이나 편견의 무용성 혹은 야만성을 깨닫게 되었음이 분명하다. 에보켄은 "살기 위해 바다로 나온 것이 아니라 죽기 위해 바다로 나"(362)온 인물인 것이다. 그에게는 돌아갈 고향이 존재하지 않는 셈인데, 이러한 처지는 '모든 장소를 고향으로 느끼는 자'로서의 역설적인 태도를 가능하게 한다. 과거의 마녀 사냥꾼 트리어의 늑대는 조선의 영매 '자줏빛 구름'과 동거까지 하는 것이다.

'나', 벨테브레도 처음에는 데니슨과 같은 입장에서 출발한다. "영혼은 밤새 암스테르담 구석구석을 서성"(47)이며, "이곳에 영영 주저앉느니 차라리 지금 죽는 게 낫다"(54)고 말함으로써, 고향과 타향이라는 선명한 이분법을 작동시키고 있기 때문이다. "이교도의 왕국에서도 어린 양의 목숨을 거둘 수 있는 존재는 하늘에 계신 주님뿐"(172)이라고 생각하던 '나'는 목숨을 건 탈출을 시도하기도 한다. 그러나 그는 문명 세계의 시민에서 벗어나는 에보켄의 말이 자신의 "마음을 대변하고 있다는 점"(200)을 느끼며 놀라기도 한다. 귀향을 위해서는 절대로 봐서도 들어서도 더군다나 사랑해서도 안 되는 타향의 조선에 물들어가는 자신을 발견하며 두려움을 느끼는 것이다. 이러한 두려움은 귀향을 위해 세이렌의 노랫소리에 귀를 막은 오디세우스의 모습이 나타난 '나'의 꿈을 통해 상징적으로 드러난다. 꿈속에서 '나'는 "노래의 매혹에 몽롱해진 내 영혼은 돛대에 결박된 자의 귀를 봉한 밀랍을 떼어내는 나 자신을 발견"(185)한다. 그러나 '나'는 점차 데니슨보다는 에보켄의 입장에 가까워진다. 바다로 탈출하려다가 에보켄의 밀고로 발각되어 옥에 갇혔을 때, 에보켄이 넣어준 무명옷을 입어보며 네덜란드인 벨테브레는 '지금-이곳'의 삶이 부여하는 구체적인 육체적 실감을 긍정하게 된다. "내가 무명옷을 입은 것이 아니"라 "무명옷이 나를 입"는 것이며, "육신의 감옥이야말로 영혼의 사원이자 궁리의 산실"(284)임을 알게 된 것이다.

이 장면은 "에보켄이 일러준 참 운명의 의미를 나는 알 것도 같았다"(284)에서 알 수 있듯이, 자줏빛 구름과 죽어가는 에보켄이 마지막까지도 '나'에게 하고자 한 말, 즉 '두려워 말고 사랑하라. 그걸로 족하다'의 의미를 깨닫고 그것을 받아들이게 되는 장면이라고 할 수 있다. 이 작품의 마지막은 "이교도의 언어"(367)로 유언을 하고, "세 번째 얻은 이름으로 죽음을 맞"(367)은 에보켄의 삶을 '내'가 이어받는 것으로 끝난다. '나'는 "나는 안다. 이 우주의 이방인이 또 다른 이방인에게 생사를 다투며 남기려 했던 전언의 의미를. 그것은 남겨진 자의 생을 통해 완성되리니 온 세상을 덮은 적이 물러나도 나의 전투는 쉬이 끝나지 않을 것이다. 영혼을 건 나의 전투는 이제 시작이다"(367)라고 외치는 것이다.

'내'가 말한 전투의 결과는 작품의 프롤로그에 제시되어 있다. 그것은

'고향을 감미롭게 생각하는 자'도 '모든 장소를 고향이라고 느낄 수 있는 자'의 모습도 아니라고 할 수 있다. '나'는 자신에게 주어진 이름 '벨테브레'와 '박연' 그 어디에도 속하지 않고, 그 사이에 머물러 있다. 일본으로 가려다가 조선에 표류해온 하멜 일행을 보며 '나'는 "울지 않는 사내들과 울음을 터뜨리는 사내들 모두에게 나는 이방인이었다. 그 순간 지상의 유일한 내 동포는 나 자신뿐이었다"(19)고 느낀다. 이 순간 '나' 얀 얀스 벨테브레는 "나는 누구인가?"(18)와 "내가 발 딛고 있는 이 곳은 대체 어디인가?"(20)라는 자신의 정체성에 대한 근본적인 의문에 휩싸인다. 이것은 모든 공동체의 자명성을 의심하는 태도이자, 만인을 절대적인 타자로 대하는 자의 모습이라고 하지 않을 수 없다. '나'는 분명 '전세계를 타향이라고 생각하는 자'[5]의 모습을 보여주고 있는 것이다. 고향을 버리지 못한 데니슨이 본래의 이름을 지니고 네덜란드인으로 죽었다면, 모든 곳을 고향으로 생각하는 에보켄은 조선인의 이름을 지니고 조선인으로 죽는다. '나'는 '벨테브레'도 '박연'도 아닌 단지 '나'로서 죽게 될 것이다.[6] 이것은 절대적인 이방인이 된다는 것을 의미하며, 이러한 죽음의 방식 앞에서 내셔널리즘을 상상한다는 것은 쉬운 일이 아니다. '고향을 떠난 낯설음(unhomely)'[7]은 인간의 안정감을 위협하기도 하지만, 새로운 사유의 시작이 될 수도 있을 것이다.

---

5 "고향을 감미롭게 생각하는 것은 아직 주둥이가 노란 미숙자이다. 모든 장소를 고향이라고 느낄 수 있는 자는 이미 상당한 힘을 축적한 자이다. 전세계를 타향이라고 생각하는 것이야말로, 완벽한 인간이다"(에드워드 사이드가 『오리엔탈리즘』에서 아우엘바흐에게서 재인용한 것으로서, 12세기 독일 스콜라 철학자 생 빅토르 후고의 말이다).

6 이러한 죽음은 데리다가 말한 '외국인의 외국인 되기, 절대적으로 외국인이 되는 일'(자크 데리다, 남수인 역, 『환대에 대하여』, 동문선, 2004)에 해당한다.

7 호미 바바, 나병철 역, 『문화의 위치』, 소명출판, 2002, 42면.

6. 상상으로서의 고향, 실존으로서의 고향

『오 하느님』, 『도모유키』, 『천년의 왕국』은 고향으로 돌아가고자 하는 귀향에의 의지로 가득하며, 『검은 꽃』에는 타향에 고향을 건설하려는 의지가 가득하다. 『도모유키』와 『천년의 왕국』에서 귀향에의 욕망은 고향을 상실한 자의 파토스인 노스탤지어의 정조로 현상되기도 한다. 이방의 공동체와 동일화되지 못한 좌절감은 심각한 멜랑콜리를 낳고, 이 상실의 감각은 노스탤지어를 불러일으키는 것이다.

『도모유키』에서는 "간파쿠가 철병을 명령했다는 소문"(191)이 들리는 작품의 후반부에서부터 도모유키의 마음이 고향에 대한 생각으로 넘쳐난다. "도모유키는 다만 고향으로 돌아가고 싶"(195)을 뿐이다. 무려 세 페이지에 걸쳐 도모유키의 고향집 생각이 펼쳐지기도 하는데, 그곳은 "논밭은 황금 물결로 출렁"(192)대고, 이치코마저 집으로 돌아와 온 가족이 함께 저녁 식사를 하는 이상적인 공간으로 그려진다. 이러한 상상은 철군 전날에도 또 한번 반복된다. 그러나 그것은 존재하지 않는 혹은 존재할 수 없는 것에 대한 그리움이라는 점에서 전형적인 노스탤지어의 모습이라고 할 수 있다.

『천년의 왕국』에서 데니슨이 돌아가기를 갈망하는 고향 역시 도모유키가 돌아가고자 하는 고향이, 소망하는 미래가 실현된 곳인 것과 마찬가지로 상상적인 것이다. 조상 대대로 푸주한인 집안에서 태어난 데니슨에게 고향에 머물면서 선택할 수 있는 운명은 푸주한으로 생을 마치는 것 외에는 없다. 그는 "세상의 전부"(180)인 푸줏간 안에서 "숨통을 짓누르는 갑갑증에 가쁜 숨을 몰아쉬"(180)며 살아야 하고, 연모하는 계집아이에게서 "푸주한의 아내가 되고 싶지는 않아!"(180)라는 소리를 들어야 했던 것이다. 이러한 운명을 피하기 위해 목숨을 걸고, 열다섯에 바다로 나왔던 이는 다른 누구도 아닌 데니슨, 바로 자신이었을 뿐이다. 데니슨이 그토록 돌아가기를 갈망하는 고향의 실상이란 이처럼 초라하다.

도모유키나 데니슨이 보이는 욕망은 부재의 과거를 상상적 대상으로 치환한다는 점에서 노스탤지어에 잇닿아 있다. 노스탤지어란 근원적 고향 상실에서 기인하는 정서이며, 대상을 상실하지 않는다면 그것을 향한 노스탤지어의 탄생은 불가능하기 때문이다. 즉 "노스탤지어는 망각이 대상(또는 대상을 구성하는 성질들)을 사라지게 하면, 대상이 부재하는 빈 구멍에 대해서 발생하는 욕망"[8]인 것이다. 라깡식으로 표현하자면, 노스탤지어에 빠진 자들은 처음부터 존재하지 않았던 대상을 존재했던(하는) 것처럼 오인하고, 그것을 욕망하는 사람들이다. 역설적이지만 이들의 노스탤지어 속에서, 처음부터 고향 따위는 존재하지 않았음이 환기된다. 도모유키나 데니슨이 보이는 귀향에의 욕망은 진정으로 돌아갈 수 있는 안식처로서의 고향(공동체)이 허구일 뿐임을 드러내고 있다.

『오 하느님』에서 가장 강렬하게 귀향에의 의지가 드러나고 있음에도 불구하고 이상화되거나 낭만화된 고향의 모습이 한 번도 등장하지 않는 것도 이와 같은 맥락에서 이해할 수 있다. 노스탤지어는 상실의 심연에서만 떠오르는 의식으로서, 바르트가 말했듯이 노스탤지어의 본성 자체가 과거 자체를 되찾을 수 없음에서 비롯되는 것이다. 잃어버리지 않은

8 서동욱, 「노스탤지어, 외국인의 정서」, 『문예중앙』, 2005 봄, 370면.

것은 추억될 수 없으며, 대상이 부재하는 빈 구멍 속에서만 노스탤지어는 그 모습을 드러낼 수 있기 때문이다. 『오 하느님』에서의 고향은 결코 상상적으로만 그려볼 수 있는, 그리하여 고향과 같은 아름답고 통일된 공동체가 불가능함을 역설적으로 환기시키는 텅 빈 스크린이 아니다. 『오 하느님』에서의 고향은 실제로서 자리잡고 있으며, 그것은 손만 뻗으면 닿을 것처럼 가깝게 느껴진다. 그러한 실제성은 현시대와 사회에서 비롯된다기 보다는 작가의 확고한 역사의식에서 비롯되는 것이다.

『오 하느님』에서도 물론 고향을 꿈꾸기는 한다. 죽기 전에 조선인 둘이 꾼 꿈이 그것인데, 하나는 고향에 돌아가 어머니를 만나지만 어머니와 자신의 발이 땅에 붙어 움직이지 못하는 꿈이고, 다른 하나는 면사무소에 찾아가서 면서기 자리를 주겠다는 약속을 지키지 않는 사람을 패대기치는 꿈이다. 『오 하느님』에 등장하는 유일한 고향의 모습은 꿈 속에서조차 낭만화되거나 이상화되는 일 없이, 이처럼 실제적이다. 그것은 역설적으로 작가가 그리는 귀향의 꿈이 결코 상상적인 것이 아님을 웅변한다. 『심청』에서는 낭만화된 고향은 물론이고, 실제로서의 고향도 등장하지 않는다. 이것은 심청의 기본적인 욕망 자체가 고향과는 무관한 동아시아를 주인기표로 삼아 형성된 결과라고 할 수 있다.

7. 공동체라는 유령

『오 하느님』은 2000년대에도 여전히 창작되고 있는 대표적인 '내셔널 히스토리로서의 역사소설'이라고 할 수 있다. 비록 이 땅을 떠나 지구적 규모로 범위가 확장되고 이전에 다루어진바 없는 소문자 개인들을 등장시켰다고 해도, 개화기 이후 우리의 역사소설이 내셔널리즘과 관련해 수행해 온 역할에서 조금도 벗어나 있지 않은 것이다. 이 소설에 등장하는 외국과 외국인들은 하나의 풍경에 지나지 않는다. 그들은 우리의 순결성과 정당성을 강조시키기 위한 상상적 타인들에 불과하다. 그들의 악랄함이 강조되면 될수록 그러한 성격은 더욱더 부각될 뿐이다. 신길만들이 겪는 고통이 크면 클수록, 그들의 비극이 우리에게 많은 눈물을 자아내면 자아낼수록 우리는 동질감 속에서 따뜻한 위안을 얻고 있는지도 모른다.

이에 비한다면 이방인의 시선을 통해 우리의 역사를 바라보고 있는 『검은 꽃』, 『도모유키』, 『천년의 왕국』은 내셔널 히스토리로서의 역사소설이 지닌 여러가지 문법들을 위반하고 있다. 그러한 위반을 통해 우리는 탈민족의 새로운 사유를 시작할 수 있는 유력한 거점을 마련할 수 있다. 내셔널 히스토리와의 결별이라는 측면에서 『천년의 왕국』은 『검은 꽃』이나 『도모유키』보다 좀 더 근본적이라고 말할 수 있다. 『검은 꽃』에서 조선의 이주민들이 결국에는 공동체를 향한 구심적 욕망에 들린 존재가 되었다면, 『도모유키』에서 도모유키가 명외에게 보인 사랑은 언제든지 내셔널리즘적 욕망으로 변할 수 있는 육친애를 바탕으로 성립된 것이기 때문이다.

『오 하느님』에 비해 『검은 꽃』, 『도모유키』와 『천년의 왕국』이 내셔널리즘과의 연관에서 벗어난 것은 사실이지만, 두 작품에도 민족공동체의 그림자는 전혀 의외의 방식으로 불쑥 그 모습을 드러내고는 한다. 아이러니하게도 그것은 내셔널 히스토리로서의 역사소설을 해체하는 유력한 장치이기도 한 이방인의 시선을 통해 이루어진다. 『도모유키』에서 일본이라는 분열된 공동체에 속한 도모유키의 시선을 통해 조선인은 다음과 같이 묘사되고 있다.

> 도모유키는 조선인을 이해할 수 없었다. 쌀 서 말을 바친 자는 일본인으로 인정했지만, 그들은 일본 사람이 되지 않았다. 성을 함락하고 우두머리를 베었지만, 그들은 복종하지 않았다. 조선의 임금이 한양을 버리고 도망쳤을 때 전쟁이 쉽게 끝날 줄 알았다. 그러나 점령지의 조선인들은 저항하거나 도망쳤다. 원래 주인이 도망치고 새로운 주인이 왔건만, 조선인들은 새 주인을 따르지 않았다. 얼굴도 모르는 원래 주인을 끝까지 섬기는 조선 농민들을 도모유키는 이해할 수 없었다. 일본에서는 다이묘의 군대가 죽거나 항복하면 땅은 새로운 다이묘의 땅이 됐다. 그러나 조선에서는 달랐다. 땅은 늘 원래 주인의 땅이었고, 백성은 늘 원래 주인의 백성이었다.(132~133)

이방인 도모유키를 통해서 조선이라는 고유성과 독립성을 유지하는 민족공동체는 당당하게 그 모습을 드러내고 있는 것이다. 심지어 그것은 "땅은 늘 원래 주인의 땅이었고, 백성은 늘 원래 주인의 백성이었다"에서 알 수 있듯이, 한번도 훼손되지 않은 순결한 모습으로까지 성화(聖化)된다.

이방인의 시선을 통한 민족공동체의 상상은 『천년의 왕국』에서 좀더 지속적으로 이루어진다. 『천년의 왕국』의 이방인들은 당대 조선을 하나의 의미와 이미지로 묶어내는데 끊임없는 노력을 기울이고 있다. 이를 통해 조선인들은 단일한 공동체로 끊임없이 환원된다. "의를 향한 무모하고 순진한 사랑, 그것은 천 년을 이어온 삶의 방식이었다"(11), "흰색에 대한 이교도들의 집착은 거의 광적이었다"(48), "이교도들의 삶은 실용과는 거리가 멀었다"(67), "이 왕국의 이교도들은 태양의 뜨거움과 달의 차가움을 한 몸에 지니고 있다"(69), "이 왕국 사람들은 어린아이처럼 호기심이 넘쳤다"(84), "이 왕국의 여인들은 수수께끼 중의 수수께끼였다"(98), "이교도들은 쾌락을 사랑하듯 슬픔을 사랑했다"(108), "이 왕국의 이교도들은 모두 시인입니다"(255), "이곳은 눈물의 왕국, 이교도들은 슬플 때도 기쁠 때도 울었다"(277)와 같이 '이교도들'을 규정하는 문장들로 작품은 가득한 것이다. 이러한 문장들을 통해 상상되는 것은 단일한 존재로서의 '이교도들'이라는 공동체이다. '나'라는 이방인의 시선은 이처럼 이교도들에 대한 통일적인 이미지를 만들어내는 역할을 하고 있다.

나아가 『천년의 왕국』에서는 이방인의 시선을 통해, 다음의 인용문에 드러나는 것처럼 조선인들이 고정된 자아상에 함몰되어 있는 나르시시즘적인 모습으로까지 묘사된다.

> 이교도들이 눈을 희번덕거리며 찾는 것은 금발의 원숭이가 아니라 금발 원숭이의 눈에 비친 자기 자신의 모습이었다. 그들이 궁금해하는 것은 우

리가 즐기는 음식이 아니라 자신들이 즐기는 음식에 대한 우리의 반응이었다. 그들이 알고 싶어하는 것은 우리가 살던 곳의 기후가 아니라 자신들 땅의 기후에 대한 우리의 논평이었다. 그들의 머릿속을 분주하게 만든 것은 자기 자신에 대한 것이 아니라 다른 자의 눈에 비치는 자기 자신에 대한 것이었다. 때문에 이교도들은 우리의 신에 대해 관심을 기울이지 않았고 우리의 풍속에 대해 묻지 않았다.(109)

위 인용문에서 외국인들은 조선인들에게 상상적 타인일 뿐, 진정한 의미의 타자로서 기능하지 않는다. 이처럼 모든 에너지가 자기 자신들의 이미지에만 모아져 있기에, 당연하게도 "바깥 세계에 대한 이들의 무관심은 거의 병적"(109)일 수밖에 없다. 외국인들의 시선을 통한 이러한 묘사로 상상되는 것은 병적일 정도로 단단하게 자기동일성을 유지하고 있는 민족공동체의 모습이다. 민족공동체를 상상하는데 결정적인 기여를 한 이전의 역사소설과는 다른 이질적인 모습을 보인 이들 작품에서도, 어느 틈에 동질적 집단으로서의 공동체(조선인, 이교도들)는 슬그머니 그 모습을 드러내고 있는 것이다.

이와 관련해 황석영의 『심청』은 민족주의적 정서나 사유의 흔적으로 거의 드러내지 않는다. 이것은 작가가 고전의 허구적 인물을 가져와 현실 적합성을 고려하지 않고, 자신의 동아시아론을 맘껏 형상화한 결과라고 이해할 수도 있다. 사정이 이러하다면, 종교공동체가 되었든 민족공동체가 되었든 공동체를 향한 열망은 『햄릿』에 나오는 유령처럼 결코 사라지지 않는 '상상적 실체'라고까지 부를 수 있을 것이다. 그렇다면 진정한 다문화 시대의 상상력은 민족주의에 대한 맹목적인 비판에서 벗어나, 민족주의를 필요로 하는 (비)가시적 조건들에 대한 보다 진지하고 도 건설적인 성찰에서부터 시작되어야 할지도 모른다.

8장

이효석의 소설에 나타난 다문화적 상상력

『벽공무한』을 중심으로

1. 헤테로토피아로서의 하얼빈

1990년대부터 본격화된 한국문학과 만주와의 관련성에 대한 연구는 매우 깊이 있게 진행되었다. 이러한 연구를 통해 한국 현대소설 속의 만주는 식민지 시기 만주가 차지했던 복합적인 위상만큼이나 매우 다양한 모습으로 나타나고 있음이 확인되었다. 한국문학에 나타난 만주의 여러 가지 양상을 전체적으로 분류하고 있는 정호웅에 의하면, 그동안 만주는 절박한 생존의 공간, 죽음의 공간, 불평등의 공간, 절망의 공간, 열린 가능성의 공간, 관념의 상징, 막다른 곳, 지배와 개척의 대상, 죽음의 기운으로 가득 찬 곳 등으로 다양하게 등장했다고 한다.[1]

본고에서는 만주를 형상화한 여러 작품 중에서도 이효석의 『벽공무한』에 초점을 맞추어 살펴보고자 한다.[2] 『벽공무한』은 만주를 다룬 한국소설 중에서도 드물게 이색적인 도시 하얼빈을 본격적으로 다루고 있으며,[3] 하얼빈에 대한 공간 표상 역시 작가론적 맥락이나 문학사적인 맥락에서 중요한 의미를 담고 있는 것으로 판단된다. 일반적으로 이효석의 문학은 탈이데올로기적이며 가치중립적 것으로 평가받아 왔지만,[4] 만주를 배경으로 한 『벽공무한』을 둘러싸고는 당대 지배질서나 담론과의 관련성이 집중적으로 논의되어 왔다.

이경훈은 "시종일과 일본 제국의 하늘 밑을 한 발자국도 벗어나지 못한다"[5]는 표현에서 드러나듯이, 『벽공무한』이 철저하게 국민문학론을 수용한 작품이라고 평가하고 있다. 윤대석은 이효석이 "식민지 본국에 대한 양가성, 즉 동일화와 이화, 매력과 반감을 동시에 표현"[6]하지만, 그 시선이 외부로 향할 때 그러한 양가성은 사라지고 식민지 본국에 대한 동일화가 전면에 드러나게 된다고 지적한다. 그 구체적인 사례가 "일본

---

1 정호웅, 「한국 현대소설과 만주공간」, 『문학교육학』 7호, 한국문학교육학회, 2001.8, 171~195면; 정호웅, 「한국 현대소설과 '만주'라는 기호」, 『현대소설연구』 55집, 한국현대소설학회, 2014.4, 9~36면.

2 이효석은 『창공』을 『매일신보』(1940.1.25~7.2)에 연재한 후, 다음해에 『벽공무한』이라는 제목의 단행본을 박문서관에서 출판하였다. 『이효석전집』(창미사, 2003)을 연구 텍스트로 삼았다.

3 이효석의 『벽공무한』 이외에도 하얼빈이 등장하는 한국소설로는 이광수의 『유정』과 최명익의 「심문」 등을 들 수 있다. 그러나 이광수의 『유정』에서는 하얼빈이 주인공 최석의 바이칼호에 이르는 여정의 일부로 잠시 등장할 뿐이고, 최명익의 「심문」에서도 하얼빈의 공간성이 작품의 핵심적인 요소로 부각되는 것은 아니다.

4 김윤식, 「이효석론 (2)」, 『일제말기 한국작가의 일본어 글쓰기론』, 서울대 출판사, 2003, 276면.

5 이경훈, 「하르빈의 푸른 하늘」, 『문학속의 파시즘』, 삼인, 2001, 230면.

6 윤대석, 「경성 제국대학의 식민주의와 조선인 작가」, 『우리말글』 49호, 우리말글학회, 2010, 284면.

인이 조선을 표상하는 '벽공'을 만주에 대한 표상으로 전환하는 것"[7]에서 이러한 특징이 잘 드러난다고 보고 있다. 감벽(紺碧)이라는 표상 속에는 조선이라는 식민지를 정복하고 개척하려는 일본인의 심성이 포함되어 있는데, 이효석은 이것을 만주에 그대로 전이하고 있다는 것이다. 방민호는 이경훈이나 윤대석과는 완전히 다른 입장을 피력하고 있다. 『화분』, 『벽공무한』, 「하얼빈」 등에 나타난 구라파주의, 공통주의 등을 살펴본 후에 이효석이 "당대의 국민문학론이나 일본적 오리엔탈리즘에 순응하기만 한 작가가 아니었으며, 오히려 그에 대한 강렬한 비판의식을 바탕으로 그 자신의 문학적 이상을 실험해 나갔"[8]다는 것이다.[9]

흥미로운 점은 『벽공무한』을 분석함에 있어 일부 연구자들이 주목하는 신경행 열차라든가 '위대한 정리'라든가 채표와 경마에 의한 운명의

7 위의 글, 284면.
8 방민호, 「이효석과 하얼빈」, 『일제 말기 한국문학의 담론과 텍스트』, 예옥, 2011, 212면.
9 이외에도 이효석의 『벽공무한』에 대한 주목할 연구로는 다음과 같은 것들이 있다. 서재원은 「이효석의 일제말기 소설 연구–『벽공무한』에 나타난 '하얼빈'의 의미를 중심으로」(『국제어문』 47집, 2009.12)에서 이효석이 하얼빈이라는 제국주의적 식민화 공간에 대하여 매혹과 동시에 거부감을 드러냈다고 주장한다. 정여울은 「이효석 텍스트의 노스탤지아와 유토피아–『벽공무한』을 중심으로」(『한국현대문학연구』 33집, 2011.4)에서 이효석의 미적 취향은 『벽공무한』에서 '하얼빈으로의 공간이동'과 '복권당첨이라는 경제적 자유'로 인해 완전히 해방되고, 그 결과 그의 미적 이상이 지닌 스노비즘적 특성이 유감없이 발휘된다고 지적한다. 정실비는 「일제 말기 이효석 소설에 나타난 고향 표상의 변전」(『한국근대문학연구』 25호, 2012 상반기)에서 이효석 소설의 고향/고국/조선 표상이 제국주의 담론의 자장 안에서 생산된 고향/고국/조선의 표상과 대척적인 지점에서 구축되고 있음을 구명하였다. 김미란은 「감각의 순례와 중심의 재정위–여행자 이효석과 '국제 도시' 하얼빈의 시공간 재구성」(『상허학보』 38집, 2013)에서 『벽공무한』과 「하얼빈」에는 이효석의 미적 보편주의에 대한 욕망이 드러나며, 그것은 각각 애수의 형식과 구언의 형식으로 나타난다고 파악하였다. 서세림은 「이효석 문학의 미학적 형상화와 자기 구원의 논리」(『한어문교육』 28집, 2013)에서 이효석의 일제 말기 문학이 독특한 미의식을 보여주며, 그것은 미적 감수성과 아름다움에 대한 사랑의 형식으로 구체화된다고 주장한다.

변화라든가 하는 것들을, 다른 연구자는 '한갓 의장에 불과'한 것으로 정리하고 넘어간다는 것이다. 반대로 다른 연구자가 주목하는 백계러시아인들이나 음악 등의 요소는 일부 논자들의 논의에서는 전혀 발견되지 않는다. 이것은 『벽공무한』에서 표상된 만주(하얼빈)가 특정한 시각에 바탕해 단일한 의미층위로 환원되지 않기 때문에 벌어진 일이라고 할 수 있다. 이효석이 표상한 하얼빈은 기본적으로 공통척도가 없는 이질적인 공간이기에, 하나의 의미층위로 환원하는 작업 자체가 무리한 일인지도 모른다.

필자는 이효석이 『벽공무한』에서 하얼빈을 헤테로토피아적 공간으로 기호화했다는 입장이다.[10] 따라서 이 글에서는 한 가지 핵심적인 해석으로 하얼빈을 규정짓기보다는 너무도 다양하기 때문에 통약불가능한 하얼빈을 있는 그대로 살펴보고자 한다. 『벽공무한』의 하얼빈은 "그것에 의해 우리 자신의 바깥으로 이끌리는 공간, 바로 우리의 삶, 시간, 역사가 침식되어가는 공간, 우리를 주름지게 만들고 부식시키는 공간"[11]으로서의 헤테로토피아라고 할 수 있다.

푸코는 공간을 일상 공간, 유토피아 공간, 헤테로토피아 공간의 세 가지로 나눈다. 헤테로토피아(heterotopia)는 '다른, 낯선, 다양한, 혼종된'이라는 의미를 가진 hetero와 장소라는 의미의 topia가 합쳐진 용어이다. 헤테로토피아는 실제로 존재한다는 점에서 유토피아와는 구분되지

10 야마무로 신이치는 만주국 시절의 만주 전체가 "거기에 감으로써 완전히 다른 체험, 완전히 다른 의식을 가지게 되는 공간"(야마무로 신이치, 윤대석 역, 『키메라—만주국의 초상』, 소명출판, 2009, 18면)으로서의 헤테로토피아라는 주장을 하고 있다. 이것은 헤테로피아가 지닌 성격 중의 한 가지인 문제제기적 측면을 염두에 둔 주장이라고 할 수 있다.

11 미셸 푸코, 이상길 역, 『헤테로토피아』, 문학과지성사, 2014, 45~46면.

만 동시에 일상 공간과는 질적으로 다른 자신만의 고유한 기능과 특징을 지니고 있다는 면에서는 유토피아와 유사하다.[12] 푸코에 따르면 헤테로토피아는 내부의 공간이 아닌 '외부의 공간'이고, 동일성이 아닌 이질성을 지닌 차이의 공간이며, 환원 불가능한 총체의 공간이다.[13] 헤테로토피아는 사물들의 공통 요소들을 추출해낼 수 없는, 즉 공동척도가 없는 다원적이고 이질적인 공간인 것이다.[14] 또 다른 헤테로토피아의 중요한 특징은 그것이 일종의 반(反)공간(counter-space)이라는 점이다. 이것은 현실에 배치되는 공간이자 일상생활과는 모순된 일탈된 공간으로서 현실과는 다른 차이를 발생시키는 장소라는 의미이다.[15] 그것은 일상세계의 가치와 질서를 부정하는 파괴적인 힘을 지닌 장소이기도 한 것이다. 헤테로토피아의 핵심적인 특징은 혼종성과, 지배 질서에 대한 비판과 교란이라고 정리할 수 있다. 이러한 헤테로토피아로서의 특성은 오늘날 자주 이야기

12 푸코의 핵심적인 주장을 그대로 옮겨보면 다음과 같다. "모든 문화와 문명에는 사회 제도 그 자체 안에 디자인되어 있는, 현실적인 장소, 실질적인 장소이면서 일종의 반(反)배치이자 실제로 현실화된 유토피아인 장소들이 있다. 그 안에서 실제 배치들, 우리 문화 내부에 있는 온갖 다른 실제 배치들은 재현되는 동시에 이의제기당하고 또 전도된다. 그것은 실제로 위치를 한정할 수 있지만 모든 장소의 바깥에 있는 장소들이다. 이 장소는 그것이 말하고 또 반영하는 온갖 배치들과는 절대적으로 다르기에, 나는 그것을 유토피아에 맞서 헤테로토피아라고 부르고자 한다"(위의 책, 47면).

13 강정민 · 김동일, 「미셸푸코와 미술관에 관한 테제들」, 『인문연구』 66호, 2012, 140면에서 재인용.

14 미셸 푸코, 이광래 역, 『말과 사물』, 민음사, 1986, 14~15면.

15 "아마도 모든 문화와 문명에는 사회 제도 그 자체 안에 디자인되어 있는 장소, 현실적인 장소, 실질적인 장소이면서 일종의 반(反)배치이자 실제로 현실화된 유토피아인 장소들이 있다. 그 안에서 실제 배치들, 우리 문화 내부에 있는 온갖 다른 실제 배치들은 재현되는 동시에 이의제기당하고 또 전도된다. 그것은 실제로 위치를 한정할 수 있지만 모든 장소의 바깥에 있는 장소들이다. 이 장소는 그것이 말하고 또 반영하는 온갖 배치들과는 절대적으로 다르기에, 나는 그것을 유토피아에 맞서 헤테로피아라고 부르고자 한다(미셸 푸코, 이상길 역, 『헤테로토피아』, 문학과지성사, 2014, 47면).

되는 다문화 사회의 기본적인 특징과도 연결된다. 언어, 종교, 관습, 국적, 인종, 민족 등 다양한 문화적 배경을 가진 이민자 등이 사회구성원으로 참여하여 이루어진 사회라는 의미의 다문화 사회는 기본적으로 혼종적인 성격을 지닐 뿐만 아니라, 단일민족신화가 깊이 뿌리박힌 한국 사회의 기본적인 지배 이데올로기에 심각한 균열을 가져다 주기 때문이다.

본론에서는 『벽공무한』에서 하얼빈이 헤테로토피아로서 형상화된 방식을 구체적으로 살펴보고, 그것을 통해 이효석이 당대의 조선 사회에서 구현하고자 한 것이 무언인지에 대해 알아볼 것이다. 2절에서는 여러 가지 문화와 삶의 논리가 공존하는 혼종성의 공간으로서 하얼빈이 존재하는 양상을 고찰할 것이고, 3절에서는 당대 지배질서에 대한 문제제기를 하는 반공간으로서 하얼빈이 존재하는 어떻게 형상화했는지 살펴볼 것이다. 4절에서는 헤테로토피아로서의 하얼빈이라는 공간을 통해 이효석이 당대 조선 사회에 건설하고자 한 삶의 지향점이 무엇인지 알아보고자 한다. 이를 통해 우리가 오늘날 지향해야 할 다문화 시대의 이상적인 삶의 태도와 지향 등에 대한 시사점을 얻을 수 있을 것이다.

2. 혼종성의 공간

『벽공무한』에서 오랫동안 하얼빈에 거주한 벽수는 하얼빈에 온 일마에게 "만주는 복잡한 구렁이야. 넓기두 하지만 속속들이루 무슨 세상이 숨어 있는지 헤아릴 수 있어야지"(75)라고 말한다. 벽수의 '복잡한 구렁'이라는 표현에는 헤테로토피아로서의 하얼빈이 지닌 혼종적인 특성이 압축되어 있다.

하얼빈은 제정 러시아의 중동철도 부속지를 중심으로 개발된 계획도시이다. 1898년 철도 기공식이 거행된 후, 1903년 중동철도가 모두 개통된 시기를 전후하여 철도부속지가 확대되면서 러시아인, 중국인 인구가 급증했고, 이후 하얼빈은 거대도시로 발전하였다. 하얼빈은 중동철도의 기점으로 러시아가 만주를 지배하는 과정에서 거점도시의 역할을 수행하였으며, '동양의 모스크바'로 건설된 계획도시이다.[16] 동시에 20세기 전반 러시아, 영국, 미국, 일본 등 제국주의 열강의 각축전이 펼쳐진 무대이기도 하다. 이른바 국제도시로서 '동양의 파리'라는 별명까지 얻은 이 도시는 후에 일본인의 손에 넘어가는 일까지 겪는다. 이러한 복잡한 상황을 반영하듯, 이효석이 하얼빈을 방문했던 1939년 당시 하얼빈의 인구분포는 매우 혼종적이었다.[17] 이러한 특징은 다음의 인용문들에 잘 나타나 있다.

> 반이 외국 사람이면 나머지 반이 이곳 사람이다. 외국 사람도 얼굴이 검붉은 사람으로부터 허여멀쑥한 사람에 이르기까지 각각 국적을 달리들 하고 있으나, 이곳 사람들도 단순하지는 않다. (…중략…) 수다한 국적의 수다한 사람들이 한데 휩쓸려 설레는 것이 반드시 피차에 친밀하게만은 보이지 않는 것이며, 그 어디인지 서먹서먹하고 어울리지 않는 기색이 떠돈다.(88)

16 김경일 외, 『동아시아 민족이산과 도시』, 역사비평사, 2004, 284면.

17 총인구는 517,127명이며, 조선인 6,330명, 일본인 38,197명, 중국인 439,491명, 소련인 2,548명, 무국적인(백계 러시아인) 28,103명, 기타 외국인 2,548명이다. 기타 외국인에는 리투아니아, 라트비아, 폴란드, 체코슬로바키아인 등이 포함된다(위의 책, 292면).

할빈의 거리가 그러하듯 그곳(경마장－인용자)에도 각 사람들이 다 모여 국적과 인종의 진열장이었다.(107)

보다 자세하게 살펴보면 『벽공무한』에서 '복잡한 구렁'으로서의 하얼빈은 세 가지 층위를 지니는 것으로 볼 수 있다. '제국의 이상이 실현되는 공간', '구라파의 흔적이 남겨진 공간', '범죄와 공포의 공간'이 그것이다.

'제국의 이상이 실현되는 공간'은 천일마의 성공담을 통해 드러난다. 서른 다섯의 천일마는 음악평론가이면서 문화사업가로서 『현대일보』 사장의 부탁을 받고 교향악단을 초빙하기 위해 하얼빈으로 간다. 뚜렷한 직업과 사회적 지위가 없는 천일마는, 자신을 환송하기 위해 나온 능보(의학박사), 종세(신문기자), 훈(소설가)과 같은 친구들 앞에서도 위축감을 느낀다. 하얼빈행 기차 안에서 사랑에도 실패하고 마지막 혈육인 어머니마저 잃은 일마는 자신의 삶을 "찌그러진 가시덤불의 반생"(15)이라고 정리한다. 그러나 늘 불행을 달고 산 천일마는 하얼빈에서 행복의 길로 들어서게 되는 일을 연달아 경험한다. 채표에도 당선되어 일만 원이라는 거금을 손에 넣고, 경마장에서도 많은 돈을 벌어 들이는 것이다. 무엇보다 할빈교향악단의 초빙에 성공하여 사회적 지위가 높아지고, 모든 사람이 부러워하는 미인 나아자의 사랑을 얻는다. 일마가 초빙하려는 할빈교향악단이 만철 철도총국 소속이며, 복지과장을 만나서야 그 임무가 원활히 수행된다는 사실은 일마의 행로가 지닌 제국주의적 성격을 잘 드러내준다.[18] 천일마는 친구 박능보의 말처럼, 한 번의 만주행으로 "시험관 속의 액체의 변화같이 삽시간에 놀라운 변화를 한 것"(181)이다.

다음으로 하얼빈은 '구라파의 흔적이 남겨진 공간'으로 표상되고 있다.[19] 하얼빈을 특징짓는 주요한 존재들은 백계러시아인들이다. 볼셰비키의 탄압을 피해 하얼빈으로 온 백계러시아인들 중에는 지식인이나 예술가가 높은 비율로 포함되어 있었다. 이들로 인해 하얼빈시와 거류지는 오랜 러시아적인 생활의 최후 성채가 되었고, 하얼빈에는 음악, 노래, 시가 곳곳에서 울려 퍼졌다.[20] 일마는 키타이스카야가(街)에 있는 모데른 호텔에 머물며 주로 캬바레나 극장 등을 오간다. 일마는 "완전히 구

---

18 이와 관련해 일마는 식민주의적 (무)의식을 노골적으로 드러내기도 한다. 그것은 봉천역에서 만주인을 관찰하는 장면에서 드러나는데, 이 만주인은 『벽공무한』에 등장하는 유일한 중국인이다. "그 어디인지 어마어마하고 긴장되어 있어서 육칠년 전과는 판이한 인상을 띠게 되었다. 낡은 것과 새 것이 바꾸어지고 위대한 정리가 시작된 까닭이다. 몇 해 동안의 엄청난 변화를 일마는 사실 경이와 탄식 없이는 볼 수 없었다. 그 길을 지날 때마다 느껴지는 감회였다. 물론 그 위대한 정리는 아직 시작이 되었을 뿐이요, 완성까지는 앞날이 먼 듯하다. 가령 차가 떠나기 시작해 역 부근의 긴 빈민지대를 지날 때, 일마가 문득 빙그레 웃음을 띠인 것은 둑 아래에서 바로 지나는 기차를 향해 한 사람의 만주 사람이 바지를 벗고 유유히 용변을 하고 앉은 것을 본 까닭이다. 신선한 아침 공기 속에서 한 폭의 유모어의 풍경이라고 할까, 역 구내에서의 어마어마한 풍경과는 거리가 먼 한 폭이다. 이런 풍속까지가 정리되려면 참으로 몇세대의 시간이 필요할지 모른다."(16~17)

19 만주국 시절 다롄, 펑텐, 신징, 하얼빈 등의 주요 도시에서는 유행의 최첨단을 달리는 상품 외에도 일본에서는 입수할 수 없는 양주 같은 수입품도 백화점에 넘쳐났다고 한다. 특히 하얼빈은 유럽적 분위기가 넘치는 이국적인 공간으로 받아들여졌다. 당시 하얼빈을 방문했던 다치바나 소토오가 "하얼빈! 바다가 없는 상하이 …… 엽기와 소설적인 것(로맨틱한 것)과 모험이 소용돌이치며, 과거와 미래가 지그재그로 교향악을 울리고 있는 북만의 국제도시! 그리고 쇠락한 제정 러시아의 대공작이 길모퉁이에서 행인의 구두를 닦으며 제실 가극단의 간판 무용수가 나이 들어 길가에서 성냥을 팔고 있는 슬픈 도시!"(다치바나 소토오, 「하얼빈의 우울」, 『문예춘추』, 1940.8, 264면. 야마무로 신이치, 앞의 책, 332면에서 재인용)라고 묘사한 것에서도 이러한 성격은 분명하게 드러난다.

20 우랄산맥 동쪽의 주민이 볼셰비키의 탄압에서 도주하는 기본 루트는 철로를 따라 시베리아를 빠져서 블라디보스톡이나 하얼빈에 다다르는 탈출구밖에 없었다. 그러나 블라디보스톡은 바로 공산주의자의 지배하로 들어갔기 때문에 하얼빈으로 난민이 쇄도하였다(안소레키, 「유대인 · 백계 러시아인에게 만주란」, 박선영 역, 『만주란 무엇이었는가』, 소명출판, 2013, 470~472면).

라파의 한 귀퉁이"(51)인 하얼빈을 사랑하여 "이 곳에 들어서면, 웬일인지 올 곳에 왔다는 느낌"(51)을 받고는 한다. 일마는 나아자와 '파리의 뒷골목'이라는 영화를 보는데, 일마는 그 영화에 대해 "지나쳐 화려하지 않은 조촐한 모든 생활의 규모가 그대로 바로 할빈에서 볼 수 있는 그것"(82)이라고 말할 정도로 하얼빈은 이국적이다.

> 추림백화점(秋林百貨店)은 외국인 경영의 할빈서도 으뜸가는 가게였다. 점원이 전부 외국인인데다가, 특히 금발, 벽안의 여점원들의 응대는 그것만으로도 눈을 끌었다. 반드시 한 가지 나라 말만이 쓰이는 것이 아니요, 러시아어도 들리고 영어도 들려서, 이 구석 저 구석에서 언어의 혼란을 일으켜 흡사 국제백화점인 감이 있었다. 층층으로 진열된 물품에는 구라파적인 은은한 윤택과 탐탁한 맛이 드러나 보인다. 하루 아침에 이루워진 것이 아니요, 천여년을 두고 쌓아 내려온 굳건한 전통의 빛이 그 어디인지 흐르고 있다. 구라파 문명의 조그만 진열장인 셈이다.(104~105)

추림백화점에는 '구라파적인 은은한 윤택과 탐탁한 맛'과 '천여년을 두고 쌓아 내려온 굳건한 전통의 빛'이 존재한다. 그러나 일마가 그토록 본능적 친애감을 느끼는 구라파는 백화점의 조그만 진열장에만 존재할 뿐이다.

1932년 3월 만주국이 성립되고, 1935년 3월 23일 동지철도가 만주국에 매각되면서 하얼빈의 러시아 사회는 쇠퇴한다. 사람들은 서로 서비스를 제공하면서 간신히 생활하였고 철도 수입이 점점 적어짐에 따라 더욱더 빈약해졌다. 모두가 어딘가 다른 나라의 비자를 취득하려고 했지만 1930년대는 세계의 대부분이 대공황의 타격을 받고 있었기 때문에 그것조차도 어려웠다. 제2차 세계대전 중, 하얼빈에 사는 러시아인의 지위는 거의 기아 수준까지 떨어졌다.[21] 이러한 상황의 한복판에 놓인 하얼빈에 있는 것은 구라파라는 유토피아가 남겨놓은 하나의 흔적일 뿐이다. 따라서 『벽공무한』에서 하얼빈은 추구의 대상이 아니라 추억의 대상으로 변했고, 상실감과 멜랑콜리로 채색된 노스탤지어의 빛깔로 물들어진다.

『벽공무한』에 등장하는 러시안인들은 모두 불우한 처지이다. 만주리와 할빈에서 각각 아버지와 어머니를 여읜 나아자는 백모의 집에서 눈칫밥을 먹으며 캬바레에서 일급 일원도 못버는 생활을 하고 있다. 일마의 주위에 "나아자만큼 가여운 여자는 없다"(60)고 할 정도로, 그녀가 처한 상황은 열악하다. 나아자의 유일한 친구라고 할 수 있는 어린 소녀 에미랴는 고아로 혼자 지내며 마약에 중독되어 지금 병까지 든 상태이다. 약에 절은 어린 에미랴를 보고, 천일마는 "만주의 속은 겹겹으로 깊구 무서운 곳"(78)이라는 생각까지 하게 된다.

비슷한 시기에 쓰여진 「합이빈」(『문장』, 1940.10)[22]에서도 '구라파의 흔적이 남겨진 공간'으로서의 하얼빈이라는 특징은 선명하게 나타난다. '나'는 키타이스카야의 중심지에 있는 호텔에 머물며, 이삼 층 높이의 창가에서 보이는 거리의 전망을 즐긴다. 호텔의 식당에는 "기름진 빠터며 로서아 쑤웁이며 풍준한 진미"(3)가 준비되어 있고, 즐겨 산책하는 부두구 일대의 집 문패는 "노서아문자"(5)로 되어 있다. 송화강가에서

---

21 위의 책, 473~480면.

22 「합이빈」의 본문은 『문장』(1940.10)에서 인용하였다.

는 밴드의 음악이 흘러나오기도 한다. '나'는 "답답함"과 "근심" 혹은 "애수"(3)를 느끼는데, 이유는 "낡고 그윽한것이 점점 허덕어리며 물러서는 뒤ㅅ자리에 새것이 부락스럽게 밀려드는 꼴"(3)에서 비롯된다. 이때의 '낡고 그윽한 것'은 하얼빈이 지니고 있던 구라파적인 분위기를, '새것'은 당시 욱일승천의 기세로 밀려오던 일제를 의미한다고 볼 수 있다. '내'가 하얼빈에서 유일하게 만나는 유우라는 "보세요. 저 잡동사니의 어수선한 꼴을. 키타이스카야는 이제는 발서 식민지예요. 모든것이 꿈결같이 지내가버렸어요"(4)라고 분명하게 말하고 있는 것이다.[23]

「합이빈」에서도 러시아인들은 모두 불우하다. 유우라는 "결코 명예롭지 못한 곳"(5)인 니이싸에서 일한 적도 있으며, 하얼빈은 돈푼을 구걸하는 늙은 보이들로 가득하다. 유우라는 심지어 "언제나 죽구싶은 생각 뿐예요"(10)라는 말을 할 정도이고, '나' 역시 "죽엄 이외의 무슨말로 대체 나는 그를 위로할수있는 것일까"(11)라고 말하며 유우라의 말에 동의를 표한다.

마지막으로 '범죄와 공포의 공간'이라는 하얼빈의 특징은 하얼빈에서 신문기자를 하는 벽수의 숙부 한운산을 통해 드러난다. 『벽공무한』에서 한운산은 대륙당이라는 규모 있는 약방을 운영하는 거부이지만, "중국이나 만주백성들을 등골부터 녹여내는 약"(71)을 팔아 그러한 부를 축적하였고, 지금도 그러한 종류의 생업을 이어가고 있다. 한벽수의 말처럼 "만주에 들어와 소위 성공했다는 조선사람의 대부분은 아마

23 만주가 일제의 지배에 들어간 이 시기는, 히틀러가 유럽을 점령한 시기이기도 하다. 이러한 상황은 불란서 영사관도 키타이스카야와 마찬가지로 변했다는 유우라의 말에, '내'가 "독일과의 싸홈에 졌으니까 말이지"(6)라고 대답하는 것을 통해 드러나고 있다.

도 다 그같은 위험한 길을 걸은 사람들"(71)이며 조선인들에게 "열린 길이라군 그것밖엔 없"(71)다고 말해지는 상황이다. 그래서 만주에서는 다른 사람들이 "조선사람만 보면 그 약을 연상"(71)할 정도이다.[24] 나아자와 귀국한 지 달포 만에 일마는 "사건돌발 황당불이 급래희망 한벽수"(244)라는 전보를 받고, 급하게 하얼빈으로 돌아간다. 일마가 종세에게 전한 편지에는 한운산이 깽 일단에게 납치되어 몸값으로 삼십만 원을 요구받고 있다는 내용이 담겨 있다. 이를 통해 일마는 하얼빈이 "공포의 도시"(249)임을 깨닫게 된다.[25]

'제국의 이상이 실현되는 공간'으로서의 하얼빈은 백계러시아인들과 마약을 파는 조선인, 그리고 만주의 깽단을 통해 여지없이 해체되고 있는 것이다. 헬무트 빌케는 헤테로토피아가 근대성의 주변적인 장소로서, 근대 질서와 근대성의 닫힌 상태와 확실성을 무너뜨리는(혹은 그러한 상태와 확실성이 무너진) 혼재와 변이, 위기의 장소라고 설명하였다.[26] 『벽공무한』에 나타난 하얼빈의 세 가지 특성은 서로 대등한 힘을 지닌 채 공존하고 있으며, 이를 통해 하얼빈은 당대의 지배질서를 교란시키는 헤테로토피아로서의 특징을 선명하게 드러낸다고 볼 수 있다.

---

24 하얼빈의 조선인들 역시 아편 밀매와 연관된 직업에 종사하는 경우가 있었기에 공식적 문서에서는 '불온한' 민족으로 분류되었다(김경일 외, 앞의 책, 287면).

25 나중에 몸값 삼십만 원을 지불하고 한운산이 풀려난 후에도, "깽의 정체에 대한 비밀은 밝혀지지 못한 채 여전히 오리무중에 숨겨져 버"(354)리는 것으로 끝난다. 이로 인해 하얼빈이라는 도시가 지닌 공포는 끝내 해소되지 않은 채로 남는다.

26 "헤테로토피아는 근대성의 주변적인 장소로서, 근대 질서와 근대성의 닫힌 상태와 확실성을 붕괴시키는 혼재와 변이, 위기의 장소를 의미한다. 구체적으로 헤테로토피아는 국민국가를 바탕으로 하는 근대 사회의 영토에 천착된 질서를 해체할 뿐 아니라 지식의 질서를 해체하며, 그와 관련된 권력의 질서 또한 해체한다"(김미경, 「상상계와 현상계의 사이－헤테로토피아로서의 하얼빈」, 『인문연구』 70호, 영남대 인문과학연구소, 2014, 172면).

3. 문제제기의 공간

헤테로토피아는 일상세계에 대한 이의제기를 중요한 특징으로 한 공간이다. 헤테로피아는 두 가지 방식으로 이의제기를 수행하는데, 첫 번째는 "나머지 현실이 환상이라고 고발하는 환상"을 만들어내는 것이고, 두 번째는 첫 번째와는 반대로 우리 사회가 무질서하고 정리되어 있지 않고 뒤죽박죽으로 보일 만큼 "완벽하고 주도면밀하고 정돈된 또 다른 현실 공간"[27]을 실제로 만들어냄으로써이다. 하얼빈은 이 중에서 첫 번째 방식으로 당대의 지배적인 질서에 문제를 제기한다. 그것은 「합이빈」에서 다음의 인용문과 같이 상당히 암시적인 방식으로 나타나고 있다.

> "유우라두 혹 그런지-난 각금가다 현재 라는것에 대해 커다란 놀람과 의혹이 숫군 하는데."
>
> "현재가 웨 이런가 하구 말이죠."
>
> 유우라도 내 마음속에 떠오르고있는 생각의 정체를 옳게 살핀 모양이었다.
>
> "가량-이 행길은 웨 반다시 이렇게 났을까-집들은 웨 하필 이런 모양일까-이 거리는 웨 꼭 지금같은 규모로 세워졌을까-하는 생각……"
>
> "키타이스카야는 웨 지금같이 변하구 불란서 영사관은 웨 저 모양이 되구 했나 말이죠."
>
> (…중략…)
>
> "다만 우연한 기회로 말미아마 다르게 결정된 까닭에지금의 이머리 이

---

27 미셸 푸코, 이상길 역, 『헤테로토피아』, 문학과지성사, 2014, 24면.

행길로 변한것이 아닐까－그러기 때문에 지금보다 다른 세상이라는것을 생각할수 있는것이구 생각하지않고는 견딜수 없는것이구……"(6~7)

'나'는 유우라와 하얼빈을 대표하는 키타이스카야를 걸으며, '현재에 대한 커다란 놀람과 의혹'을 느낀다. 이것은 처음 행길이나 거리의 모양과 같은 가벼운 대상을 향하다가, 곧 쇠락한 불란서 영사관의 모양을 문제 삼는 차원으로 확장된다. 결국에는 '다른 세상'을 생각하지 않고는 견딜 수 없는 지경에까지 이른다. 작가의 분신이라고 할 수 있는 '나'를 통해 키타이스카야로 대표되는 하얼빈은 현재의 사회질서에 대한 문제제기를 하며, 새로운 세상을 꿈꾸는 공간으로 의미부여가 되고 있는 것이다.

『벽공무한』에서는 경성과의 대비를 통해 하얼빈의 문제제기적 성격이 보다 뚜렷하게 부각된다. 모두 15장으로 이루어져 있는 이 작품의 주요 공간은 하얼빈과 함께 경성이다.[28] 따라서 하얼빈의 의미를 분명히 파악하기 위해서는 무엇보다도 경성과의 관계를 우선 고려해야만 한다. 본래 로컬리티는 특정 로컬이 나타내는 장소성, 역사성, 권력성 등을 포함한 다양한 현상과 관계성의 총체로서, 지리적 환경, 역사적 경험, 사람들의 정서적 기질, 언어, 사회적 관계, 제도 등이 복합적이고 중층적으로 작용하여 구성된다.[29] 오늘날 로컬리티는 단순히 기억과 관심 속에 창조되는 것이 아니라, 일정한 사회적 과정이나 배경 속에서 구축되며 또한 그 사회의 지배적 담론과 관련되는 사회적 구성물로서 받아들

28 전부 15장 중에서 하얼빈을 주요한 배경으로 삼고 있는 것은, '3장 일만 원', '4장 대륙의 밤', '5장 아킬레스의 비상', '6장 향연', '11장 뮤우스의 선물'로 모두 다섯 장에 그친다.
29 부산대 한국민족문화연구소 편, 『로컬리티, 인문학의 새로운 지평』, 혜안, 2009.

여지는 것이다. 이처럼 로컬리티는 외적으로 존재하는 실체가 아니라 사회적 구성물이라고 할 수 있다.[30]

헤테로토피아가 반공간으로서 일상세계의 가치나 질서와는 다른 차이를 발생시키는 장소라고 할 때,[31] 『벽공무한』에서 일상세계와의 차이는 주로 사랑을 중심에 두고 발생한다. 『벽공무한』의 서사 전체를 포괄할 수 있는 가장 핵심적인 관계를 들자면, 그것은 일마를 중심에 둔 '나아자—일마—미려 · 단영의 연애관계'라고 할 수 있다. 이 중에서 '나아자—일마'의 관계가 하얼빈의 공간성을 대표한다면, '일마—미려 · 단영'의 관계는 경성의 공간성을 대표한다.

'나아자—일마'와 '일마—미려 · 단영'의 관계는 여러모로 대조적이다. 일마와 동양무역상회의 주인인 만해는 동창이었고 둘은 함께 남미려를 원했다. 그러나 미려는 일마 대신 유만해를 선택하는데, 이 결정은 "일마가 패한 것은 문과 출신의 가난뱅이 학사였던 까닭이요, 만해가 이긴 것은 백만금의 상속을 받은 법학사였던 까닭"(30)이라는 것에서 잘 나타나듯이, 유만해가 가진 "황금"(30)의 힘에 따라 이루어진 것이다. 이러한 미려의 모습은 "맘의 애정을 첫째로 쳐서 아무런 수단에두 좀해 굴하는 법이 없는"(53) 나아자의 모습과 대조적이다.

---

30 데이비드 하비, 최병두 역, 『희망의 공간』, 한울, 1993, 64면; 구동회, 「로컬리티 연구에 관한 방법론적 논쟁」, 『국토지리학회지』 44권 4호, 국토지리학회, 2010, 515면; 이창남, 「글로벌 시대의 로컬리티 인문학」, 부산대 한국민족문화연구소 편, 『로컬리티 인문학의 새로운 지평』, 혜안, 2009, 118~121면; 정주아, 「움직이는 중심들, 가능성과 선택으로서의 로컬리티」, 『민족문학사연구』 47호, 민족문학사연구소, 2011, 14~15면.

31 헤테로토피아적 상상력은 완강하게 닫힌 현실에 균열을 내고 다른 세계의 가능성에 눈뜨게 한다는 점에서 기존의 규범적 총체성이나 진보의 서사를 추구하는 경향과는 다른 차원에서 현실을 조망하고 사회변혁의 꿈을 끌어낼 수 있는 계기를 제공한다(남진우, 『폐허에서 꿈꾸다』, 문학동네, 2013, 12면).

유만해와 남미려는 불화를 겪는데, 그 핵심적인 갈등의 이유는 음악이나 예술에 관한 둘의 입장이 서로 다르기 때문이다. 남미려는 음악과 예술의 가치를 높이 평가하고, 이를 적극적으로 후원해야 한다는 입장인데 반해, 만해는 생활의 문제도 해결하지 못한 상황에서 음악이나 예술은 "허영"(33)에 불과하다고 생각하는 것이다. 이처럼 돈만 아는 유만해는 홍천금광에 자신의 전재산은 물론이고 채무까지 끌어다 투자했지만 그 금광은 아무런 경제적 가치가 없다는 사실이 드러난다. 결국 유만해는 돈을 돌려받으려다가 광산을 매도한 브로우커 박남구와 칼부림을 하는 지경에 이른다. 그리고 이 사건으로 인해 유만해와 남미려의 삐걱거리던 부부생활은 종지부를 찍게 된다.

『벽공무한』에서 남미려는 얼치기 근대여성으로 형상화되어 있다. 남미려의 가정은 식모의 눈에 "부부는 집안에서는 각각 독립된 한 사람이요, 그 한 사람으로서의 자격이 부부로서의 자격보다도 중요한 모양"(165)으로 보인다. 혜주조차도 친구가 기다리는 것을 신경쓰지 않고 한 시간 넘게 화장을 하는 미려를 보며 "개인주의의 극치야"(168)라고 말할 정도이다. 칼부림을 겪고 붕대를 친친 감은 채 밤늦게 나타난 남편을 향해 미려는 "싸웠으면 싸웠지, 집을 비우라는 법은 어디 있나요?"(171)라고 쏘아붙인다. 결국에 사랑 없이 이루어진 가정은 "금시 깨뜨러진 유리조각이 뎅그렁 하고 떨어"(172)지듯이 파탄나고 만다. 미려는 "일에 바쁜 남편이 밖에서 하룻밤쯤 지내구 왔단들 ……"(173)이라고 말하는 남편에게, "구라파 사람같이 교양 있는 사내"(174)가 되라며, 몇번이나 '야만인'이라는 말을 써가며 대응한다.[32] 결국 만해는 상해로 달아난 후 종무소식이 되고, 미려는 이혼수속까지 마치고 완전한 자유인으로 남게 된다.

또 한 명의 신여성인 단영 역시도 나아자의 존재로 인하여 부정적인 인물로 부각된다. 일마를 짝사랑하는 여배우인 단영은 퇴폐의 매력을 지닌 "한 송이 악의 꽃"(204)으로 그려진다. 일마는 "난맥의 생활과 빈번한 치정 관계"(23)를 보여주는 단영을 "해로운 벌레"(23)라고 여길 정도이다. 단영은 일마에게 약을 탄 술을 먹게 해서 하룻밤을 보내기까지 하지만, 곧 "참으로 마음을 얻지 못하고는 사랑은 뜻없는 것"(221)임을 깨닫고 깊은 슬픔에 빠진다. 결국 일마의 사랑을 얻지 못해 자학을 거듭하다 자살기도까지 한다. 이 순간 단영은 "그것 하나를 위해서 죽어야 한다는 게 나두 결국 구식 여자에 지나지 못했던가. 그런 이 고전적인 습속이 지금 제일 비위에 맞는 것이다. 인연이 있다면 딴 세상에서나 또 일마를 만날까"(288)라고 생각한다. 하녀들도 "참으로 단영같이 신여성이면서도 구식의 정신을 사랑하는 여자도 드물 법하다"(289)라고 평한다. 단영은 화려한 외양만 신여성이었던 것이다. 일마도 단영에게 "단영은 한다 하는 신여성이 아니오? 신여성이면서두 맘은 아주 구여성이란 말야"(312)라고 웃으며 말한다.

미려를 통해서는 애정이 결핍된 채 물질만을 앞세운 사랑과 얼치기 서구흉내에 대한 비판이, 남영을 통해서는 육체만의 사랑 추구와 한 명의 이성에게만 집착하는 구도덕에 대한 비판을 발견할 수 있다. 하얼빈에서 시작된 나아자와 일마의 사랑은 미려와 단영의 사랑이 지닌 문제점을 확실하게 부각시키며, 이상적인 사랑의 모습을 펼쳐나간다. 일마

---

32 이에 대해 만해는 "구라파니 개인주의니, 반지빠르게 배워가지구는 남녀동등이니, 아내의 지위가 어떠니 철없이 해뚱거리는 꼴들이 가관이야. 몸에서는 메주와 된장 냄새를 피우면서, 문명이니 문화니 하구, 가제 깬 촌놈같이 날뛰는 것을—복수는 다 무어야. 여편네가 사내에게 복수라니. 이 사랑 없는 가정을, 누군 달갑게 여기는 줄 아나. 한꺼번에 다 부서버릴까부다"(174)라고 응대한다.

와 나아자의 사랑은 서로의 인격을 온전하게 인정하는 바탕 위에 성립한 것이라고 볼 수 있다.

하얼빈과 백계러시아인들에 대한 고정관념은, 푸코가 헤테로토피아의 대표적인 장소로 꼽은 묘지를 방문한 후에 집중적으로 교정된다.[33] 일마는 하얼빈의 묘지를 방문한 이후 쭉정이의 사상을 발견하고, 이를 통해 나아자와의 온전한 결합에 이르기 때문이다. 일마가 나아자와 사귄다는 말에 친구들(능보, 훈, 종세)이 매우 부러워하는 태도를 보이는 것에서 알 수 있듯이, 그전까지 백계러시아인은 숭배의 대상이었다고 해도 과언이 아니다. 그러나 묘지를 방문한 이후, 백계러시아인들은 단지 과거의 주인공들이며 지금은 사라져가는 존재들에 불과함을 깨닫게 된다. 일마는 백계러시아인들 역시 자신처럼 사회 경제적으로 불행한 '쭉정이'에 불과하며, 자신과 나아자는 쭉정이라는 같은 계급이기 때문에 결합될 수 있었다고 생각하는 것이다. 이러한 쭉정이의 사상은 아래의 인용문에 잘 나타나 있다.

> 인간의 대부분은 그 쭉정이다. 어느 도회가 그렇지 않으랴만 할빈은 어디보다도 심한 쭉정이의 도회이다. 거리는 국제적 쭉정이의 진열장이다. (…중략…)

33 푸코는 헤테로토피아의 공간으로 묘지 이외에도 감옥, 정신병원, 박물관, 도서관, 정원, 유원지 등을 언급한다(미셸 푸코, 이상길 역, 『헤테로토피아』, 문학과지성사, 2014, 55면). 당시 하얼빈의 러인공동묘지는 하얼빈 역에 근접한 신시가지 남강구의 東大直街에 위치한 것으로 우크라이나 사원 옆에 있었다. 이후 러인 공동묘지는 1958년에 하얼빈 동부 황산 신묘지로 이전되었다고 한다(俞濱洋 主編, 『哈爾賓印象(上)1897~1949』, 중국건축공업출판사, 2004, 145면. 조은주 「공동묘지로의 산책」, 『만주연구』 18집, 만주학회, 2014, 116면에서 재인용).

허름하게 차리고 무엇을 하려는지 분주하게 포도를 지내는 무수한 사람 -또한 쭉정이들이다. 묘지에서 만난 이봐놉도 쭉정이요, 병든 에미랴도 쭉정이다. 그리고 나아자-그는 쭉정이가 아니던가. 그 역 쭉정이에 틀림없는 것이다.

(그럼 나는 대체 무엇일까?)

일마는 자기 또한 하나의 쭉정이임을 알았다. 뜬돈 일만 오천원이 생겼대야 지금 정도의 문화사업을 한대야 기실 쭉정이밖에는 안 되는 것이다. 쭉정이끼리이기 때문에 나아자와도 결합이 되었다. 쭉정이는 쭉정이끼리 한 계급이다. 나아자나 자기의 그 어느 한 편이 쭉정이가 아니었던들 오늘의 결합은 없었을 것이다.(137~139)

묘지를 향할 때까지만 해도 일마는 나아자를 알게 되고 사랑하게 된 것이 "꿈결 같고, 거짓말같다. 절기의 변천과 같이 신기하고 이상스러운 일이다"(131)라고 생각했던 것이다. 묘지를 거치고, 그 곳에서 쭉정이의 사상을 깨달은 후에 일마는 나아자를 향하는 마음이 더욱 살뜰해진다. 그곳에서 일마와 나아자는 음악가지만 어디서도 활동하지 못 하는 이봐놉을 만나는데,[34] 이곳에 온 러시아인들을 통하여 일마는 나아자를 좀 더 깊이 있게 이해하게 된다. 일마는 "묘지에서 받은 감상이 쉽사리 사라

34 일본은 구미 열강에 대해 만주국의 국제성을 선전할 수 있는 장으로서 하얼빈을, 선전의 매개체로서 백계 러시아인과 유대인을 선택했다. 그러나 만철 홍보과의 한 보고서에 드러나듯이, 백계 러시아인들은 소수의 유산자를 제외하고 대다수가 빈곤한 근로생활을 할 수밖에 없었다. 하지만 아편밀매, 매춘 등을 하며 최저변의 삶을 살아야 했던 대다수 중국인과 조선인들 그리고 무엇보다도 전도된 오리엔탈리즘의 상징으로서 그 존재의의가 부각되었던 백계 러시아인들은 하얼빈이라는 공간에서 만주국이 표방했던 국제성의 그림자를 극명하게 감지할 수 있었을 것이다(김경일 외, 앞의 책, 329~332면).

지기는커녕, 더욱 가슴속에 배어들면서 거리의 풍경이 어제와는 판이한 인상으로 눈에 어리우기 시작했다"(136)고 말한다. 묘지는 하얼빈을 새롭게 인식하게끔 만드는 헤테로토피아 안의 헤테로토피아였던 것이다.

쭉정이의 사상은 일마가 하얼빈에 두 번째 방문했을 때도 반복해서 등장한다. "병"과 "가난"(257)이라는 두 가지 고통에 시달리는 소녀 에미랴를 보며, 지난번에 왔을 때 거리에서 느꼈던 쭉정이의 사상, 즉 "혈족의 차이도 피의 빛깔도 쭉정이라는 사실과는 아무 관계가 없다. 혈족의 단결이 쭉정이를 구해 주지는 못하는 것이요, 쭉정이는 쭉정이끼리만 피와 피부를 넘어 피차를 생각하고 구원하고 합할 수 있는 것"(260)이라는 생각이 또다시 떠오르는 것이다. 이러한 쭉정이의 사상도 헤테로토피아인 하얼빈이 가져다주는 생각이라고 볼 수 있다.

4. 사랑과 예술(미)의 헤테로토피아 창조

일마는 조선에 처음 온 나아자에게 단호한 어조로 "조선은 전체가 한 커다란 빈민굴"(187)이라고 말한다. 『벽공무한』에서 구라파는 "부질없이 향수는 느끼는 것이었고, 그 그리워하는 고향이 여기가 아닌 거기였다. 현대문명의 발생지인 서쪽 나라였다"(183)는 것에서 알 수 있듯이, 도달할 수 없는 상상의 장소(utopia)이다. 이에 반해 하얼빈은 가짜 유럽이자 가짜 유토피아로서의 헤테로토피아이고, 조선은 가난과 제국의 힘이 절대적인 영향력을 발휘하는 일상세계인 것이다.

결국 『벽공무한』에서는 하얼빈의 체험을 통하여 '거대한 빈민굴'에 새로운 가능성을 담지한 헤테로토피아를 창출하는 것으로 끝난다. 그것은 바로 일마와 나아자가 사랑으로 만들어나가는 공간과 미려와 단영이 만들어 나가는 녹성음악원이다. 『벽공무한』에서 오리엔탈리즘이나 옥시덴탈리즘과 무관한 조선인과 백계러시아인의 결합이 가능해진 것은 이상적인 사랑을 통해서이다. 나아자는 조선의 "무엇이든지 모두"(126)를 사랑한다고 말하는데, 이것은 일마에 대한 사랑이 있었기에 가능한 일이다.[35] 나아자가 조선어를 열심히 배우는 모습은, "사랑하는 사람의 풍습을 존중히 여기고 배우고 그와 동화되려는 뜻-사랑의 정성, 그보다 더 큼이 있을 것인가"(318)라고 설명된다. 다음의 인용문처럼 사랑이야말로 국경을 허무는 유일한 힘인 것이다.

> "국경이 없다는 것이 얼마나 아름다운 생각이오? 야박스런 세상에서."
>
> "그래요. 나두 그렇게 생각해요."
>
> "사랑으로 밖엔 국경을 물리칠 수가 있소? (…중략…)"
>
> "제 눈에두 사람은 다 같이 일반으로 뵈여요. 구라파 사람이나, 동양 사람이나, 개인개인 다 제나름이지 전체로 낫구 못한 게 없는 것 같아요."
>
> "각 사람이 편견을 버리구 그렇게 너그러운 생각을 가진다면, 세상은 얼마나 아름다워지겠수?"(85)

35 조선옷, 꽃신, 질그릇, 그림, 음악, 조선의 집, 조선어 등을 사랑하고, 열심히 배우려고 한다.

생활양식의 차이쯤이 근본적인 난관은 아니다. 밀을 먹든 쌀을 먹든 그 근본의 차이라는 것은 극히 사소한 것이다. 굳은 사랑이 있을 때 인류의 동화는 손바닥을 번기는 것보다도 쉬운 노릇일지 모른다.(340)

『벽공무한』에서 이 사랑은 인생의 가장 중요한 것으로 의미부여된다. 이국적으로 한껏 멋을 낸 신혼집에서 일마는 나아자의 피아노 연주를 듣는다. 이 순간 나아자는 "'가이 없는 푸른 하늘-' 행복도 무한하고, 불행도 무한한-무한한 인생같이도 가이 없는 창공"(346)을 바라보며 자기 몸이 푸르게 물드는 듯도 한 착각을 느끼며, 일마에게 키스를 한다. 그리고 서술자는 "창공의 선물로 그에 지남이 어디 있으랴"(347)라고 말한다. '가이 없는 창공=무한한 인생'이라고 할 때,[36] 창공이 주는 즉 인생이 주는 가장 큰 선물은 사랑인 것이다.

일마와의 관계에서 같은 실연의 상처를 받은 미려와 단영은 누구보다 가까운 친구가 된다. 이들은 결국 삶의 해결책으로 녹성음악원을 설립하기로 결정한다. 헤테로토피아는 두 가지 방식으로 이의제기를 수행하는데, 첫 번째는 "나머지 현실이 환상이라고 고발하는 환상"을 만들어내는 것이고, 두 번째는 첫 번째와는 반대로 우리 사회가 무질서하고 정리되어 있지 않고 뒤죽박죽이라고 보일 만큼 "완벽하고 주도면밀하고 정돈

---

36 방민호는 벽공무한이 "'부분'과 '구역'을 획정할 수 없는 무한의 영역을 표상한다. 그것은 이질적이고 비대칭적인 문화들, 개체들의 삶이 '양식'의 차이를 넘어서 하나로 '동화'될 미래적 '공간'을 표상"(방민호, 앞의 책, 201면)한다고 말한다. 윤대석은 경성 제국대학, 그리고 그것이 있는 조선은 '감벽(紺碧)'으로 표상되었고, 그 표상 속에는 자연으로 표상된 식민지를 정복하고 개척하려는 일본 식민자들의 심성이 표현되었고, 이효석의 '벽공무한'은 그러한 심성이 만주로 전이된 것이라고 파악하고 있다.

된 또 다른 현실 공간"[37]을 실제로 만들어냄으로써이다. 『벽공무한』에서 하얼빈이 '나머지 현실이 환상이라고 고발하는 환상'으로서의 헤테로피아라면, 녹성음악원은 예술과 음악을 중시하는 작가의 사상이 완벽하게 현실화(질서화) 된 또 하나의 헤테로토피아라고 할 수 있다. 두 장소는 모두 현실에 실제로 존재한다는 점에서 상상의 장소와는 구별된다.

이곳에서는 학감보다 미용사를 먼저 둘 정도로 아름다움에 치중한다. "예술의 세계를 속세의 것과 혼동할 것은 조금두 없으니까"(323)라는 말처럼, 이 곳은 일상세계와는 격리된 완전히 다른 세계라고 말할 수 있다. 원생 선발시험의 표준은 학력보다도 용모에 있을 정도이다. "아름다운 집 속에 학생까지 아름답다면 그야말로 지상의 천국을 이룰 것이 확실"(324)하다고 미려는 생각하는 것이다. 그야말로 아름다움에 대한 절대적인 강조를 하고 있는 것인데, 이것이 문훈의 "누가 서양을 숭배하나 아름다운 것을 숭배하는 것이지. 아름다운 것은 태양과 같이 절대니까. 서양의 것이든 동양의 것이든 아름다운 것 앞에서는 사족을 못써두 좋구, 엎드려 백 배 천 배 해두 좋거든. 부끄러울 것두 없구, 추태두 아니야"(185)라는 생각에 이어지는 것임은 분명하다. 학생과 교수도 모두 미녀로만 가득한 이곳은, "생활과 예술의 합치"(325)가 이루어진 "조그만 이상국"(325)이다. 이곳의 시설 역시도 일상세계를 뛰어넘는 요소가 많다. 잔디는 영국종의 박래품이며, 온갖 나무에 덧붙여 체육실과 온실 거기에 수영장까지 갖추어져 있는 것이다.

녹성음악원 설립기성회 연회가 열리는 집의 다른 방에서는 일마 부부

---

37 미셸 푸코, 이상길 역, 『헤테로토피아』, 문학과지성사, 2014, 24면.

를 위한 회합이 이루어지고 있다. 이로써 녹성음악원은 일마와 나아자의 사랑에 값하는 무게가 있음이 공간적 배치로서도 확연히 드러나고 있는 것이다. 결론적으로 이효석의 『벽공무한』은 하얼빈이라는 헤테로토피아를 통해 어두운 조선이 새로운 현실로 나아갈 수 있는 푸른 공간을 만들어 냈다고 말할 수 있다.

5. 결론

이 글은 이효석의 『벽공무한』에서 하얼빈이 헤테로토피아로서 형상화된 방식을 구체적으로 살펴보고, 그것을 통해 이효석이 당대의 조선 사회에서 구현하고자 한 것이 무언인지에 대해 살펴보았다. 헤테로토피아의 핵심적인 특징은 혼종성과, 지배 질서에 대한 비판과 교란의 성질을 지닌다는 점이다. 이러한 특징은 다문화 사회의 기본적인 속성과도 연결된다고 할 수 있다. 2절에서는 여러 가지 문화와 삶의 논리가 공존하는 혼종성의 공간으로서 하얼빈이 존재하는 양상을, 3절에서는 당대 지배질서에 대한 문제제기를 하는 반공간으로서 하얼빈이 형상화된 방식을 살펴보았다. 4절에서는 헤테로토피아로서의 하얼빈이라는 공간을 통해 이효석이 당대 조선 사회에 건설하고자 한 삶의 지향점이 무엇인지를 검토해 보았다. 헤테로토피아의 핵심적인 특징은 혼종성과, 지배질서에 대한 문제제기라고 정리할 수 있다.

『벽공무한』에서 '복잡한 구렁'으로 표현되는 하얼빈의 혼종성은 '제국의 이상이 실현되는 공간', '구라파의 흔적이 남겨진 공간', '범죄와 공포의 공간'이라는 세 가지 층위로 나누어 볼 수 있다. 하얼빈은 결코 하나의 의미로 환원될 수 없는 혼종적인 공간인 것이다. '제국의 이상이 실현되는 공간'은 천일마의 성공담을 통해 드러나고 있으며, '구라파의 흔적이 남겨진 공간'은 백계러시아인들을 통해 드러나고 있다. 마지막으로 '범죄와 공포의 공간'은 하얼빈에서 신문기자를 하는 벽수의 숙부 한운산을 통해 드러난다. '제국의 이상이 실현되는 공간'으로서의 하얼빈은 백계러시아인들과 마약을 파는 조선인, 그리고 만주의 깽단을 통해 여지없이 해체되고 있는 것이다.

다음으로 『벽공무한』의 하얼빈은 지배 질서에 대한 비판으로서의 의미를 지니고 있다. 본래 헤테로피아는 두 가지 방식으로 이의제기를 수행하는데, 첫 번째는 나머지 현실이 환상이라고 고발하는 환상을 만들어내는 것이고, 두 번째는 첫 번째와는 반대로 우리 사회가 무질서하고 정리되어 있지 않고 뒤죽박죽이라고 보일 만큼 완벽하고 주도면밀하고 정돈된 또 다른 현실 공간을 실제로 만들어냄으로써이다. 하얼빈은 이 중에서 첫 번째 방식으로 당대의 지배적인 질서에 문제를 제기한다. 『벽공무한』에서는 경성과의 대비를 통해 하얼빈의 문제제기적 성격이 보다 뚜렷하게 부각된다. 하얼빈의 반공간적 성격은 주로 사랑을 중심에 두고 발생한다. '나아자—일마'의 관계가 하얼빈의 공간성을 대표한다면, '일마—미려 · 단영'의 관계는 경성의 공간성을 대표한다. 『벽공무한』에 나타난 지리적 상상력을 요약하자면, 구라파는 도달할 수 없는 상상의 장소(utopia)이고, 하얼빈은 가짜 유럽이자 가짜 유토피아로서의 헤테로피아(heterotopia)이고, 조선은 가난과 제국의 힘이 절대적인 영향력을 발휘하는 일상세계라고 할 수 있다.

결국 『벽공무한』에서는 하얼빈의 체험을 통하여 '거대한 빈민굴'인 조선에 새로운 가능성을 담지한 헤테로피아를 창출하는 것으로 끝난다. 그것은 바로 일마와 나아자가 사랑으로 만들어나가는 사랑의 공간과 미려와 단영이 만들어 나가는 녹성음악원이다. 특히 녹성음악원은 '완벽하고 주도면밀하고 정돈된 또 다른 현실 공간'을 실제로 만들어냄으로써 현실세계에 문제제기를 하는 헤테로피아의 성격을 지닌다고 할 수 있다. 하얼빈과 녹성음악원은 모두 현실에 실제로 존재한다는 점에서 상상의 장소(Utopia)와는 구별된다. 이효석의 『벽공무한』은 하얼빈이라는 헤테로토피아를 통해 빈민굴이 되어 가는 조선의 현실에 새로운 창공을 만들어 낸 소설이라고 할 수 있다. 특히 일마와 나아자가 상대방의 문화와 정체성을 인정한 바탕 위에서 만들어 나가는, 사랑의 신혼집은 다문화 시대를 살아가는 우리에게 시사하는 바가 무엇보다도 크다.

9장

채만식의 「소년은 자란다」에 나타난 민족 공존의 가능성

반식민주의와 탈민족주의의 양상을 중심으로

1. 만주국 붕괴 이전과 이후의 조선인

만주국은 1932년 3월 1일 건국되어 약 13년 6개월 동안 존속되다가 1945년 8월 18일 황제 푸이의 퇴위 선언과 함께 사라진 국가이다. 만주국의 붕괴는 그곳으로 이주해 온 여러 민족들의 귀환이라는 문제를 무엇보다도 중대한 과제로 여기게 만들었다. 만주국 붕괴 이후 만주로부터 남북한으로 유입된 인구는 753,322명이고, 그 가운데 1947년 말까지 남한으로 귀환한 인구는 343,581명으로 집계되고 있다. 따라서 1944년을 기준으로 할 때 종전 후 1949년까지 만주 조선족 전체의 45.4%가 한반도로 귀환했으며, 귀환인구의 54.4%는 북한으로, 45.6%는 남한으로 돌아온 것으로 파악된다.[1] 삶의 터전을 버리고 과반수에 가까운 인구가 한반도로 이동한 이유와 양상은 아직 분명하게 밝혀져 있지 않다.[2] 이 글에서는 만주국 붕괴 이후를 다룬 소설에 나타난 귀환의 양상과 원인을 살펴보고자 한다.

만주국이 붕괴되었을 때, 만주라는 지역은 본래 그 땅의 주인들이었던 만인들의 민족주의로 뜨겁게 달아오른다. 조선인 작가들에게 그 열기는 우선 만인들의 일본인과 조선인을 향한 폭력으로 나타난다. 「소년은 자란다」에서는 해방 이후 조선인들의 생존을 위협하는 "거짓말 같기도 한 참말 같기도 한 소문"[3]이 만주에 널리 퍼진 것으로 형상화된다. 실제로 귀환하는 과정에서 영호의 어머니는 소반을 가지러 고향집에 갔다가 만인들에게 겁탈당한 후 살해당한다. 조선인들은 만인들의 소행인 것을 확신하지만, 사방에서 만인들이 들고 일어나 조선 사람을 해친다는 소문이 자자한 판국에 감히 그들과 시비를 가리자고 나서지 못한다. 실제로 영호가 이리역에서 만난 이주민의 딸자식 역시 "무도한 되놈들"(278)에 의해 희생된 것으로 그려진다. 김만선의 「압록강」에서도 "대부분의 조선사람들은 만주서 그대로 살아나갈 자신을 잃었고 생활이 불안해만 갔다. 이러한 현상은 도시에서 보다도 법이 멀고 집단생활이 아닌 촌에서 더 심한 까닭으로 만주땅과 몇십년씩 씨름을 했던 농삿군들이 대부분 피란민열차에 몸을 실"[4]었다고 설명된다.

---

1 만주국 건국시에 67만 명이었던 조선인은 1945년에는 216만 명으로 늘어났고, 만주국 붕괴 이후에는 약 112만 명의 사람들만 만주에 잔류하게 되었다(야마무로 신이치, 윤대석 역, 『키메라 – 만주국의 초상』, 소명출판, 2009, 341면).

2 강인철은 "유감스럽게도 각각의 시기별로, 그리고 개별 하위집단별로 귀환인구의 규모를 정확히 파악할 수 있는 자료는 거의 없다"(강인철, 「미군정기의 인구이동과 정치변동」, 『한신논문집』, 15집 2호, 한신대 출판부, 1998, 15면)고 이야기되는 상황이다.

3 채만식, 「소년은 자란다」, 『채만식전집』 6, 창작과비평사, 1989, 309면.

이러한 폭력을 이해하기 위해서는 만주국에서 조선인이 차지한 독특한 위치를 이해해야 한다. 오족협화를 공식이념으로 내세운 만주국에서 조선인은 매우 애매한 처지에 놓여 있었다. 이것은 김만선의 「귀국자」와 「이중국적」에서 가장 실감나게 그려지고 있다.

> '내선일체'가 아닌 '민족협화(民族協和)'가 만주에서의 왜정(倭政)의 구호이었을 때 '만주국'의 한 개 구성민족이라고 겉으로나마 대접을 받았고 그래서 영애는 '도모노가이(友情會)'란 일종 귀족적인 부인회를 조직해 이 민족과의 친선을 부르짖게 되었다. 딴 민족과의 친선이라고 하나 주동체는 일녀(日女)들이라 만주여자들은 그냥 따라다니는 피동체였으며 **조선사람들은 만주국에서의 조선사람들 지위가 정말 한개 민족으로서의 대접을 받는 것인지 일인취급인지 도무지 분간키 어려웠듯이** 조선부인네들만의 분회(分會)를 가졌으면서도 일인들의 예속적 혹은 보조적 기능밖에 발휘를 못했었다.
>
> 그러므로 이 도모노가이에 입회한 조선여자들은 줏대가 없었다.(「귀국자」, 18)(고딕체－인용자)

위의 인용문에서처럼 만주국의 조선인은 '정말 한 개 민족으로서의 대접을 받는 것인지 일인취급인지' 분간하기 어려운 상황에 처해 있었던 것이다. 조선인은 오족협화와 내선일체의 담론공간 모두에 포섭되어 있었던 애매한 위치였던 것이다. 그러나 일본인과 대등한 민족으로 대우받는 것은 사실상 불가능했다. 혁은 신문사에서 관청으로 다시 관청

4 김만선, 「압록강」, 『압록강』, 동지사, 1948, 91면. 「귀국자」, 「압록강」, 「이중국적」은 모두 이 책에서 인용하였다.

에서 신문사로 직업을 옮기는데, 이유는 모두 일본인 상사의 간섭이나 특별 취급 때문이다. 관청에서는 "'기무라'란 이름으로 통했으나 역시 센징(조선인)이라서 특수한 취급을 받아 실증이 났었"(21)다는 말처럼 외양은 아무리 일본인과 비슷하다고 하더라도 결코 일본인과 동등한 대우를 받을 수는 없었던 것이다. 일본인 되기에 열중하던 영애조차도 일본인과는 달리 삼분의 이는 좁쌀이 담긴 배급을 받자, "이렇게 차별대우를 하면서 황국신민은 무엇이고 징병은 무엇이냐"(24)며 불만을 토로한다. 그럼에도 신문사와 관청을 넘나들며 일본인들만 사는 관사에 거주하는 이들 부부는 보통의 농민이나 만인들과는 다른 특별대우를 받은 것이라고 할 수 있다.[5]

이러한 애매한 위치는 지식인이 아닌 농민의 경우에도 어느 정도 적용된 것으로 보인다. 「이중국적」에서도 일제의 항복 소식을 들은 만인들은 "만세를 부르려는듯한 기색은 영 보이지않고 눈에는 살기들을 뻗"(65)친채, 몽둥이를 들고 다닌다. 이웃 동네에서는 일본인들은 물론이고 조선인들도 살해하고 다닌다는 소문이 돌고 있다. 그럼에도 수십 년간 "신경(新京) 변둘이"에서 살아온 박노인은 앞으로도 별탈없이 만주에서 살 수 있을 것이라고 생각한다. 이웃과 친하고, 폭동이 일어난 곳과는 거리가 떨어져 있고, 늘 만주옷을 입고 다녔으며, 능숙한 만주말을

---

5 혁과 영애는, 야마무로 신이치가 만주국에서의 조선인 위치를 두고 한 "한반도에서는 항상 헌병으로부터 감시를 받지만 만주는 대단히 넓기도 하고 또 조선민족이 오족협화 가운데 일본 다음 가는 중요한 구성요인이라 생각되고 있었기 때문에 일본으로서는 어느 정도 중시했습니다. 그러니까 다른 민족보다는 대우를 했다는 말이지요"(야마무로 신이치, 앞의 책, 8면)라는 말에 해당하는 경우라고 할 수 있다. 이들 조선인 부부는 "만주에서 이등국민"(같은 면)으로 대우 받았던 것이다.

할 수 있기 때문이다. 무엇보다 박노인은 "중국인으로 귀화했다는 어엿한 중국인이란 국적"(70)을 가졌고, 이제 곧 본실로 들어설 만주여자를 첩으로까지 거느리고 있는 것이다. 그러나 만인 "폭도들"(67)은 박노인의 집에도 들이닥친다. 박노인은 평소 친분이 있던 왕씨집으로 옮기고, 자신을 살해하려는 만인들의 행동이 "천만부당한 것"(70)이라고 생각한다. 그러나 다음의 인용문에서는 아무리 만인들과 동등한 존재가 되고자 해도, 조선인이 누릴 수밖에 없었던 일말의 차이점(특권)이 암시되어 있다.

'만주사변'이 일어나기 십수년전 일인들의 만주에 대한 야망은 차츰 노골해가는 한편 이것을 막으려는 중국인들틈에 끼어 재만조선인들은 처신하기에 난처했다. 아주 일인들의 앞잡이가 되던가 그렇지 않으면 중국정부 현지당국인 길림성장(吉林省長)의 소청대로 귀화하던가 하지않으면 그날 그날의 생활에까지 위협을 느끼었다. 그때 박노인은 선선히 중국인으로 국적을 고치고 말았다. (…중략…) 만주국이 탄생된 후에야 궤속에다 간직했었다. 농사를 짓는 한편 토지매매를 소개해오던 그로서는 그가 중국인으로 귀화했다는 사실을 숨기는 편이 유리한 까닭이었다. 그것은 그가 만어를 잘하는 조선인이기에 쉽사리 일인들에게 토지를 소개해 올 수 있었던 까닭이었다. 중국의 동삼성(東三省)이 만주국으로 행세하게된 후로부터 일인들 앞에서 조선인들이 공공연하게 조선인으로서 처세한 것은 기실 조선인으로서이기보다도 일본인인 '반도인'으로서였기 까닭에 일어는 불과 몇마디 못하는 박노인이었으나 아들 명환의 일어를 빌어 만인들의 토지를 일인에게 소개해 주는 잇속에 빠른 그에게는 중국인으로 귀화했다는 증거물을 지니고 다닐 필요가 없어서였다. 그리던 그는 작년부터 또다시 묵은 문서를 저

고리 안주머니에다 지니고 다녔다. 정쟁 때문에 하도 세상이 시끄러우니까 어느 때 또 그놈이 긴요하게 쓰일지 몰라서였다.(71~72)(고딕체-인용자)

박노인은 '만어를 잘하는 조선인이기에 쉽사리 일인들에게 토지를 소개'해 주며, 이득을 챙길 수 있었던 것이다. 또한 그는 만주국 건국 이후에는 '조선인으로서이기보다도 일본인인 '반도인'으로서'도 행세할 수 있었다. 국적보다는 생존을 더 우선시하는 박노인은 일본이 만주에서 물러난 상황이 닥치자 "중국사람으로서 행세하는 편이 유리하다면 중국인으로서 또 조선인들을 외국인으로서 우대해준다면 그대로 조선인으로서 살아보겠다고 마음먹었던"(74) 것이다. 이러한 애매한 상황이 만인들로 하여금 "조선사람들은 일인들의 앞잽이었으니까 조선사람들도 닥치는대로 처야한다는 민족적인 감정"(78)을 일으키게 한 것이다.[6] 결국 박노인은 중국사람이라는 민적을 내세웠으나 '중앙군'이 아닌 '국군'들에게 돈도 빼앗기고 살해당하고 만다.[7]

이러한 상황에서 수많은 조선인들이 조선으로의 귀환을 선택하였으며, 이를 반영한 소설 역시 다수 창작된 것이다.[8] 최근 들어 귀환의 서사

6 "중국인은 한국인을 더러운 일 — 아편굴 경영자, 매춘, 밀정활동 등 — 은 무엇이든지 하는 '일본인의 하수인'이라 믿고 있었던 것이다. 이제 한국인의 대부분은 재산을 잃기보다 중국인에 의한 학대를 감수하는 길을 택한 수백 세대의 가족을 남기고 중국 북부로부터 귀환했다"(아사노 도요미 감수 해설, 이길진 역, 『살아서 돌아오다 - 해방공간에서의 귀환』, 솔, 2005, 45면).

7 박노인이 겪는 일은 "재만 조선인은 만주국 시대에 일본인='둥양궤이즈[東洋鬼子]'에 다음가는 위치에 있었기 때문에 '얼궤이즈[二鬼子]'로서 전후에 참혹한 상태에 놓이게 되었"(야마무로 신이치, 앞의 책, 341면)다는 설명에 부합된다.

8 만주로부터의 귀환을 다룬 작품으로는 김동리의 「혈거부족」, 김만선의 「압록강」과 「귀국자」, 염상섭의 「해방의 아들」과 「삼팔선」, 정비석의 「귀향」, 채만식의 「소년은 자란다」, 허준의 「잔등」 등이 있다.

는 '국민'의 정체성을 형성하는 하나의 기제라는 관점에서 많은 논의가 이루어졌다. 귀환서사가 국가(민족) 건설과 민족 정체성 형성의 핵심적인 기제라는 관점에서 접근하고 있는 연구들이 주류를 이루고 있는 것이다.

정종현은 식민지 시기 동안 "동아시아적 지리가 어떻게 소설의 심상 지리에서 축소되어 해방기 민족국가의 지리로 경계 조정되었는가를 밝히고, 새롭게 형성되는 남북한이라는 국민국가로 그 경계가 고착되어 갔는가"[9]를 검토하고 있다. 정재석은 "귀환의 서사가 국가 건설 과정에서 국민을 형성하는 하나의 기제"[10]이며, "결속의 상상력과 더불어 내적인 균열의 양상도 드러낼 수밖에 없었"[11]다고 주장한다. 귀환 서사에는 '국민 만들기'와 '국민 되기' 사이의 길항관계가 내포되어 있다는 것이다. 오태영 역시 해방기 귀환서사는 "그 자체로 개인의 '조선인'으로서의 자기 정체성 확립의 욕망을 내포"[12]하고 있으며, 귀환서사가 보여주는 "'조선인-되기'의 과정은 귀환 주체의 계층, 직업, 성별 등에 따라 위계화된 차이를 보인다"[13]고 이야기한다. 최정아 역시 "귀환서사는 민족국가의 이데올로기를 반영하고 강화하는 상징적인 의례와 형식"[14]이라

---

9 정종현, 「해방기 소설에 나타난 '귀환'의 민족서사」, 『비교문학』 40집, 한국비교문학회, 2006, 132면.

10 정재석, 「해방기 귀환 서사, 결속의 상상력과 균열의 역학」, 『사이間SAI』 2호, 국제한국문학문화학회, 2007, 182면.

11 위의 글, 188면.

12 오태영, 「민족적 제의로서의 '귀환'」, 『한국문학연구』 32집, 동국대 한국문학연구소, 2007.6, 515면.

13 위의 글, 516면.

14 최정아, 「해방기 귀환소설 연구」, 『우리어문연구』 33집, 우리어문학회, 2009, 389면. 해방기 귀환서사는 일본으로부터의 귀환과 만주로부터의 귀환으로 나누어 볼 수 있는데, 전자에서는 정화와 재생의 상상력이 후자에서는 회복과 결속의 상상력이 서사 전개의 기본 동력이 된다고 파악하고 있다.

는 입장을 보여준다.

실제로 대부분의 귀환소설들이 제국의 신민이 조선민족으로 변형되는 과정을 그리고 있다. 염상섭의 「해방의 아침」(『신천지』, 1951.1)에는 아버지는 조선인이고 어머니는 일본인인 조준식 / 마쓰노라는 남자가 등장한다. 부산 동래가 원적이었던 그는 아버지가 죽은 후 나가사키에 있는 외가에서 성장하면서 외조부의 민적에 이름을 올린다. 조준식 / 마쓰노는 만주국에서는 조선인 아버지를 감추고 철저히 일본인 마쓰노(조준식)로 살아간다. 이것은 오족협화의 이념과는 달리 실제로 만주국에서 일본인이 철저히 지배자로 군림했던 상황을 간접적으로 증명하는 것이다. 그러나 해방 이후에는 역전된 상황이 펼쳐진다. 조준식 / 마쓰노는 이제 자기 안에 있는 일본적인 것은 철저히 부정하고, 조준식(마쓰노)으로 새롭게 태어나는 것이다. 조준식 / 마쓰노를 조준식(마쓰노)으로 탄생시키는데 핵심적인 역할을 하는 것이 만주국에 살다가 신의주로 먼저 귀환한 조선인 홍규이다. 홍규는 조준식 / 마쓰노를 만주로부터 귀환시키고, 그가 생존하는데 여러 가지 도움을 준다. 그런 홍규는 조준식 / 마쓰노에게 "조선으로 가겠느냐 일본으로 갈 생각이냐는 것이요. 다시 말하면 당신은 조선사람이냐? 일본사람이냐?는 말이요"[15] 와 같은 양자택일적인 질문을 던지고, 조준식 / 마쓰노는 "인제는 조준식이지 마쓰노는 아닙니다"라고 하여 조준식(마쓰노)이 될 것을 선언한다. 작품은 지워버릴 수 없는 혼혈적 정체성으로 힘들어 하는 조준식(마쓰노)이 홍규로부터 태극기를 받은 후에, "이 기를 받고나니 인제는 제가 정말 다시 조

15 염상섭, 「해방의 아침」, 『염상섭전집』 10, 민음사, 1997, 23면.

선에 돌아온것 같고 조선사람이 분명히 된것 같습니다"(41)라며 자신의 정체성을 확인하는 것으로 끝난다. 흥미로운 것은 조준식 / 마쓰노라는 혼혈적 정체성을 조준식(마쓰노)으로 변경시키는 일은, 그 과정에서 핵심적인 역할을 하고 있는 홍규 자신에게도 해당하는 일이라는 점이다.[16]

김동리의 「혈거부족」(『백민』, 1947.3)에서도 만주에서의 귀환은 곧 조선민족이 되는 것을 의미한다. 그런데 흥미로운 것은 이때의 민족은 남한이라는 국가로 그 범위가 한정된다는 점이다. 평안도와 경상도의 사투리가 어우러지는 방공호에서 살아가는 이들은 당시 생존의 최저한계선으로까지 내몰린 조선민족을 상징하기에 모자람이 없다. 그런데 주목할 것은 이들 혈거부족들은 일본의 패망을 독립으로 받아들이지 않는다는 것이다. 이들에게 독립은 강대국의 신탁 통치에서 벗어나 법이 서고 그에 바탕해 국가가 성립하는 일에 해당한다. 이때 이 국가의 구성원에는 공산주의를 지지하는 애꾸눈이 윤서방은 배제된다. 그것은 윤서방이 순녀를 겁탈하려고 시도하는 식으로 부정적으로 형상화되는 것에서 선명하게 드러난다. 만주에서 살다 돌아온 순녀에게 귀환은 남한이라는 국가의 국민으로 재탄생하는 것으로 의미부여가 되고 있는 것이다.

그러나 일부 귀환소설에서는 만주국의 붕괴와 동아시아를 점령한 민족주의의 열기에서 벗어나 탈식민의 문제의식을 보여준 소설들이 있다.

16 김승민은 해방 직후 쓰여진 「해방의 아들」, 「혼란」, 「모략」이 "일제 말 만주 체험에 대한 염상섭 식의 자기 고백"(「해방 직후 염상섭 소설에 나타난 만주 체험의 의미」, 『한국근대문학연구』 16호, 2007, 269면)이라고 해석한다. 김종욱은 「해방의 아들」에서는 식민지배자로서 토착민을 억압했던 지배의 경험은 망각되고, 피해의 경험만이 부각된다고 보고 있다. 또한 "제국주의의 붕괴 이후 흔히 나타나는 동일화와 반동일화를 통한 민족 정체성의 재구성 과정"(「언어의 제국으로부터의 귀환」, 『현대문학의 연구』 35집, 2008, 115면)이 드러난다고 보고 있다.

허준의 「잔등」(『대조』, 1946.1~7)과 채만식의 「소년은 자란다」가 대표적 사례이다. 허준의 「잔등」은 뱀장어소년 / 국밥집 노파의 대비를 통하여 민족주의적 구심력을 뛰어넘는 인류적 차원의 보편애를 주장하는 작품으로 굳건하게 자리매김하고 있다. 그러나 채만식의 「소년은 자란다」에 나타난 반식민주의의 문학적 양상에 대해서는 충분한 조명이 이루어지지 않고 있다. 이 글에서는 비슷한 시기 후지와라 데이가 쓴 『흐르는 별은 살아 있다』라는 귀환서사[17]와의 비교를 통하여 「소년은 자란다」에 나타난 만주국 붕괴 이후의 탈식민 양상에 대하여 살펴보고자 한다. 만주국의 붕괴는 실질적인 지배자라고 할 수 있던 일본인에게도 귀환이라는 문제를 절실한 과제로 만들었고, 실제 수많은 귀환과 그에 따른 이야기들을 창조해냈던 것이다.[18] 이러한 비교 작업을 통해 한국 귀환소설이 지닌 특질과 의미는 더욱 뚜렷하게 부각될 수 있을 것이다. 또한 채만식의 「소년은 자란다」를 통해 다문화 사회에서 요청되는 민족간, 인종간의 평화로운 공존의 기본적인 조건도 살펴보고자 한다.

17 귀환자들이 쓴 귀환서사는 일반적으로 다음과 같은 특징을 지닌 것으로 알려져 있다. "① 소련 참전, 8·15시기부터 서술되기 시작한다. 그 이전의 사실이 서술되는 경우에도 간략하고, 일본 이민의 중국인, 조선인 등과의 관계는 거의 나타나지 않는다. ②'비적'의 반란, 소련군의 폭행, 전염병 발생으로 인한 귀환 당시의 비참함이 묘사되고 있다. ③ 이민자를 남기고 도망간 관동군, 송출할 때와 정반대로 차가운 조치를 취한 국가에 대한 비판이 나타난다"(山田昭次, 『近代民衆の記錄6滿州移民』, 新人物往來社, 1978, 49면. 오미정, 『일본 전후문학과 식민지 경험』, 아카넷, 2009, 171면에서 재인용). 이러한 특징은 후지와라 데이의 『흐르는 별은 살아 있다』에도 해당하는 특징이다.

18 1931년 9월 만주사변 발발 당시 재만 일본인은 약 23만 명이었지만 1945년 8월에는 6.7배인 약 155만 명에 달했다. 패전 이후 대부분의 일본인은 귀환하였으며, 이 과정에서 155만 명 가운데 18만 명이나 사망했다고 한다(야마무로 신이치, 앞의 책, 346~348면).

2. 사라지지 않는 공동체지향성

—후지와라 데이 『흐르는 별은 살아 있다』

후지와라 데이의 『흐르는 별은 살아 있다』[19]는 만주국 붕괴와 함께 신경에서 조선을 거쳐 고향인 스와까지 돌아가는 과정을 기록한 수기이다. 남편과 헤어진 후지와라는 홀로 세 아이(여섯 살, 두 살, 1달도 안 된 아이)를 책임지며, 신경, 봉천, 안동, 선천, 평양, 개성, 부산을 거쳐 일본에 도착한다. 경제적인 궁핍은 그녀의 여로를 더욱 고통스럽게 만든다.[20] 귀환의 여로가 이 작품의 서사 전부라고 해도 과언이 아닌데, 그 여정을

19 이 책은 1949년에 일본에서 단행본으로 출판되었다. 다음해에 『내가 넘은 삼팔선』(수도문화사, 1950)이라는 제목으로 발간되어 베스트셀러가 된다. 1965년에는 『세계 베스트셀러 선집』 실화편에, 1970년에 『20세기 고발문학선집』에 수록되었다. 이 글에서는 2003년 청미래에서 위귀정이 번역한 책을 텍스트로 삼아 논의를 진행하였다.

20 패전 당시 일본인은 북한 지역에 약50만 명, 남한 지역에 약27만 명이 있었으며, 만주에서 빠져나온 피난민은 약 12만 명에 달했다. 북한에 거주하던 일본인 중 피난 기차를 탈 수 있었던 사람은 군인과 경찰관 가족 등 일부에 불과했으며, 대부분의 사람들은 수용소 등지에서 1945년 겨울을 보낼 수밖에 없었다. 겨울을 넘기지 못하고 북한에서 죽은 사람은 약2만5천 명에 달했다. 남한의 미군은 일본에 대해 비교적 유화적이었지만, 일본인은 제한된 재산을 가지고 밀항해 일본으로 향하기도 했다. 1945년 말 남한의 일본인은 2만 8천여 명으로 감소했지만, 1947년에 이르러서야 귀환은 완료되었다. 또한 부산의 일본인 세화회는 1948년 8월까지 계속해서 활동했는데, 이는 일선결혼 파탄자의 송환이 계속해서 이루어지고 있었기 때문이다(다카사키 소지, 이규수 역, 『식민지 조선의 일본인들—군인에서 상인, 그리고 게이샤까지』, 역사비평사, 2006, 182면). 후지와라 데이의 귀환 여로는 이러한 역사적 사실에 부합된다. 김만선의 「압록강」에서도 귀환 일본인의 모습은 매우 처참한 것으로 묘사된다. "피란민은 조선사람만이 피란민인게 아니요 일본인들도 적지않아, 산동(山東) 쿠리[苦力]보다도 더 결뱅이같은 거적떼기 한잎씩을 끼고 다니는 그런 피란민들의 수용소의 넓은 마당에는 의렛것 조그마한 애총들이 날마다 늘어가 그 수를 헤아릴 수 없게끔 즐비한 광경을 보고 또 이른 아침에 젊은 여자들이 자식의 무덤앞에 꽃을 꽂아놓고 합장하는 꼴을 발견할 때면 가슴이 찌르르 했던 원식이었으나 여전 치를 떨었다."(99)

관통하는 하나의 의미소를 찾아내자면 그것은 '제국(만주국)의 붕괴 과정'이라고 정리할 수 있다. 그리고 그 붕괴의 빈 곳을 채우는 것은 따뜻한 고향과 가족의 품이다. 그녀가 귀환하는 곳은 국가가 아니라 고향과 가족인 것이다.

처음 신경에서 출발할 때는 기상대 직원 가족 50명이 함께 출발하지만 그 인원은 39명에서 29명으로 다시 18명으로 줄어들다가 38선을 넘은 시점에는 후지와라 데이 혼자 남게 된다. 일본제국의 흔적이라고도 할 수 있는 일본인회의 역할도 점차 약해진다. 처음 만주에서는 제법 큰 역에 도착하자 일본인 부인회에서 나와 주먹밥과 감자를 나눠주기도 하지만, 1년여를 머문 선천을 떠나 남하하려고 할 때 일본인회의 책임자인 야마기시 씨는 "이제 운명에 맡길 수밖에 없다는 것입니다"(159)라는 말을 할 정도로 모든 기능을 상실하고 만다.

이 귀환의 여정에서 일본이라는 공동체는 철저하게 분해되는데, 이 과정은 만주국의 정당성이 붕괴되는 과정이기도 하다. 일본인 공동체의 붕괴는 "천문학자"(122) 나리타와 어린 다미오의 죽음을 통해 가장 압축적으로 나타난다. 천문학자 나리타의 죽음은 일본이 만주 식민지배를 정당화하는 가장 근본적인 논리일 수도 있는 도구적 이성의 무참한 몰락을 의미한다. 후지와라가 속한 단체는 기상대 소속의 사람들로 이루어져 있으며, 이들은 당시 가장 뛰어난 과학적 능력을 소유한 기술 엘리트들이라고 할 수 있다. 나리타는 선천에 머물 당시 시간을 알기 위해, 새끼줄과 막대기 등의 원시적 도구만을 이용하여 해시계를 만든다. 나리타 씨는 꼿꼿한 막대기를 구하지 못해 10분 정도 오차가 날 것이라며 안타까워한다. 나중에 보안대 사람이 가져온 시계를 통해 10분이 아니라 15분의 오차가 난다는 것을 확인한 후, 나리타는 "15분이나 틀리다니, 이상한데. 아마 그 사람 시계가 안 맞는 모양이네요"(64)라고 말할 정도이다. 그는 일본의 발전된 도구적 이성을 대표한다고 해도 무리가 없는 인물이며, 이러한 인물이야말로 일본이 조선이나 만주를 야만시한 논리적 근원이라고도 할 수 있다. 그러나 그는 귀환 도중 무력하게 죽고 만다.[21]

물질적인 열악함과 공동체 정신의 파괴는 여섯 살 밖에 되지 않은 다미오의 죽음을 통해 극적으로 드러난다. 그는 계모가 학대하여 굶어 죽는데, 이것은 아이의 생명 하나도 지켜내지 못하는 일본인 단체의 허약하고 비인간적인 측면을 날카롭게 드러낸다. "이제 의사 같은 것은 있거나 말거나, 죽을 사람은 죽게 되어"(147) 버린 것이 귀환하는 일본인들의 현실이 되어 버린 것이다.

이런 상황에서 일본인들은 "누가 뭐래도 좋다, 그저 나만 제일 먼저 이곳을 떠나야 살 수 있다는 생각"을 하고, "남의 물건을 빼앗아서라도 도망치겠다는 추악한 모습들"(156)을 보여준다. 기상대 내부에서도 도난 사고가 발생하며, 사람들은 악착같이 돈을 챙기기 시작한다. 사람들은 아이에게서 나는 대소변의 냄새나 살기 위해 어쩔 수 없이 내는 얼음 깨는 소리도 용납하지 않으려 한다. 후지와라 자신도 "나머지는 알 게 뭐냐"(184)며 아이들과 자신만을 생각한다.

동시에 후지와라의 귀환 여로는 만주국에서 경험했던 민족적 위계가

21 이 부분에서 후지와라는 "힘없이 비틀거리는 다리를 지탱하며 여름 밤 하늘을 올려다보던 천문학자의 최후가, 어찌하여 이렇게 어둡고 비 오는 밤이어야 하는지!"(178)라며 감정적인 모습을 보여주는데, 이것은 다른 수많은 죽음을 대하는 무심한 태도와는 구별되는 것이다.

깨져 나가는 과정이기도 하다. 이 작품에서 무책임한 일본인과 그에 대비되는 조선인의 모습은 곳곳에서 드러난다. 후지와라 데이는 담배장사, 비누장사, 인형장사, 밥집일을 하기도 하고 심지어는 구걸할 지경에까지 이르는데, 이때마다 조선인들은 그녀를 도와준다.[22] 그것이 가장 극적으로 드러나는 것은 후지와라의 아들이 아팠을 때이다. 마사히로가 아플 때, 일본인 단체의 오야 의사는 "디프테리아가 틀림없으니, 포기하는 수밖에 도리가 없다"(100)며 아예 오려고도 하지 않는다. 이에 반해 구세병원의 조선인 의사는 돈을 제대로 받지도 않고, 순수한 선의로 마사히로에게 매우 비싼 주사를 무료로 놔준다.[23] 이 귀환기의 클라이막스라고 할 수 있는 38선 돌파의 장면에서는, 조선인 보안대원이 "제길! 일본놈들! 이렇게 곤란한 사람을 내버려 두고 도망가다니. 늘 그렇다니까! 아무리 패전국민이라지만, 쳇!"(204)이라고 말하는 모습까지 보여준다.[24]

이 글에서는 만주에서 멀어질수록 위에서 말한 '일본인 공동체의 해체'와 '일본인의 비인간화'가 더욱 심해진다. 38선을 넘은 후에는 아이를 트럭에 태워주던 백발 노인같은 일본인은 더 이상 등장하지 않는다. 개성에서는 "돈이 남아돌아 걱정인 모양"(213)인 법학 전공의 사기꾼 일

22 노영희는 "후지와라 테이가 『흐르는 별은 살아 있다』에서 기록한 한국인들은 참으로 일본인 귀향단원에게 호의적이고 인간적인 면을 보여주고 있는데 반해, 오히려 같은 일본인 귀향단원들의 비인간적인 태도가 그려져 있어서 흥미롭다"(「『흐르는 별은 살아있다』와 여자의 전쟁체험」, 『일본학보』 72집, 2007, 177면)고 설명한다.

23 이와는 별개로 '무저항주의'라는 제목의 장에서는 조선인들이 일본인을 향해 드러내는 적대적 행동이 강하게 암시되어 있다.

24 그러나 일본인들 사이에도 연대의 정과 행동이 조금은 남아 있다. 마사히코가 폐렴을 앓았을 때나, 마사히로가 디프테리아에 걸렸을 때 일본인들은 후지와라 데이를 도와준다. 그러나 이러한 우의는 일본인들이 서로에게 보여주는 적대와 분열에 비한다면 무시해도 좋을 정도이다.

본인을 만나기도 한다. 부산행 기차에서 "일본 사람들은 늘 그랬듯이 개인주의와 극도의 혐오감이 뒤죽박죽이 되어, 눈을 흘기고 마음으로 시기하며 인간의 근성 저 밑바닥까지 속속들이 드러낸 채 구더기처럼 들끓었다"(220)고 이야기된다. 실제로 후지와라의 두 아들이 설사를 하자, 일본인들은 후지와라에게 냄새가 난다며 온갖 구박을 퍼붓는다. 하카다항에 정박한 배에 한달여를 머무는 동안에는 불공정하고도 매우 부실한 배급을 받는데, 그것은 "개성에서도, 의정부에서도, 부산에서도, 남조선의 피난민 수용소 어느 곳에서도"(234) 경험하지 못한 일이다. 그 배 안에서 후지와라는 "아이 딸린 여자라는 이유"(236)로 책도 보지 못하고, 냄새가 난다며 온갖 구박을 당하고, 심지어는 배급문제를 항의하러 갔다가 선창장에게 "추잡한 년 같으니라고!"(237)라는 말까지 듣게 된다.

그러나 고향인 스와에 이르는 일본땅에서의 여정을 통해 후지와라는 일본인들의 따뜻한 인간성을 다시 확인하게 된다. 그것은 후지와라가 자신을 회복(인식)하는 과정과 맞닿아 있기도 하다. 기모노를 입은 여인을 보며 후지와라는 처음으로 "버선도 없이 걷고 있는"(252) 자신의 모습을 생각한다. 도쿄행 보통열차에서 만난 한 일본인은 아이들에게 배를 주는 호의를 베풀기도 한다. 그러나 그 사람은 이상한 선입견을 가지고 송환될 때 이야기를 "자꾸만 꼬치꼬치"(257) 캐묻는 한계를 보여준다. 고향과의 거리가 가까워질수록 사람들은 점점 친절해진다. 나고야역에서는 의료 봉사를 하는 학생들이 아픈 사키코를 돌봐주고, 사오지리에 도착했을 때는 한 무리의 청년 남녀가 기다리고 있다가 후지와라의 "짐을 빼앗듯이 들고, 마사히로를 안고, 마사히코를 업"(259)어 주기도 하는 것이다. 이들을 보며 후지와라 데이는 "고향의 고마움을 절실히 느끼"(259)게 된다. 이후 기차에서 만난 고향 말씨의 노파는 눈물을 흘리며 선반의 보자기에서 주먹밥을 꺼내어 모조리 후지와라의 손에 쥐어 준다. 그리고 마침내 부모 형제들이 살고 있는 스와시에 도착해서야 후지와라는 유령의 모습을 한 거울 속의 자신을 보게 된다. 생존에만 매몰된 짐승을 벗어나 비로소 인간으로서의 자신을 확인하게 된 것이다. 후지와라가 동생들과 부모님의 품에 안기며, 마음 속으로 "이젠 됐다. 이젠 죽어도 여한이 없다"(265)고 되뇌는 것으로 후지와라의 귀환기는 끝난다. 그 귀환의 서사는 고향, 더 좁게는 부모님의 품 속을 향한 여정이었던 것이다.

『흐르는 별은 살아 있다』는 귀환의 과정을 통해 만주국의 실질적 주인이었던 일본이라는 공동체의 환상을 기초에서부터 허물고 있다. 그러나 이 글에서 내셔널리즘은 은밀하지만 강력한 힘으로 그 존재를 드리우고 있다. 일본이라는 공동체를 새롭게 구성하는 결정적인 구심점으로 작용할 수 있는 가족과 고향, 그리고 집단주의가 절대적 존재로 굳게 자리하고 있는 것이다. 근친애가 혈통에 대한 강조와 친연관계에 있으며, 혈통과 고향에 대한 강조가 종족적인 내셔널리즘의 밑바탕으로 전환될 수 있음은 불문가지이다.[25]

---

25 혈연과 향토애를 상징하는 '피와 흙'은 민족(주의)의 가장 근원적인 뿌리라고 할 수 있다. 민족의 원어인 "Nation이란 라틴어의 nasci에서 유래된 말로 원래 출생"(이광규, 『신민족주의의 세기』, 서울대 출판부, 2006, 17면)을 의미하며, 민족 집단은 "가족이나 친족과 같이 출생에 의하여 부가되는 원초적인 것"(Fredrik Barth(ed), *Ethnic Groups and Boundaries*, Waveland Press, 1969, p.13)이라는 견해도 있다. 장문석은 "민족은 기본적으로 공통의 조상과 영토에 기초한다고 여겨지는 사회 집단이다. 가족의 특징이 유전되듯이, 민족의 특징도 유전된다. 단, 민족의 경우에 유전은 생물학적일 뿐만 아니라 문화적이기도 하다. 어쨌든 '피와 흙'은 늘 민족을 따라다니는 본질적 요소이다. (…중략…) 민족은 일단 영토적인 혈연 공동체의 일종이라고 말할 수 있다. 즉 그로스비의 간명한 정의에서 출발하자면, 민족이란 '혈연 공동체, 특히 구획되고 영토적으로 확장되며 시간적으로 깊이 있는 원주민 공동체'인 것이다"(장문석, 『민족주의』, 책세상, 2011, 24~25면)라고 설명한다.

이와 관련해 『흐르는 별은 살아 있다』에 등장하는 대머리와 그를 바라보는 후지와라의 시선을 주목해야 한다. 모든 인간이 동물로 변해 가는 이 작품에서, 대머리는 수많은 동물 중에서도 가장 악랄한 동물로서 형상화된다. 후지와라가 진심으로 증오하는 인간이 바로 대머리이다. 미야모토 단체의 책임자인 대머리에게 후지와라는 자신의 단체와 함께 동행하자고 제안을 하지만, 대머리는 "알겠소. 개라고 생각하고 데리고 가지"(155)라고 쏘아붙인 후에 결국에는 몰래 자신의 단체만 인솔하여 출발한다. 신막을 지나 남하하는 과정에서 다시 만난 대머리는 그때도 지난 일을 따지는 후지와라에게 "비렁뱅이 계집 주제에!"(179)라는 폭언을 하기도 한다. 대머리는 38선을 넘기 직전에 보안대의 강요로 후지와라의 큰아들인 마사히로를 맡아 남하하지만, 얼마 가지 않아 마사히로를 산 속에 팽개치고는 도망간다. 그러나 일본땅을 밟은 후에, 대머리가 책임자로 있는 미야모토 단체의 해산 장면을 보며 후지와라는 다음과 같이 반응한다.

선천에 있을 때 십여 개에 이르던 단체 중에서 오직 하나, 이 단체만이 마지막까지 결속해 온 것은 역시나 대머리의 통솔력 때문이었으리라.

"내 단체라고 생각하기 전에, 우리의 단체라고 생각을 할 수 있습니까."

단장들의 회의석상에서 이렇게 말하던 대머리는, 사실 절대적인 개인주의자였으며 내가 불구대천지원수처럼 증오했던 남자였다. 그러나 자기 단체를 지휘하는 데 그 개인주의를 버린 것은 아무나 할 수 없는 일이었다. 나는 대머리 눈에 띄지 않도록 돌아섰다.

"어이, 기상대 여단장. 당신네 단체는 어찌 되었소?" 대머리가 내게 묻는다면 나는 그에게 완패하고 말 것이기 때문이었다.

기상대 단체는 어떻게 된 것인가. 어디에도 없다.(256)

대머리는 여타의 일본인들에게는 그토록 사악한 존재였지만, 자신이 책임진 단체를 위해서는 모든 것을 헌신한 위인이었던 것이다. 그리하여 대머리의 단체만이 유일하게 일본까지 그 체제를 유지해온다. 이러한 대머리를 보며 후지와라는 이전과 같은 분노 대신 부끄러움과 패배감을 느끼고 있다. 위 장면을 통해 대머리는 '우리'와 '우리 아닌 것'을 선명하게 구분하고, '우리'를 위해 헌신해 온 인물임이 밝혀진다.[26] 후지와라는 대머리의 이러한 공동체 지향성을 그 어떤 인간적 흠집보다도 중요하게 취급하고 있는 것이다. 가족과 고향으로부터 방사되어 나오는 육친애와 향토애, 그리고 대머리를 통해 보여지는 집단주의가 엄존하는 한, 선천에서 후시와라가 조선인들의 감정을 자극하지 않기 위해서 조심하지만, "자신도 모르게 '조센징'이라는 말이 튀어나"(50)왔듯이,[27] 또 다시 일본 내셔널리즘은 역사의 무대에 귀환할지도 모른다.

26 민족주의는 "'우리'와 타자, 즉 외부를 구분하여 '우리'를 본질화·총체화하는 문화적 힘을 생산"(김은실, 「민족 담론과 여성」, 『한국여성학』 10집, 1994, 25면)해내는 담론이다. 민족주의는 타자를 상상하고 그들과의 차이를 강조하는 과정을 통해 '우리'라는 일체감은 형성하고, 이것은 차별과 배제의 메커니즘으로 연결될 수도 있다.

27 후지와라 데이의 『흐르는 별은 살아 있다』에서 중국인의 존재도 철저히 망각되고 억압되어 있다. 유일하게 한번 모습을 드러내는 것이 선천에 머물 때 일본인을 상대로 야채를 파는 젊은 중국인이다. 그는 세이코라는 예쁜 소녀에게 반해 결혼하기를 원한다. 그러자 세이코의 어머니인 오치 부인은 그것을 단호하게 거부하며, "옆에서 자고 있던 어린아이를 끌어안고 낮은 소리로 울기 시작"(97)한다. 정서의 가장 깊은 곳에 자리한 인종적 타자의식이 드러나는 순간이라고 할 수 있다.

3. 새로운 주체의 탄생가능성-채만식 「소년은 자란다」

후지와라 데이의 『흐르는 별은 살아 있다』와 채만식의 「소년은 자란다」가 가장 구별되는 지점은 바로 후지와라가 그토록 갈망하던 고향이 「소년은 자란다」에서는 애당초 배제되어 있다는 점이다. 「소년은 자란다」에서는 사실상 가족과 고향은 미래에 만들어나가야 할 미래형으로만 존재한다. 민족주의의 근원적 뿌리가 될 수 있는 가족과 고향 자체를 지워버리고 있는 것이다. 이것은 한국의 다른 귀환소설들과도 매우 차이나는 지점이다. 대부분의 귀환소설에서 고국은 기대를 충족시켜 줄 공간으로 상상되며, 지난날의 조선은 그리움의 대상으로 호출되기 때문이다.[28]

한국의 귀환소설들도 대부분 고향에 대한 강렬한 그리움을 드러낸다. 정비석의 「귀향」(『경향신문』, 1946.10~11)에서 최노인은 아내의 죽음으로 자신의 여명이 얼마 남지 않았음을 깨닫고는 "고향 생각이 간절"[29]해진다. 이전부터 그에게 고향은 "이십 년을 두고 오매로 그리던"(574) 대상이었다. 고향에 대한 그리움은 김동리의 「혈거부족」(『백민』, 1947.3)에서 가장 강렬하게 나타나 있다. 중병이 든 순녀의 남편은 해방이 되자 아내에게 "이보, 날 어짜든지 고향까지만 데려다주"[30]라고 말한다. 남편은 "희망이란 것이 다만 고향에 가 묻히기나 하고 싶다"(65)는 것뿐이다. 이후 병이 깊어져 말도 못하는 지경에 이르러서도 남편의 눈빛은 "고향

---

28 정재석, 앞의 글, 173면.

29 정비석, 「귀향」, 『한국소설문학대계』 23, 동아출판사, 1995, 572면.

30 김동리, 「혈거부족」, 『김동리 전집』 2, 민음사, 1995, 64면.

에 돌아간다"(65)라는 말을 하는듯한 광채를 드러낸다. 이러한 남편의 모습은 순녀의 회고 속에서 세 번이나 반복해 등장한다. 순녀 역시도 남편의 귀향을 향한 강렬한 욕망에 적극적으로 동조한다. "인제 해방이 됐으니까 병도 물러나겠지, 고향에 돌아가 개나 몇 마리 구해 먹고 하믄 그만한 병줄쯤이 설마 안 떨어질라꼬?"(65)라는 위로의 말을 하는 것은 물론이고, "몸을 팔아서라도"(66) 남편의 고향으로 돌아가야만 할 것이라고 생각하는 것이다. 그러나 채만식의 「소년은 자란다」에서 고향은 공백으로 남겨져 있다. 이 작품에서는 '지워버린 고향'이라는 장을 따로 두어 그 사정을 상세하게 밝히고 있다.

오서방의 고향은 본래 충청북도 청주이며, 먼 웃대 조상은 양반이었으나 오서방의 아버지 말년에 선대로부터 물려받은 땅은 모두 일본 사람의 것이 되고, 오서방은 "송곳 하나 꽂을 땅이 없는 알짜 소작인"(312)이 된다. 오서방은 열여섯에 장가를 갔지만, 아내는 영호의 배 다른 형 영만이 열 살 되던 해에 "양복 입고 하이칼라하고 똑똑하고 돈 있고 한 사람을 따라 봇짐을 싸고 말았"(312)다. 동네 사람들은 "위인이 오죽 못났으면 계집을 뺏기느냐"(313)며 오서방을 비웃고 손가락질한다. 이로 인해 큰 상처를 받은 오서방은 "'내가 죽는 날까지도 고향에는 발길을 들여놓지 아니하리라.' '자식더러도 고향을 찾지 말라고 가르치고 유언하리라'"(313)는 결심으로 영만을 이끌고 고향을 떠난다. 오서방이 만주까지 떠나온 이유에는 만주가 "농사하고 살기가 좋다"(313)는 것도 있지만, 만주에서는 "또, 만나 창피할 아무도 없"(313)다는 점도 포함되어 있는 것이다.

오서방의 아내 역시 전남편이 아무 근거도 없이 저 혼자만의 의혹과 질투로 무서운 매질을 했던 것이고, 이를 피해 가출했다가 오서방을 만나 부부의 연을 맺는다. 선뜻 오서방을 따라 만주에 가기로 결심한 것도 바로 고향에 있는 그 사내 때문이다. 해방이 되고도 조선이 좋다는 사람들의 말에 오서방의 아내는 "돌아갈 고향이 있는 사람이 말이지!"(317)라며 귀향하는 것을 꺼려한다. "그 사나이는 지금도 고향에 살아 있을 것이요, 그 사나이가 살아 있는 날까지는 돌아가지 못하는 고향"(318)인 것이다. 이처럼 영호의 부모에게는 돌아갈 고향이 사라지고 없다. 따라서 「소년은 자란다」에서 "실재의 장소라기보다는 친밀한 세계에 대한 감각"[31]으로서의 향수가 발생할 여지는 애당초 봉쇄되어 있다.

『흐르는 별은 살아 있다』가 가족과의 결합을 지향점으로 한 서사라고 한다면, 「소년은 자란다」는 가족의 해체로 귀결되는 서사라고 할 수 있다. 「소년은 자란다」에서 가장 큰 사건은 영호와 영자 남매가 아버지 오서방과 헤어져 영호 혼자 남겨지는 것이다. 이러한 일이 발생한 근본적인 이유 역시도 '지워버린 고향'과 무관하지 않다. 만주에서 어머니와 동생 영수를 잃어버린 오서방 가족은 농사를 짓기 위해 막연히 전라도로 향한다. 그러나 대전역에서 아버지가 기차를 잘못 타는 바람에 영호는 아버지 오서방과 헤어지고 영자와 둘만 남겨지게 된다. 본래 가고자 하는 역이 분명하다면, 이런 사소한 일로 가족이 헤어지는 일은 발생할 수 없다. 그러나 "영호의 아버지도, 서울서 떠나면서까지도 향방이 작정이 없었"(359)기에 이처럼 사소한 실수로 인해 가족간의 이별이라는 끔찍한 비극이 벌어지게 된 것이다. 설령 심신이 모두 허약했던 오서방이 병들거나 심지어 죽은 것이라고 해도 목적지만 분명했다면, 그 소식을

31 Boym, Svetlana, *The Future of Nostalgia*, Basic Books, 2001, p.251.

영호 남매는 알 수 있었을 것이다. "이 '지워버린 고향'이 장차에 어린 영호 남매로 하여금 불행을 더 크게 할 것인 줄이야 아무도 짐작인들 못 하였던 노릇이었다"(316)라는 말은 이러한 사정을 잘 보여준다.

고향이 부재한 상태에서 조선을 향하는 영호 가족의 여로는 귀환이라기보다는 차라리 유랑에 가까우며, 영호 가족은 귀환자가 아니라 피난민에 가깝다. 따라서 여타의 귀환소설들에서 등장하는 '민족공동체의 일원으로 귀속되기 위한 상징적 의례'[32] 같은 것은 존재하지 않는다. 간도 왕청현 대이수구(大梨樹溝)를 떠나 서울에 도착하는 과정은 단지 한단락으로 간단하게 처리되어 있을 뿐이다.[33]

영호의 아버지를 지배하는 것은 철저한 생존의 논리이다. 이들이 만주에 온 이유 역시 "무식하고 가난하기 때문에 만만하였"(285)고, "만만하기 때문에 땅 기름지고 기후좋은 고국에서 살지 못하고 쫓기어 이 풍토(風土) 사나운 만주로 흘러와 강냉이 조팝을 먹으면서 고생을 하는 것"(285)이다. 그들은 고국으로부터 쫓기어 만주로 몰려난 것은 "나라를 잃은 백성이기 때문인 것보다도 오히려 가난하고 무식하여 만만한 사람이기 때문"(286)이라고 생각하는 것이다.[34]

조선으로 돌아가는 이유 역시도 민족의식보다는 생존의 논리에 따른

---

32 "만주로부터의 귀환서사에서는 만주 이주 이전의 조선인으로서의 정체성을 복원하고 민족공동체의 일원으로 귀속되기 위한 상징적 의례들이 발생한다"(최정아, 앞의 글, 372면).

33 그 대목을 옮기면 다음과 같다. "낙타산을 떠나 도문(圖們)으로 해서 국경을 넘어 소련군이 차지하고 있는 고국의 이북땅을 함경도로 내려와 38선이라는 것을 넘어, 그러는 동안 여러 곳에서 차를 내려 며칠씩 기다렸단 겨우 다시 얻어 타고 하면서, 그러다가 가까스로 '남대문' 정거장에 닿아, 전재민 열차로부터 영호 남매를 손목을 이끌고 내리기는 시월도 다 가는 그믐이 임박하여서였었다."(337)

34 물론 이들에게도 살에 배어져 있는 "수수한"(289) 민족의식과 일본에 대한 적개심은 존재한다.

것이다. 대이수구의 농민들은 일본 사람들이 숱해 땅을 내놓고 갔으니 최소한 붙여먹을 땅은 있을 것이며, 압제 주던 일본인이 없다면 만주보다는 훨씬 살기 좋을 것이라는 생각에 귀향을 결심하는 것으로 그려진다. "새 조선의 주인이 되네 어쩌네 하는 것은 당치도 않은 말"(307)이고, 가장 중요한 것은 "땅은 하여커나 부쳐먹을 땅이 있을 것은 번연"(307)하다는 사실이다. "땅이야 집을 얻어 편안히 농사하면서 가난과 압제 없는 세상"(338)을 사는 것이야말로 귀환의 이유인 것이다. 영호의 "전라도루 농사하러 가는 길예요. 우린 전재민예요"(360)라는 말처럼, 이들 가족의 정체성은 만주에서 귀환한 '농민'이라는 것밖에는 없다. 그들은 다만 농사를 짓기 위해 귀환하는 것이고, 오선생의 추천에 따라 넓은 벌이 있는 전라도로 향할 것을 결심한 것이다.

영호의 가족은 조선땅을 밟은 순간부터 민족적 일체감이 아니라 차이와 적대감과 마주치게 된다. 영호는 계동 어귀에서 잘 차려 입은 사람들을 보고서는, "영호는 저 사람들이 저희들처럼 조선 사람이 아닌성만 싶어졌다"(341)고 이야기한다. 일반 서울 사람들은 물론이고 전재민의 원호를 담당하는 원호소 사람들까지도 "유심히 보거나 더욱이 동정의 빛을 보이거나 하는 사람은 단 한 사람도 없"(343)다. 그리고 곧 해방 이전과 별반 다르지 않은 현실이 펼쳐지고 있음을 깨닫게 된다. "왜사람 대신 미국 사람들이 들어앉았는 것과 마찬가지로, 순사는 여전히 백성에게는 무서운 물건인 채로 있던 것"(345)이다.[35]

---

35 이러한 인식은 마지막에도 다시 한 번 반복된다. "그렇다면, 타국으로 흘러가서 간신히 의지하고 살던 집과, 농사하던 땅이며, 농사진 곡식, 애탄가탄 장만한 세간과, 더러는 어머니까지도 해방은 우리에게서 뺏은 것이 아닌가? 그리고서 준 것은 압제 없는 살기와, 살 집과 농사할 땅과의 대신에 입었던 옷을 누더기를 만들게 한 것과, 석탄 부스러기와

일반 백성들은 오서방의 생각과는 달리 여전히 "주림과 추위에 시달리고"(349), 살찌는 것은 "장사치들과 이 장사치들이 들여미는 뇌물로 치부를 하는 군정의 벼슬아치들"(349)뿐이다. 오서방이 조선으로의 귀환을 결심하게 된 동기는 모두 사라져 버린 것이다. 조선으로 귀환 이후 가장 많이 눈에 띄는 것은 곳곳에 널려 있는 대소변이다.[36] 그것은 서울과 이리를 가리지 않고 나타나는 현상이다. 그렇다면, 채만식의 「소년은 자란다」에서 우리의 국토는 여타의 귀환소설에서처럼 무엇과도 비교할 수 없는 '금수강산'이 아니라 온통 대소변에 덮여 있는 일종의 "변소"(351)로 표상되고 있는 것이다.

「소년은 자란다」는 민족공동체의 불가능성을 이야기하는 것에 가깝다. 이리를 작가가 지향하는 하나의 공동체로 볼 수는 없다. 그곳에는 엄연히 파렴치하며 돈만 밝히는 여관 사람들이 존재하고, 그들이야말로 영호의 삶에 가장 깊숙이 개입하고 있기 때문이다. 영호는 여관 주인과 주인의 형님이라는 여자는 자신들과 '다른 사람들'로 받아들인다. 이 두 여자와 같은 계열의 사람들로는 이리역에서 영호를 놀리던 "양복 신사"(389)와 같은 사람들이 제시되며, 영호는 그들을 "조선 사람인 것 같지가 않"(389)다고 여긴다. 여기에는 6호실에 머무는 눈딱부리와 빈대머리도 포함된다. 그들은 미국 사람에게 술과 선사와 색시와 돈을 안기고는 그 대가로 엄청난 이득을 챙기는 사람들이다. 그들은 모두 "딴 세상 사람들인 것만 같은 사람들"(399)인 것이다. 심지어 그들은 적실히 차가운 것이 있는 "물고기"(377)로 표상됨으로써, 같은 인간의 축에도

밀가루와 쓰러져가는 저 알량한 집과 이것이 아닌가?"(404)

36 최정아, 앞의 글, 382~383면 참고.

들지 못하는 것으로 형상화된다.[37]

오히려 기차 속 사람들이야말로 인간성을 발휘하는데, 그들은 아버지와 헤어진 영호의 딱한 사정을 듣고는 십시일반 돈을 모아 준다. 기차 속의 사람들은 서울에서 본 "조선 사람으로 여겨지지를 않던 사람"(366)과는 완전히 다른 모습이다. 그들은 영호가 보기에도 "옷 차림차림이랑, 거친 살결이랑, 다같이 가난하고 명색도 없고 한 사람들"(366)이었다.[38] 다음으로 영호가 조선인 공동체에 포함시키는 사람들은 다음의 인용문에 등장하는 기층민중들이다.

> 이 여자들에게서는 그 떡장수 할머니를 비롯하여 정거장 너른 마당에 널려 있는 수많은 여러 가지 장사 사람들이며, 지겟벌이꾼이며, 또 아버지를 잃어버리던 그날 밤에 만난 촌 영감이며, 그 양복 입은 사람이며, 돈을 보태어 주던 사람들이며, 목단강서 온다던 전재민 내외며, 더는 대이수구의 동네 사람들이며, 오선생이며…… 이런 사람들에게서 느낄 수 있는 따뜻한 맛이나, 무례하고 지저분한 흠은 있어도, 흉허물 없고 임의롭고, 그래서 저절로 우러나는 구수한 맛이나 이런 것은 조금도 느낄 수가 없었다.(388)

---

37 안미영은 「해방공간 귀환전재민의 두려운 낯섦 – 채만식의 「소년은 자란다」를 중심으로」(『국어국문학』 159집, 2011)에서 "간도, 서울, 이리 일련의 공간은 각각 생존 공동체, 이기적 집합체, 정서적 공동체라 명명"(287)할 수 있다고 보고 있다. 그러나 위에서 살펴본 것처럼, 이리도 분열된 공간이라고 할 수 있으며, 그 속에는 '이기적 집합체'의 성격도 강하게 남아 있다.

38 류보선은 또한 기차 안의 사람들이 영호 남매를 돕는 모습에서 채만식이 "교환의 경제를 넘어선 탈자본적 민족=국가를 상상해야 한다고 믿었던 것"(「해방 없는 해방과 귀향 없는 귀환」, 『현대소설연구』 49권, 2012, 176면)이라고 주장한다. 그러나 이러한 우애의 공동체가 형성되고 있는 장소가 기찻간이라는 것, 따라서 그 우애의 상황을 만든 사람들이 모두 행인이라는 것은 공동체의 성립을 불가능하게 한다.

그런 훌륭해 보이면서도 실상은 아무것도 훌륭할 것이 없는 세상에다 대면, 차라리 누더기를 걸치고 지저분하고 좀 무례하고 하기는 할망정, 정거장 앞에서 대떡을 파는 할머니며, 여러 음식장수들과 지겟벌이꾼이랑, 아버지를 잃어버리던 그날 밤 찻간에서 만난 촌 영감, 그리고 양복 입은 사람이며, 오선생님 이런 사람들이 비록 훌륭한 사람이든 못하겠지만 얼마나 사람스럽고 고지식하고, 그래서 따뜻한 맛 구수한 맛이 풍기는 사람들인지 몰랐다.(400)

이들의 모습은 일종의 무산자 공동체를 연상시키기에 충분하다. 그러나 영호는 여기서 한 걸음 더 나아간다. 영호는 이런 사람들이 "훌륭한 사람이든 못하"(400)다며, 자신은 "정말로 훌륭한 사람이 되는 길로 나아가기만이 원"(402)이라고 다짐하는 것이다. 일단 훌륭한 사람이 되기 위한 첫 번째 방법으로 영호가 택하는 것은 "우선부터라도 훌륭하지 못한 것에 대하여는 삼가"(401)는 것이다. 그 첫 번째가 '물고기'들로 가득한 여관을 떠나는 것이고, 영자를 또한 여관주인 언니의 집에서 데리고 나오는 것이다. 「소년은 자란다」는 영호가 아버지가 죽었다고 가정하고, 자신이 스스로의 힘으로 이 세상에 맞서 나갈 것임을 다짐하는 것으로 끝난다.

아버지는 아무리 생각하여도, 이제는 세상을 떠난 것으로 여길 수밖에는 별수가 없었다.

아버지는 세상을 떠났고……

영호, 저 홀로 이 세상에 있었다.

영호, 저 자신에 대하여서나 영자한테 대하여서나, 이 세상에는 오직 영호 저 하나만 있을 따름이었다.

부모도 없고, 영자를 데리고서 저 혼자인 영호는, 그러므로 영자를 데리고 저 혼자서 이 세상을 살아가야 하는 것이었었다.

내일 정거장에 나간 길에 방을 하나 얻고, 조그맣게 하꼬방 장사를 내자면 얼마나 들겠는지, 부디 알아보아야 하겠다고 영호는 생각을 하였다.(408) (고딕체—인용자)

인용한 위의 대목에는 '홀로', '하나', '혼자'라는 말이 계속해서 반복된다. 여기에서는 너무도 분명하게, 그 어떤 것에도 기대지 않고 혼자의 힘으로 세상과 맞서겠다는 영호의 강력한 의지가 발견된다. 완전한 단독자로 선 영호를 통해서 민족으로의 통합이라는 귀환서사는 해체되어 버리며, 미약하지만 가능성으로 충만한 새로운 주체의 탄생을 기대하게 되는 것이다.

4. 과잉 민족주의 시대에 창작된 이채로운 작품

1절에서도 살펴본 바와 같이 해방기에 쓰여진 한국의 귀환소설은 대부분 강렬한 민족주의적 의식을 드러내고 있다. 일부 소설에서는 과거 만주국에서 제국의 신민으로 살던 경험 자체가 무화되어 버리는 경우도 있다. 정비석의 「귀향」을 대표적으로 꼽을 수 있다.

21년 전에 "왜놈들 때문"(573)에 고향인 오리나무 마을을 떠나 만주로 건너갔던 최노인은, 만주에서 가난한 삶을 살다가 죽은 아내를 만주에 남겨두고 아들 내외와 함께 돌아온다.[39] 이 작품에서 최노인은 단 한 번도 만주에서 살았던 자신의 정체성에 대한 고민의 흔적을 드러내지 않는다. 심지어 이 작품에서는 최노인이 모르던 또 다른 아들이 오리나무 마을에 살고 있다는 우연적인 설정까지 등장한다. 최노인의 첫사랑인 탄실이 최노인의 아이를 임신한 상태로 권참봉의 첩이 되어, 그 아이를 권씨 가문의 아이로 길러낸 것으로 그려지는 것이다. 해방 이후 탄실의 아들은 마을의 보안대장이 되어 "배급이니 치안이니 하는 것을 척척 해나가는"(580) 마을의 지도자로 성장해 있다. 최노인이 만주에서 산 20여년의 세월은 사실상 이 작품에서는 아무런 의미도 지니고 있지 않은 것이다. 실질적으로 그는 고향을 떠난 적이 없으며, 제국 신민으로서의 모습은 존재하지 않는다. 「귀향」은 종족적 민족주의의 강렬한 파토스를 환기시키며 다음과 같이 끝난다.

> 그렇게 해서 이 오리나무 마을 사람들은 연년세세로 바뀌어 가겠지만, 그러나 그들이 그들이라 이 마을은 언제나 이 마을 사람들로 해서 유지되어 갈 것을 굳게 믿었다.
>
> 설령 권세를 다투는 무리들이 제아무리 날치더라도 이 마을의 주인은 역

39 정종현은 해방 이후 귀환소설에서 "식민지 제국 시절 개인의 욕망과 경제적인 이해에 따른 이주와 이동도 모두 식민지적 현실에 의한 수난의 기억으로 단일화 · 서사화되었다"(정종현, 앞의 글, 154면)고 주장한다.

시 이 마을 사람들뿐이라, 형이요 아우요 하는 그들이 일치단결하여 마을을 굳게 지켜 가면 조금도 두려울 것이 없어 보였다. 그렇게 생각하자 마음에 느긋한 행복감이 느껴져서, 최노인은 하루바삐 우리나라의 정부가 서기를 고대하며 저물어 가는 마을을 언제까지고 그윽한 시선으로 정답게 굽어보고 있었던 것이다.(586)

'이 마을 사람들로' 이루어진 '오리나무 마을'이 환기시키는 강렬한 민족주의야말로 해방 이후 귀환서사를 지배하는 근본적인 정서라고 할 수 있다. 일본인이 쓴 수많은 귀환서사 중에서도 유독 후지와라 데이의 『흐르는 별은 살아 있다』만이 동시대 한국인들에게 그토록 큰 반응을 얻은 것도, 후지와라의 글에 잠재된 민족주의적 정서와 분리해서 이해할 수 없다. 만주국 붕괴 이후 일본에서도 수많은 귀환서사가 쓰여졌다. 이들 중에는 고향이나 국가의 근본적인 의미를 묻거나 고향의 상실에 대하여 말하는 것들도 많다.[40] 그러나 그것들은 대부분 한국에 번역조

40 만주국 붕괴 이후의 귀환서사는 일본인에 의해 여러 편이 쓰여졌다. 대표적인 것으로는 아베 고보[安部公房]가 쓴 장편소설 『짐승들은 고향을 향한다』(1957)를 들 수 있다. 아베 고보는 만주국이 괴멸된 후 1년 반 남짓을 심양에서 보냈다. 이 작품은 북만주에서 태어난 16세의 일본인 소년 규조가 패전 후 일본으로 귀환하는 이야기이다. 그러나 끝내 귀향에 실패하고 죽음을 맞이한다. 이것은 "봉천에 있을 때에는 일본 꿈을 꾸고 일본에서는 봉천 꿈을 꾼다. 나는 가끔씩 내 자신이 고향 주변을 맴돌면서 결국에는 그 속에 들어가지 못하는 아시아의 망령인 듯한 기분이 든다"(이정희, 「아베고보[安部公房]와 '만주'체험」, 『일어일문학연구』 39권, 2001, 346면에서 재인용)는 작가의 생각을 형상화한 것이라고 할 수 있다. 아베 고보에게 만주국 붕괴와 그에 따른 귀환은 "국가라든가 고향이라든가 하는 것에 귀속되지 않고, 오히려 '인간이란 존재는 무엇일까'를 생각"(위의 글, 348면)하게 만드는 체험이라고 할 수 있다. 또 다른 귀환소설로는 만철의 사원이자 만주문단의 핵심 작가였던 아키하라 가쓰지[秋原勝二]가 쓴 장편소설 『커다란 느릅나무—지린의 동란 · 어떤 기억(楡の大樹－吉林の動乱 · ある記録)』(1979)를 들 수 있다. 이 작품은 재만 일본인인 소우키치가 만주국 붕괴라는 상황에서 분열과 괴리를 겪으면

차 되지 않았다. 이와 달리 "죽더라도 고향으로 한 발짝이라도 가까이 가서 죽고 싶었다"(162)라는 마음을 기본적인 정서로 삼고 있는 후지와라 데이의 『흐르는 별은 살아 있다』는 창작과 거의 동시에 한국어로 번역되었으며, 곧바로 베스트셀러가 되었다. 이것은 『흐르는 별은 살아 있다』가 당대의 한국인들과 교감할 수 있는 매우 중요한 정서적 통로를 확보했기 때문에 가능했던 일로 판단된다.

이러한 시대적 상황을 고려할 때, 민족주의의 열기에서 벗어나 단독자로서의 새로운 가능성을 꿈꾸는 채만식의 「소년은 자란다」는 매우 이례적인 귀환서사라고 할 수 있다. 소년이라는 존재를 통해 해방 이후를 조망하며, 톡특한 반식민주의의 가능성을 타진하고 있는 이 작품은 당대의 인식론적 지평을 훌쩍 벗어난 작품인 것이다. 이러한 점을 고려할 때, 채만식의 「소년은 자란다」가 1949년 2월 25일에 창작되었지만 발표는 1972년 9월에야 이루어진 것은 우연을 가장한 하나의 필연이었는지도 모른다.

서 일본 내부로 '귀환'하려 하지만, 결국 그의 죽음을 통해 드러나듯이 그 '귀환'은 실패로 돌아가고 만다. 재만 일본인들은 만주에서도 일본 내부에서도 '고향'을 상실했음을 상징적으로 보여주는 작품이라고 할 수 있다(안지나, 「재만일본인 작가의 '귀환'과 '고향상실'」, 『'만주국' 붕괴 이후의 동아시아 문학』, 중국해양대 해외한국학 중핵대학 사업단 2단계 제1회 국제학술회의 자료집, 2015, 1~10면 참조).

5. 결론

만주국이 붕괴되었을 때 만주는 만인들의 민족주의로 뜨겁게 달아오른다. 곧 그 열기는 만인들의 일본인과 조선인을 향한 폭력으로 나타난다. 김만선의 「귀국자」와 「이중국적」에는 만인의 조선인을 향한 폭력이 오족협화(五族協和, 다섯개의 민족이 협력하는 것)와 내선일체(內鮮一體, 조선과 일본이 하나라는 주장)의 담론공간 모두에 포섭되어 있었던 애매한 위치에서 비롯된 것으로 그려진다. 이러한 상황에서 수많은 조선인들이 조선으로의 귀환을 선택하였으며, 이를 반영한 서사는 대부분 민족주의에 바탕하여 제국의 신민이 조선민족으로 변형되는 과정을 그리고 있다. 그러나 채만식의 「소년은 자란다」는 민족주의의 열기에서 벗어난 반식민주의의 문학적 양상을 보여주고 있다. 이 글에서는 비슷한 시기 후지와라 데이가 쓴 『흐르는 별은 살아 있다』와의 비교를 통하여 「소년은 자란다」의 특징을 보다 선명하게 살펴보았다.

후지와라 데이의 『흐르는 별은 살아 있다』는 만주국 붕괴와 함께 장춘에서 조선을 거쳐 고향인 스와까지 돌아가는 과정을 기록한 수기이다. 귀환의 여로를 통하여 만주국 건국의 정당성은 근저에서부터 붕괴되고 일본인의 위선은 낱낱이 드러난다. 그 붕괴의 빈 곳을 채우는 것은 따뜻한 가족과 고향의 품이다. 『흐르는 별은 살아 있다』는 귀환의 과정을 통해 만주국의 실질적 주인이었던 일본인 공동체의 환상을 기초에서부터 허문다. 그러나 일본이라는 공동체를 새롭게 구성하는 구심점으로 작용할 수 있는 가족과 고향, 그리고 집단주의는 절대적인 힘으로 작품의 심층에 자리하고 있다. 후지와라 데이의 『흐르는 별은 살아 있다』와 채만식의 「소년은 자란다」가 가장 구별되는 지점은 바로 후지와라가 그토록 갈망하던 고향이 「소년은 자란다」에서는 처음부터 배제되어 있다는 점이다. 고향이 부재한 상태에서 조선을 향하는 영호 가족의 여로는 귀환이라기보다는 차라리 유랑에 가까우며, 영호 가족은 귀환자가 아니라 피난민에 가깝다. 생존의 논리에만 따르는 영호 가족의 정체성은 만주에서 귀환한 '농민'이라는 것뿐이다. 또한 『흐르는 별은 살아 있다』가 가족과의 결합으로 서사가 귀결된다면, 「소년은 자란다」는 가족의 해체로 서사가 귀결된다.

궁극적으로 「소년은 자란다」는 완전한 단독자로 선 영호의 모습을 통해 민족주의의 과장된 열기에서 벗어나, 미약하지만 가능성으로 충만한 새로운 주체의 탄생을 형상화 한 작품이라고 할 수 있다. 채만식의 「소년은 자란다」를 통해 다문화 사회에서 요청되는 민족간, 인종간의 평화로운 공존의 기본적인 조건도 살펴볼 수 있었다. 그것은 한 민족이나 인종이 다른 편을 일방적으로 멸시하거나 착취하는 식민주의를 단호히 거부하며, 자신이 속한 공동체에 대한 맹목적인 애정에서도 벗어나려는 태도에서부터 시작된다고 정리해 볼 수 있다.

1. 기본자료

강영숙, 「갈색 눈물방울」, 『문학과사회』, 2004 겨울.
______, 『리나』, 랜덤하우스, 2006.
강화길, 「굴 말리크가 잃어버린 것」, 『문학동네』, 2013 겨울.
강희진, 『유령』, 은행나무, 2011.
공선옥, 「명랑한 밤길」, 『창작과비평』, 2005 가을.
______, 『유랑가족』, 실천문학사, 2005.
김경욱, 『천년의 왕국』, 문학과지성사, 2007.
김금희, 「옥화」, 『창작과비평』, 2014 봄.
김동리, 「혈거부족」, 『김동리 전집』 2, 민음사, 1995.
김려령, 『완득이』, 창비, 2007.
김만선, 『압록강』, 동지사, 1948.
김민정, 「안젤라가 있던 자리」, 『아시아』, 2012 겨울.
김미월, 「중국어 수업」, 『한국문학』, 2009 겨울.
김애란, 「그곳에 밤 여기에 노래」, 『문학과사회』, 2009 봄.
김연수, 「모두에게 복된 새해」, 『현대문학』, 2007.1.
김영하, 『검은 꽃』, 문학동네, 2003.
김재영, 「꽃가마배」, 『작가세계』, 2007 여름.
______, 「코끼리」, 『창작과비평』, 2004 가을.
김훈, 『공무도하』, 문학동네, 2009.
김희선, 「어느 멋진 날」, 『21세기 문학』, 2013 겨울.
민정아, 「죽은 개의 식사 시간」, 『문장웹진』, 2013.12.
박범신, 『나마스테』, 한겨레신문사, 2005.
박찬순, 「가리봉 양꼬치」, 『발해풍의 정원』, 문학과지성사, 2009.
______, 「지질시대를 헤엄치는 물고기」, 『발해풍의 정원』, 문학과지성사, 2009.
박형서, 『새벽의 나나』, 문학과지성사, 2010.

배상민, 「어느 추운 날의 스쿠터」, 『문예중앙』, 2011 봄.
백가흠, 「쁘이거나 쯔이거나」, 『현대문학』, 2010.8.
서성란, 「파프리카」, 『한국문학』, 2007 겨울.
손홍규, 「이무기 사냥꾼」, 『문학동네』, 2005 여름.
송은일, 『사랑을 묻다』, 대교북스캔, 2008.
염상섭, 「해방의 아침」, 『염상섭전집』 10, 민음사, 1997.
유현산, 『두번째 날』, 네오픽션, 2014.
이경, 「먼지별」, 『아시아』, 2009 가을.
이경자, 『세번째 집』, 문학동네, 2013.
이광수, 『이광수 전집』 1, 삼중당, 1971.
이명랑, 『나의 이복형제들』, 실천문학사, 2004.
이순원, 「미안해요, 호 아저씨」, 『문학수첩』, 2003 가을.
이시백, 「개값」, 『누가 말을 죽였을까』, 삶이보이는창, 2008.
______, 「새끼야 슈퍼」, 『누가 말을 죽였을까』, 삶이보이는창, 2008.
이은선, 「카펫」, 『현대문학』, 2010.4.
이응준, 『국가의 사생활』, 민음사, 2009.
이효석, 『이효석 전집』 1~8, 창미사, 2003.
전성태, 「남방식물」, 『현대문학』, 2006.11.
______, 「늑대」, 『문학사상』, 2006.5.
______, 「두번째 왈츠」, 『ASIA』, 2008 겨울.
______, 「목란식당」, 『창작과비평』, 2006 겨울.
______, 「이미테이션」, 『문학과사회』, 2008 겨울.
______, 「중국산 폭죽」, 『문학관』, 2007 여름.
______, 「코리언 쏠저」, 『실천문학』, 2005 겨울.
전혜정, 「봉인된 시간」, 『학산문학』, 2010 여름.
정도상, 『찔레꽃』, 창비, 2008.
정비석, 「귀향」, 『한국소설문학대계』 23, 동아출판사, 1995.
정이현, 「영영, 여름」, 『문학동네』, 2014 여름.
정인, 「그 여자가 사는 곳」, 『그 여자가 사는 곳』, 문학수첩, 2009.
____, 「타인과의 시간」, 『그 여자가 사는 곳』, 문학수첩, 2009.
정지아, 「핏줄」, 『통일문학』, 2008 하반기.
조두진, 『도모유키』, 한겨레신문사, 2005.

조정래, 『오 하느님』, 문학동네, 2007.
조해진, 『로기완을 만났다』, 창비, 2011.
채만식, 「소년은 자란다」, 『채만식전집』 6, 창작과비평사, 1989.
천운영, 『잘 가라, 서커스』, 문학동네, 2005.
한수영, 「그녀의 나무 핑궈리」, 『그녀의 나무 핑궈리』, 민음사, 2006.
한지수, 「열대야에서 온 무지개」, 『문학사상』, 2010.4.
해이수, 『눈의 경전』, 자음과모음, 2015.
______, 「돌베개 위의 나날」, 『심훈상록문화제사화집』, 2004.
______, 「마른 꽃을 불에 던져 넣었다」, 『리토피아』, 2007 여름.
______, 「어느 서늘한 하오의 빈집털이」, 『현대문학』, 2005.2.
______, 「우리 전통 무용단」, 『현대문학』, 2003.12.
______, 「젤리피쉬」, 『현대문학』, 2007.2.
______, 「캥거루가 있는 사막」, 『현대문학』, 2000.6.
허준, 「잔등」, 『대조』, 1946.1~7.
황석영, 『심청』, 문학동네, 2003.
후지와라 데이, 『흐르는 별은 살아 있다』, 청미래, 2003.

2. 국내 단행본 및 논문

김경일 외, 『동아시아 민족이산과 도시』, 역사비평사, 2004.
김동훈 · 최삼룡 · 오상순 · 장춘식, 『중국조선족문학사』, 민족출판사, 2007.
김태환, 『다문화사회와 한국 이민정책의 이해』, 집사재, 2015.
김현미, 『우리는 모두 집을 떠난다 – 한국에서 이주자로 살아가기』, 돌베개, 2014.
나병철, 『근대서사와 탈식민주의』, 문예출판사, 2001.
남진우, 『폐허에서 꿈꾸다』, 문학동네, 2013.
류종훈, 『탈북 그 후, 어떤 코리안』, 성안북스, 2014.
부산대 한국민족문화연구소 편, 『로컬리티, 인문학의 새로운 지평』, 혜안, 2009.
오미정, 『일본 전후문학과 식민지 경험』, 아카넷, 2009.
이광규, 『신민족주의의 세기』, 서울대 출판부, 2006.
이미림, 『21세기 한국소설의 다문화와 이방인들』, 푸른사상, 2014.
이인화, 『한국형 디지털 스토리텔링 – '리니지 2' 바츠해방전쟁 이야기』, 살림, 2005.
임선일, 『한국 사회 이주노동자의 문화변용』, 이담, 2011.

장문석, 『민족주의』, 책세상, 2011.
정은경, 『디아스포라 문학』, 이룸, 2007.

가라타니 고진, 권기돈 역, 『탐구』 2, 새물결, 1998.
__________, 송태욱 역, 『윤리21』, 사회평론, 2002.
__________, 조영일 역, 『근대문학의 종언』, b, 2006.
____________________, 『네이션과 미학』, b, 2009.
나카자와 신이치, 김옥희 역, 『대칭성 인류학』, 동아시아, 2005.
다카사키 소지, 이규수 역, 『식민지 조선의 일본인들—군인에서 상인, 그리고 게이샤까지』, 역사비평사, 2006.
데이비드 하비, 최병두 역, 『희망의 공간』, 한울, 1993.
레나토 로살도, 권숙인 역, 『문화와 진리』, 아카넷, 2000.
린 헌트, 전진성 역, 『인권의 발명』, 돌베개, 2009.
미셸 푸코, 이광래 역, 『말과 사물』, 민음사, 1986.
________, 이상길 역, 『헤테로토피아』, 문학과지성사, 2014.
베네딕트 앤더슨, 윤형숙 역, 『상상의 공동체』, 나남출판사, 2002.
스티븐 카슬·마크 J. 밀러, 한국이민학회 역, 『이주의 시대』, 일조각, 2013.
시몬느 드 보부아르, 이용호 역, 『제2의 성』, 을유문화사, 1978.
아사노 도요미 감수 해설, 이길진 역, 『살아서 돌아오다—해방공간에서의 귀환』, 솔, 2005.
안토니오 네그리·마이클 하트, 윤수종 역, 『제국』, 이학사, 2001.
알랭 바디우, 이종영 역, 『윤리학』, 동문선, 2001.
야마무로 신이치, 윤대석 역, 『키메라—만주국의 초상』, 소명출판, 2009.
오카 마리, 김병구 역, 『기억 서사』, 소명출판, 2004.
자크 데리다, 남수인 역, 『환대에 대하여』, 동문선, 2004.
장 폴 사르트르, 정명환 역, 『문학이란 무엇인가』, 민음사, 1998.
조너선 색스, 서대경 역, 『사회의 재창조』, 말글빛냄, 2009.
츠베탕 토도로프, 김지현 역, 『민주주의 내부의 적』, 반비, 2012.
호미 바바, 나병철 역, 『문화의 위치』, 소명출판, 2002.

강인철, 「미군정기의 인구이동과 정치변동」, 『한신논문집』 15집 2호, 한신대 출판부, 1998.

강정민 · 김동일, 「미셸푸코와 미술관에 관한 테제들」, 『인문연구』 66호, 2012.
강진구, 「한국소설에 나타난 결혼이주여성의 재현 양상」, 『다문화콘텐츠연구』 11집, 중앙대 문화콘텐츠기술연구원, 2011.10.
______, 「결혼이주여성의 '자기서사' 연구」, 『어문론집』 54집, 중앙어문학회, 2013.6.
구동회, 「로컬리티 연구에 관한 방법론적 논쟁」, 『국토지리학회지』 44권 4호, 국토지리학회, 2010.
김미경, 「상상계와 현상계의 사이－헤테로토피아로서의 하얼빈」, 『인문연구』 70호, 영남대 인문과학연구소, 2014.
김미란, 「감각의 순례와 중심의 재정위－여행자 이효석과 '국제 도시' 하얼빈의 시공간 재구성」, 『상허학보』 38집, 상허학회, 2013.
김민정, 「국제결혼과 한국 가족의 부계적 성격」, 허라금 편, 『글로벌 아시아의 이주와 젠더』, 한울아카데미, 2011.
김세령, 「2000년대 이후 한국소설에 재현된 조선족 이주민」, 『우리문학연구』 37집, 우리문학회, 2012.10.
김승민, 「해방 직후 염상섭 소설에 나타난 만주 체험의 의미」, 『한국근대문학연구』 16호, 한국근대문학회, 2007.
김예림, 「'경계'를 넘는 문학적 시선들」, 『문학 풍경, 문화 환경』, 문학과지성사, 2007.
김윤식, 「이효석론 (2)」, 『일제말기 한국작가의 일본어 글쓰기론』, 서울대 출판사, 2003.
김은실, 「민족 담론과 여성」, 『한국여성학』 10집, 한국여성학회, 1994.
김종욱, 「언어의 제국으로부터의 귀환」, 『현대문학의 연구』 35집, 한국문학연구학회, 2008.
김홍중, 「근대문학 종언론의 비판」, 『마음의 사회학』, 문학동네, 2009.
노영희, 「『흐르는 별은 살아있다』와 여자의 전쟁체험」, 『일본학보』 72집, 한국일본학회, 2007.
류보선, 「해방 없는 해방과 귀향 없는 귀환」, 『현대소설연구』 49집, 한국현대소설학회, 2012.
박덕규, 「민족의 특수한 경험에서 전지구의 미래를 위한 포용으로」, 박덕규 · 이성희 편저, 『탈북 디아스포라』, 푸른사상, 2012.
박성창, 「문학 · 국경 · 세계화」, 『세계의 문학』, 2008 봄.
박정애, 「2000년대 한국소설에서 '다문화가족'의 성별적 재현 양상 연구」, 『여성문학연구』 22권, 한국여성문학학회, 2009.
방민호, 「가난에 대한 천착과 그 의미」, 『유랑가족』, 실천문학사, 2005.

______, 「이효석과 하얼빈」, 『일제 말기 한국문학의 담론과 텍스트』, 예옥, 2011.
배옥주, 「국제결혼 이주여성의 장소 정체성 상실–공선옥의 「가리봉 연가」를 중심으로」, 『젠더와문화』 제6권 2호, 계명대 여성학연구소, 2013.
서동욱, 「노스탤지어, 외국인의 정서」, 『문예중앙』, 2005 봄.
서성란, 「한국 현대소설에 형상화된 결혼이주여성」, 『한국문예창작』 29호, 한국문예창작학회, 2013.12.
서세림, 「이효석 문학의 미학적 형상화와 자기 구원의 논리」, 『한어문교육』 28집, 한국언어문학교육학회, 2013.
서재원, 「이효석의 일제말기 소설 연구–『벽공무한』에 나타난 '하얼빈'의 의미를 중심으로」, 『국제어문』 47집, 국제어문학회, 2009.12.
송명희, 「다문화 소설 속에 재현된 결혼이주여성」, 『한어문교육』 25집, 한국언어문학교육학회, 2011.11.
______, 「다문화소설에 재현된 베트남 여성–서성란의 「파프리카」를 중심으로」, 『현대소설연구』 51집, 한국현대소설학회, 2012.12.
송현호, 「다문화 사회의 서사 유형과 서사 전략에 관한 연구」, 『현대소설연구』 44집, 한국현대소설학회, 2010.8.
______, 「『잘 가라, 서커스』에 나타난 이주 담론의 인문학적 연구」 『현대소설연구』 45집, 한국현대소설학회, 2010.12.
송희복, 「한국 다문화 소설의 세 가지 인물 유형 연구」, 『배달말』 47집, 배달말학회, 2010.12.
신용하, 「민족 형성의 이론」, 신용하 편, 『민족이론』, 문학과지성사, 1985.
심영의, 「다문화소설의 유목적 주체성 연구」, 『아시아여성연구』 52권 2호, 숙명여대 아시아여성연구소, 2013.11.
안미영, 「해방공간 귀환전재민의 두려운 낯섦–채만식의 「소년은 자란다」를 중심으로」, 『국어국문학』 159집, 국어국문학회, 2011.
안지나, 「재만일본인 작가의 '귀환'과 '고향상실'」, 『'만주국' 붕괴 이후의 동아시아 문학』, 중국 해양대 해외한국학 중핵대학 사업단 2단계 제1회 국제학술회의 자료집, 2015.
엄미옥, 「현대소설에 나타난 이주여성의 재현 양상」, 『여성문학연구』 29호, 한국여성문학학회, 2013.6.
연남경, 「다문화소설과 몸 구현 양상」, 『한국문학이론과 비평』 48집, 한국문학이론과 비평학회, 2010.

______, 「다문화 소설의 탈경계적 주체 연구」, 『현대문학이론연구』 49권, 현대문학이론학회, 2012.
______, 「여성 이주 소설의 기호학적 분석」, 『기호학 연구』 40집, 한국기호학회, 2014.
오윤호, 「디아스포라의 플롯—2000년대 소설에 형상화된 다문화 사회의 외국인 이주자」, 『시학과 언어학』 17호, 시학과 언어학회, 2009.8.
______, 「외국인 이주자의 형상화와 우리 안의 타자 담론」, 『현대문학이론연구』 40집, 현대문학이론학회, 2010.
오태영, 「민족적 제의로서의 '귀환'」, 『한국문학연구』 32집, 동국대 한국문학연구소, 2007.6.
우한용, 「21세기 한국 사회의 다양성과 소설적 전망」, 『현대소설연구』 40집, 한국현대소설학회, 2009.4.
윤대석, 「경성 제국대학의 식민주의와 조선인 작가」, 『우리말글』 49호, 우리말글학회, 2010.
______, 「결혼 이주자를 위한 한국어 문학 교육」, 『국어교육연구』 34권, 서울대 국어교육연구소, 2014.
이경훈, 「하르빈의 푸른 하늘」,『문학속의 파시즘』, 삼인, 2001.
이미림, 「조선족 이주여성의 타자적 정체성」, 『현대소설연구』 48집, 한국현대소설학회, 2011.12.
______, 「다문화성장소설연구」, 『현대소설연구』 51집, 한국현대소설학회, 2012.12.
이정숙, 「다문화 사회와 한국 현대소설」, 『한성어문학』 30권, 한성어문학회, 2011.
이정희, 「아베 고보[安部公房]와 '만주'체험」, 『일어일문학연구』 39권, 한국일어일문학회, 2001.
이창남, 「글로벌 시대의 로컬리티 인문학」, 부산대 한국민족문화연구소 편, 『로컬리티 인문학의 새로운 지평』, 혜안, 2009.
이호규, 「'타자'로서의 발견, '우리'로서의 자각과 확인—2000년대 이후 한국소설에 나타난 조선족의 양상 연구」, 『현대문학의 연구』 36집, 한국문학연구학회, 2008.10.
임경순, 「다문화시대 소설(문학)교육의 한 방향」, 『문학교육학』 36호, 한국문학교육학회, 2011.
장미영, 「디아스포라문학과 트랜스내셔널리즘(1)」, 『비평문학』 38집, 한국비평문학회, 2010.12.
정실비, 「일제 말기 이효석 소설에 나타난 고향 표상의 변전」, 『한국근대문학연구』 25호, 한국근대문학회, 2012년 상반기.

정여울, 「이효석 텍스트의 노스탤지아와 유토피아－『벽공무한』을 중심으로」, 『한국현대문학연구』 33집, 한국현대문학회, 2011.4.
정재석, 「해방기 귀환 서사, 결속의 상상력과 균열의 역학」, 『사이間SAI』 2호, 국제한국문학문화학회, 2007.
정종현, 「해방기 소설에 나타난 '귀환'의 민족서사」, 『비교문학』 40집, 한국비교문학회, 2006.
정주아, 「움직이는 중심들, 가능성과 선택으로서의 로컬리티」, 『민족문학사연구』 47호, 민족문학사연구소, 2011.
정혜경, 「여성수난사 이야기와 탈(脫)국경의 상상력」, 『문학수첩』, 2007 여름.
정호웅, 「한국 현대소설과 만주공간」, 『문학교육학』 7호, 한국문학교육학회, 2001.8.
______, 「한국 현대소설과 '만주'라는 기호」, 『현대소설연구』 55집, 한국현대소설학회 2014.4.
조은주, 「공동묘지로의 산책」, 『만주연구』 18집, 만주학회, 2014.
최병우, 「한국 현대소설에 나타난 이주의 인간학」, 『현대소설연구』 51집, 한국현대소설학회, 2012.12.
최정아, 「해방기 귀환소설 연구」, 『우리어문연구』 33집, 우리어문학회, 2009.
최종렬, 「비교관점에서 본 한국의 다문화주의 정책」, 『사회이론』 37호, 한국사회이론학회, 2010 봄.
허병식, 「2000년대 한국소설에 나타난 다문화주의와 정체성 정치 비판」, 『다문화와 평화』 6집 1호, 성결대 다문화평화연구소, 2012.
황정미, 「결혼이주여성의 가정폭력 경험－성별 위계와 문화적 편견」, 『국경을 넘는 아시아 여성들』, 이화여대 출판부, 2009.

얀소레키, 「유대인・백계 러시아인에게 만주란」, 박선영 역, 『만주란 무엇이었는가』, 소명출판, 2013.
테사 모리스-스즈키, 「상상할 수 없는 과거－역사소설의 지평」, 김경원 역, 『우리 안의 과거』, 휴머니스트, 2007.

3. 국외 단행본 및 논문

Barth, Fredrik (ed), *Ethnic Groups and Boundaries*, Waveland Press, 1969.
Boym, Svetlana, *The Future of Nostalgia*, Basic Books, 2001.

Casanova, Pascale, *The World Republic of Letters*, MA : Harvard UP, 2007.
山田昭次,『近代民衆の記録6満州移民』, 新人物往来社, 1978.

Berry, J.W., "Immigration, acculturation and adaptation", *Applied Psychology* vol.46, 1997.
Elson, Diane, "The Economic, the Political and the Domestic : Business, States and Households in the Organization of Production", *New Political Economy* 3(2), 1998.

찾아보기

용어

인물

작품

(재)한국연구원 한국연구총서 목록